U0019222

大明長歌

卷五 大明歌〔上〕

酒徒 著

目次

第一章　虎嘯

炭盆裡的白木炭，冒著幽藍色的火光，整個房間溫暖如春。

劉繼業站在房間一角，小心翼翼地看著王二丫臉色，碎碎念叨：「即便他們真的滿嘴噴糞，妳也應該等我到了再動手。那些朝鮮官員的侍衛中，有人帶著短柄火銃，都已經點燃了藥線……」

「嗯？」王二丫眉頭輕蹙，本能就想反駁。忽然間意識到此刻自己所處的乃是朝鮮民居，對面房間裡，還有劉繼業的姐姐和未來姐夫，於是銀牙輕咬，將已經湧到嗓子眼兒處的聲音，果斷又咽了下去。

劉繼業見到此景，立刻意識到自己先前的話說得有點兒硬。趕緊換上了另外一副口吻，小聲補充，「當然，以妳的身手，他們即便開了火，也未必打妳得到。可凡事不怕一萬，就怕萬一。妳我費了這麼大氣力才重新見面，萬一他們不小心傷到了妳，我，我這心裡該有多著急？」

王二丫聽得心中一暖，肚子中剛剛冒起的火頭，瞬間灰飛煙滅。然而，她卻落不下面子，跟對方一敘別後相思，於是乎，乾脆將雙手抱在胸前，咬牙切齒地質問道：「你費了力氣，你費了什麼力氣？你不是在兩軍陣前過大將癮嗎，哪用把我這不懂事兒的野丫頭放在心上？」

「我當然費力氣了！」劉繼業大急，趕緊伸手去拉王二丫的胳膊，不小心看到對方手臂的位置，又訕訕地將手放下，快速解釋，「我不是有什麼大將癮，我，我不是想……，咱們倆當初不是說好了嗎，妳怎麼忘記了？我總得闖出一番名堂來，才好去妳家那邊提親。免得被妳家那邊的人，認為是個不學無術的紈絝子弟。也免得妳過門之後，還，還被終日我家長輩們挑這挑那兒……」

「他們敢？」王二丫柳眉倒豎，杏眼圓睜。彷彿已經看到了自己成親後，被劉繼業的嬸嬸、舅母們群起而攻之的模樣。「我拿大耳刮子抽死……」

威脅的話說了一半兒，卻忽然又意識到，自己即將面對的全是男方長輩，武藝再高恐怕都排不上用場，頓時，氣焰全無，臉色也瞬間變得有些蒼白。

雖然是江湖兒女，敢愛敢恨，從小到大都無所畏懼。可她與劉繼業兩人之間出身的差距，卻明顯得宛若天塹。

她可以保證劉繼業沒把這道天塹當一回事，自己也不會將這道天塹當回事，可世人卻不都是劉繼業，也不全是王二丫。

眼下他們尚未準備結為夫妻，劉繼業的長輩中，有人就開始百般阻攔。將來二人成了親，終日跟那些人生活在同一個庭院之內，豈不是更要日日面對那些人的打壓和排擠？

所以，唯一的解決方案，就是劉繼業功成名就，不靠繼承來的爵位和虛職，便讓家族中所有長輩都抬頭仰望。如此，王二丫即便出身再寒微，性子再蠻橫，長輩們念在有求於其丈夫的份上，也只能將不滿憋在肚子裡。

「別怕，我現在已經是試守備了，去掉試字，就等同於地方上的衛指揮使[注一]，授騎都尉。再加一級做了游擊，就相當於都指揮使同知，授宣武將軍。然後再立功，就能給妳請誥命了。」敏銳地感覺到了王二丫心中的擔憂，劉繼業笑了笑，信心十足地開始畫大餅。「到那時，妳如果想搬出來住，咱們就自己買宅子雇僕婦。如果想讓別人眼紅，就穿著朝廷賜給的孔雀冠，挨個堵著門拜訪她們……」「好歹她們都是你的長輩，她們不喜歡我，我不見她們就是了。」王二丫被哄得心中發燙，搖了搖頭，非常認真地反駁，「哪能把功夫全花在鬥氣上。況且誰家還沒幾個不著調的親戚？我總不能，讓你被人說發跡之後就不認親戚。」

「到底是二丫，知道心疼我。」劉繼業如釋重負，笑著做出了環抱的姿勢，然後迅速朝自家姐姐的屋子那邊掃了一眼，悻然作罷。「我跟妳說啊，妳以後真的別太大意了。鳥銃跟妳知道的三眼銃，完全不是一碼事。不信，我把從朝鮮人手裡繳獲的短銃，給妳帶來了，妳看……」

說著話，彎下腰，從身邊的盒子裡，抽出一把二尺長的短柄鳥銃，獻寶般舉到了王二丫面前，「這裡是照門，這裡是鳥頭，這裡是準星。妳把藥線點燃了，夾在鳥頭上，然後用照門和準星瞄準目標，二十步內……」

「二十步內，瞬眼兒瞎子一般，保證啥都打不到！」對面房間內，劉穎氣得連連撇嘴。

自家弟弟見了王二丫之後那副沒出息的模樣，她全都看在了眼裡。作為長姐，無法不擔心弟弟在成親之後，會不會變成一個受氣包。然而，她偏偏又無法插手干涉，只能隔著兩道紗簾兒，跺著腳徒呼奈何。

注一：明代營兵和衛所兵，不是一個體系。但衛指揮使，到了軍營裡，只能做守備，又稱都司，地位低於游擊。游擊如果轉去地方，有可能去比衛高一級的都指揮使司，做僉事，甚至同知。

「怎麼，著急了。繼業自己樂在其中，妳這個做姐姐的，何必棒打鴛鴦？」李彤心思縝密，一瞬間就發現了劉穎心結所在，笑了笑，用極低的聲音開解。

「什麼樂在其中？我看，我看他就是骨頭癢喜歡挨錘。南京城內，當初叔叔給他說了不知道多少家名門閨秀，他都嫌這嫌那。這回好了……」劉穎被戳破了心事，愈發懊惱。一邊低聲抱怨，一邊不停地搖頭。

「看不出來，妳如此還在乎門第。」作為劉繼業的鐵哥們，李彤沒法不幫他說話。冒著觸怒未婚妻的風險，繼續笑著開解，「咱們大明朝，可沒這個規矩。即便是帝王之家，選秀也多選於民間，很少娶於五品官員以上注二。」

這是大明太祖皇帝留下來的祖制之一，為的就是避免子孫們不知道民間疾苦，鬧出何不食肉糜的笑話。所以大明朝的勛貴和官員們，在結親時，也不太講究門當戶對。只要雙方長輩都看著對面的小輩順眼，然後就可托媒下聘。「你別亂幫忙？我，我不是嫌棄二丫出身寒微！」劉穎被問得心中發堵，眉頭迅速皺成了一個疙瘩，「我，我只是，只是覺得，她的性子，太烈了些。如今，如今繼業對她情深意濃，一切自然都好。萬一哪天繼業移情……」

「要我說，如果她不是這種性子，妳才更該擔心才對。」李彤悄悄向地面瞄了一眼，將聲音壓得更低，「妳想啊，繼業從小就性子跳脫，又膽子大的沒邊兒。換個性子綿軟的，這輩子都甭想管住他。而弟妹她，剛好能將繼業克得死死。正所謂，一物降一物，有她在，妳這個姐姐將來得少花

注二：大明皇家不娶高官之女的慣例，直到萬曆年代方才被徹底打破。在此之前，鮮有特例。

多少心思？」

「那倒是！」劉穎皺著眉頭想了想，悻然而嘆，「從小到大，我就沒見他這麼怕過一個人。」

「不是怕，是在乎！」李彤笑著接過話頭，低聲點破，「正是因為在乎，才不願惹對方傷心難過。否則，以他在兩軍陣前拿鳥銃和大炮堵著敵人胸口射的膽子……」

「他，他不是一直帶鳥銃兵嗎，怎麼又用上了大炮？」劉穎大吃一驚，注意力迅速從王二丫身上，轉到自家弟弟身上，瞪圓了眼睛，大聲追問。

「他，他覺得大炮威力用起來更威風，就乾脆找上頭要了幾門。」李彤這才意識到，自己剛才不小心又說漏了嘴，趕緊用謊言給劉穎吃寬心丸兒，「妳不用擔心，這種炮，與南京城頭上擺的，完全不一樣。都是西洋來的小佛朗機，子銃和母銃配合使用，從來沒有炸膛之憂。射程也遠在三百步以上，對面無論鳥銃，還是弓箭，都甭想碰到他一根寒毛。」

劉穎聽罷，將信將疑地點頭，「原來是佛郎機銃啊，我在遼東見過，的確跟南京城頭擺的那些不一樣。他就是個膽大不要命的，你可千萬替我看好了他。」

「那是自然！」不想讓未婚妻擔心，李彤沒口子答應，「我們三個，來朝鮮是為了博取功名，又不是跟倭寇有什麼血海深仇。一般如果遇到危急情況，我就下令暫避敵軍鋒纓，絕對不會帶著大夥去拚命！」

「那就好！」劉穎紅著臉，輕輕點頭，「你，你不要嫌我囉嗦。我，我真的是害怕。我在遼東聽說你去了什麼通川，就想要過來找你。後來，後來沒等動身，就遇到了二丫……」

「怪不得妳們倆會在一起！」李彤恍然大悟，隨即笑著詢問，「怎麼樣？有她跟妳一路作伴兒，省了許多麻煩事情吧？」

「的確！」即便再不欣賞王二丫的性子，劉穎也不得不笑著點頭。「穿上盔甲，她就是花木蘭第二。花槍使得如行雲流水一般，弓箭也是從不虛發。雖然在路上只射死了幾隻黃羊，沒遇到任何風險。但是我能看得出來，尋常蟊賊強盜，根本靠近不了她五尺之內。」

想到王二丫武藝超群，絕不會成為自家弟弟的累贅，她的神情，忽然就變得有些失落。自己也算飽讀兵書，還偷偷修了一身岐黃之術。眼看著未婚夫婿在沙場上搏命，卻半點忙都幫不上。

悔教夫婿覓封侯？忽然間，心中湧起了一句話。讓她頓時胸口隱隱發疼。

此時此刻，她真的不敢確定，當初自己支持李彤來遼東，到底是正確，還是失誤？

「鳥銃這東西，雖然裝填比弓箭麻煩一些，但破甲力卻遠遠超過弓箭，並且學起來容易。妳把手放穩一些，就像放箭一樣。吸氣，瞄準，沒事，裡邊沒裝火藥！」

「手，把你的爪子拿開。要死啊你！」

「抱歉，我不是，不是故意的。我，我發誓！我剛才要是心裡有絲毫非分……」

「小點聲兒啊，你怕姐姐聽不見嗎？我又沒說你是故意的！討厭，越說你還越來勁。」

對面的屋子裡，忽然又傳來了弟弟和王二丫倆的嬉鬧聲，將劉穎心中的春愁瞬間切斷。不像她和李彤，都性子偏於沉穩。劉繼業和二丫兩人都活潑好動，所以湊在一起，總是有說不完的話題。

「我就說他們倆很般配。」發現未婚妻的耳朵在動，李彤笑著繼續替劉繼業說好話，「換了別的女子，繼業未必會笑得如此開心。」

「那種短銃，你有嗎？」這次，劉穎沒繼續挑王二丫的「刺兒」，猶豫了一下，柔聲詢問，「我也想要一把。」

「有！」沒等她的話音落下，李彤立刻迫不及待地答應：「當然有！那東西一般是西洋匠人所造，在大明和朝鮮都算稀罕物。上個月在通川，當地官員送過我一對兒。本想過幾天再轉贈給妳，既然妳提起來了，我這就派人去取來。」

說罷，快步走到窗前，伸手推開窗子，朝著當值的家丁李和大聲吩咐，「和子，回我的軍帳去，把那個裝西洋短銃的盒子取來。」

「全都給我嗎？」劉穎含笑發問，雙目之中，秋水盈盈。

「當然只給一支。妳一支，我一支，湊在一起才是一對兒！」李彤雖然投筆從戎，心思卻足夠仔細，反手合攏窗子，笑著表白。

「肉麻，不跟你說了！」劉穎羞不自勝，紅著臉跺腳，轉身面向牆壁。然而，心口處卻有一股蜜意油然而生。

「聽妳的，妳說不說，我就不說。反正，妳知道，我心裡有妳就是。」李彤笑著跟了過去，悄悄將腰彎下了一點兒，讓自己的鼻孔剛好能聞到劉穎頭髮清香。

感覺到來自頭頂的呼吸，劉穎愈發害羞，身體本能地又向前躲了躲，卻終不忍心將未婚夫完全拋在一邊。低下頭，如蚊蚋般回應，「有些話，你知道的，何必非要我說出來。」

「妳說吧，我想聽。」

「作死，小心被二丫他們聽見！」

「他們倆此刻，哪顧得上聽咱們這邊的動靜？」

「那也不說！」

兩情相悅的人之間，有一大半兒的話，都是毫無意義的廢話。但是，此時此刻，廢話卻比任何詩詞都更為動聽。

二人你濃我濃，正沒完沒了的說著。忽然間，門外已經傳來了家丁李和大聲通報：「將軍，鳥銃給您取來了！」

「從窗子遞進來就是。」李彤無奈地抬起頭，再度快步走到了窗前，儘量讓自己的聲音保持平穩。

窗子被人從外邊輕輕推開了一道縫隙，有個鑲嵌著紅色銅片的牛皮箱子，被緩緩遞了進來。李彤單手將其接過，快步走到對著窗子的桌案旁，迅速打開。將一對二尺長短，做工精湛，槍柄上還鑲嵌著象牙和寶石的短銃，立刻展現在他和劉穎兩人面前。

不用問威力如何，光是看槍柄上的裝飾，劉穎就知道此物價值不菲。於是乎，又愣了愣，猶豫著詢問：「你確定，這東西是用來作戰的？我怎麼忽然想起了一個典故。」

「射那個騎白馬的傢伙！」李彤心有靈犀，笑著接口。「沒事兒，象牙和寶石都握在手心裡，別人看不見。再說了，我送妳這東西，主要是為了讓妳防身用，怎麼可能讓妳也上戰場？」

「哦——」劉穎笑了笑，眼睛裡隱約又閃過了一絲失落。

終究不能跟自家未婚夫並肩而戰，哪怕是自己學會了使用短銃。在未婚夫心裡，估計也從沒想過，要帶自己一起去面對那些危險。

他總是這樣，喜歡什麼事情都獨自去承擔。喜歡把自己永遠藏在他身後。無論是現在，還是當初在南京。

「這東西裝填起來頗為麻煩，射程也遠不如普通鳥銃，所以，只適合用來防身。」敏銳地感覺到了劉穎的情緒起伏，李彤想了想，非常耐心地跟她解釋，「並且，大明軍律，也容不得女眷入營。妳帶著它，就等於多了一份本領自保。我將來領兵出去的時候，心裡也會覺得更踏實。」

「杜杜也是女子！」明知道李彤說得是實情，劉穎依舊不甘心地撇嘴。

「杜杜是女直人，專門負責照顧搬山犬。所以，算是特例。」李彤借一百個膽子，也不敢讓未婚妻去戰場上冒險，所以，毫不猶豫地低聲拒絕，「另外，她不是任何人的女眷，別人也不會把她硬往我身上扯。」

後半句話，依舊是實情。大明朝的官宦之家，在結親這件事上，雖然不是太執著於門當戶對。但對於族群界限，卻拘泥得很。甭說杜杜出自海西女直，即便出身於安南、暹羅和朝鮮，也沒有嫁給大明子弟的資格，無論是當妻還是做妾。

這種傳統，一方面是因為曾經遭受蒙古人七十多年殘暴統治，對異族防範心極重。另外一方面，也是因為大明的繁華和優雅，遠遠超過了周邊諸國。眼下各國官吏，都以能識漢字，寫漢詩為榮，甚至科舉都要用漢字來答卷。而大明子弟，則寧願在故鄉做一個小吏，也不願意到周邊諸國做一個高官。

所以，劉穎知道杜杜追隨在自家未婚夫身邊，也能看出來杜杜對自家未婚夫的崇拜，卻從沒將杜杜當做過敵人，更未曾對杜杜有過絲毫的忌妒。然而，此時此刻，她卻忽然有些羨慕起對方來。能夠不被大明的規矩所限，能夠做自己最喜歡做的事情，卻不需要在乎周圍任何人的目光。

「妳放心，我現在好歹也是個將軍了，很少需要跟賊人面對面廝殺。」知道未婚妻是在為自己的擔憂，李彤猶豫了一下，又開始編造善意的謊言，「再說，倭寇的本事也就那樣，傳起來一個個凶名在外，其實一打就原型畢露。」

「嗯！」劉穎將信將疑，溫柔地點頭。

「並且，這場仗用不了太久，就該結束了。等拿下了漢城之後，再往南地勢就越來越平坦。遼東騎兵天下無雙，用不了多久就能把倭寇全都趕回老家。」唯恐劉穎多想，他故意抬起頭，躊躇滿意地補充。

本以為，這樣做，可以讓未婚妻安心。誰料，話音剛落，對面屋子裡，卻又傳來了王二丫的聲音，又高，又尖，「胖子，你別糊弄我，我雖然沒怎麼讀過書，卻知道打仗是這麼一回事兒。胖子，你說實話，為啥要從對岸撤回來，還準備撤到開城。大明，大明是不是剛剛吃了敗仗。一定是，否則，城裡的朝鮮人，也沒膽子在大明軍營門口囂張。」

「嘿——」如果不是劉穎在場，李彤真恨不得衝到對面屋子裡去，餵劉繼業一頓老拳。

自己正搜腸刮肚，試圖安慰劉穎，免得其過度為自己擔憂。甚至不惜編造一些善意的謊言。這下好了，劉繼業這個大嘴巴，為了討好王二丫，把大軍剛剛遭受挫折的實情給兜了出去。接下來，任由自己如何解釋，恐怕也解釋不清楚，既然與倭寇作戰沒多大風險，大軍為何還會被打得狼狽而歸。

「不是敗仗，提督當時身邊只有四千人，而倭寇卻來了六、七萬。」沒等他有所動作，劉繼業的聲音已經在對面房間內響起，帶著不加掩飾地驕傲：「以四千弟兄跟六、七萬倭寇打了三天兩夜，最後還將倭寇逼得先撤了兵，怎麼能算敗仗？」

「既然沒輸，為何你們要撤到北岸來？還要撤到開城！」王二丫迅速在心裡算了算，也覺得四千人跟七八萬人打了個平手，的確算不上什麼敗仗，卻不願讓劉繼業蒙混過關，猶豫著再度追問。

「退後是養精蓄銳！另外，就是不想讓朝鮮人老是沒完沒了占便宜。」單單論口才，劉繼業可是比李彤和張維善兩個加一起都強，想都不想，就給出了答案。「二丫，妳可是沒見到，那群朝鮮兵將有多無恥。明明大夥是為朝鮮復國而戰，可他們每次都躲得遠遠的，一旦發現敵軍難啃，就落荒而逃。這次又是，大夥在碧蹄館跟倭寇血戰，朝鮮將士要麼躲在開城按兵不動，要麼半路上丟了糧草輜重掉頭就跑。提督他老人家估計是忍無可忍了，所以才不想再慣著他們。放棄南進，帶著先退到開城休整。至於坡州是守還是棄，由著那些朝鮮佬自做決定。」

「嗯，是不該慣著他們！」王二丫實戰經驗豐富，對朝鮮這邊的現實情況卻瞭解不多。聽劉繼業說得有理有據，只能沉吟著輕輕點頭。

「妳聽到繼業說什麼了吧，我可沒騙妳！」在劉繼業對面房間內的李彤如釋重負，趕緊將頭轉向劉穎，壓低了聲音解釋。

劉穎聽得將信將疑，可短時間內，卻也從弟弟和未婚夫兩人的話語裡找不到什麼破綻。遲疑了片刻，目光流轉，「話的確是這個道理，可按照兵法，不是越是準備後撤，越得示敵以強嗎？倭寇的兵馬原本就是大明這邊的數倍，提督先前也只是逼退了他們，卻未能給其以重創。萬一讓倭寇得知明軍準備北撤，他們豈不是士氣大振，甚至有可能直接鼓起勇氣尾隨追殺？」

李彤聞聽，立刻輕輕點頭，「的確有這種可能，但是提督議事之時，當著那麼多的前輩，我不方便跟他唱反調。原本想著等一會兒中軍那邊沒人的時候……」

話才說了一半，窗子外，忽然傳來數聲淒厲的畫角，「嗚嗚嗚，嗚嗚嗚，嗚嗚嗚，嗚嗚嗚嗚嗚嗚————」，震得窗紙也跟著嗡嗡作響。

「有緊急軍情！妳在這裡等我。」李彤身經數十戰，早已不是當初那個小菜鳥，立刻從畫角的音律裡，分辨出是有敵軍向自己這邊靠近的意思。丟下一句話，轉身衝出門外。

劉穎雖然性子溫柔，卻分得出輕重。不願讓未婚夫為自己而擔心，緊緊閉住嘴巴，小步跟到了門口，一路目送著李彤和劉繼業兩個跳上坐騎遠去，從始至終，都沒發出任何聲音。

幾乎與她同時，王二丫也追到了門外。原本還想跳上馬背跟在劉繼業身後，發現未來大姑停住了腳步，猶豫了一下，又訕訕地折了回來。

「不用為他們擔心，角聲來自南方。那面有一條大河，敵軍想要進攻，必須想辦法先過浮橋。」分明自己心裡七上八下，劉穎卻笑著安慰起了王二丫。

「該死的倭寇！就不知道消停幾天？」好不容易才跟情郎見了面兒，卻被畫角聲硬生生又分開，此時此刻，王二丫心中的惱怒，遠超過了擔憂。抬起手，用刀鞘朝著院子中的杏樹亂砍。

坡州已經位於朝鮮南部，溫度遠高於遼東。正月底的天氣，杏樹上已經生滿了大大小小的花蕾。樹幹與樹枝受到震動後，暗紅色的花蕾立刻落了滿地。

「行了！」看到王二丫那副氣急敗壞模樣，劉穎忍不住抿嘴而笑：「別砸了，樹都快被妳砸倒了？想去看熱鬧，妳就帶上幾個伴當，偷偷跟過去，只要別距離軍營太近就好。免得別人知道後，說他攜帶女眷進營。」

「真的？」王二丫大喜，頃刻間，就停止了對杏樹的蹂躪，兩隻杏眼瞪得滾圓。

「當然是真的！」劉穎笑了笑，輕輕點頭，「有妳在旁邊盯著，我對繼業也會放心。」

「謝謝阿姊！」王二丫的臉上，頓時再也看不到半點懊惱之色，朝著劉穎行了個禮，轉身再度衝向拴馬樁。轉眼間，一隻腳就已經踏上了金鐙。然而，她卻忽然靈機一動，又收起腳，掉頭跑了回來，「阿姊，阿姊，妳跟我一起去可好。放心，有我在，任何人休想傷到妳一根寒毛。」

「我，跟妳一起？」劉穎愣了愣，驚訝和猶豫，同時湧上了臉孔。

她乃是不折不扣的大家閨秀，能跑到朝鮮千里尋夫，對她來說，已經堪稱離經叛道。從沒想過，自己可以背著未婚夫，偷偷地為他去觀敵掠陣。然而，王二丫的提議，卻像蜜糖般誘惑著她，讓她既捨不得拒絕，又缺乏放手一試的勇氣。

「不是咱們姐倆，還有妳的家丁，和我帶來的伴當。」王二丫心裡，才沒那麼多條條框框。伸手拉住劉穎的手，繼續大聲提議，「妳趕緊去更換護甲，只要把頭盔一戴，誰能看出咱們是女子？」

「雙兔並地走，安能辨我是雄雌！」劉穎心裡，瞬間湧起了一句《木蘭辭》，笑了笑，轉身衝入屋子內。

二人在結伴前來尋夫之際，為了防身，就都攜帶了皮甲和武器，並且做男子打扮。因此收拾起來，輕車熟路。不多時，就變成兩個器宇軒昂的少年家將。然後帶著家丁和伴當，策馬衝向了河岸。

河岸邊，已經有當值的明軍結陣，將兩座浮橋的北口，都堵了個結結實實。河對岸，則有上萬倭寇，正揮舞著兵器大聲叫囂，彷彿隨時都能直接飛過來，將明軍斬盡殺絕一般。

正如劉繼業先前抱怨所言，朝鮮將士全都遠遠地躲了開去。誰也不肯再靠近河灘半步。包括先前曾經堵在明軍大營門口，非要拜見李如松的那夥賤骨頭，也都灰溜溜地往遠處撤離，唯恐跑得慢了，就被倭寇的叫喊聲活活嚇死。

「這群窩囊廢，根本不配做男人！」王二丫心直口快，立刻對朝鮮兵將的舉動大聲恥笑。

「小心被人聽見！」劉穎不願給未婚夫和弟弟惹事兒，找了個遠離浮橋的位置，拉住坐騎，低聲制止。

「聽見又怎麼樣？他們既然做得如此不要臉，還怕人說！」王二丫才不怕得罪一群廢物，撇著嘴，繼續大聲數落。

然而，耐著自家將來姐姐的面子，她終究沒有繼續罵下去，瞪圓了眼睛，左顧右盼。

明軍大營裡頭，也有兩支兵馬開出來迎戰。總規模卻只有四千上下，遠少於對岸的倭寇。劉穎和王二丫兩個看了，雖然知道明軍戰鬥力遠超過了倭寇，卻不約而同地有些擔心。唯恐這兩支兵馬因為寡不敵眾，讓倭寇白白討了便宜。

正擔心得火燒火燎之際，卻驚訝地發現，有八個騎兵朝著自己這邊跑了過來。帶隊的將領，依稀就是李彤的家將李盛。

「參見主母，參見王小姐！」雖然已經做了千總，李盛卻依舊以家丁的身份自居。遠遠地就跳下了坐騎，朝著劉穎躬身行禮。

「參見主母，參見王小姐！」七個兵卒，也同時跳下坐騎，朝著劉穎躬身抱拳。

「盛二哥，不要多禮！」劉穎頓時又被羞得面紅耳赤，趕緊下馬還禮，「各位，各位兄弟，也不要，不要多禮。」

說到最後，她已經羞不自勝，聲音低得宛若蚊蚋。然而，在她身邊的王二丫，卻絲毫不覺得尷尬，一擰身跳下坐騎，大咧咧地抱了下拳，然後就開門見山地詢問道：「你是李大哥身邊的人？他怎麼會發現我們在這兒！哎呀，那兩股人馬，其中一支必然是他所率領！」

「正如王小姐所料，選鋒營今日奉命於河畔殺賊。」早就見識過王二丫的女俠風範，李盛笑著點頭，「卑職乃是李府家丁，其實在來遼東路上，就見過您。至於怎麼發現的主母和您，您且看看，此時此刻，這河畔，哪還有其他人？」

「啊——」王二丫扭頭四顧，隨即也羞得無地自容。

連朝鮮將士都躲得遠遠，朝鮮百姓當然更不可能有膽子蹲在河畔看熱鬧。此時此刻，除了準備跟倭寇作戰的大明將士，空蕩蕩的河畔上，只剩下了劉穎和自己帶著的伴當和家丁。那模樣，要多顯眼，就有多顯眼。

好在李盛善於說話，笑了笑，主動替二人解圍，「將軍說了，既然來了，就沒必要離開了。等會記得不要靠河岸太近就行。對岸的朝鮮漁夫逃得太匆忙，肯定顧不上把船都帶走。倭寇從浮橋上過不了河，少不準會找機會乘船強渡。」

「嗯！」終究還是讓未婚夫分了心，劉穎慚愧得不敢抬頭。

「不怕！無論水上，還是陸地，倭寇儘管來！」王二丫卻果斷將羞愧拋到了腦後，笑著拍了下腰間鋼刀，大聲回應。

「還是不要跟倭寇交手得好，他們一個個都像毒蛇般陰險。」李盛被她的動作，嚇了一哆嗦，趕緊再度大聲強調。

「放心！我有數。」王二丫滿不在乎地點頭，隨即，又皺著眉詢問：「為何要派選鋒營上陣，提督麾下沒人可用了嗎？我聽劉胖，劉三哥說，你們先前可是從開城狂奔上百里去救提督。他就不能讓你們多歇一會兒？」

「這……」見過膽大的，沒見過膽大到當著一個千總的面兒，指責提督偏心的。李盛迅速扭頭朝四下瞅了瞅，趕緊壓低了聲音解釋：「不是，不是提督麾下沒人可用。是，是對面的倭寇，指名道姓，要，要找我家將軍交戰。我家將軍不想墜了弟兄們的士氣，聽聞之後，就主動向提督請了纓。」

「指名道姓，為何要指名道姓？」王二丫聽得滿頭霧水，毫不客氣地刨根究柢。

「對面的倭寇頭目叫小野鎮幸，說我家將軍殺了他弟弟小野成幸，還搶走了屍體。」李盛也不隱瞞，一邊搖頭，一邊給出答案，「所以，要我家將軍要麼受死，要麼主動歸還屍體。」

「應該是藉口，主要為了試探我軍是否還有一戰之力！」劉穎冰雪聰明，在話音落下的瞬間，就猜出了倭寇的真實目的。

「主母英明，提督和我家游擊，也都這麼說！」李盛又愣了愣，欽佩的點頭。

「那，那，那個叫什麼小野的倭將，真的是李大哥殺的嗎，真的把屍體也給帶了回來？」王二

ㄚ的關注點，卻不在敵軍的真實目的上，眨巴著水汪汪的杏眼，繼續刨根究柢。

「那個叫小野成幸的，將軍只是在南京，還有初來朝鮮那會，跟他先後交過幾次手。後來就不記得這個人了。」李盛笑了笑，不屑地搖頭，「第二次領兵渡過鴨綠江以來，被我家將軍擊敗過的倭寇頭目，全加起來恐怕有二、三十個，我家將軍哪有那閒工夫，去記手下敗將都長什麼樣。」

「我想起來了，是那個娘娘腔，劉胖，劉三哥跟我提起過！」王二ㄚ對李盛後半句話，全都沒聽進耳朵裡去，忽然拍著手，眉飛色舞。「李大哥擊敗了他可是不止一回。」

「應該就是這麼個人吧！」非但李彤早就不再拿小野成幸的當做同等對手，家將李盛，也早就把目光放到了更高處。笑了笑，淡然點頭。「將軍也根本不記得在碧蹄館擊殺過這麼一個人，甚至連功勞都沒往上報，更不屑搬走此人的屍體。是此人的哥哥，非要把帳往將軍頭上算。對了，看我這記性，將軍已經不是游擊將軍，是參將。剛才提督說了，他已經向朝廷保舉了游擊做參將。告身當場就直接發下，接下來，只需要去北京走個過場。」

在李盛看來，升為參將一事，無疑比李彤到底陣斬沒陣斬過某個倭寇頭目，重要十倍。所以，才迫不及待地將好消息，向劉穎彙報。

「啊，又升官了！」不待劉穎來得及做任何表示，王二ㄚ已經低聲開始祝賀。「恭喜李大哥，恭喜姐姐！我剛才還聽劉胖，劉三哥說，做了參將，就有資格給妻子請誥命了！到那時，姐姐身披孔雀……」

「胡鬧，等朝廷批覆下來，再說這些也不遲！」劉穎再度面紅耳赤，低著頭，小聲打斷。然而，想到未婚夫跟自己的親事，將來恐怕再也無人能阻擋，心裡頭又甜滋滋的，如飲蜜酒。

「倭寇，倭寇要過橋了！」正羞不自勝之際，耳畔卻又傳來了李盛的大聲提醒。緊跟著，兩座浮橋附近，叫喊聲一浪高過一浪，宛若湧潮。

顧不上再想其他，劉穎和王二丫齊齊抬起頭，朝浮橋附近眺望。原本期待能看到各自心上人的英姿，卻驚愕的發現，河畔正對浮橋位置，早已不見半個人影。

原本堵在橋頭的明軍不知去向，將整座浮橋讓給了倭寇。成群結隊的倭寇，正叫喊著沿著橋面衝了過來，宛若一群群紅了眼睛的餓狼。

「笨死了，為何不繼續堵住橋頭！」王二丫大急，一夾戰馬，就想衝上去迎敵。就在此時，半空中，忽然有一串兒霹靂滾過，「轟，轟，轟，轟……」

緊跟著，十數枚炮彈落地，硝煙瞬間就吞沒了兩座橋頭。

剛剛跨橋而過，還沒來得及站穩腳跟的倭寇們，被炸得人仰馬翻。橋上橋下，頃刻亂成了一鍋粥。

「殺倭寇——」

「殺倭寇——」

吶喊聲宛若虎嘯，迴盪在大河兩岸。大明將士策馬殺回，將倭寇像割麥子般，一排排割倒。

第二章 龍山

朝鮮王京，一片斷壁殘垣。

作為焦土政策的結果，朝鮮國王李昖平素處理朝政和尋歡作樂的景福宮、昌慶宮，在其逃離王京的當晚，就被付之一炬。靠近王宮的所有亭臺樓閣，也都被大火波及，燒成了白地。再加上倭寇的殘暴統治，此時的王京，宛若一片鬼蜮。即便是大白天也見不到多少人影，空氣中充滿了血腥和臭魚味道，成群的野狗和野貓，在廢墟之間亂竄，偶爾翻出一塊腐爛的人骨頭，就爆發出陣陣鬼哭狼嚎。

唯一看起來還有點人間氣象的，就朝鮮山月大君的府邸青雲館。此地本屬於李氏皇族的一個強悍的分支，而這一支的鳳子龍孫們，不知道究竟是自作主張，還是受了族中長輩的暗示，一直與倭國重臣有著深厚的人情往來。所以，朝鮮國王李昖決定火焚王京之時，單單「遺漏」了青雲館。而倭寇「進駐」朝鮮王京之後，也沒有像對待其他人府邸那樣，對青雲館大肆破壞，反而及時派出人手保護了它，避免其遭受流民的趁火打劫。

四下裡全是焦土，卻唯獨有一處高門大宅完好無損，難免顯得有些扎眼。而正堂內不時傳出來的歡呼聲，更令此地跟周圍的環境格格不入。匆匆從附近走過的朝鮮百姓們，將歡呼聲聽在耳朵裡，都氣得雙拳緊握。然而，卻沒有人敢上前找這家人的任何麻煩。

原因很簡單，早在五個多月之前，這處館舍就被其原主人送給了倭寇，充當其在王京內的臨時衙門。此刻在衙門裡歡呼的，全都是倭寇中的大頭目，一個個殺人不眨眼。朝鮮百姓甭說去找此間主人的麻煩，就是走得稍微靠近一些，等待著他們的，都是迎頭一陣「鐵炮」。

「來，來，來，諸位，請飲此盞，祝關白大人武運長久！」青雲館的風月樓，小早川隆景高舉酒盞，向周圍所有同夥發出邀請。

「武運長久！」

「武運長久！」

大友吉統、島津義弘、毛利輝元、龜井真矩、長增我部元親等倭寇頭目，全都跪直了身體，高舉酒盞，大呼小叫。

「宇喜多參議，再飲一盞，為我軍重奪平壤，再臨鴨綠江！」將手中酒水一飲而盡，小早川隆景又命人給自己斟滿，單獨宇喜多秀家發出邀請。

「重奪平壤，飲馬北京！」宇喜多秀家吐著酒氣，舉杯響應，聲音裡充滿了與年齡極不相稱的癲狂。

今天的宴會，他和小早川隆景，是當之無愧的主角。幾天前，明軍渡過臨津江，劍指王京，其餘倭寇頭目要麼互相抱怨，要麼提議望風而逃。只有他和小早川隆景兩個，堅決主張集中兵力迎戰，並且各自挺身擔任的後軍和前軍的總大將。

而接下來發生的事實證明，明軍並不是像傳說的那樣，不可戰勝。倭國武士和足輕們以前之所以屢戰屢敗，並非戰鬥力遠遠不如大明將士，而是還沒適應對方的戰術。而一旦採取了適當的戰術，利用地形，人數優勢或者天氣，克制住了明軍的騎兵，就完全有希望跟明軍一爭高低。

「此盞，敬小早川侍從。敬您力戰克敵，率領麾下武士們，斬殺數千明軍！」不光宇喜多秀家和小早川秀包兩個人喝得眼花耳熱，先前曾經極力主張大步南撤豐後守別所吉治，也站了起來，舉著酒盞向小早川隆景致意。

「敬小早川侍從！力戰克敵，率部斬殺數千明軍！」

「敬小早川侍從！力戰克敵，率部斬殺數千明軍！」

除了一臉平淡的加藤清正和一臉苦澀的小西行長之外，其餘所有倭寇紛紛舉杯，鯨吞虹吸。踩低捧高，乃人之常情，倭寇那邊，也從不例外。眼看著經過碧蹄館一戰之後，小早川隆景的地位，就要超過丟了平壤的小西行長和不戰放棄咸鏡道的加藤清正。眾倭寇頭目誰不願意錦上添花？一邊頻頻舉杯，一邊張開嘴巴，對小早川隆景的「武功」大吹特吹。全然忘記了，此人率領的前軍，曾經被大明將士殺得節節敗退，差點主動逃離戰場的事實。

「此戰，非在下一人之功。諸位也都曾經率部死戰不退，殺得明軍屍橫遍野！」小早川隆景是有名的會做人，很快，就又舉起酒盞，向周圍的同夥回敬。

這句話的潛在之意，就是功勞攤分方式了。凡是參戰者，無論當時的表現如何，都能撈到一份戰功。包括率部打了整整兩天醬油的黑田長政。

至於戰功太小不夠分，那很好辦。先將明軍陣亡數量誇大十倍，再將自身傷亡縮小十倍即可。反正參與者誰都不會戳破。更何況倭軍這邊，計算損失之時通常只計算家臣和武士，足輕和徒步者都可直接忽略。

「武運長久！」

「武運長久！」

「直搗北京……」

歡呼聲此起彼伏，幾乎所有聽了小早川隆景話語的倭將都興高采烈。

一片歡呼聲中，小西行長和加藤清正兩人，身影顯得格外寂寞。因為各自麾下的兵馬損失過於巨大，他們兩個都主動留在了朝鮮王京，沒有參與碧蹄館之戰。所以，理所當然沒資格參與分潤。此外，二人在倭寇中的威望和地位，也繼續快速下跌。短時間內，極少有人願意主動再向他們舉杯，也極少有人願意在接下來的戰鬥中，與他們兩個並肩。

「小西攝津守，加藤主計頭，來，武運長久！」作為最早在明軍手上吃了大虧，並且因此受到削減年俸和領地處罰的宗義智，顯然是極少人之一。帶著幾分同情，他搖搖晃晃走到小西行長和加藤清正兩個的桌案前，笑著發出邀請。

「武運長久！」加藤清正和小西行長笑了笑，滿臉苦澀地舉起酒盞，彷彿裡邊裝的不是烈酒，而是草藥。

「立花統虎和高橋統增兄弟倆，恨明軍殺了他麾下太多的武士，聯合戶田隆勝、島津忠豐、蜂須賀家政等人，追向坡州了。」知道沒人會在乎自己這個倒楣蛋，宗義智也不掩飾，將酒水一飲而盡之後，便大聲向加藤清正和小西行長討教，「二位以為，他們有多少機會獲勝？」

「此事，很難說。」加藤清正謹慎，抬頭向周圍看了看，拒絕給出答案。

「我讀過一本明人寫的書，叫做《三國志演義》。」即便成了落地鳳凰，小西行長依舊不掩飾自己的驕傲，撇了撇嘴，笑著回應，「那裡邊所有懂得領兵打仗的人，在後退之時，都會布置埋伏，專門等著對手來追。李如松是大明第一智將，呵呵，立花統虎他們的追殺結果如何，還用問嗎？」

「呵呵呵呵……」宗義智聽了，也點頭而笑。忽然間，臉上的晦氣之色，就煙消雲散。

「你們在笑什麼？有什麼好笑的事情！」另外一個倒楣蛋松浦鎮信步履蹣跚的湊過來，滿臉好奇。

「是在朝鮮王宮的廢墟上，撿到了寶物，還是朝鮮官員，又給你們送了花姑娘？」

「什麼都沒有，只是覺得有趣而已。」小西行長輕輕將他推開，順勢起身四顧。

時間差不多了，立花統虎是前天上午主動請纓追下去的，再慢，昨天下午也能抵達坡州。而游勢傳遞消息，速度更快。只要不吝惜戰馬，當天就能跑一個往返。

彷彿在見證他的判斷，窗子外，忽然傳來一陣驚呼。緊跟著，有一個渾身是血的游勢，跌跌撞撞地衝了進來。顧不上給任何人行禮，扯開嗓子大聲彙報：「宇喜多參議，立花，立花侍從對局勢判斷失誤。我軍在跨過浮橋之時，遭遇明軍火炮轟擊。傷亡，傷亡慘重。淺野兵衛、山田左衛門、木下足輕頭等十二名將軍陣亡，其餘的人正在向碧蹄館撤退。」

「果然！」小西行長的眼神一亮，彎腰將手裡的酒盞倒了個滿滿。

「天野源貞成，你說什麼？」宇喜多秀家的聲音在屋子裡響起，瞬間壓下了所有喧囂。

「我軍，我軍在通過浮橋之時，不幸遭遇對方炮擊。立花參議，正帶著各路兵馬撤向碧蹄館。」被宇喜多秀家直接叫出了名字的游勢，啞著嗓子重複。將剛才所說的內容中，最令人震撼的部分，自動過濾一空。

「意料之中的事情。」宇喜多秀家看了他一眼，非常平淡地擺手。「當初立花統虎求戰，也只是去試探明軍是否還有膽子和實力阻擋我軍進攻。如今目的已經達到，理當及時與對方脫離接觸。」

「原來如此！」先前被打擊得滿臉沮喪的倭寇頭目們，迅速恢復了活力。一個個舉著酒盞，氣定神閒地點頭。彷彿剛剛遭到明軍伏擊的不是一萬大軍，而是區區三、五百游勢而已。

「在下見識淺薄，給宇喜多參議添麻煩了！」捨命前來報信兒的天野源貞成見狀，更不敢再堅持說日寇吃了大敗仗，連忙躬身到地，向宇喜多秀家賠罪。

非常欣賞對方的識趣，宇喜多秀家壓下殺人滅口的心思，輕輕擺手，「你下去休息吧！等會兒酒席結束，我再派人喊你過來瞭解詳細情況。明軍剛剛在碧蹄館吃過一次大虧，應該沒膽子追到王京。」

「遵命！」天野源貞成毫不猶豫地答應，然後轉過身，昂首挺胸出門，彷彿自己是一位剛剛凱旋歸來的將軍。

「不愧為打不死的天野源，居然不用提醒，就知道該如何掩蓋敗績。」小西行長在旁邊聽了，舉著酒盞偷偷撇嘴。

當初立花統虎和戶田隆勝、島津忠豐、蜂須賀家政等人主動求戰，說得可不是去試探明軍戰鬥力。而是信誓旦旦地認定了經過碧蹄館一戰，明軍士氣低落，必然沒膽子反擊。趁著此刻追上去，咬住明軍的尾巴，就可以將明軍拖垮，進而收穫意外的驚喜。

「來，諸位，繼續暢飲！」宇喜多秀家的聲音再度響起，隔著老遠，就能聽出其中的勉強味道。

「武運長久！」眾倭寇頭目們齊舉酒杯，叫嚷的聲音雖然響亮，底氣卻明顯不如剛才充足。

當初立花統虎和戶田隆勝等人請纓去追殺明軍之時，他們當中，雖然有人認為明軍的士氣未必如此容易就被摧垮。然而，卻相信立花統虎等人的本事，和他們麾下那一萬多兵馬，即便不能再度從明軍身體上狠狠咬下一塊肉，也能全師而退。誰也沒料到，立花統虎等人居然連坡州的城牆都沒看到，就遭遇了明軍的迎頭痛擊。

雖然因為戰亂剛剛結束的緣故，眼下頂著將領頭銜的武士滿地。可像淺野兵衛、山田左衛門這種級別的家臣，每個大名麾下都不會超過五個。而立花統虎和戶田隆盛等人一仗就丟了十二個家臣，平均到前去追殺的各位大名頭上，每家的損失至少兩個，可見這一仗輸得有多慘。既然家臣的損失數量如此巨大，地位遠遜於家臣的武士和足輕，戰死數量，可想而知。

「碧蹄館之戰，我軍雖然大獲全勝，可是也需要休整一番，總結與明軍交手的經驗，才可以再度調頭北上。」知道自己剛才逼著天野源貞成說謊的手段，只是在某種程度上起到了統一口徑，穩定軍心的作用，卻騙不了在場的大多數老狐狸，宇喜多秀家想了想，再度笑著補充：「所以，這回就讓明軍占上一次便宜，咱們先著手掃蕩王京周邊，以免日後北上之時，再讓朝鮮流寇看到可趁之機。」

「宇喜多參議英明！」眾倭寇頭目再度齊聲響應，誰也不肯再提前去追殺明軍，擴大碧蹄館之役戰果的茬。

「蠢貨，越是這種時候，越應該全軍殺向開城才對。」小西行長急得兩眼發紅，卻強迫自己，不要喊出聲音。

按照他所掌握的兵法和所讀過的三國故事，第一次布置伏兵，是為了阻擋敵軍的追擊。完成目的之後就會從容離開，通常都不會有第二次埋伏。這個時候追上去，才能殺明軍一個措手不及，甚至有可能趁勢一舉奪回平壤。

「嗯，嗯」旁邊的加藤清正好像喝酒嗆了嗓子，彎下腰，小聲咳嗽。

與宇喜多秀家一別苗頭的心思，迅速從小西行長腦子裡消退。低下頭，他抓起一個水果，大嚼特嚼。

放了整整一個冬天的水果，表面上看著光鮮，味道卻如同朽木。但是，他卻吃得格外香甜。

都是老狐狸，誰都不比誰傻多少。先前他率部在平壤迎接李如松的進攻之時，宇喜多秀家明知道他未必擋得住，也沒給他增援過一兵一卒。並且趁著他兵敗之後實力和威望大損，將他狠狠踩在了腳下。而如今，宇喜多秀家打得勝仗越多，他就越難以翻身。只有讓宇喜多秀家也狠狠吃上幾次敗仗，大夥的肩膀才能重新齊平，誰都不用再嘲笑誰無能。

「嗯嗯……」假裝嗓子不舒服，加藤清正將腰彎成了蝦米形，繼續小聲咳嗽，同時，用眼角的餘光，迅速掃向小早川隆景。

「咔嚓！」小西行長的目光也迅速轉向小早川隆景，同時狠狠將水果咬下了一大塊，彷彿跟此物有著不共戴天之仇一般。

「因為我軍在前一段時間，先後丟失了寧邊、安州和平壤，又不戰而放棄了開城和咸鏡道各地。」從沒忘記過打壓政敵，宇喜多秀家也迅速掃了小西行長和加藤清正二人一眼，聲音陡然轉高，「導致全羅、慶尚兩道的朝鮮殘匪氣焰高漲，甚至頻頻主動向我軍的後方發起進攻。所以，在下認為，最近我軍的首要任務，就是肅清京畿、全羅、慶尚三道。將這三道的朝鮮殘匪，盡數全殲於陸上。」

「宇喜多參議此言甚有道理！」話音剛落，小早川隆景已經大聲響應，目光有意無意間，飄向小西行長和加藤清正，帶著明顯的蔑視。「中國古代的兵法書上說過，不爭一時之勝負。明軍既然主動退到了坡州，雖然還有力氣迎擊我軍的追殺，但他們的心氣，卻肯定大大地不如先前。短時間內，應該不會再向南發起進攻。我軍剛好趁著這時候，將權粟、金千鎰、宣居怡等賊，盡數剿滅，以免其日後又趁著我軍北上，擾亂地方。」

「對，在下與小早川侍從不謀而合。」宇喜多秀家投桃報李，笑著連連點頭。

他和小早川秀包兩人力主在碧蹄館一帶迎戰明軍，並且「大獲全勝」，無形中，已經成為一對政治盟友。而需要他們兩個聯合起來時刻打壓的，則是小西行長和加藤清正。如此，才能將「碧蹄館大捷」的勝利果實最大化，才能讓各自麾下戰死的家臣，死得其所。

「宇喜多參議、小早川侍從，你們二人的見識，遠超過我等。接下來怎麼做，你們兩個說了算。在下聽候調遣。」聰明人到處都有，剛剛平白得了好處的黑田長政，則是其中最聰明一個。發現宇喜多秀家和小早川隆景，有聯手整合各路大軍的指揮權之意，果斷主動獻身投靠。

此人麾下的第三番隊，在平壤之戰損失過半，實力已經上不了檯面兒。但作為第一個出來明確表示服從安排的大名，宇喜多秀家和小早川隆景，不能不選擇千金買馬骨。二人互相交換了一下眼神，瞬間就做出了決斷。

「第三番隊在平壤和碧蹄館之戰中，損失巨大，最近不宜出征。可退往尚州休整，待釜山那邊運來新兵，優先補充。」滿意地向黑田長政點了點頭，宇喜多秀家大聲做出安排。

「多謝宇喜多參議！」黑田長政喜出望外，身體鞠躬到地。

其餘眾倭寇頭目見此，知道附和宇喜多秀家和小早川隆景兩人，才有好處可拿。而繼續跟小西行長和加藤清正二人共同進退，弄不好就會被派去「試探」明軍。所以，也紛紛開口表態，願意聽從宇喜多秀家和小早川隆景兩人的安排。

小西行長和加藤清正二人見此，雖然心中不服氣，卻不得不暫且低頭，追隨大流。好在宇喜多秀家也知道，自己地位並不穩固，不能一次將二人逼得太狠，激起不必要的反彈。所以，很「大度」地，給加藤清正也安排了一個清閒任務，讓他帶著第二番隊，遠遠地去了蔚山休整，以免此人再偷偷跟小西行長眉來眼去，干擾自己的指揮。

至於小西行長本人，宇喜多秀家和小早川隆景，卻不放心將此人放在遠處暗中生事。乾脆找了個理由，將整個第一番隊都當做了後備隊，隨時聽候宇喜多秀家本人的調遣。

小西行長原本官職就比宇喜多秀家略低，只是仗著豐臣秀吉的寵信，才做了第一番隊的主帥。此刻他麾下兵馬只剩下了原本的四分之一，威望也早就掃了地，所以根本沒能力再跟宇喜多秀家爭鋒頭。只得咬緊了牙關忍辱負重。

「前一段時間，朝鮮匪徒頭目權慄，趁著明軍追殺我軍的機會，偷偷流竄到了漢江下游的幸州。我軍忙於洗雪前恥，沒功夫理睬這隻蚊子。」知道光是憑藉實力和權謀壓服，無法讓自己的核心地位穩固，在給所有人都安排了去處之後，宇喜多秀家果斷決定通過戰爭來立威。「如今既然明軍北退，我等正好先奪回此地，全殲了幸州城內的殘匪，威懾其餘匪徒。」

「全殲匪徒，全殲匪徒！」只要不是向明軍發起進攻，眾倭寇將領個個都信心十足，摩拳擦掌，躍躍欲試。

「在下願意帶第一番隊，為各位試探權栗的虛實！」小西行長靈機一動，也果斷做出了響應。身體彎曲，態度畢恭畢敬。

「小西攝津守既然有如此雄心，先鋒職責，就交給閣下。」沒想到小西行長居然會主動給自己打下手，宇喜多秀家滿意地點頭。

他用兵素來謹慎，雖然準備打的是朝鮮官兵殘部，也堅決採取蒼鷹搏兔之策，不留餘力。趁著所有倭寇頭目都在的機會，繼續調兵遣將。最後，包括小西行長的第一番隊在內，總計湊起一萬八千餘倭寇。並且親自擔任主帥，準備將趁亂流竄到幸州的那支朝鮮兵馬團團包圍之後，斬盡殺絕。

只是如此一來，雖然勝券在握，出征的準備時間，未免就要長一些。再加上各路倭寇剛剛經歷過碧蹄館之戰，多少都需要喘口氣兒，所以，一直準備到了第四天早晨，大軍才踏上了征程。

參戰的一眾倭寇，以往跟朝鮮官兵交手，都從未有過敗績。因此，不約而同的認為，此番出征，會像春遊踏青一般輕鬆。卻誰都沒想到，早在他們離開出征之前，已經有三個朝鮮商販，悄悄離開了王京，搶先一步，將消息送到了上次立花統虎踢到的鐵板之處，坡州。

「大明錦衣衛探得緊急軍情，需要告知李提督，請各位儘快通稟！」一腳踏入明軍控制地段，三個用狗皮圍脖兒遮了半邊臉的朝鮮商販立刻衝向哨卡，低聲朝當值的總旗命令。

「提督，提督不在坡州！」當值的總旗劉阿八被嚇得打了個哆嗦，慘白著臉大聲解釋。其餘的當值兵卒，也趕緊關閉了橋頭的哨卡。隱隱擺出一個攻擊陣型，將所有無關人等，隔離在了十步之外。

也不怪他們如此緊張，錦衣衛三個字，在大明素來有停止小孩夜啼的功效。上自達官顯貴，下至販夫走卒，只要被錦衣衛給盯上，通常都會落個家破人亡的下場。至於錦衣衛內部職責如何劃分，哪些部門負責對付內鬼，哪些部門負責對付外敵，則是明白的不肯說出來，肯說出來的基本都不明白。

「提督不在坡州，他去了哪裡？」非常令劉阿八等人意外的是，三個錦衣衛當中看起來身份最高的那個，居然沒有對他們擺架子。只是將眉頭皺了皺，再度低聲強調：「你可不要隨意敷衍，否則，耽誤了軍國大事，任何人都保不住你！」

「真的不在，真的不在。提督四天之前就去了開城，這根本不是秘密。您老只要進坡州一打聽，就能知道。」劉阿八又怕又急，趕緊將李如松的去向如實彙報。

「那現在坡州這邊是哪位將軍率部駐紮，速速帶我去見他！」錦衣衛頭目從劉阿八的表情上，看出他不敢撒謊，又皺了皺眉頭，低聲提出了第二個要求。

「這……」劉阿八本能地就想要執行，卻又害怕上司怪罪自己擅離職守，頂著一腦門子汗水，不知道如何是好。

就在此刻，斜刺裡，忽然傳來了一陣馬蹄聲響。「的的，的的，的的的的……」，緊跟著，一隊打扮古怪的騎兵，如飛而至。帶隊的游擊單手拉緊戰馬的韁繩，另外一隻手拎著短銃，橫眉怒目：「阿八，你為何突然封了浮橋？可是有人故意闖卡？」

「沒，沒有！」劉阿八怕來人惹禍，慌慌張張地擺手，「游擊，有，有人要……」

沒等他主動介紹跟自己說話之人的身份，少年游擊已經丟了韁繩，飛身而下，「史，世伯，怎麼是您？您什麼時候，又跑到朝鮮南邊去了！您還記得我嗎？晚輩劉繼業，多謝世伯去年救命之恩。」

「劉繼業！」錦衣衛頭目也是一愣，旋即滿臉驚喜地上前托住劉繼業已經拜下去的手肘，「居然是你？你來得正好，趕緊帶我去見此處主事的將軍。有，有倭寇那邊，有緊急軍情我要當面向他通報。」

「史大叔儘管上馬！」劉繼業聞聽，立刻毫不猶豫地拉過了自己的坐騎，然後又從親兵手中借了一匹駿馬給自己，飛身而上，「我帶你去。你們幾個，再讓出兩匹馬來，給史，給世伯的手下。然後把他們的馬拉回軍營，用精料餵好！」

一連串的安排下去，轉眼間，就將所有事情布置得井井有條。然後，一抖韁繩，帶著史姓錦衣衛和此人麾下的兩名親信，直奔坡州軍營。

劉繼業身邊的親兵之中，也有人認出了史姓錦衣衛頭目，就是去年在劉繼業受傷之後，親手替他做緊急醫治的史世用，所以也不懷疑此人的目的。留下幾個人負責照顧錦衣衛們的坐騎，餘者策馬緊緊跟在了自家游擊身後。

「李提督為何撤去了開城？我軍真的如倭寇吹噓所言，在碧蹄館吃了大虧嗎？眼下負責坡州防務的將領是誰？他麾下有多少兵馬可用？你跟他的關係如何？」既然是自己人，史世用也不多客氣。一邊策馬狂奔，一般連珠炮般向劉繼業發問。

「不瞞世叔，倭寇在吹牛皮。我軍根本沒有戰敗，充其量只是跟倭寇打了個平手。您老請想，倭寇六、七萬人，圍攻李提督四千兵馬，打了三天兩夜沒討到任何便宜。他們得多厚的臉皮，才吹出一個『勝』字？況且在楊副總兵和我姐夫帶著援軍趕到之後，提督立刻下令我軍反攻，硬生生將倭寇又逼退了二十餘里，差一點就追到了朝鮮王京！」劉繼業口才相當伶俐，根本不用斟酌，就將史世用拋出來的問題一一解決，「只是我軍的確人困馬乏，根本不可能將王京拿下。所以提督才帶著大夥，退回了坡州。結果到了開城之後，發現朝鮮人答應的軍糧馬料一樣都沒有，不得已，才又帶著弟兄們退往開城休整。眼下負責坡州防務的，是我姐夫，他現在已經是實授參將，張守義也做了加銜兒參將。他們兩個，現在各領一個營頭。總計大概有人馬五千出頭，真正大明健兒，大概是兩千人上下。剩下的三千人，則是慕名來投的朝鮮義勇。」

「一大半兒都是朝鮮義勇，怎麼會這樣？提督，提督的六弟，不是跟你姐夫相交莫逆嗎？」沒想到負責坡州防務的，居然是自己的老熟人。史世用心裡，頓時又是高興，又是失望。

高興的是，自己根本不用費任何口舌，就能向對方證明自己的身份。失望的則是，李彤和張維善麾下，大明將士總計才兩千出頭。想要守住坡州都捉襟見肘，更甭提能在聽了自己捨命送回來的緊急軍情後，採取相應的對策和行動。

「沒辦法，遼東軍中，敢拚命的，早就被各級將領收做了家丁。不敢拚命的，帶上戰場反而是累贅。」知道史世用為何會有此疑問，劉繼業斟酌了一下，笑呵呵地解釋，「所以，姐夫麾下如今能聚起兩千兒郎，已經相當不易。至於守義，他前幾天剛剛才加了參將銜，獲准單獨立營。根本來不及回遼東招兵買馬，所以，暫且只能拿朝鮮義勇填補。」

「唉——」史世用聽罷，忍不住長長嘆氣。

別人不知道朝鮮官兵的戰鬥力，作為大明多次潛入朝鮮刺探倭寇軍情的老資格錦衣衛，他卻對此一清二楚。自打倭寇登岸以來，嚴格的說，朝鮮官兵就沒打贏過一仗，沒守住過一城。

雖然在朝鮮官方邸報中，將牛皮吹得震天響，那些所謂的大捷，卻沒有一次斬首超過兩百。並且伴著一個又一個大捷，朝鮮國王帶著大臣逃到了遼東，朝鮮王子被倭寇逼得常年以船為家，輕易不敢上岸。

「怎麼，世伯為何嘆氣？是怕朝鮮義勇濫竽充數？」不忍見史世用一臉沮喪，劉繼業想了想，非常熱情地給他吃起了定心丸兒，「您老難道沒聽過一句俗話，老虎帶著一群羊，也能攆得狼群滿山跑。若是換了一頭羊帶著一群老虎，就全都得變成了惡狼的口中食兒。」

聞聽此言，史世用先是笑著點頭，然也繼續搖頭長嘆，「唉——，話雖然這麼說，但你們這兩個營的兵馬，實在也太少了些！當初也怪我了，該替你們，跟上頭打個招呼來著。某些傢伙雖然狗眼看人低，卻不至於冒著得罪錦衣衛的危險，故意不給你們補充足夠的兵員！現在，唉，等我趕到了開城，黃瓜菜早涼了。」

「世叔想要我等率部與倭寇交戰？」劉繼業是何等的聰明，立即從史世用的話語裡，聽出最近可能是殺敵的良機。猶豫了一下，笑著在馬背上拱手，「世叔放心，只要機會合適，我等絕不會拿麾下兵馬少做藉口。」

「不是藉口，是實情。」史世用越想越沮喪，嘆息著搖頭，「算了，等會見了你姐夫再說吧。好在這次倭寇打的是朝鮮官軍，不是咱們大明的任何一路人馬。」

「既然世叔這麼說，那就等見了我姐夫，咱們再做決定。」劉繼業感激史世用的救命之恩，所以也不讓對方為難，笑了笑，再度於馬背上拱手。

既然已經確定坡州這裡沒有多餘兵馬可派，史世用也沒心情再跟劉繼業扯東扯西。用力抖動韁繩，將胯下坐騎催得風馳電掣，不多時，就來到了明軍的駐地。

早有弟兄搶先一步，將消息彙報給了李彤和張維善。後二人聽聞來的是史世用，趕緊放下手頭所有事情，各自帶著親信迎出了轅門之外。先雙手抱拳，拜謝了史世用當初的指點之恩，然後前呼後擁，將此人請進了中軍。

見李彤和張維善兩個對自己如此熱情，史世用心中愈發覺得遺憾。猶豫再三，終於咬了咬牙，趕在要求二人將自己送往開城之前，沉聲說道：「倭寇在前面的幾次戰事中，損失都極為慘重，導致其第一、第二和第三番隊，實力大損。其第一番隊主將小西行長和第二番隊的主將加藤清正，在軍中也失去了話事資格。如今聯手號令群寇的，乃是宇喜多秀家和小早川隆景。二人為了豎立威望，特地選了駐紮在幸州的朝鮮官兵，作為軟柿子去捏。如果你們有辦法令宇喜多秀家和小早川隆景無功而返，其餘倭寇番隊主帥，勢必會趁機而動，讓他們兩個分別去做小西行長和加藤清正第二。」

他的話音剛落，張維善的聲音緊跟著就響了起來。黑漆漆的瞳孔內，湧滿了建功立業的渴望，「幸州在哪？距離此地多遠？世叔，去攻打幸州的倭寇，大概有多少人馬？」

「幸州就在漢江下游，距離王京五十多里遠處。倭寇大約出兵一萬六千到八千之間。駐守幸州的是朝鮮名將權粟，其麾下兒郎大概有四千。雖然有山城可做依仗，未必能守過三天。」顧不上嫌他失禮，史世用想了想，將自己知道的情況和盤托出。

他原來的打算是，請李如松派遣精銳，去抄倭寇的後路。如此，宇喜多秀家腹背受敵，必敗無疑。而各個倭寇番隊主將，彼此之間傾軋極為劇烈。只要宇喜多秀家戰敗，回到王京之後，原本被他強行壓制的小西行長、黑田長政、福島正則、長增我部元親等，肯定會聯手將其拉下來，換另外一個人去號令群雄。

只可惜，人算不如天算。他能保證自己刺探到的所有軍情都準確無誤，也能以最快速度，將情報送回了明軍這邊。卻沒想到，李如松居然早就帶著明軍主力返回開城，此刻留在坡州的明軍，只有兩個營頭，其中一個營，還是剛剛獲准組建。

而等他再上馬跑到開城，找到李如松。後者重新聚集隊伍，然後安排出征，恐怕一切為時已晚。以朝鮮官兵的戰鬥力，縱使是權粟領軍，也守不了幸州多久。只要趕在明軍抵達之前將幸州拿下，宇喜多秀家就可以穩操勝　。

「世叔，請恕小侄多嘴。」正遺憾得扼腕間，耳畔忽然傳來了李彤的聲音，「世叔可有把握，這個消息不是倭寇故意所洩？小侄不是懷疑您的本事，而是提督前幾天剛剛因為朝鮮人送來的軍情有誤，遭到了倭寇的重兵埋伏。我軍雖然最後血戰得以脫身，卻令小侄至今心有餘悸。」

「準，怎麼會不準，史某可拿人頭擔保！」從沒被人懷疑過送假軍情邀功，當即，史世用的臉孔就漲成了猪肝色，抬起手，指著自家的腦袋，大聲發誓。「如果今天所說的軍情，有半點兒失實之處。不用你去上面告狀，史某一定會自刎於軍前，以儆後來者效尤！」

「世叔不必如此，您對繼業有救命之恩，還曾經親口指點過小侄和守義，我們怎麼可能懷疑您？」雖然被史世用的激烈態度，弄得滿臉尷尬。李彤卻依舊不肯冒險，只是將語氣放得更軟，聲音放得更低，「小侄只是想問一問，您到底是從哪裡得知，倭寇即將對幸州用兵。又是憑藉什麼手段，連倭寇主帥是誰，具體兵力，都查得一清二楚。

「你愛信不信！」史世用何曾被人如此懷疑過？被氣得火冒三丈。「反正憑你手下這兩三千人馬，也救不了幸州。至於老夫憑什麼手段將敵情查得如此仔細，還用不到向你一個新晉的參將彙報。老夫告辭，你們三個好自為之！」

說罷，一拱手，轉身就走。李彤、張維善和劉繼業看了，連忙上前，扯胳膊的扯胳膊，抱後腰的抱後腰，一邊賠禮道歉，一邊連聲哄勸。

史世用雖然惱怒，卻也知道，李彤的懷疑並非吹毛求疵。所以，很快，火氣就消了下去。然而，他只是原諒李彤的失禮，卻堅決不肯說出情報的來源。無論三個少年如何軟磨硬泡，至多解釋一句，「倭寇那邊彼此傾軋，不擇手段」，就再度緊緊閉上了嘴巴。

李彤當然不會懷疑史世用會放著好好的大明四品錦衣衛高官不做，改行去做倭寇的死間。然而，卻不敢保證，倭寇會不會是故技重施，在幸州那邊設好了圈套，正等著自己過去鑽。因此，好聽的話，對史世用說了一大車，卻遲遲做不出任何決定。

「也罷，你剛剛獨當一面沒多久，謹慎一些，倒也沒錯。」無法跟幾個晚輩計較太多，史世用喘了片刻粗氣兒，忽然理解地點頭，「此次戰機，錯過就錯過了。反正駐守幸州的，不是大明將士。」

這些全都是大實話，對於李彤和張維善二人而言，的確是來日方長，沒必要這麼急著去表現。

而倭寇那邊，既然將領彼此之間互相傾軋嚴重，大夥也有的是機會，去推波助瀾。至於幸州，乃彈丸之地，不值得明軍冒險去爭。更何況，此時此刻，李彤和張維善兩人，也的確是巧婦難為無米之炊。

「世叔見諒！」從輿圖上轉過眼睛，李彤誠心實意地向史世用表示歉疚。然而，眼角處，卻忽然又有餘光閃爍。

再度快速將目光投向地圖，他猛地將手指點向了朝鮮王京與幸州山城之間一個不起眼的所在，「世叔，您熟悉朝鮮這邊情況，可知此寨，名字為何，山高幾何？」

「這裡！」史世用瞪圓了眼睛看了又看，好一陣兒，才皺著眉頭回應，「這個地方，應該喚做龍山驛。此地前後都是樹林，根本算不得險要，距離朝鮮王京也沒多遠。倭寇連守軍都未必派的所在，你在這裡，還能做出什麼花樣文章來？」

「世叔，我不需要做文章，只需要讓倭寇覺得我在龍山做文章，就已經足夠！」李彤笑著接過話頭，忽然間，臉上寫滿了年輕人特有的自信。

第三章 夜襲

早春二月的漢江，洶湧澎湃。

白色的霧氣從江面上湧起，擋住半空中的月光和星光，把整個水道，裹成一條巨大的蛟龍。不停地滾動，變幻，彷彿隨時都可能騰空而起，不再留戀人間。

伴著翻滾的濃霧，則是驚濤拍岸聲，夜風呼嘯聲，和水鳥淒涼的悲鳴。天氣乍暖還寒，晝夜冷熱懸殊。融化的雪水和早春的雨水，從不同的支流彙聚而來，讓平素還算溫順的漢江，變得凶猛而狂躁。這種季節，即便是漁民都不願輕易將船隻駛離江岸。特別是到了落日之後，凡是霧氣之處，就迅速變成了魔域，沒有燈火，沒有槳聲，更看不到半個人影。

然而，今夜的情況，卻有些特殊。濃霧背後，幾隻笨重的渡船，艱難地穿行。夜風掃過光禿禿的桅杆，發出陣陣鬼哭。江水一刻不停地拍打船舷，「啪，啪啪，啪啪啪，啪啪啪……」恨不得下一刻，就將整個船身拍碎，將船上的乘客，全都送入魚腹。

「奶奶的，有種你就把船給老子弄翻！」大明錦衣衛都指揮僉事史世用從船艙中踉蹌走出，單手扯住一根纜繩，對著濃霧翻滾的河面低聲咒罵。

甲板上昏暗的燈光，照亮他慘白的面孔。作為大明錦衣衛中專門監察周邊各國的精銳，他前半輩子曾經多次在生死邊緣打滾兒，然而，卻沒有一次，像今天這樣，自己主動去「送死」。

只帶著區區三百弟兄，分乘三艘臨時找來的渡船，夜渡春汛剛至的漢江，然後去偷襲距離王京不到二十里的龍山。這種作戰謀劃，恐怕只有瘋子，才能想得出來。然而，它偏偏出自一個大明國子監貢生的腦袋，並且還被果斷付諸實施。凡是被選中參與該戰的人，居然全都歡欣鼓舞，彷彿不是去渡江，不是去作戰，而只是跟著自家參將出去遊山玩水。

瘋子，全都是他娘的瘋子！從謀劃被提出的那一刻起，史世用就在心裡不停地大罵。然而，從始至終，他都沒有試圖阻止，並且自己也跟了上來。雖然，雖然他無時無刻，感覺自己的心臟都懸在嗓子眼兒。

瘋了，不過，夠爽！

那種隨時都可能死掉的滋味，讓他心臟加速，血液沸騰，渾身上下每一處都舒爽無比。他知道自己喜歡這種滋味，甚至可以說迷戀。所以，原本已經可以在北鎮撫司吃老本兒，他卻又主動請纓來了朝鮮。

那種在生死邊緣徘徊的滋味兒，很容易就讓他忘記了官場中的齷齪，忘記人心的險惡，忘記自己不想參與和不想面對的一切一切。讓他全心全意地在死亡與絕望之中，去追尋那一絲希望的光芒，如同飛蛾撲火。讓他感覺到自己已經漸漸的老去的身體和靈魂，重新恢復了年輕。讓他很快就看到了當年剛剛加入錦衣衛時的自己，驕傲、單純，野心勃勃。

「世叔，喝口酒暖暖身子！」李彤拉著纜繩，踉蹌著走到他身邊，笑著遞過來一個碩大的黃銅葫蘆。

「嗯！」史世用單手接過葫蘆，將葫蘆嘴兒對準自己的嘴巴，鯨吞虹吸。然後用大拇指將葫蘆嘴兒抹乾淨，又給李彤遞了回去，「梨花釀，你在哪弄的？不是糧食都送不過來嗎，怎麼還有藥酒喝？」

「酒是繼業，繼業分給我的。」李彤笑著接過葫蘆，小口小口地輕抿。「他，他是個有福的，不用自己張嘴，就有人千里迢迢地送酒過來。」

「你比他還有福！」史世用看了李彤一眼，笑著調侃。「這年頭，身邊有個高明的郎中，就等同於多了好幾條命。更難得的是，這個郎中，還是自己屋裡的人，模樣、女紅、人品，樣樣不差！」

「世叔是長輩！」雖然已經成了赳赳武夫，李彤仍然被調侃得臉色發紅。看了史世用一眼，小聲抗議。

「臉紅什麼，世上哪個男人不想娶媳婦？」史世用頓時更來了勁頭，晃著腦袋大聲加碼，「哪個好女子，沒有幾個男人惦記著。我要是你，就趕緊娶了她過門，免得夜長夢多。婚姻這事，宛若兩軍交戰，越是猶豫，越會輸得一乾二淨。」

「輸倒是不會，親事是我們兩家從我們小時候，就定好了的。」李彤又喝了一口酒，帶著幾分害羞和自信大聲宣告，「我們兩個，也不會輕易被外人左右。只是，只是此刻戰事正酣，騰不出太多時間來……」

「就跟離開你，東征軍便不會打仗了一般。」史世用笑著撇撇嘴，毫不客氣地數落，「別把自己看的那麼高，李提督麾下，不會缺你一個新晉的參將。大明東征軍沒了你，照樣能打得倭寇滿地找牙。念你叫我一聲世叔的份上，我給你提個醒。要懂得韜光養晦，否則，早晚有一天，會木秀於林。」

「嗯！」李彤笑了笑，輕輕點頭。

泡在梨花白中的草藥，開始緩慢發揮作用。有股熱氣通過血管，緩緩送入他的四肢百骸，幫他抵抗黑夜裡的寒冷。已經需要韜光養晦了嗎？捫心自問，他真的不覺得自己木秀於林。自己只是做了一些喜歡做，應該做，而且對大明有利的事情而已。而軍中也不是官場，大夥只會服氣敢於作戰和善於作戰的將佐，不會服氣那些攬功諉過的老兵痞。

「聽我的，這一仗，無論最後結果如何，接下來，你也該歇歇了！」知道自己剛才的話，李彤未必聽得進去，史世用想了想，又推心置腹地補充，「一年不到就做了參將，太快了。即便皇上對你青眼有加，也太快了。接下來，你除非立下蓋世奇功，否則，三年之內甭想再前進一步。反正不管有沒有你，明軍也贏定了。你還不如把立功機會，多讓給別人，自己借機休整一番，謀劃謀劃怎麼……」

「嘩啦——」一個巨浪打來，讓船身傾斜了三十多度，然後又迅速擺正。

甲板上人，被顛得左搖右擺，努力抓緊纜繩和船上的木頭欄桿，才能保證自己不被甩進黑漆漆的江水之中。「謝世叔指點！」李彤顧不上再跟史世用探討人生，丟下一句話，拉著纜繩快步跑向船尾。

船尾處有水手摔倒了，急需來人幫忙穩住船舵。

只要船舵穩住，渡船無論一段多大的風浪，都不會失去方向。

一道寬闊的身影，搶在李彤之前抵達船尾，死死握住了船舵。

「嗨——」身影發出一聲斷喝，全身發力，順著水流調整方向。渡船猛地晃了晃，迅速恢復了平衡，切著水流繼續駛向對岸，宛若一條掠波而過的梭魚。

「謝謝關叔！」李彤佩服得五體投地，拉著纜繩向身影拱手。

對方是王二丫的麾下，按理不歸他管轄。所以雖然是主動出手幫忙，他也需要表達一下謝意。

「小事一樁，參將大人客氣了！」被喚做關叔的老水手笑了笑，滿是皺紋的臉上瞬間湧起幾分驕傲，「比起海上，這點風浪根本就是小兒科。」

「對於您老來說是小事情，對於弟兄們來說，卻是性命攸關！」李彤哪敢再對江上的風浪掉以輕心，拱著手，第二次鄭重向對方施禮。眼角的餘光同時擔憂地掃向身後，試圖查驗另外兩艘渡船的安危。

「放心好了，小四和大方在那兩艘船上，他們倆也是從小在水上長大的，無論江船和海船，操起來都跟玩一般。」敏銳地覺察到了他的擔憂，老水手關叔笑著安慰。

「原來您老早就做好了安排！怪不得出發之前，二——，不，劉游擊一定要帶上你們！多虧了我聽了他的話，否則……」李彤聞聽，心中愈發感激，誇獎的話，不要錢般往外說。

「參將大人真的不必客氣！」老水手關叔被誇得臉色微紅，笑了笑，再度搖頭，「其實都不是外人，草民跟二丫的父親乃是拜了把子的好兄弟，而您又是劉胖，劉將軍的姐夫。您要是真的覺得草民這點本事還湊合，以後就多招募些島上的孩子到身邊聽用，讓他們也好有機會，為各自謀個前程。咱們島上的孩子，別的不敢吹，論水上本事，不會輸給任何人。」

「一定，一定。」李彤求之不得，趕緊重重點頭。

「那就說好了，孩子們，給老子把吃奶的勁兒全使出來，別給大小姐丟人！」得償所願的關叔精神抖擻，扯開嗓子朝著船艙大叫。

「來了，來了！」跟隨王二丫一道前來的伴當們，答應著從船艙中走出。以比甲板上的朝鮮水手麻利了數倍的速度，收拾纜繩，調整木帆，轉眼間，就讓渡船變得穩如奔馬。

「這個小子，還真是個有福氣的。這邊才打個哈欠，那廂立刻就有人送上枕頭。」不放心跟過來的史世用將關叔等人的表現看在眼裡，帶著幾分羨慕輕輕點頭。

雖然接觸時間很短，但是，他卻早就注意到了王二丫身邊那些伴當，絕非一群善類。所以，今夜上了船之後，就一直偷偷觀察關叔等人的表現。而此時此刻，他才終於確定，自己當初的判斷一點兒都沒錯。陪著王二丫來朝鮮千里尋夫的那群伴當，乃是如假包換的海客。

這些人，或者因為祖上曾經跟大明官府作對，或者是為了逃避苛捐雜稅，而流落於沿海諸多島嶼之上。平素也開荒種地，自給自足。但每年只要季風一起，就會駕駛著海船往來於朝鮮、大明甚至更遠的倭國、沖繩，通過走私貨物，來賺取高額紅利。甚至兼職幹幾天海盜買賣，弱肉強食。

在數十年前，某些實力強大的海客團夥，甚至與倭寇和南方走私商人勾結，上岸劫掠地方。但是，隨著戚家軍的發展壯大和朝廷開始放寬海禁，海客的好日子就一去不復返了。其中作惡多端的，紛紛成了戚家軍的刀下鬼。其中沒有作惡或者從來不到岸上惹事的，也漸漸偃旗息鼓，另謀生路。

以史世用的眼光來看，偃旗息鼓之後的海客們，最佳的出路就是投靠大明水師。憑藉他們的操船本領和過人的水性，相信用不了多久，就能在水師中脫穎而出，進而讓水師自身也脫胎換骨。然而，大明水師中將領們，卻要麼忙著利用水師船隻替豪商走私貨物，要麼忙著在長江口處那些新出現的土地上種糧食賣錢，誰都沒心思多管「閒」事。

「能投奔到這小子麾下，對海客來說，也許同樣是一種福氣！」猛然間，目光換了個角度，史世用再度輕輕點頭。

抬手揉了下眼睛，他從甲板上撿起被李彤不小心丟下的銅葫蘆，打著哈欠，晃晃悠悠走下了船艙。

作為一個老資格錦衣衛，既然發現了關叔等人的海客身份，他理應有所動作。不過，如果今天喝多了，就情有可原了。好在那小子有個好媳婦，怕他被江風凍壞了身體，臨行之前，居然給他灌了滿滿一大葫蘆藥酒。好在那小子酒量差，到現在為止，還沒動上幾口。

喝了酒的人，很容易入睡。才將銅葫蘆裡的酒偷喝了一小半兒，史世用就酣然入夢。正夢見自己從朝鮮返回，身著御賜的麒麟服，腰挎御賜的雁翎刀，接受大明皇帝的嘉勉。忽然間，船身晃了晃，耳畔的風浪聲戛然而止。

「啊呀，老子居然真的自己把自己給灌醉了！」史世用翻身坐起，將酒葫蘆放穩，隨即將手探向掛在艙壁上的盔甲。

隔艙的門被人從外邊輕輕推開，他麾下的兩名錦衣衛，舉著蠟燭快步走入。昏黃的燭光，迅速灑滿了狹窄的隔艙。也照亮了他酡紅色的面孔和明澈的眼睛。

「僉事，船靠岸了。」一名喚做牛秀的錦衣衛放下蠟燭，輕手輕腳取來皮甲和皮盔，伺候他頂盔擐甲。

「船直接從水上抵達了龍山腳下，比原來預計的，節省了至少一個時辰。」另外一名喚做馮武的錦衣衛，帶著幾分欽佩補充。「山上的驛站裡，有燈光。應該是有倭寇駐紮。但是，倭寇肯定沒發現咱們，甚至想都想不到，有人居然敢在這種天氣裡連夜渡江。」

「不要叫我僉事，叫我東家！」史世用皺了皺眉，輕聲強調。「咱們不是過來幫忙的，是搭順風船，明天一早返回朝鮮王京的。」

「是，東家！」兩名錦衣衛同時點頭，隨即，又先後失望地追問，「您，您老這次不準備出手？」

「東家，咱們真的只看熱鬧，不幫忙？」

「不幫！」史世用搖了搖頭，回答聲非常堅定，「咱們是錦衣衛，能少露臉就少露臉兒。更何況，陣前廝殺，也不是咱們所長。」

看出兩個下屬臉上的失望，他笑了笑，繼續補充：「你們兩個想要戰功，等會拿下了龍山驛，老夫捨了臉面，讓李參將分幾顆人頭，記在你們名下就是。反正他最近也用不上，送誰都是送。」

「謝東家！」牛秀和馮武兩個喜出望外，齊齊拱手。

錦衣衛雖然權力巨大，並且深受皇帝信任，但是，官職升遷的體系，卻與文官和武將，都大不相同。所以，有些人熬一輩子，頂多熬到百戶。有些人甚至連百戶袍服都穿不上，從入行一直幹到除役回家，也只能被人尊稱一聲「指揮」注三。而如果有敵人的首級做憑據，情況就大不相同了。特

注三：指揮：不是指揮使。只要是錦衣衛，都可以被稱為指揮，不需要任何官職。

別是對於專門刺探監督周邊諸國的北鎮撫司來說，簡直是雪中送炭。原本難以衡量的功勞，忽然就有了實際參照。而參照軍中記功方式，百總以下，幾乎一顆就是一級。錦衣衛升職條件再苛刻，與上司一道刺探得了敵軍的關鍵機密，並且捨命為前線將士助戰，還每人上繳了五、六顆敵軍首級，也足以讓二人一躍成為總旗。

「不用謝，你們應該得的。」史世用也是從底層一級級爬起來的，知道兩個年輕下屬的艱難，笑了笑，輕輕擺手。「沒有你們，李參將也沒機會出此奇招。」

到現在，他已經不認為李彤是單純的冒險了。既然是奇襲，最關鍵的要素就是突然。至於兵力多少，反而在其次。並且有那幫海客幫忙，即便今夜不能得手，大夥上船撤回北岸，也是輕而易舉之事。根本不可能遇到全軍覆沒的風險。

既然沒有多少風險，他就不想再跟年輕人搶鋒頭。所以好整以暇地收拾齊整之後，才提著萬曆皇帝賜給自己的雁翎刀，大步走上了甲板。

甲板上，明軍已經開始排隊下船。每個人嘴裡都叼著木頭做的口枚，躡手躡腳，以免驚動了山上的敵軍。而江面上隆隆作響的濤聲，和翻滾的水霧，也給大夥提供了充足的掩護。讓他們行動起來幾乎沒有任何動靜，如同一股忽然「飄」上河岸的青煙。

另外兩股青煙，也從渡船甲板，緩緩飄上了河岸。三支隊伍迅速合為一體，然後沿著年久失修的官道，快速向山頂的驛站和軍寨靠攏。一邊走，還一邊分出斥候，去查驗敵軍反應，不多時，就已經摸到了軍寨的木　欄。

軍寨乃是朝鮮官兵數月之前所遺棄，倭寇占領這裡之後，因為其過於靠近王京，所在位置的地形又算不得如何險要，所以也沒做太多休整。只是抓著朝鮮民壯，粗粗地在寨牆破損處，加了一些木頭樁子，就敷衍了事。

偷襲如此簡陋的營寨，即便得手，也沒太大戰功可撈，更不可能威脅到宇喜多秀家的退路，逼迫倭寇放棄幸州，掉頭反撲。那，偷襲此地的意義究竟何在？距離越近，史世用心裡頭的困惑越多。抬起頭去，努力看向李彤，希望後者現在應該不繼續保密，能乾脆地給自己一個答案。

然而，李彤卻沒有回頭。只是蹲下身，用極小的聲音吩咐：「最後一次，所有人，檢查盔甲，兵器！」

「檢查盔甲兵器！」張樹、李盛、顧君恩等人一個接一個，將命令向後傳遞。很快，就將命令傳達到了所有弟兄的耳朵。

弟兄們低下頭，借著天空中的月光和星光，仔仔細細掃視身上每一處地方，唯恐有任何遺漏，耽擱了稍後的廝殺。

「如果宇喜多秀家，把軍糧存在這裡就好了。」望著李彤那尚顯稚嫩的身影，史世用忍不住又異想天開。

據說，運氣好的人，老天爺都會幫忙。如果李彤今晚歪打正著，恰巧端掉了倭寇的糧倉。那樣的話，非但宇喜多秀家不得不從幸州撤兵，王京內的其他倭寇，也會因為缺糧，而不得不棄城而走。

還沒等他看清楚，附近到底有沒有形狀與糧倉相似的建築物，李彤今夜的第二道命令，已經傳入了他的耳朵：「鳥銃隊檢查火種，準備火把！」

「鳥銃隊，檢查火種，準備火把！」劉繼業低聲重複，旋即雙腳挪動，在隊伍中緩緩穿梭。他麾下的鳥銃手們，紛紛將火繩從懷裡取出，夾上鳥嘴。幾個總旗，則快速從懷裡掏出火摺子和火把。

「點火。」第三道命令傳來，不高，卻讓所有人的心臟，瞬間又提到嗓子眼兒。

幾個火摺子被點燃，隨即點著了數支火把。

火把迅速傳遞，將鳥銃手的火繩，也一一點燃，宛若一串串閃動的星星。

山坡迅速被火光照亮，簡陋的軍寨內，終於有倭寇武士發現了情況的不對，尖叫著從棲身的木屋裡衝出來，撲向寨門。

「開火！」李彤根本不看倭寇的反應，按照自己的節奏，穩穩地揮落令旗：「鳥銃自行選擇目標射擊，其他人，跟我去端了寨子！」

「殺倭寇！」吶喊聲宛若霹靂，弟兄們揮舞著兵器向前撲去，瞬間衝破了軍寨的正門。

「砰，砰，砰砰砰……」鳥銃聲，緊跟著響起，驚起成群的寒鴉，尖叫著逃向南方。

「殺，我操，怎麼自己衝上去了？哪有帶隊衝鋒的參將！」儘管早就知道李彤勇猛，史世用依舊被對方的行為給嚇了一大跳，驚呼聲脫口而出。

在他的記憶中，武將官做得越高，就越不會輕易再以身犯險。道理很簡單，不划算。主將的作用乃是及時調整部署，指揮全軍，不是上陣殺敵。他本人再勇猛，一仗下來，也不可能殺敵過百。但萬一調整不及時，或者指揮失誤，損失的弟兄，就可能上千。

並且，戰場上的弓箭和彈丸都沒長眼睛，絕對不會因為誰穿著將領的山紋鎧，就繞著他走。而一旦主將受傷或者身死，他麾下的弟兄們就會士氣大落，甚至還有直接崩潰的可能。

「砰，砰，砰砰……」斷斷續續的槍聲，將他的驚呼迅速吞沒。

劉繼業和百餘名鳥銃手沒有跟著李彤一道衝鋒，而是將鳥銃架在鐵鞭上，隔著木　欄向裡邊各自選定的目標開火。他們的射擊很不準確，鳥銃的特性，也很難射得太準。但是，上百支鳥銃輪番射擊，總有七、八支能夠命中目標。

被彈丸射中的倭寇，慘叫著跌倒，中彈處，鮮血宛若泉湧。臨近傷者的其餘倭寇被嚇得心驚肉跳，腳步明顯出現了停頓。

原本就不齊整的倭寇隊伍，因為個別人的中彈和遲疑，變得愈發雜亂。而得到鳥銃手助陣的大明勇士們，則士氣高漲，咆哮著繼續向前衝殺，刀光所及之處，對手血肉橫飛。

兩道黑色的身影，忽然從木屋的側面竄了出來，幽靈般撲向李彤身側。「小心——」旁觀者清，史世用本能地大聲提醒，心臟也瞬間抽搐成了一團。

那身影顯然是個忍者，傳說中，這種人個個身手高強，最擅長潛伏、用毒和接近目標進行刺殺。作為同樣精通於近戰的錦衣衛，史世用最不願意面對的，就是忍者。雖然每次跟忍者交手，最後活下來的都是他，但是，幾乎每一次，他都會落下不輕的傷。

隔著數十步遠，還有鳥銃聲干擾，李彤肯定聽不到他的示警。然而，就在史世用緊張的心臟幾乎停止跳動之時，他卻清晰地看到，李彤的身體，忽然向前跳了半步。雖然只是短短的幾尺距離，卻讓側面衝過來的第一位忍者，撲了一空。

「啊——」那忍者一擊不中，立刻尖叫著揮刀橫掃，試圖阻攔李彤身後的張樹和李盛，給其同夥創造戰機。戚家軍老兵的張樹毫不猶豫地豎起鋼刀前推，將忍者的攻勢牢牢遏制在半途。同樣出身於戚家軍的李盛繼續加速從忍者身邊衝過，手中鋼刀借勢橫抹，「噗——」血光沖天而起，被抹斷了血管的忍者踉蹌著跌倒。

另外一名忍者，根本沒考慮同夥的生死，如跗骨之蛆般追向李彤，倭刀高高地舉起。他恨不能一刀將李彤劈成兩段，然而，後者卻忽然又橫著跨了一步，隨即快速擰身。手中大鐵劍如同虎尾般帶著風聲倒捲，「呼——」

「當！」失去目標的倭刀被大鐵劍掃中，攔腰斷成了兩截。李彤的身影毫無停頓，旋步、提腰、掄臂，三個動作一氣呵成。沉重大鐵劍在半空中回拍，正中第二名忍者的面門。

「啪——」雖然隔著老遠，史世用卻隱約聽見了一聲脆響。同時看見第二名倭寇的腦袋，像熟透的西瓜般四分五裂，紅紅白白濺得到處都是。

「小心——」他又忍不住大聲提醒，還沒來得及放鬆的心臟，再度抽緊。借著天空中的月光和星光，他看到更多的倭寇從不同的木屋湧了出來，突破鳥銃的攔截，丟下數具屍體，將李彤的身影團團包圍。然後看到大鐵劍不停地在包圍中劈來砍去，砍得四周斷刃橫飛，紅霧瀰漫。

李盛和張樹帶著弟兄們衝上前，與李彤並肩而戰。倭寇在局部的人數優勢迅速消失，被大明勇士砍得節節敗退。一把倭刀高高地飛起，李彤的身影緊跟著再次出現在史世用的視野中。他竟然毫髮無傷！揮動大鐵劍的手臂，也絲毫沒有減慢。幾乎一劍一個，將敢於靠近自己的倭寇，無論是武士、足輕還是徒步者，砍得筋斷骨折。

一名只戴了頭盔，卻沒顧上穿鎧甲的武士，剛剛舉起倭刀，就被李彤一劍砸在了肩膀上，整個人被砸得倒飛而起，大口大口地吐血。另外一名足輕試圖繞道側面發起攻擊，被張樹搶先一步，用鋼刀斬成兩段。第三名倭寇試圖攻擊李彤的下盤，李盛加速衝上去，手起刀落，將此人的肩膀連同半邊身體一並砍落塵埃。

明軍的隊伍正面瞬間變得空曠。擋在李彤、李盛和張樹三人身前的倭寇，紛紛躲避。但是，三人卻不肯放過那些倭寇，向前又衝了幾步之後，猛然轉頭，沿著剛剛撕開的缺口，向左翼快速橫推。

不幸落於明軍左翼的倭寇，同時承受來自正面和側面的進攻，轉眼間，就土崩瓦解。李彤追著一名武士打扮的傢伙，大鐵劍揮落，在此人後背上撕開一條兩尺多長的口子。武士身體內的血液和生命力，瞬間被抽光，借著慣性向前又逃了兩步，一頭栽倒。

其餘武士和足輕，尖叫著逃竄，誰都沒勇氣再去面對那把並不鋒利的大鐵劍。李彤、李盛和張樹三個，掉轉頭再度撲向右翼，與弟兄們一道，將右翼的倭寇，也砍得七零八落。

「殺倭寇，殺倭寇！」將士們氣勢如虹，跟在李彤身後，撲向另外一隊從軍寨深處衝出來的倭寇，宛若猛虎撲向群羊。

沿途零星遇到的倭寇，誰都不敢上前阻攔，像沒頭蒼蠅般，四處亂撞。那隊從軍寨深處衝出來的倭寇見明軍攻勢凶猛，也不敢再繼續向前靠近，竟然在半途中停住了腳步，手忙腳亂地重新調整陣型。

「倭寇準備結硬陣頂住選鋒營的攻勢，然後再找機會反擊。」雖然沒指揮過軍隊作戰，史世用的眼界卻頗為寬廣，單純憑著經驗，就判斷出了倭寇的真實打算。

然而，隔得太遠，他卻無法提醒李彤及時調整戰術，也來不及提醒。只能看著後者帶領弟兄們，徑直地朝著倭寇倉促布置的防守陣型撲過去，如同海浪撲向了礁石。

「轟隆！」這一次，他發誓，自己貨真價實聽到了兩軍對撞所發出聲響。隨即就驚喜地看到，倭寇陣型從正中央碎裂，缺口處，血流成河。而大明勇士們，則沿著撞開的豁口繼續向前突進，將躲避不及的武士和足輕盡數砍倒。

「殺倭寇，殺倭寇！」跟在史世用身邊的兩個錦衣衛，忽然忘記了先前那個「只看熱鬧不參戰」的約定，大叫跳起來，衝進軍寨。綉春刀寒光四射，砍向一個個落單的倭寇，勇不可當。

「回來——，算了，且讓你們過把癮！」史世用大聲呵斥，隨即，也改變了主意。高舉著雁翎刀衝向了戰場。

第四章 野火

軍寨裡的倭寇，已經徹底崩潰。一個個尖叫著轉身，抱頭鼠竄。而明軍的隊伍也迅速分散，各隊弟兄在小旗的帶領下，追著倭寇，縱橫穿插，從背後將倭寇們砍倒在地，割掉首級。

史世用來得太晚，在寨門附近，已經撿不到未被盯上的倭寇。只好拎著明晃晃的雁翎刀繼續向內狂奔，好不容易發現了一個倭國武士，正準備衝過去過一次陣斬敵將的癮，耳畔卻忽然聽見「砰！」的一聲巨響，緊跟著，那名武士後背上出現了一個拳頭大的血洞，直接看到了前面的火光。

「別搶，老子好不容易才上一次戰場！」史世用被鳥銃聲給嚇了一跳，惱怒地回頭怒叱。目光所及，恰看到劉繼業那人畜無害的笑臉。

「世伯，我沒注意！這個，這個人頭，算您的，我，我要他沒用。」劉繼業聲音，也緊跟著響了起來，讓人根本沒辦法跟他生氣。

「我要更沒用。」史世用被弄得哭笑不得，狠狠瞪了劉繼業一眼，繼續朝著軍寨深處猛衝。才衝出十幾步，猛然間發現三名倭寇，被一隊弟兄逼在了死角處，負隅頑抗。心中大喜，三步並做兩步撲過去，舉刀斷喝：「讓開，讓老子來結果他們！」

「投降！」那三名倭寇忽然齊齊跪倒，棄刀於地，用半生不熟的大明官話高喊，「投降！小的們願意投降。天兵老爺，天兵老爺饒命！」

正圍住三名倭寇準備將他們剁成肉泥的劉阿八等人，愣了愣，頓時有些不知所措。按照以往的規矩，即便他們直接割了投降者的首級，上司也會睜一隻眼閉一隻眼。可今天突然冒出來一個錦衣衛大官兒，萬一此人是個喜歡雞蛋裡挑骨頭的，給大夥扣上一頂「殺降」帽子，大夥可就得不償失。

「奶奶的，孬種！」明明只要將雁翎刀揮落下去，就能殺個痛快。然而，在劉阿八等人的注視之下，他卻有些丟不起人。丟下一句罵人的話，再度邁開大步，轉眼間，就將眾人連同俘虜全都丟在了身後。

「既然降了，就留他們一條小命，等回去也好拿去做見證。」劉繼業帶著一隊鳥銃手，氣喘吁吁地趕到。停住腳步，對仍在發傻的劉阿八等人，大聲叮囑。隨即，將打空了的魔神銃丟給親兵，從對方手裡搶過一把剛剛裝填完畢的鳥銃，繼續去緊追史世用的腳步。

二人只顧著殺賊，誰也沒仔細去想，為何今晚居然有倭寇會說大明官話。一前一後，轉眼間就又跑出了老遠。沿途遇到倭寇，要麼已經被其他弟兄「預定」，要麼果斷選擇了跪地投降。一直跑到了寨子的後門附近，才終於追到了合適的目標。

那是一名家臣打扮的倭寇頭目，在十幾個武士和足輕的捨命保護下，正在做困獸之鬥。李彤、張樹和李盛等人，已經在四周將這群倭寇團團圍住，只是因為勝券在握，所以不想讓對方垂死反噬。採取了近似於靈貓戲鼠的戰術，等待對方的抵抗意志自行崩潰。

「慢點，我來！」唯恐自己被落下，隔著老遠，劉繼業就高聲提醒，「我麾下的鳥銃手們馬上就到，姐夫，先圍住他們，不要著急下手。」

「慢著，先讓老夫來！」史世用這回終於忍無可忍，大吼著衝上前，快速擠到包圍圈中央。然而，卻鬱悶地發現，倭寇的陣型擺的如同刺猬一般，讓自己根本找不到地方下手。

很顯然，劉繼業的辦法，才是最有效，也是最省事的。再密集的陣型，也禁不起鳥銃頂至近處亂轟。特別是在有魔神銃的情況下，哪怕對方身穿重甲，也是一轟一個血窟窿。

「世叔，沒必要冒險，繼業說得對！」唯恐史世用殺起了性子，非要直接衝陣。李彤趕緊搶先一步大聲勸阻。

「老夫知道，老夫又不是第一次上戰場！」明知道對方是一番好心，史世用卻憋得額頭青筋亂蹦。手中雁翎刀，也遲遲捨不得放下。

對於他這種級別的錦衣衛官員來說，倭寇的首級半點用途都沒有。然而，心頭的熱血好不容易才沸騰了一次，卻找不到任何機會宣洩，著實讓他憋得有些難受。正進退兩難之際，卻又聽見劉繼業大聲叫喊：「朴七，叫他們投降，投降了免死，不投降，等鳥銃手趕到，把他們全都轟成馬蜂窩！」

「降伏して死を免れる！」史世用眼前頓時一亮，一串倭語脫口而出，雖然未必見得有多標準，氣勢卻遠非朴七這種通譯所能達到。

「降伏して死を免れる！」史世用的兩名錦衣衛下屬牛秀和馮武，為了給長官長臉，也扯開嗓子，高聲重複。

三人本來目的就是爭一口氣，並沒指望被圍住的倭寇主將真的會聽話。誰料，原本縮成一團刺猬的倭兵，竟然應聲而散。被護在正中央的那名家臣，帶頭跪倒於地，雙手將自己的兵器舉過了頭頂，用十分純正的大明南方官話，高聲求饒，「投降，我等願意投降。在下小西飛，與沈惟敬游擊乃是莫逆之交。在下願意棄暗投明，戴罪立功！」

「小西飛？你怎麼會說我們的話？」

「你也姓小西，跟賊頭小西行長什麼關係？」

「你是賊頭小西行長的兒子，還是侄子。實話實說，否則，割你的腦袋！」

「你認識沈惟敬？你怎麼會跟他攀上交情？」

聽到對方頗為熟練的大明官話，包括李彤在內，所有選鋒營將士都是一愣，追問的話，脫口而出。

「在下，在下是小西攝津守的家臣。原名內藤如安，蒙攝津守不棄，改姓相侍。並非他的兒子或者侄兒。沈游擊出使平壤，正是在下奉命接待。在下仰慕天朝已久，只是恨無福生在大明，所以跟他做了異姓兄弟。在下，在下願意將功贖罪，請將軍留在下一條小命兒。」小西飛倒也乾脆，既然選擇了投降，就毫無保留地回答了所有問題，甭管這些問題出自大明哪位勇士之口。

「你既然是小西行長的家臣，怎麼會駐紮在這兒？」李彤聽得將信將疑，皺著眉頭繼續追問。

小西飛的口齒極為便給，立刻就給出了答案，「我家，我家主公因為在平壤戰敗，被同僚排擠。在下，在下作為家臣，自然也受到牽連。被，被派出巡視王京周圍的軍寨。今晚，今晚剛到，還，還沒來得及有所動作，就，就成了將軍大人的俘虜。」

「嗯？」李彤從對方的話語裡，找不到什麼漏洞。但是否饒恕此人，卻不敢當著錦衣衛的面兒擅自做主。乾脆將求助的目光，直接轉向了史世用。

史世用正憋了一身勁兒沒地方發洩，立刻朝李彤點點頭，上前半步，大聲吩咐：「你是內藤如安，抬起頭來！」

「遵命！」小西飛不敢拒絕，大聲答應著抬頭。緊跟著，就嚇得一屁股倒坐於地，「你，你，怎麼是您！您竟然，竟然是……」

上下兩排牙齒，不停地撞擊，讓他半晌都無法說出完整的句子。

「狗賊，休要血口噴人！」

「閉嘴，你認錯人了！」

牛秀和馮武兩個大急，舉起綉春刀就要往下剁。

「且慢！」史世用手疾眼快，搶先一步用雁翎刀架住了兩位屬下的兵器，「讓他說，我等問心無愧！」

「在下，在下認錯，認錯了！」小西飛死裡逃生，不敢賭對方會不會殺人滅口，瑟縮著連聲承認，「在下見過幾個朝鮮人，長得，長得跟這位將爺有點兒像。但，但個子，個子要比這位將爺矮得多。」

「你沒認錯，就是某家。」史世用知道這種情況下，自己越不讓小西飛開口說話，越容易引起周圍弟兄的誤會，笑了笑，坦然承認。「某家朋友遍天下，不久之前，剛剛去過一趟王京。」

說罷，又笑著將頭轉向李彤，「這個人留下，一會咱們倆共同審問他。他身邊的那些傢伙，你先叫人綁了送到船上去，找機會送往遼東看押。如果有人膽敢反抗，就直接一刀剁了了事！」

「不反抗，不反抗，小的願意去遼東，願意去遼東！」被俘的倭寇之中，居然不止小西飛一個人會說大明南方官話，爭先恐後大聲表態，以免反應慢了，被殺人滅口。

「怎麼回事？」

「這群倭寇怎麼如此沒種？」

「他們真的是倭寇，不會是朝鮮人假冒的吧！」

「他們當中怎麼有人官話說得比我都順嘴兒……」

周圍的弟兄們拚命眨巴眼睛，誰也無法相信眼前看到的情景。

自打入朝作戰以來，選鋒營以往也沒少抓倭寇的俘虜。但那些俘虜一般都是倭寇之中地位低下的徒步者和足輕，像今晚這種家臣帶著整隊武士投降的情況，大夥以前卻從沒見到過。更未曾見過，如此多的倭國武士，扎著堆說大明官話。

「先綁了送船上去吧，他們是小西行長的人。小西行長對咱們的使者一直很客氣，咱們留這些人一命，也算投桃報李。」唯恐越耽擱惹出的猜疑越多，搶在李彤正式做出決定之前，再度低聲要求。

「對，對，對！我家主上從沒想過跟大明為敵。真的，他聽聞大明天兵過了江，就立刻將隊伍收縮回了平壤。」如同落水之人揪住一根稻草，小西飛堅決不肯錯過機會，扯開嗓子大聲補充。

「狗屁，不想跟大明為敵，你們怎麼到了朝鮮？」劉繼業聽了，頓時心頭火起，抬起腳，將小西飛踹成了滾地葫蘆。

「將軍饒命！」小西飛不敢滾得太遠，掙扎著重新跪好，大聲哀告，「小人也是奉了關白的命令，不得不來。原本只想做做樣子，沒料到，沒料到朝鮮人如此不禁打！」

弱小，便是原罪。別人就有足夠的理由，竊探屬於你的一切。在小西飛看來，這個理由最恰當不過，然而，卻讓李彤怒火上撞，握著大鐵劍的手，本能地就向上發力。

「賢侄，留他一命。我要他有用，等會兒，咱倆一起審問他。」史世用看在眼裡，急在心頭，趕緊伸出手，死死握住了李彤的手腕。

即便反應再遲鈍的人，到了此時，也應該知道了史世用這樣做，必有緣故。李彤想了想，欣然點頭，「就依世叔！」緊跟著，又將目光轉向身邊的嫡系，「顧千總，你帶幾個人先綁了倭寇，押著他們上船。繼業，你派人把這裡仔細搜上一遍，以免有漏網之魚。盛哥兒，你帶人尋找乾柴，布置燈油，準備放火。」

「遵命。」

「是，姐夫！」

「是，少爺！」

顧君恩、劉繼業和李盛三人，欣然答應，然後各自帶著幾十個弟兄去執行任務。目送三人離開，李彤想了想，再度將目光轉向史世用，「世叔，你們錦衣衛的事情，小侄不便……」

「借一步說話。」史世用知道繼續隱瞞下去容易產出誤會，立刻大聲打斷，「沒什麼不便的。幾句話，就能說明白。臨行之前，老夫跟上頭通過氣，可以便宜行事。」

說罷，單手從地上拎起小西飛，如拎著一隻雞仔般，拎向一間看上去還算齊整的木屋。

木屋內還生著炭盆，幽蘭色的火焰與燭光一道，照亮發黑的牆壁。牆角旁，亂七八糟地堆著倭國武士們沒來及穿戴的甲冑。屋子正中央的朝鮮式小炕桌上，一盆剛剛煮好的狗肉，隱約還冒著熱氣。桌子四周，幾個酒壺東倒西歪，將裡邊沒來得及喝的酒水灑了滿地。

「你這廝，倒是會享受！」仔細用目光掃視了一圈兒，確定屋子內的確沒有忍者隱藏。史世用狠狠將小西飛摜到炭盆旁，大聲奚落。

「冷，實在太冷了！」小西飛被說得臉色發紅，跪在地上，小聲自辯，「沒想到朝鮮這麼冷。將爺，這位將軍，小的生來就不是塊打仗的料。我家主上，也從來沒想過與大明天兵為敵。二位想問什麼，就儘管問，只要小的知道，絕不敢做任何隱瞞？」

「閉嘴！」嫌棄此人囉嗦，史世用大聲呵斥，「老實跪著，該問你的時候，自然會問。」

「是，是！」小西飛只求活命，老老實實地跪好，將頭頂在地上，做待宰羔羊狀。

「他是小西行長的人，應該在某個場合跟老夫碰過面兒。」急於打消李彤心中的疑慮，史世用斟酌了一下，非常認真地解釋，「老夫跟你說過，因為平壤兵敗，小西行長受到了同僚排擠，心中十分不滿，所以，故意向外走漏了倭寇去攻打幸州山城的謀劃。而老夫假扮成商販，最近一直住在王京。那邊有一些朝鮮望族，腳踏兩隻船，跟倭寇和錦衣衛，都暗中多有往來……」

以他的身份和地位，其實沒必要解釋得如此仔細。錦衣衛行事，向來只受大明皇帝（和太監）約束，也只對大明皇帝負責。上自宰相，下至地方官員，都沒資格過問。而作為專門刺探監督周邊諸國情況的北鎮撫司，更有資格不對外人吐露自己的秘密。畢竟，刺探敵情不像領兵作戰，可以擺明了車馬。很多手段，原本就不能見光。

然而，不知道為什麼，史世用卻不願意讓李彤、張維善和劉繼業三個，今後看向自家的目光之中，帶上任何不屑和懷疑。雖然那些不屑和懷疑，對他其實造不成任何實質性的傷害。甚至哪怕李彤去備倭經略宋應昌面前對他進行檢舉，而宋應昌親自出馬，將官司打到北京，他都有絕對的把握，自己會毫髮無傷。

「世叔不必如此。」李彤原本就沒懷疑過史世用對大明的忠誠，聽對方越說越仔細，趕緊笑著擺手，「且不說您老對晚輩有過點撥之恩，以您老現在的地位，怎麼可能跟倭寇暗通款曲？這件事到此為止，您沒必要再解釋，說得越多，您將來的處境就越危險。」

說罷，將大鐵劍向上一提，就準備先送小西飛回老家，免得此人知道的太多，將來有可能把相關消息洩漏出去，給史世用帶來危險。誰料，手腕卻被史世用再度握了個死死，「不要殺他，這人留著有用。」

「小的發誓，小的可以對著十字架發誓！」小西飛被嚇得亡魂大冒，一軲轆滾到牆角，然後不停地向李彤叩頭，「在下保證不會做任何對將爺不利的事情。豐臣秀吉囚禁了在下原來的主上。在下的居城和采邑，也是被豐臣秀吉派人所奪。在下之所以改姓小西，就是為了將來有朝一日，向豐臣秀吉討還血債。在下恨不得我軍，恨不得倭寇天天吃敗仗，所以，所以奉命出來巡視，才胡亂敷衍，不肯用心。在下……」

「你原來的主上？他姓甚名誰？」原本只是想利用小西飛給自己做眼線，隨時刺探倭寇的軍情，誰料想，竟勾出如此一大堆狗屁倒灶的事情，頓時，史世用也愣住了，追問的話脫口而出。

小西飛只求活命，一邊磕頭，一邊竹筒倒豆子般，將自己身上的秘密全都倒了出來，「小的，小的原本是足利義昭大將軍的家臣，居城在八木，年俸二十四萬石。豐臣秀吉老賊，原本是依靠足利大將軍的支持，才得以穩住了大名之位。卻恩將仇報，聯合其他幾個大名奪了將軍的權，將他軟禁在寺廟裡，對外卻宣稱他自願做了和尚。在下不服，想要救出將軍，卻被豐臣秀吉麾下的明智光秀所敗。在下為了保全性命，以圖將來，才多次改名，最後乾脆姓了小西。」

「原來你是足利氏的舊臣。」史世用雖然不知道八木城在哪，卻對豐臣秀吉的發跡歷史，瞭如指掌。兩相對照，立刻對小西飛所說的故事信了幾分。

李彤對於日本國內的情況兩眼一抹黑，無法自行判斷小西飛所說的話真偽。但是，從史世用的表情和話語中，也能推斷出眼前這個倭寇頭目的話，不至於完全是謊言。所以，斟酌了一下，故意在旁邊大聲說道：「老子不管你過去是幹什麼的，跟豐臣秀吉到底有什麼仇！老子眼裡，你的腦袋，就是白花花的銀子和升官的憑藉。想要活命，你最好拿出點真東西來。否則，別怪老子不給世叔面子。」

「我拿，我拿！」小西飛早就知道自己沒那麼容易過關，立刻大叫著答應，「將軍大人饒命，小的這就拿。眼下朝鮮王京裡頭，實際上只剩下了四萬多將士，不，不，是四萬多倭寇。其中真正還有力氣作戰的，都被宇喜多秀家帶去攻打幸州了。加藤清正，黑田長政，還有小人的主上小西攝津守，如今也都不在城內。將軍您只要帶領兩萬，不，一萬天兵殺到王京城下，城裡，城裡的倭寇，就可能一哄而散。」

此時此刻，李彤把坡州的弟兄全調出來，也不過五千出頭，其中還有一大半兒是朝鮮義勇，怎麼可能冒險去攻打王京？然而，他卻不願讓小西飛猜到自己的底細，故意裝出一副霸道模樣，再度大聲呵斥：「混帳，老子怎麼打仗，還用你教？你只管說，接下來怎麼做，老子自有主張！」

「是，是！」小西飛激靈靈打了個哆嗦，繼續大聲交代，「宇喜多秀家去攻打幸州，帶了一萬八千人，我家主上率領本部兵馬做前鋒。但是，我家主上不讓宇喜多秀家騎在自己頭上，所以肯定會想方設法出工不出力。宇喜多秀家，輕視幸州城的朝鮮守軍，認定自己能一戰而下。所以，所以只讓弟兄們隨帶了三天的乾糧，沒有帶任何其他補給。」

「這事就不用再重複了，老夫已經知道了！」史世用瞪了他一眼，遺憾地搖頭。

如果李如松沒有將弟兄們撤去開城休整，明軍的確有機會將宇喜多秀家截殺於出征的途中。而現在，卻是巧婦難為無米之炊。否則，李彤也不會只帶著三百多弟兄，大半夜冒著翻船的風險渡過漢江。

「還有，還有，糧食，我知道我們的糧食在哪？那邊沒多少守軍，我可以偷偷帶你們過去，一把火將糧食燒個精光！」為了活命，小西飛算是徹底豁出去了，啞著嗓子，快速補充。

「你說什麼，你們的軍糧不在王京？」非但史世用喜出望外，李彤也是心花怒放，上前一把拎起小西飛的脖子，厲聲追問。

「不在，不不不，王京只是存糧的一部分。當初大夥兒確定不了王京是否守得住，所以就提前運了一大半兒去城外。後來發現能守住了，就沒往回運，直接存在了南山驛。」反正已經交代了這麼多，小西飛乾脆「好人」做到底，「本來在下巡視完了龍山驛，下一站就是那裡。小人可以帶您去放火，如果那邊有任何埋伏，將軍您隨時可以割了小人的腦袋。」

「賢侄果然是有福之人，老天爺都會照顧你。」史世用猛地向頭轉向李彤，兩隻眼睛當中，隱約有火焰跳動。

對明軍來說，眼下最大的麻煩，就是補給。倭寇反倒在其次。如果能將南山驛的糧食燒掉，是倭寇軍糧的一大半兒也好，一小半兒也罷，都等於給了倭寇從背後來了一記悶棍。讓其剛剛因為碧蹄館之戰「獲勝」而恢復的一點兒士氣，再度一落千丈。

「世叔放心，我今天來，原本就是要放火燒山，帶足了牛油和火藥。」李彤笑著丟下一句話，右手拎著大鐵劍，左手拎起小西飛，轉身直奔門外。

「小西攝津守，你常年主持跟朝鮮和大明通商，麾下懂朝鮮話的人多。派兩個去告訴權粟。我給他一個時辰時間出來投降，否則，就點燃幸州山城周圍所有樹木，將他和他麾下的嘍囉，全都燒成骨灰。」幾乎在同一時間，三十餘里外的幸州，備前中納言，五十四萬石大名，豐臣秀吉的養子宇喜多秀家，指著小西行長的臉孔大聲命令。

「遵命！」小西行長頂著一張煙熏火燎的面孔，畢恭畢敬地答應，隨即就準備去自己麾下挑選合適的人選。稍不留神，兩腳被地上的斷箭絆了一下，踉蹌著摔了個狗啃食。

「小西君小心！」

「小西君注意腳下！」

「小西君……」

松浦鎮信、有馬晴信、五島純玄等人，尖叫著上前攙扶。每個人心中，都充滿了憤懣。

在他們心裡，無論年齡、資歷還是以往的戰功，小西行長都遠在宇喜多秀家之上。然而，卻被小了他二十歲的宇喜多秀家，像訓狗一樣呼來叱去。特別是這次出征幸州，幾乎所有髒活，累活，全都被甩給了小西行長和他麾下的第一番隊殘部頭上。到頭來，還吃力不討好，就因為對幸州山城進攻受挫，再度遭到了宇喜多秀家的當眾責罵。

試問天下領兵武將，誰不知道，想拿下一座有重兵駐守，地勢險要的山城，並非一天兩天的事情。並且越是擔任前鋒的隊伍，越不可能順利突破城牆。等什麼時候前鋒把守軍累垮了，將山城內的防禦物資消耗的七七八八，後續隊伍才有機會衝上去，拿下整座城池。

可宇喜多秀家卻不管這些，他恨小西行長前一段時間鋒頭太盛，更恨小西行長深受自家養父豐臣秀吉信任，卻從沒給與過自己足夠的禮敬，所以鐵了心要給小西行長點顏色看。甚至連入城勸降這種九死一生的任務，都直接要求小西行長的下屬承擔。

他給出的理由非常冠冕堂皇，小西行長多年來，一直把持著日本對朝鮮的貿易和對大明的走私，麾下肯定懂朝鮮話的人多，卻不肯或者懶得去想，能精通朝鮮語，能跟隨商船在朝鮮和日本之間往來，還有膽子上戰場的人才，是何等的稀缺。

這樣的人才，在小西行長那裡，即便不是心腹家臣，年俸也在三百石之上注四。宇喜多秀家輕飄飄一句話就將他們送到權粟的刀下去，與直接拆小西行長的骨頭，還有什麼區別？「告訴他，不要想著拖延時間。這次出征，本將軍根本就沒打算拿下一座完整的城池。」完全是仗著豐臣秀吉的寵愛才爬上的高位，宇喜多秀家根本察覺不到，自己對小西行長的苛待，已經令身邊的其他大名兔死狐悲。皺著眉頭跟上去，繼續大聲補充，彷彿在叮囑一個剛剛上戰場的雛兒，「本將軍給他投降機會，是因為他是朝鮮國唯一一個有膽子敢主動向我軍發起進攻的勇士。如果換成元鈞、李玨那樣的膽小

注四：日本戰國時代，大名麾下的家臣、武士和官吏，全都是大名負責發俸祿。普通武士年俸五、六十石，年俸三百石以上，意味著此人已經步入嫡系行列。

鬼，我軍合圍之後，就會立即放火！」

「如果是元鈞或者李玨，這會兒幸州城內早沒人了，還用得著你用火攻來威脅？」小西行長在肚子裡悄悄嘀咕，然而，卻仍舊裝出一副逆來順受模樣，答應著躬身。

他的委曲求全，卻沒換來宇喜多秀家的絲毫體諒。後者想了想，很快，就繼續大聲說道：「為了提防權粟死撐到底，小西攝津守，勸降的使者派出之後，你立刻把第一番隊撤到山腳下去，與朝鮮人一道砍伐木柴。這麼大一座山城，想要燒乾淨，乾柴肯定越多越好。」

「宇喜多參議，第一番隊乃是前鋒，不是朝鮮僕從！」刑部卿松浦鎮信忍無可忍，紅著眼睛大聲抗議。

「宇喜多參議，第一番隊裡的武士，大部分都追隨過關白。請看在他們昔日戰功累累的份上，不要再肆意羞辱他們！」同樣忍無可忍的，還有宗義智，站直了身體高聲提醒。

「唉！」周圍除了小早川秀包之外，其餘大名和武士們，紛紛將頭扭到一旁，低聲嘆氣。誰也不願意繼續去看，曾經為豐臣秀吉多次出生入死的小西行長，被一個從沒立過任何功勞的年輕人，反覆「修理」。

「松浦君，宗義君，多謝了。宇喜多參議，是在懲罰第一番隊失去平壤的罪責。在下也甘願受罰，以減輕對關白的負疚！」小西行長雖然不是忍者，忍氣吞聲的功夫，卻練得天下無雙。先攔住了松浦鎮信和宗義智，不准他們繼續替自己抱打不平。隨即，又轉過身，踉蹌往回走了幾步，對宇喜多秀家躬身行禮，「宇喜多參議儘管放心，準備乾柴之事，包在在下身上！」

「唉——」周圍的大名和武士們見他如此忍辱負重，心中越發覺得淒涼。

宇喜多秀家之所以敢如此對待小西行長，最重要原因就是小西行長的第一番隊，在平壤折損過重，實力所剩無幾。而明軍的戰鬥力大夥已經都親身領教過了，絕非朝鮮官兵能比。跟大明作戰，打輸了再正常不過。一旦大夥麾下的隊伍，將來也像第一番隊那樣傷筋動骨，誰能保證自己，不落個跟小西行長同樣的下場？

「宇喜多參議，第一番隊兵馬太少，恐怕準備不了太多的乾柴。在下願意帶著麾下隊伍去幫他，以免耽擱了即將展開的火攻！」唯一沒有嘆氣的，還是小早川秀包。為了避免宇喜多秀家犯了眾怒，他果斷站出來，向後者請纓。

他是小早川隆景的親弟弟，而小早川隆景又是宇喜多秀家的主要拉攏和依仗對象。所以，他的建議，宇喜多秀家不得不認真考慮。因此，後者稍作遲疑，就欣然點頭：「好，既然小早川侍從願意放棄休息時間，本將軍肯定不會阻攔。你去好了，不用太緊張。本將軍不信，權粟真的想跟他麾下那些朝鮮流寇，一起變成灰渣！」

「遵命！」同時討好了對立的雙方，小早川秀包心中好生得意。又向宇喜多秀家躬了下身，帶著麾下嫡系，迅速奔赴山腳。

由於倭寇進入朝鮮之後大肆屠戮的緣故，幸州山城周圍，十室九空。所以，秋天和冬天被風刮斷了樹枝和死去的野樹根本沒人管，連續幾個月在林地間接受風吹日曬，早就乾了個透。

小早川秀包做事利索，很快就收集到了兩千多捆乾柴。小西行長的第一番隊雖然士氣低落，收集到的乾柴略少，但是全部加起來，也有一千四五百捆。再算上朝鮮僕人從昨天就開始所收集的，已經足以將幸州山城圍上一整圈兒。

而山火只要一燃起來，就不會受人控制。到時候，火借風勢，風助火威，四下裡的所有植物，無論高矮粗細，恐怕全得成為柴薪。非但幸州山城會燒做瓦礫堆，鄰近的幾處村寨，無論零星還有人居住的，或是早就廢棄的，肯定全都在劫難逃。

「小西攝津守，你派去下通牒的人，可曾回來？時間馬上就到了，如果權栗執迷不悟，本將軍就只能成全他！」沒有耐心繼續等下去，宇喜多秀家抬頭看了看星星的位置，啞著嗓子大聲催促。

「沒有，他們，他們應該是已經被權栗給殺掉了！」小西行長搖了搖頭，滿臉悲愴，「權栗在朝鮮軍中，是有名的心狠。即便是下屬偶爾對他冒犯，他殺起來也不眨眼睛。在下，在下派去的那兩個武士……」

「那就準備點火！」宇喜多秀家咬著牙，似笑非笑。「權栗先前仗著手裡的火櫃和火箭，在守城時殺死了你麾下許多武士。這第一堆火，就由你來點！」

「火，火，起火了……」話音剛落，忽然間，附近有人大聲尖叫。

「叫什麼叫？本將軍還沒下令，怎麼會……」宇喜多秀家被吵得心煩意亂，扭過頭，大聲呵斥。他的身體，在轉過去的瞬間，就變得如同石頭般僵硬。一雙三角眼瞪得滾圓，嘴巴努力上下移動，卻無法發出一個完整的句子。

王京方向，烈焰夾著濃煙，扶搖而上。

連綿火光，轉眼即燒紅了半邊天空。誰也不知道，火頭究竟因何而起，到底覆蓋了多廣的範圍。

第五章 清流

猩紅色的火焰，借著午夜的大風，在天地之間跳動，蔓延。所過之處，樹林、灌木、雜草，全部被化作了燃料，無論是原本已經枯萎，還是曾經生機勃勃。

朝鮮王京西北、正西、和西南，多處丘陵全都變成了火炬。濃煙順著風翻滾，帶著糧食的焦糊味道，不停地刺激人的鼻孔，心臟和腦袋。讓一些人氣急敗壞，另外一些人興高采烈。

無論是氣急敗壞的倭寇，還是興高采烈的明軍，誰都不敢靠火場太近。春天的風向最難預測，彈指之間，就有可能發生變化。萬一被野火捲了進去，任你武藝再高，謀算再精明，也逃不過灰飛煙滅的下場。

此時此刻，最聰明的選擇，就是躲到江面上。漢江充沛的水流，可以將野火在岸邊止步。而船隻的靈活性，又可以讓乘船者隨時調整角度，觀察野火的效果以及岸上各色人等的反應，掌握第一手情報。

「轟！」一處油脂豐富的松樹林發生了爆燃，巨大的火球騰空而起，化作繁星四下飛濺。史世用本能地向後躲了躲，隨即大笑著張開雙臂，彷彿準備擁抱火焰的洗禮。

爆得好，爆得妙，爆得呱呱叫。最好是那些飛濺的火星，直接落進朝鮮王京，將裡邊的倭寇和偽軍，全都烤成狗肉！那樣的話，大明將士就可以立刻班師回家，朝鮮百姓今後也不用再受某些無恥之徒的盤剝。

「可惜了，剛才刮的是東風。龍山驛那塊兒，松樹林也不夠大。」與史世用一樣開心的，還有李彤和劉繼業，二人站在甲板上，朝著岸邊指指點點。

人心總是不知足，在出發之前，他們根本沒想到，春天在野地裡放火，效果居然會如此之顯著。而現在，他卻希望火勢變得更大，夜風變得更猛。最好風向再立刻改成從西北吹向東南，讓火焰席捲整個京畿道。

「呼——」又一股夜風夾著熱浪從岸邊吹過來，剎那間，甲板上所有人都焦香滿鼻。

「可惜了，至少有七、八萬石，都是上好的朝鮮貢米。」史世用輕輕抽了抽鼻子，帶著幾分滿足感慨。

「要是糧倉在龍山驛就好了，咱們可以專門騰出一艘船來裝糧食。」他的兩名錦衣衛屬下，牛秀和馮武也有樣學樣，一邊用力吸氣，一邊不甘心地念叨。

貢米，在朝鮮向來是專門供給王族和頂級勛貴的，尋常百姓有錢也買不到。錦衣衛潛伏於朝鮮王京，做事務求低調，更沒機會去弄此物，滿足自己口腹之欲。所以，此刻趁著還能聞見米香，趕緊多聞幾口。等到後半夜找安全處下了船，二人就又得喬裝打扮成商販，日日與大醬湯為伴。想要再聞一次同樣的稻米香味兒，還不知要等何年何月。

「我在點火之前，讓弟兄們用倭寇的衣服裹了幾斤，下船的時候，可以分你們一半兒。」實在不忍心看牛秀和馮武兩個，那口水盈盈的模樣，李彤笑了笑，低聲承諾。

「那，那怎麼好意思。」牛秀和馮武兩個，立刻眉開眼笑，雙手抱拳向李彤致謝，「弟兄們這麼老遠背了貢米上船也不容易，他們自己都沒捨得吃呢，我倆……」

「他給你們，你們就拿著，別得了便宜賣乖。」嫌棄兩位沒出息的下屬給自己丟人，史世用轉過身，一腳一個，將牛秀和馮武踹進了船艙，「別拿太多，夠吃一頓熱粥就得。否則，一旦進城後被倭寇搜出來，當心你們倆的小命兒！」

「哎，哎！」牛秀和馮武，等得就是他這句話，連聲答應著，消失於船艙口兒。

「讓你看笑話了。這倆沒出息的傢伙，也是可憐，自打陪著我來朝鮮，就沒吃幾頓像樣的飯！」史世用覺得有些不好意思，將身體轉向李彤，搖著頭解釋。

「都是自家人，世叔不用客氣。」能跟錦衣衛結交，特別是史世用這種有良心的錦衣衛結交，李彤求之不得。將身體側了一些，也笑著搖頭。「朝鮮正在戰亂之中，民間想必清苦得很，而世叔你們三個還得小心翼翼地掩飾行藏，不能太顯眼……」

「即便不打仗，也一樣清苦。這裡的人，幾乎頓頓都是桔梗、高粱加大醬，醬裡放一點肉湯，算是過年。」史世用心情甚好，笑著打斷，「大戶人家，日子多少好一點兒，但規矩奇多。即便陪著老夫去赴宴，他們倆也只能站門外乾看著。」

「那就一會多留一些米！我那邊還有一些肉乾兒，也都留給您。城外剛剛失了火，世伯你們三個入城之時，倭寇未必有心思搜得那麼仔細。」劉繼業越聽越覺得倆錦衣衛可憐，在旁邊大聲插嘴。

史世用聽得食指大動，然而，猶豫再三，卻又堅定地搖頭，「還是不必了。為了多吃兩頓飽飯，把命搭進去，不合算。」

「那我給您老留著，等打完了仗，再請您和兩位哥哥吃個夠。」知道細作這種差事，等於每天都在刀刃上打滾兒，劉繼業也不堅持，笑著給出了第二個選擇。

「那老夫就記下了，到時候一定跑不了你。」史世用聽得心中好生舒服，大笑著點頭，「照這樣子下去，倭寇想必也蹦躂不了多久了。」

笑罷，忽然又想起了今晚的行動經過，忍不住心中湧起一股好奇，壓低了聲音，向李彤和劉繼業詢問：「你們兩個，現在該跟老夫說句實話了吧？你們怎麼知道倭寇的糧倉有可能在城外的？莫非還有其他細作在給你們通風報信？」

「怎麼可能，世叔，除了您和兩位哥哥，我們根本沒見過其他錦衣衛。」劉繼業聞聽，頭立刻搖成了撥浪鼓，「今天晚上，純屬歪打正著！包括那個，那個小西飛，我們都沒想到他居然在龍山驛，並且如此貪生怕死。」

「他不是單純怕死，是不願意為了豐臣秀吉去死。」史世用將信將疑，目光中充滿了迷惑，「不是為了燒倭寇的糧倉，你們在龍山驛放火有啥用？那地方前不著村，後不著店兒，除非，除非你有把握大火會蔓延數十里，直接燒了王京！」

想到這種可能，他忍不住激靈靈打了冷戰，將目光快速掃向朝鮮王京，凝住不動。許久，許久，終於確定那邊只是亂做一團，並未被野火波及，才又將目光轉回李彤這邊，欲言又止。

知道自己不給出一個解釋，遲早會被史世用當成神棍，李彤想了想，用極低的聲音說出了答案：「世叔，龍山驛在王京和幸州之間，距離前者不到二十里，距離後者則是三十里出頭。龍山驛那邊只要燒起來，用不了多久，幸州的倭寇，就都能看見。但從幸州方向看，卻無法確定大火燒得是不是王京。」

「倭寇自己不可能放火燒自己，如果王京失火，只意味著一件事，咱們的大軍已經攻陷了城池，宇喜多秀家的後路堪憂。」劉繼業接過話頭，帶著幾分顯擺的姿態補充，「屆時，即便宇喜多秀家本人能沉得住氣，不掉頭回去救王京，他麾下的倭寇想必也人心惶惶！根本不可能再提得起精神進攻幸州。那權栗既然敢趁著我軍跟倭寇交手，逆襲到王京附近，想必不是個膽小鬼。只要他瞅準機會帶領麾下弟兄向城外一突，十有七八能夠潰圍而出，逃離生天！」

「這……」史世用沒參加過任何大戰，頓時，聽得目瞪口呆。半晌，才回過神，試探著詢問，「若是，若是朝軍沒能把握住機會突圍呢？你，你又沒湊巧抓到小西飛，今晚這把火，這把火豈不是白放了！」

「不知道突圍，就等死唄！」沒想到錦衣衛中正四品僉事史世用，居然問出如此失水準的一句話，劉繼業大失所望，聳了聳肩，冷笑著道：「咱們又不欠他的。已經為他做到這種地步了，他自己不爭氣，又能怪誰？」

「什麼？」史世用大吃一驚，剎那間，方方正正的臉上，寫滿了難以置信。

身為錦衣衛高官，他平時沒少留意大明軍中的宿將和新銳。那些人雖然平素也對朝鮮軍隊的表現嗤之以鼻，對朝鮮國王及此人麾下那些糊塗蟲百般嘲諷，但是，只要聽聞哪支朝軍有難，肯定會不遺餘力前去救援。從來沒有任何一個人，像李彤和劉繼業這樣，居然只管給朝軍創造機會突圍，至於朝軍能不能將機會把握住，則不聞不問。

「世叔，你也看到了，我和守義兩人麾下的弟兄，還沒被困的朝軍多！」不想讓劉繼業一個人承受壓力，李彤在旁邊大聲補充。「並且還有一座坡州城得守。如果直接去幫朝軍解圍，弄不好，朝鮮人倒是走了，我們自己就得搭進去。所以，只能量力而行。」

「也是！」想到李彤和張維善麾下，真正的大明壯士只有兩千左右，剩下的全是東拼西湊來的朝鮮義勇，史世用喘息著點頭。

在他原本的認識中，大明既然為朝鮮的宗主，對待朝鮮，就應該像父親對待兒子。兒子再不爭氣，做父親的罵得打得，卻不能眼睜睜地看著他被外人欺負。但是，李彤的話，卻無懈可擊。救人的前提，是自己能力足夠。全天下都沒有為了去救別人，卻把自己送進虎口的道理。

「還有，世叔，小侄一直以為，朝軍得先學會自救，然後才能指望咱們救他。不能老像現在這樣，讓大明子弟在陣前拚命，而他們自己，每次卻只管躲在遠處看熱鬧。否則，收復的國土算誰的？小侄和弟兄們是大明子民，為大明而戰義不容辭。可小侄和弟兄們，卻沒領過朝鮮國主一文錢的俸祿，憑什麼為他出生入死？」劉繼業的話，再度傳來，每個字都清晰無比。

「這……」史世用一個字都回答不上來，只覺得自己的腦袋嗡嗡作響。

對方今夜這番話裡頭，有很多觀點，他都是第一次聽到。雖然每一句聽起來都很在理，卻與他潛意識中的想法大相徑庭。讓他無法反駁，但是，一時半會兒，卻很難接受這種衝擊。

「李參將，小西飛想要見您，問您有沒有功夫搭理他？」船艙門口，忽然傳來了劉阿八的聲音，隱約帶著幾分討好。

「什麼事情？帶他到甲板上來說！」李彤正愁沒辦法轉移史世用的注意力，立刻大聲吩咐。

「是！」劉阿八答應一聲，轉身回去拉人。趁著大夥注意力都不在自己身上之時，史世用悄悄將臉轉向火場，對著已經被燒紅的天空長長吐氣。

早就聽聞讀書讀得好的人，口才都便給，他一直對這種說法將信將疑。而今天，他卻不得不承認，這種說法，絕非空穴來風。他先前不過是遏制不住心中好奇，才隨便問了問李彤和劉繼業兩個，為何只管放火。卻沒想到，居然引出了一大車道理來。

這些道理到底對不對？史世用現在不敢妄下結論，今後也不會再去費力氣仔細琢磨。他是錦衣衛，是皇上手中的雁翎刀。作為兵器，原本就不該有自己的想法。想得越多，越容易折斷。

船艙口處，又傳來了細碎的腳步聲。緊跟著，門被推開，劉阿八和顧君恩兩個，一左一右夾著小西飛，從底艙走了上來。

雖然沒有被繩捆索綁，但是，受船上的條件所限，小西飛今夜所享受的待遇，比其他俘虜也沒好多少。因此，整個人看上去委靡不振，就像一根被曬脫了水的黃瓜。虧得劉阿八和顧君恩兩個用力攙扶著，才不至於半路跌倒。

「他怎麼了？是否有人剛剛拷打過他？」史世用曾經答應過饒恕此人，見到其蔫黃瓜般的模樣，忍不住又輕輕皺起了眉頭。

「沒有，沒有，感謝您老關心，真的沒有！」不待劉阿八和顧君恩兩個回應，小西飛自己主動大聲解釋，「在下只是有些暈船，只要上了岸就會沒事兒。」

「暈船！」甲板上所有人都無法相信自己的耳朵，瞪圓了眼睛，對著他上下打量，「你居然暈船！暈船你還要來朝鮮搶劫？怎麼沒在海上把你活活暈死！」

「在下，在下真的是不得不來。各位軍爺，非但在下，我家主上，也從沒想過與大明為敵。」小西飛苦著臉，將前半夜已經說過一次的話，車軲轆般重複。

「沒想著與大明為敵，結果一不小心就殺到了鴨綠江，是吧？還派人提前跑去南京放火，若不是我姐夫他們幾個無意間撞破了陰謀，你一路暈船就能暈到遼東！」對此人的狡辯，劉繼業半個字都不信，握緊拳頭，作勢欲打。

「冤枉，真的冤枉！殺到鴨綠江的不是我們第一番隊，是第二番隊！帶頭的是加藤清正！去南京搗亂的是池邊永晟和小野成幸，他們兩個都是立花統虎的下屬，與第一番隊無關。他們兩個，都已經戰死在了碧蹄館，惡有惡報！」小西飛怕吃眼前虧，身體頓時有了力氣，倒退著向後大步躲閃。

「只是跑得比別人慢，沒來得及進犯大明而已。老子才不信，那個豐臣狗賊，沒下過入侵大明的命令。他的命令，你們膽敢違抗！」發現小西飛剛才有可能是在故意裝可憐，劉繼業愈發不想放過他，加快腳步，用拳頭在此人背上猛錘。

「啊呀！」甲板上狹窄，小西飛沒地方躲閃，又沒膽子還手。抱著腦袋，跪在地上苦苦哀求，「饒命，將軍饒命。第一番隊真的不是因為跑得慢，才沒有進攻大明。在，在打朝鮮人的時候，一番隊出力最多，推進最快，第一個殺入朝鮮王京。」

「你剛才還說，你是不得不來！」劉繼業發現了更多的漏洞，拳頭越落越重。

為了不挨打，小西飛也豁了出去，真話假話從嘴巴裡一起往外倒，「饒命，饒命，將軍饒命。

在下可以對著十字架發誓，絕對沒有說半句假話。我家主上小西君，最初的想法，就是拿下一兩座城池，見好就收，其餘幾個番隊的主帥，除了宇喜多秀家和小早川隆景之外，其實也是一樣。只是，只是大夥沒想到，沒想到朝鮮軍如此孱弱，每次都是一觸即潰。結果，大夥一路追著朝鮮潰兵，就追進了平壤！哎呀，軍爺饒命！要是，要是朝鮮軍，朝鮮軍有天兵一成戰力，在下，在下和在下的主上，絕對沒膽子上岸，更甭提奪取八道兩京。」

鯨吞朝鮮，是因為試探過後，倭寇發現朝軍果然如傳說中一樣虛弱。

一部分倭寇主將不想進攻大明，是因為他們早就知道，明軍的戰鬥力非常強悍，他們有可能偷雞不成蝕把米。

道理很簡單，邏輯上也基本能自圓其說。但是，聽在人耳朵裡，卻愈發讓人憤怒莫名！

如果當初小野成幸和池邊永晟等賊，在南京遇到的不是李彤、張維善兩個以及兩個的家丁，而是當地的衛所兵，他們過後會得出什麼結論？

如果當初王重樓沒帶著李彤、張維善和兩家的家丁及時趕到八卦洲糧倉，李如梅、李如梓和洛七等勇將也沒來江南遊玩兒，單憑八卦洲裡那些只懂替長官種地的衛所兵，大明能不能保住儲存在八卦洲的那幾百萬石百姓血汗？

如果池邊永晟和小野成幸等賊成功放火燒掉了八卦洲糧倉，並且得出明軍不堪一擊的結論。倭軍第一番隊，會不會依舊止步於鴨綠江？宇喜多秀家、黑田長政，島津義弘這群野心勃勃的強盜頭子，會不會追著朝鮮國王的逃命腳步，直接殺進遼東？

答案，像禿頭上的虱子一樣簡單。特別是在李彤和劉繼業這種軍中勛貴後人眼裡，更是不用仔細思索，就能看得清清楚楚。

大明朝其他地方的軍隊，可不像遼軍和浙軍一樣驍勇。前者之所以善戰，是因為常年與蒙古人交手，從來沒機會鬆懈。而後者，則是因為戚繼光將軍的餘澤尚未被揮霍乾淨，軍中許多宿將，還都是戚少保手把手教出來的親近弟兄。

而其他各地大明軍隊，無論是營兵也好，衛所兵也罷，其實早就蛻化成了各級將佐的奴僕和佃戶。除了設卡勒索百姓和種地之外，沒有任何其他本事。遇到規模大一點的土匪，都會望風而逃。更甭提上戰場去面對洶湧而來的倭寇。

這種情況，非常令人擔憂。

更令人擔憂的是這種情況，還愈演愈烈。

雖然投筆從戎的時間不能算太長，李彤和劉繼業兩個，卻早就發現，遼軍和浙軍，也都在退化。並且退化的速度令人瞠目結舌。

如果哪天，連遼軍和浙軍，也都墮落到與其他地方兵馬一樣的地步，大明該拿什麼來捍衛自己廣闊的疆域？

如果哪天，大明遇到了一個遠比倭寇強大的對手。其像倭寇鯨吞朝鮮一樣，傾巢殺向大明，殺向江南。江南的父老鄉親，將會落到何等淒慘的下場。

雖然常言說，人生無百年，何來千歲憂？可有些時候，在特定場合，經歷過一些特別的事情，你就無法不往多裡想。

而想得越多，越是憤懣，越感覺無力，越恨不得殺掉一切潛在和明面上的敵人，永絕後患。

「行了，別再打了，再打他就死了！」眼見著小西飛求饒的聲音越來越小，而劉繼業的拳頭越落越重，史世用終於低聲勸阻。

唯恐自己的話引起誤會，將目光快速轉向李彤，他繼續補充：「此人畢竟順利幫咱們找到了倭寇的糧倉。答應放過他又將其殺掉，有損我軍聲威。另外，這人既然背叛過倭寇一次，就會背叛第二次。留他一條小命兒，將來老夫這邊也許能用得上。」

「世叔放心，繼業下手有分寸。」知道後半句，才是史世用想要表達的重點，李彤笑著點頭。隨即，上前輕輕推了劉繼業一下，低聲勸告：「別打了，那麼多倭寇，你光打服他一個，無關痛癢。留著點力氣，不如今後戰場上去廝殺。」

「算你走運！」劉繼業原本也不屑殺一個毫無還手之力的俘虜，只是心中氣憤不過而已。此刻先後聽到史世用和自家姐夫的勸阻，便立刻恢復了冷靜。朝著小西飛身上肉厚的地方又踹了一腳，恨恨地退開。

「起來吧，別裝了。如果他想殺你，頭幾拳下去，你就死了！」李彤低頭看了看小西飛，不屑地命令。

「多謝，多謝將軍，將軍搭救！」小西飛知道危險已經解除，不敢再裝，趕緊道了一聲謝，掙扎著爬了起來。

「你剛才說，小野成幸和池邊永晟，都死在碧蹄館了？」李彤記憶力甚好，還清楚地記得此人剛才所說的每一句話，無論真假，「消息可屬實？碧蹄館之戰，你們那邊，損失幾何？」

「將軍您不知道？立花統虎前幾天，還糾集了其他好幾位大名，前往坡州找您尋仇？」小西飛先是一愣，隨即，頂著滿是瘀青的臉大聲反問。

「老子哪裡知道，他當時是不是找的藉口？」李彤也愣了愣，皺著眉頭反駁。

「說！否則，當心爺爺再給你放鬆筋骨。」唯恐小西飛又東拉西扯，劉繼業在遠處再度舉起拳頭。

小西飛被他的拳頭，嚇得打了個哆嗦。剛剛組織起來的謊言迅速咽回了肚子，斟酌了一下，低聲彙報：「消息屬實，小野成幸、池邊永晟，還有十時連久都戰死了。小早川秀包麾下的八名家臣，也盡數陣亡。其他參戰的大名，損失都頗為沉重，可謂家家都折了老本。雖然宇喜多秀家對外宣稱，碧蹄館之戰是一場大勝。但是，我家主上卻認為我方損失至少在六千以上，遠超過明軍，能算平手都是吹牛。特別是立花部，在第二次去坡州找茬歸來的時候，重新清點人馬，得數只有一千三百多，已經徹底失去了上戰場的能力。」

「嗯！」與先前得到的消息綜合驗證，李彤終於確認，自己的判斷沒錯。碧蹄館之戰，明軍只是遭受小挫，算不上大敗。而倭寇那邊，也只能說暫時阻止了明軍繼續高歌猛進，並未占到任何便宜。

「你先前說，如果宇喜多秀家沒能成功拿下幸州，地位就會岌岌可危？」史世用也有一些問題需要找小西飛驗證，想了想，在一旁低聲插嘴。「發現身後起火，他會不會主動放棄對幸州的進攻？如果各番隊主將都不服他的指揮，接下來，你家主上小西行長，有沒有機會取而代之？」

「宇喜多秀家是仗著自己是關白的養子，才爬上的高位，不但我家主上一個人不服他。」涉及到給豐臣秀吉添堵，小西飛絕不猶豫。立刻抬起頭大聲回應，「他把碧蹄館之戰吹成大勝，就是為了服眾。攻打幸州則是他鞏固地位的另一個手段。今晚這場火燒得如此之大，即便他本人不想退兵，麾下也必將人心惶惶。仗肯定沒法繼續打了，就看守幸州的朝鮮人，自己能不能死撐著不投降。」

「至於我家主上，恐怕，短時間內很難取代此人。」頓了頓，他繼續補充：「但肯定不會像前幾天那樣沒有力氣還手。他們繼續鬥下去，撿便宜的肯定是小早川隆景。」

前半段回答，跟李彤先前的判斷大體相似。後半段回答，則包含著許多機會，可以供錦衣衛利用。史世用聞聽，心中頓時湧上了幾分狂喜。正準備再問一些倭寇那邊的細節問題，卻聽見小西飛主動說道：「各位將軍，先前咱們有過約定。只要在下帶領各位拿下南山糧倉，就放了在下。如今糧倉已經燒了，岸邊也沒任何兵馬追上來。不知道各位將爺能否將在下放到南岸去。在下也好早點返回王京，以免受到懷疑。」

「這樣就放了你，想得美！」劉繼業聞聽，果斷搖頭。「老子……」

「各位將爺答應過的。各位都是大明的將軍，不能言而無信！」小西飛之所以托劉阿八請示李彤是否有時間見他，為的就是提醒對方兌現約定。此刻聽劉繼業居然不願意放自己走，立刻急得臉色發青，手臂亂舞。

見到小西飛那氣急敗壞模樣，李彤笑著搖了搖頭，先示意劉繼業不要再嚇唬此人。然後快速將目光轉回小西飛，低聲提醒：「龍山驛的所有人，要麼被殺，要麼被俘。只有你一個人平安脫身。我放了你，你覺得你就會落個好下場嗎？」

話音落下，小西飛的手臂立刻僵在半空中。臉色也由鐵青，瞬間變成了灰白。

距離船隻最近的河岸，的確距離朝鮮王京也不遠。以他的本事，上岸之後，也的確可以平安返回王京。然而，眼下小西行長已經失了勢，如同他背上一個勾結明軍的嫌疑，誰還能護得他周全？

「不如這樣，你先在我軍中休養幾天，李某保證待你以上賓之禮。」好不容易得到一個可以仔細瞭解倭寇那邊情況的機會，李彤怎麼可能輕易錯過？笑了笑，繼續循循善誘，「然後李某會派人給你家主上帶話，讓他拿財貨為你贖身。如此，你就可以洗脫出賣同夥的嫌疑，李某這邊，也能多出一個放你離開的理由？不知道你意下如何？」

「這？」小西飛愣住了，臉色由灰白又迅速轉紅。

以往他見過的大明官員，包括沈惟敬，都喜歡拿捏身份，根本不懂得討價還價。沒想到，李彤一個堂堂的參將，居然像街頭無賴一樣，錙銖必較。然而，李彤所說的方案，卻遠比他自己獨自返回王京安全。至少，在未掌握真憑實據的情況下，沒有任何人能夠懷疑，是他為了活命，主動給明軍帶路燒掉了南山的糧倉。

「賢侄，請借一步說話！」沒等小西飛決定是否答應李彤的提議，史世用依舊焦急地將後者的胳膊拉住，徑直走向了船尾。

「世叔，不是您一直堅持，要信守承諾嗎？」被史世用的舉動，弄得滿頭霧水，李彤一邊走，一邊驚詫地追問。

「放人歸放人，索贖歸索贖，豈可混為一談？」看看沒有任何人跟上來，史世用停住腳步，皺著眉頭低聲提醒。

「我軍糧食奇缺，此人年俸據說有六千石，我要他五年的俸祿，就能解選鋒、銳士兩營的燃眉之急！」李彤根本沒理解對方的良苦用心，迫不及待地給出理由。

「三萬石糧食，的確可以解你和守義的燃眉之急，可你想沒想過，消息傳回大明，會有什麼後果？」史世用急得直跺腳，啞著嗓子給出答案。「你可知道，大明朝廷上，最不缺的就是清流。要是他們知道你跟小西行長做交易，還是綁人索贖，你，你小子這輩子，仕途就算到了頭。」

第六章　光暗

「皇上，入春以來，江南連降大雪，河北滴雨未落。陝西、四川地震連連，此皆上天震怒，醒人以威之象。先賢曾云：凡災異之本，盡生於國家之失。陛下自去年春天以來，雖然罷江南織造，免山西錢糧，屢有惠民之善政。然太子至今未定，三位年長皇子倫序難分。更未指定大儒，入宮教導皇長子修身治國之術。種種逆天之舉，上蒼豈會不查？是以，降小警為大戒。若陛下仍不肯幡然悔悟，早定國本。臣恐巨災接踵而至，屆時，臣恐陛下悔之晚矣！」乾清宮內，禮部主祭盧春嘴角流白，吐沫星子四下飛濺。

萬曆皇帝朱翊鈞頓時覺得胃腸翻滾，強忍住嘔吐的欲望，沉聲反駁：「延請名師教子，乃朕之家事，莫與國事混為一談！至於暴雪和春旱，朕記得還在做太子之時，南京暴雪曾經壓塌過半座府衙……」

「陛下，立太子涉及國運，非陛下家事！」沒等他把反駁的話說完，吏部文選司郎中顧憲成已經挺身而出，聲音響若洪鐘大呂。

吏部文選司專門負責官吏遷升，改調，考評諸事，權柄極重。是以，話音落下，立刻有七、八名級別不太高的官員出列響應。一個個手捧笏板，禮儀態度皆無可挑剔。所說的內容，卻全是要求萬曆皇帝朱翊鈞早定儲君之位，不要再一意孤行，非要等皇后也給他生一個兒子出來。

「嗯……」原本想要在廷議上商量對征倭有功將士封賞之事的首輔王錫爵愣了愣，目光迅速轉向了次輔趙志皋。

後者立刻對著他輕輕搖頭，果斷聲明，顧憲成等人鬧事，並非受了自己的指使。

困惑，頓時寫了王錫爵滿臉。一時半會兒，他根本弄不清楚，顧憲成等人忽然又把立儲之事拿出來討論，究竟是為了什麼目的。然而，他卻沒有勇氣，去提醒眾人，不要本末倒置。

清流，乃是大明朝的一大特色。這群人別的幹不了，挑毛病絕對一個頂倆。萬一被他們視作死敵，王錫爵這個首輔，以後每天光聽這些人指責，就得從早聽到晚。根本不用想再幹任何正經事。

正困惑間，耳畔又傳來了萬曆皇帝朱翊鈞反駁之言，聲音裡，隱約帶著幾分淒涼：「荒唐，朕今年不過而立，已有三子兩女。中宮賢德，又得天下稱頌，爾等為何連一兩年時間都等不得，非要逼著朕不顧夫妻情誼，現在就立太子？」

「陛下，皇長子已經十二歲，而皇后自打生下榮昌公主之後，已經連續十年皆無所出。」根本不考慮朱翊鈞的心情，吏部員外郎沈晶大聲駁斥。

「子嗣所出，乃為天定。皇后與陛下成親十四載，至今只有一女，豈非天意所示，皇長子當為儲君？」刑部主事孫如法也緊跟著大聲進言。

若是民間，詛咒別人的正妻生不出兒子來，如同在人傷口上撒鹽。這兩人無論跟事主關係多近，都肯定會被事主打得滿地找牙。

然而，在大明朝堂上，萬曆皇帝被沈晶和孫如法兩個戳了心窩，卻只能強壓怒氣，鐵青著臉爭辯：「天意如何，又豈是庸人所能揣測？皇后自母儀天下以來，屢屢節衣縮食，省下錢來布施於惠民藥局與濟農倉，如此賢良仁德，上天理應垂憐，朕亦不敢有所相負！」

一番話，既列舉了王皇后的高貴品行，又強調了自己作為丈夫的責任，說得情真意切。到最後，萬曆皇帝朱翊鈞眼角已經隱隱現出了淚光。然而，顧憲成、盧春、沈晶、姜應麟等人卻絲毫不肯讓步，互相看了看，又陸續「直言上諫」。

「陛下在三年前，就曾經以此言相示。而如今，仍不見中宮有絲毫喜訊！」

「陛下，此說在三年前猶可，今元子已十三，尚何待？況自古至今，豈有皇子三人皆已總角，次序卻遲遲未定者？」

「陛下，皇后的確未曾失德，然陛下等待中宮所出之說，卻有掩耳盜鈴之嫌。放眼天下，誰人不知，陛下對皇三子情有獨鍾？」

「陛下，長幼有序。若是捨長而立幼，必遭上蒼所棄！」

「陛下寵愛幼子，乃人之常情。然長幼次序，乃上天所定。陛下若是真為皇三子長遠計，應遣其出京，封藩就土……」

前幾句話還好，多少還算是據理力爭。而後面幾句話，則純屬於胡攪蠻纏了。非要推測說朱翊鈞遲遲不立王恭妃所生的皇長子朱常洛為太子，是因為寵愛鄭貴妃所生的皇三子朱常洵。而等待皇后生子，不過是為將來立皇三子為太子找藉口。並且要求他早點把朱常洵趕出京城去，免得父子兩個天天見面，因私廢公。

「住口，常洵剛剛八歲，與爾等何怨何仇，爾等非要逼著他這麼小，就跟父母骨肉分離？」萬曆皇帝朱翊鈞心中最痛的傷疤，就是自己幼年喪父，早早地就要獨自面對一切。所以，能夠忍受清流對自己的無端抨擊，卻無法忍受清流們將矛頭指向孩子，當即，拍案而起，朝著眾人厲聲咆哮。

也許是畏懼於帝王的天威，也許是知道自己剛才所說的那些話理虧，一部分清流翹楚低下了頭，不敢與萬曆皇帝朱翊鈞的目光相接。然而，卻仍有七、八位以膽大敢言著稱的清流，決定繼續捨命死諫。要求萬曆皇帝要麼今天就答應冊立長子為儲君，要麼將長子朱常洛的母親升為貴妃，與鄭貴妃位置相同。以免三皇子朱常洵將來靠著自家娘親的級別高，而爬到哥哥朱常洛之上。

「陛下息怒，非臣等與三皇子有仇，而是陛下待皇長子不公。若陛下早立儲君，三皇子自然就沒了爭寵之嫌，臣等也絕不會防患於未然。」

「禮貴別嫌，事當慎始。貴妃所生陛下第三子猶亞位中宮，恭妃誕育元嗣翻令居下。揆之倫理則不順，質之人心則不安，傳之天下萬世則不正。」

「陛下，請先封恭妃為皇貴妃，而後及於鄭妃，則禮既不違，情亦不廢。」

「陛下誠欲正名定分，別嫌明微，莫若俯從閣臣之請，冊立元嗣為東宮，以定天下之本，則臣民之望慰，宗社之慶長矣。」

「朕，朕……」原本打算早朝跟群臣商量一些國事的朱翊鈞，被氣得連話都說不完整，手指著其中叫囂得最為響亮，又有帶頭嫌疑的禮部主祭盧春，恨不得在其額頭上直接戳出一個窟窿，「朕，朕何日立儲，立，立誰為儲，自，自然會，會與首輔商量。輪，輪不到你來，你來日夜噪呱！朕，朕……」

眼前忽然一陣發黑，他的身體晃了晃，再次用手扶住了桌案。「朕，朕今日身體有恙，退朝！」說罷，將手搭在衝過來的太監孫暹肩膀上，落荒而逃。

禮部主祭盧春，卻不肯就此放棄。手捧笏板追了上去，繼續大聲進諫：「陛下，微臣乃是文官，非虎狼之士，陛下何必藉口身體有恙而遁！陛下平日遇頌諛必多喜，遇諫諍必多怒，如此種種，絕非仁君所為。長此以往，天地震怒，禍患無窮。況且民間俗話有云，躲得了一時，躲不了一世。陛下今日以小恙回避立太子，三日之後，微臣必在朝堂恭候，屆時……」

「姓盧的，你欺朕太甚！」聽聞對方居然拿三天之後的早朝再次發難作為要挾，原本已經準備一躲了之的萬曆皇帝朱翊鈞，終於無法再克制心中怒火，猛地又轉過頭，指著盧春的鼻子破口大罵：「別以為朕不知道你安的什麼居心。你不過是想借逼朕冊立太子，確立你的清流之首而已。朕，朕偏不讓你如願。來人，給朕將這個沽名賣直的佞臣扠出去，重責廷杖二十。朕……」

「陛下不可！」見萬曆皇帝朱翊鈞，忽然把多年不用的庭杖又給撿了起來，首輔王錫爵、次輔趙志皋兩個，趕緊出來勸阻，「盧春雖然舉止粗魯，卻非出於私心……」

「只要他不是出於私心，就可以一而再，再而三地對朕無禮，甚至追著朕大放厥詞嗎？」萬曆皇帝朱翊鈞的臉，早已變成了青黑色，狠狠瞪著王錫爵和趙志皋兩個大聲質問。

「這……」王錫爵和趙志皋兩個，也覺得盧春今天的舉動，有些過於放肆，一時間，竟無言以對。

「陛下，盧春舉止失禮，乃是為了國事也！」作為盧春的至交好友，戶部文選司郎中顧憲成大急，趕緊也快步衝了過來，「國事大於私儀。還請陛下收回成命，以免堵塞言路，讓群臣從此噤若寒蟬。」

他不說還好，嘴裡一吐出堵塞言路四個字，頓時，讓萬曆皇帝朱翊鈞眼裡的火焰更盛。狠狠咬了一下牙，大聲宣布：「既然顧主事也知道盧春失禮，朕若是不懲罰於他，朝堂秩序豈不是蕩然無存。來人，再加四十庭杖給盧春，以儆後來者效尤！」

說罷，狠狠瞪了顧憲成和其餘目瞪口呆的清流一眼，由太監攙扶著，踉蹌而去！

一直到掌燈時分，大明皇帝朱翊鈞心中仍舊餘怒翻滾。

太監、宮女們全都噤若寒蟬，誰都不敢靠得他太近，以免遭受池魚之殃。作為被波及到的間接當事人，王皇后、鄭貴妃和王恭妃，也為了避免給外邊落下「干政」的口實，不敢過來對他表示任何安慰。至於另外兩個當事人，皇長子朱常洛、皇三子朱常洵兄弟，更是被各自的娘親嚴令在房間溫書，不得再跑出來給他們的父皇「添亂」。

整個後宮之中，所有人都小心翼翼。可越是這樣，朱翊鈞越覺得憤懣。他是皇帝，理應出口成憲，憑什麼被一群清流「欺負」得落荒而逃？他的後宮，本應和諧友善，憑什麼被外人攪得暗流洶湧？他的兒子們，本應兄友弟恭，憑什麼如此小小的年紀，就被外人慫恿著手足相殘？

「陛下，該用晚膳了。」秉筆太監孫暹帶著幾名小太監，抬著食盒緩緩入內，用非常忐忑的聲音奉勸。

「朕不吃，朕今晚沒胃口！」朱翊鈞迅速將頭轉向孫暹，橫眉冷對，彷彿後者也是清流中的一員，「給朕把這些東西端出去！你這蠢材，誰叫你去管御膳房的閒事？你知道不知道，秉筆太監究竟該幹什麼？」

「陛下息怒！」孫暹既然敢主動湊過來承受他的餘怒，自然是提前做足了準備。不慌不忙跪在地上，笑著回應，「老奴並未多管閒事，老奴是剛剛從錦衣衛都督府那邊得了一件有關東征軍的喜訊，特地回來向陛下彙報。老奴是在路上恰巧碰到了御膳房的人，所以才與他們走在了一起。」

「喜訊？」朱翊鈞的注意力，瞬間全都被東征軍三個字吸引了過去，將後面幾句明顯的瞎話，一概忽略。

「喜訊！」孫暹重重點頭，「倭將立花統虎糾集起萬餘大小倭賊，前來試探東征軍虛實。選鋒、銳士兩營奉李提督之命於南河口列陣迎敵。我軍在倭賊半渡之時，發炮轟塌河上浮橋，然後趁機發起進攻，斬首五百七十級，繳獲戰馬一百三十匹，倭刀一千四百二十餘口，長矛盾牌無算。倭賊落水而死者，估計在四千以上！」

他說話時嗓門兒洪亮，脊背挺直，臉上容光煥發，彷彿自己曾經親臨戰場，與倭寇奮力搏殺過一般。萬曆皇帝朱翊鈞見了，情緒立刻也受到感染。站起身，用力揮拳，「轟得好，轟得好。朕就知道，碧蹄館之役絕非一場敗仗！這回，看看朝堂上，誰還有臉再繼續漲倭寇的威風。」

明軍去年之所以能夠揮師入朝，與他這個做皇帝的極力堅持密不可分。而清流那邊，從最初就持反對態度。前一陣子，外界忽然謠傳說明軍在碧蹄館吃了一場大敗仗，李如松謊報軍情，將慘敗說成了大勝，非但讓清流氣焰高漲，也讓他這個做皇帝的，威望嚴重受損。而如今，倭寇的試探被東征軍迎頭打回，正說明李如松沒有撒謊。那些拿謠言做文章的傢伙，才是別有居心。

「這裡是錦衣衛送回的密報，正式戰報，宋經略那邊估計還要再過上三五天，才能送到北京。」

孫暹暗自鬆了一口氣，從懷中掏出一份被體溫捂軟了的桑皮紙密信。「皇上身繫天下萬民，千萬要保重龍體。有誰敢故意惹您生氣，您讓老奴打爛他的屁股就是，沒必要被他們氣得吃不下飯。」

「吃，朕這就吃！」萬曆皇帝朱翊鈞劈手搶過密報，一邊快速瀏覽，一邊笑著點頭，「你說得對，朕的確沒必要跟那沽名賣直之輩生氣。哎呀，不好，朕上當了！朕今天早朝，本來是要催促戶部和兵部，聯手給東征軍運糧。狗賊盧春，該死！」

身為張居正手把手教出來的唯一弟子，他雖然絲毫不念師恩，政治頭腦卻是一等一。心頭怒火稍稍消散之後，立刻明白，盧春等清流今天逼迫自己早立儲君的行為，有可能只是個障眼法，真實目的，卻是拒絕及時為東征軍提供糧草。

得不到足夠的軍糧補給，李如松就無法組織起新一輪進攻，大明東征軍的腳步，就會止於漢江之北。如此，倭寇就有了充足時間鞏固防線，先前被自己和次輔趙志皋聯手強壓下去的「議和」之論，就會死灰復燃。當初那幾個因為堅持放棄朝鮮而落了個灰頭土臉的傢伙們，就會「東山再起」。

至於先前清流們所聲稱的，停止東征，是為了給大明節省國力的說法，萬曆皇帝朱翊鈞是一個字都不願意相信。自打他坐上皇位之日起，連續二十幾年，早就將那些所謂「清流」給看了個透！那些人以往的行為，沒有一次真正是為國而謀。他們在乎的，只是自己一派的主張能否「大獲全勝」。他們爭的只是自己一派的領軍人物，能否大權在握。至於大明對於藩屬諸國的責任，大明歷代皇帝的臉面，大明百姓的生死榮辱，他們根本不在乎。

想到自己居然如此輕易地，就上了盧春等人的當，一陣邪火頓時又湧上了萬曆皇帝朱翊鈞的頂門。「那六十庭杖打完了嗎？誰監的刑？內閣和吏部那邊，過後又決定如何處置盧春？」

「啟稟皇上，六十庭杖結結實實打完了。是，是老奴親自跑去監的刑。老奴不願讓皇上擔上『嚴苛』的污名，所以自作主張沒有打斷他的骨頭。至於內閣和吏部那邊，按照慣例，在盧春挨完了庭杖之後，不會立刻對他做出其他處罰。」

「哼！」朱翊鈞狠狠地瞪了孫暹一眼，失望瞬間寫了滿臉。

如果換做張誠或者張鯨，今天這頓打，吏部主祭盧春即便不死，也得落下終身殘疾。而孫暹跑去監刑，居然沒有暗示行刑者暗中給盧春「加料」？還聲稱是為了顧全皇帝的名聲？自己的名聲，用得著他一個太監來顧全？自己以前很少動用庭杖來解決問題，在某些大臣的嘴巴裡，也沒落下過一個「好」字。自己身為大明皇帝……

「陛下，剛才老奴在南衙[注五]，還找到了其他一些東西！」知道自己對盧春的心慈手軟，已經引發了朱翊鈞的不滿，孫暹趕緊從懷裡，掏出了另外一份密報，「原廣西按察使盧仲，家居儉約，終身不畜姬妾。萬曆元年去世之時，家中只有水田三百畝，水牛十五頭。而今東陽盧氏，卻有上等良田四萬餘畝，童僕過千，耕牛亦以千計。其家所在的東陽，百姓皆稱盧氏為盧半城。」

「該死！」萬曆皇帝朱翊鈞劈手搶過密報，手指因為用力過度，而變得一片蒼白。

從萬曆元年到萬曆二十一年，短短二十年間，家產增加一百倍。這需要何等的斂財手段，才能達到？而那盧春，作為盧仲的兒子，既沒經過商，又沒開過礦，只憑著做了兩任知縣和一任知府，

注五：南衙：即錦衣衛南鎮撫司。

居然就成了盧半城？其所歷任之地，究竟會被搜刮得怎樣民不聊生，才能滿足其個人的貪婪？

「老奴不敢擅自做主，找到這些密報之後，立刻派遣緹騎趕赴東陽，就近監視盧家一舉一動，以免其散掉家財，毀滅罪證。」唯恐萬曆皇帝朱翊鈞情急之下，又動用私刑來解決問題。秉筆太監孫暹抬起頭，快速補充：「這些密報，老奴也派人另行謄抄，只要陛下准許，就即刻轉交吏部和督察院！」

「不用監視，直接派人去，抄了盧家！」朱翊鈞立刻從孫暹的話語中得到提醒，點了點頭，大聲吩咐，「賬本，地契，以及投效者的名單，全都必須給朕掌握清楚。這份密報，直接送給首輔王錫爵，還有，還有吏部文選司郎中顧憲成，讓他們看完之後入宮見朕。朕要問一問，盧春這廝，去年是憑藉什麼獲得考評優等，並調入禮部擔任主祭？」

「是！」孫暹答應一聲，邁著小碎步跑出去執行命令。

「嗯！」望著他尚算敏捷的背影，萬曆皇帝朱翊鈞滿意地點頭。隨即，坐到桌案旁，開始享用御膳房專門精心為自己準備的晚餐。

比起江南的海商、鹽商和珠寶商人，他的晚餐，遠算不上豪奢。不過是四葷四素，外加一份滋補身體的燕窩粥而已。並且花樣嚴重缺乏變化，今天和昨天，基本沒啥區別。然而，同樣的菜肴吃在嘴裡，卻讓他感覺味道遠比昨晚甘美。

原因很簡單，他今天終於發現了一個不用承擔「殘暴」之名，就收拾那些清流的辦法。那就是，整頓吏治。

那些清流，不是口口聲聲為民請命，個個自稱兩袖清風嗎？那就把他們的家底擺在桌面兒上，讓天下人都看看，他們家產都是多少？讓他們親口告訴天下人，他們的百萬家財從何而來？

按大明朝規矩，一品高官的年俸不過一千多石，折銀四百五十兩。而四萬畝良田，最差也能賣出四萬兩白銀。這個數字，哪怕一品高官全家都吸風飲露，都得攢九十年。那些在五品、四品官位上徘徊了一輩子的傢伙們，一個個通過什麼手段將家徒四壁變成家資百萬？

按大明朝律法，貪污六十兩以上的官員，就可以處以剝皮實草之刑！雖然自打成祖皇帝之後，朝廷已經輕易不會再追究官員貪污，可大明律上，卻從沒有寫過「貪污無罪！」如果先派出南鎮撫司的錦衣衛，將所有清流的家產摸上一遍，以後誰要是再故意於朝堂上信口雌黃，哼哼……

越想，萬曆皇帝越是開心。越是開心，他的眼神就越亮。秉筆太監孫暹今日的馬屁之舉，無異於在他面前推開了扇窗，讓他忽然看到一片從沒看到過的風景。

「皇上，張掌印求見！」一名小太監硬著頭皮上前，小心翼翼地彙報。

「張誠？他，他不是病了嗎，怎麼又突然有了精神？」萬曆皇帝朱翊鈞剛剛舒展開的眉頭，迅速皺緊，聲音也變得又硬又冷。

「奴婢，奴婢不知道！」小太監被嚇得打了個哆嗦，額頭上的汗珠清晰可見。

掌印太監張誠已經失了寵，此事皇宮內外無人不知。只是萬曆皇帝還念著自己做太子時，此人伺候左右的舊情，才沒有下令將此人剝奪職務，趕去充當雜役。可如果此人不知道進退，仍想什麼事都插上一腳，不光其本人會罪上加罪，所有存著燒冷灶心思的傢伙，恐怕也難逃池魚之殃。

「皇上，回皇上話，老奴，老奴已經大好了。今晚，今晚特地來向皇上，乞骸骨歸鄉。」還沒等萬曆皇帝來得及生氣，門外，已經傳來了張誠顫抖的聲音，隱隱約約，還帶著一絲哭腔。

「嗯？」萬曆皇帝朱翊鈞向門口處瞟了一眼，雖然沒有看到張誠，眼前卻已經浮現了此人以往惹自己生氣之後，那副搖尾乞憐模樣。

「老奴，老奴知道自己笨，做事，做事老給皇上添亂。是，是皇上憐惜老奴，才，才讓老奴能有今天！」張誠的聲音繼續傳來，哭腔也越來越明顯，「老奴，老奴原本從遼東回來之時，就，就該主動請辭，去，去找個皇上看不見的地方混吃等死，只是，只是老奴路上染了風寒，又，又實在想多看皇上兩眼，才，才拖拖拉拉，拖拖拉拉直到現在，嗚嗚……」

說到最後，他徹底控制不住，趴在地上，放聲嚎啕。

「哭什麼哭，朕什麼時候說過，要你滾蛋了！」萬曆心中，頓時覺得好生難受，用手拍了下桌案，厲聲質問，「是你自己身子骨弱，心眼就小，憋出了病來，還能怪到朕身上。」

「沒有，老奴沒有！嗚嗚，嗚嗚……，老奴真的捨不得皇上，捨不得……，嗚嗚！」張誠一邊哭，一邊磕頭，轉眼間，額頭上就淌出了血來。

「滾進來說話！」萬曆皇帝不用看，也知道張誠會幹什麼，搖了搖頭，大聲命令，「別在那做磕頭蟲！你不惹是生非，朕怎麼可能趕你走。」

「老奴，老奴是真的笨，不是存心壞皇上的大事！」張誠用膝蓋當腳，爬進了殿內，隔著老遠，一把鼻涕一把眼淚解釋，「老奴不中用了，早就該自己滾回家等死。但，但是老奴有兩句要緊的話，卻不敢不提醒皇上。否則，否則老奴死不瞑目。」

「什麼話，說？」萬曆皇帝聽得微微一愣，低下頭，沉聲命令。

「陛下，第一句話，就是，大明朝自立國以來，只出過一個海瑞！」張誠抬手在自己臉上抹了一把，整張臉立刻抹得到處都是血跡，看上去就像傳說中的紅臉關公。「陛下生他們的氣，可以抓住一個往死裡頭打，卻，卻千萬別打所有官員的臉，畢竟，畢竟陛下治國還得用到他們。」

「你說什麼！」萬曆皇帝朱翊鈞放下筷子，右手扶著桌案緩緩站起，就像一頭被激怒的猛獸，隨時準備撲下去，咬斷張誠的脖頸。

很顯然，張誠是聽到了他和孫暹兩個剛才的話，才特地跑過來阻止。而自己雖然沒有下令剝奪張誠的掌印太監之職，卻也沒讓此人繼續行使掌印太監的權力。此人躲得那麼遠，還能聽聞自己和孫暹的謀劃，這皇宮裡，對此人還有什麼秘密可言！

「皇上息怒，讓老奴把話說完，您想怎麼處置，就怎麼處置！」伺候了朱翊鈞這麼多年，張誠早就摸透了這位皇帝的脾氣。頂著一腦門子血，快速補充，「老奴不是故意偷聽，老奴剛才就在門外，只是沒得到您的召喚，沒膽子闖進來。老奴知道皇上很生盧春的氣，老奴也恨不得親手替皇上宰了他。可，可治他貪贓，卻是個餿主意。且不說會讓滿朝文武人人自危，那吏部只要推說田產乃是族人借著盧春名義所為，盧春根本不知情，就能將罪責推得乾乾淨淨。」

「他們敢！」萬曆皇帝朱翊鈞氣得咬牙切齒，恨不得面前的筷子變成神劍，主動飛出去，替自己殺盡天下貪官。

「陛下，可記得當年去督察鹽政的郭隨堂，如何死得不明不白？」彷彿故意要讓萬曆難堪，張誠故意提起一個他不願意面對的名字。

郭隨堂全名郭亮，是萬曆最信任的太監之一。所以在萬曆十七年，被派出去核查揚州鹽稅連年下降之事。結果，沒等他抵達揚州，他的座艦忽然就起了大火。郭隨堂本人和隨行四十多名錦衣衛，居然無一生還。

萬曆皇帝大怒，當即下令一查到底。然而，緊跟著，運河上的漕夫就集體鬧事，將南北航運徹底切斷。北京糧價一日三升，百姓鼓噪，軍兵不安……

「皇上今天哪怕派力士活活打死盧春，打的是盧春一人。可查盧春貪污，等同於打所有官員的臉。他們豈會讓皇上如願？」唯恐萬曆皇帝朱翊鈞理解不了自己的話，張誠又磕了個頭，仰著脖子繼續補充。「除非，除非皇上動用京營的御林軍，否則，哪怕派出錦衣衛去查，也鬥不過那些串聯起來的官員。那些人，絕對有的是辦法，將盧春的罪責摘掉大半兒。甚至，甚至有可能讓皇上派出去的太監和錦衣衛，全都死得不明不白！」

第七章 權謀

「他們，他們……」萬曆皇帝朱翊鈞氣得渾身哆嗦，然而，脊背卻不受控制的彎了下去，彷彿頭頂上有一座無形的大山，將他生生壓垮。

他們敢，絕對敢！大明朝的文官們，雖然個個將「忠」字喊得震天響。事實上，如果皇帝的命令觸犯了他們的整體利益，他們立刻抱成團兒來反抗。所採取的手段，也絕不會只是簡單的陽奉陰違，任何只要能強迫皇帝改弦易轍的辦法，都是選項。其中，不僅僅包括將太監活活打死，讓錦衣衛稀裡糊塗失蹤，甚至，甚至包括換一個人來坐龍椅。

隨堂太監郭亮，好歹還是離開北京，死在前往揚州的路上。大明朝正德皇帝，當年可是躲在皇宮內，在侍衛的環繞之下，含恨而終。如果朱翊鈞今天敢下令給錦衣衛，秘密調查所有官員家產，恐怕沒等調查結果送到他的案頭，他本人就得病入膏肓。

「皇上乃是聖明天子，當年張居正權傾朝野，您亦能應付得游刃有餘。如今朝臣雖然多有不法，卻沒第二個張居正。您又何必逼著他們聯手？」知道朱翊鈞拿不出太祖朱元璋那樣與天下貪官為敵的魄力，張誠又磕了個頭，柔聲勸解，「皇上只要耐下心來，各個擊破，而不是想著一勞永逸。其實無論想要殺誰，都有的是手段。」

「朕，朕……」萬曆皇帝朱翊鈞依舊說不出完整的話，刀削般的面孔上，血紅色與灰白色交替變幻

事實最有說服力。張誠剛才所說的話，偏偏全都是事實！朝堂上群臣雖然喜歡跟他作對，卻沒有一個像張居正那樣的領軍之才。所以只要他這個皇帝不犯「眾怒」，那些人就不可能聯起手來，讓他去做正德第二。

而據他所知，今天聯手逼他早立儲君的那幾個傢伙，彼此之間關係並不和睦。眼下這些人因為共同利益而聯手，過些日子，也會因為利益分配不均而鬥個你死我活。到那時，只要他做皇帝的，對其中一方給予足夠的支持，另外一方，下場必然會非常淒慘。

他甚至連支持其中一方都不用，只管在旁邊耐心地等待。就像他當年等著張居正一天天變得衰老，等著那些認為張居正阻擋了他們「上進」之路的傢伙，對著張居正的屍體和後人亮出牙齒和利爪！

只是，他可以等，東征軍卻不能等。

早在半個月之前，宋應昌就寫信告急，說軍糧早已經見了底。他這邊每跟群臣多扯一天皮，就有成百上千的將士要餓肚子。

「老奴想要說的話，已經說完了。皇上，老奴知道自己不中用，還貪權、貪財。皇上您無論如何處罰老奴，老奴都心甘情願！」張誠的話，又從腳下傳來，隱約又帶上了哭腔。

「你，你這，唉——」萬曆皇帝朱翊鈞愣了愣，長長地嘆氣。

張誠縱有千般不是，至少，對他算得上忠心耿耿。此外，張誠的眼界和經驗，也遠在孫暹之上。如果今晚不是張誠豁出去被他處罰，強行阻攔，也許他在情急之下，真的會動用錦衣衛去徹查天下官員家產。那樣的話，後果很可能會不堪設想。

「陛下，老奴知道您念舊。如果您不忍心處置老奴，老奴願意跟張鯨一樣，外放去替陛下做一地礦監。」看出來萬曆心中的動搖，張誠繼續以退為進。

「罷了，你還是做你的掌印好了！」萬曆皇帝朱翊鈞又嘆了口氣，輕輕擺手，「外放之事，休要再提。前一段時間是你自己多心，並非朕故意冷落於你。你，你和張鯨兩個雖然愚蠢，在，在朕心裡，終究與別人不同。」

「謝，謝陛下恩典！」張誠終於贏了個盆滿鉢圓，趴在地上，放聲大哭。

「哭什麼哭，朕又沒打你的板子？」萬曆皇帝朱翊鈞心裡，也酸酸得好生難受。抬手揉了下眼角，笑著呵斥，「張鯨雖然外放，日子過得，卻比宮中還要滋潤。給朕滾起來，把臉洗乾淨了再回來見朕。朕，朕這裡還有許多事情要安排你去做。」

「老奴，老奴遵旨！」張誠一個軲轆爬起來，拔腿就往外跑。

萬曆皇帝說有事情安排他做，等同於又重新認可了他的心腹地位。雖然一時半會兒，他這個掌印太監，未必如秉筆太監孫暹受器重。甚至對後者，可能還要做一些退讓。但今後的日子長著呢，以他的手段和影響力，只要不再惹萬曆皇帝猜忌，早晚會有將孫暹重新踩在腳下的那一天。

皇宮之中，機靈人有的是。發現張誠東山再起，立刻有幾個長隨注六主動用銅盆幫忙打水，伺候

注六：長隨：太監中的較低等級。算是有了正式身份，高於沒身份的雜役。

此人淨面更衣。而張誠本人，也一改去年栽跟頭之前的跋扈，非常客氣地跟太監們道了謝，並且認真地記下了所有幫忙者的名字，然後才躬著身體，再度返回到了文華殿內。

文華殿內的殘羹冷炙，已經被撤走。光溜溜的御書案上，只剩下了一小摞奏摺，一份筆墨和一杯香茗。不待張誠上前重新見禮，朱翊鈞已經迫不及待抬起頭，大聲強調：「今天他們打著立儲君的名號，實際上是為了分朕的心。東征軍根本沒像他們說得那樣，損兵折將，無力再戰。李如松也沒有像他們彈劾的那樣，掩敗為勝，謊報軍情。他們沒有任何理由，再逼朕從朝鮮撤軍。所以，他們乾脆用這種方式，拖延時間，不給李如松按期運送軍糧！」

「陛下，老奴乃是內臣！」張誠猶豫了一下，故意大聲提醒，「無資格插手政事！」

「朕讓你說，你就說，別推三阻四。以前你插手的還少嗎？那會兒怎麼沒見你如此自覺？」朱翊鈞狠狠瞪了他一眼，大聲吩咐。

從今天朝堂上的情況看，只要自己一天不答應冊立長子朱常洛為儲君，就任何正經事兒都甭想幹。次輔趙志皋雖然依舊支持對朝鮮用兵，卻勢單力孤，寡不敵眾。至於首輔王錫爵，很顯然被清流抓了什麼把柄在手，或者本身意志也發生了動搖，所以乾脆選擇了戶位素餐。

如今，能替他出謀劃策的，也就剩下了孫暹和張誠這兩個太監了。雖然這二人讀書都不多，能力也遠不如外面那些進士、狀元，但有人幫忙出主意，總好過他自己一個人在這裡坐困愁城。

「既然李提督兵敗是假消息，他們能拿得出來的理由，無非是陸路運糧，損耗太重。而向朝鮮運糧，卻未必非得走陸路。」果然沒辜負他的期望，得到了他的准許之後，張誠立刻拿出了一個好主意，「李提督已經奪回了開城，糧草不走運河，也不用再運去遼東。從瀏家港裝船，十天之內，就能運到開城附近的海州。」

「你是說走海路？」萬曆皇帝朱翊鈞眼神一亮，隨即，又變得閃爍不定，「如果朕不答應冊立太子的話，他們就會一直拖著，讓朕聖旨根本發不出去。」

「皇上可以退讓一步，先讓他們推選飽學之士，入宮教導皇長子讀書。如此，皇長子的待遇，與三皇子就有了差別。有關皇上準備廢長立幼的謠言便不攻自破！那些人之間的聯盟，也瞬間失去了基礎。」張誠想都不想，就給出了第二條對策。

「可，可如果他們還是不答應呢？」萬曆皇帝朱翊鈞眉頭緊皺，憂心忡忡。

他的確沒想過廢長立幼，但是，他不喜歡皇長子朱常洛，也是事實。如果王皇后將來能給他生一個兒子，太子自然會選擇皇后嫡出。如果王皇后依舊無子，他寧願選擇的，還是老三朱常洵。

「皇上已經退讓了，他們豈能步步進逼？」在張誠看來，朱翊鈞的擔憂純屬多餘，「王首輔總不能一直做泥塑木雕，眼睜睜地看著他們逼迫皇上？如果王首輔繼續尸位素餐，皇上就直接下中旨給漕運總兵。讓他想辦法運一批糧食到瀏家港。屆時，朝鮮人急著要大明幫他們收復失地，自然會組織船隊，將糧食運到海州去。」

「嗯？這倒是一個辦法！」朱翊鈞皺著眉頭，輕輕頷首。

漕運總兵王重樓是他的心腹，肯定不會因為中旨沒有通過內閣，就拒不執行。至於朝鮮那邊，如果連幫忙從海路運糧都做不到，就別再哭著喊著求大明繼續用兵了。大明幫他們拿回半壁江山，已經盡到了上國的責任。總不能讓將士們餓著肚子，還去跟倭寇拚命。

可王重樓去年才去赴任，未必來得及拉起自己的嫡系。南京那邊，又是清流的巢穴。如果有人蓄意阻撓，他身手雖然高強，好虎卻難敵一群狼。

「陛下可是擔心王總兵孤掌難鳴？」不愧為一隻老狐狸，發現朱翊鈞依舊愁眉不展，張誠立刻猜到了他的擔憂所在，「仗打了這麼久，陛下還沒有召見過任何有功將士呢。何不挑一些跟朝臣沒多少牽扯的，讓他們回來接受嘉獎？屆時，無論留在北京，還是派往南京，老奴就不信，那些宵小之輩，敢當著他們的面兒，扣留東征軍的軍糧。」

「朕，朕曾經聽人說，上過戰場的將士，與沒上過戰場的將士，完全是兩種模樣，此言是真是假？」朱翊鈞的聲音，忽然變得嘶啞而又尖利，彷彿一個太監忽然找到了斷肢重生的秘方。

「真，十足的真！」知道朱翊鈞為何會有此一問，張誠立刻用力點頭，「皇上恕老奴多嘴。上過戰場的將士，與沒上過戰場的將士相比，就像一把刀開刃後與開刃之前。尋常衛所兵，十個都未必抵得上他們一個。即便，即便是三大營的弟兄，跟，跟他們站在一起，殺氣，殺氣也差了一大截！」

話音落下，整個大殿，鴉雀無聲。

萬曆皇帝朱翊鈞的臉色，一會黑，一會白，一會紅，變幻不定。

掌印太監張誠的三角眼，像兩個車輪般，轉動不停。

所有太監宮女，則個個臉色煞白，兩股戰戰，恨不得自己又瞎又聾。

召東征將士回京領賞，所能起到的作用，可不僅僅是粉碎有關東征軍戰敗的謠言。如果萬曆皇帝願意，隨時都可以將他們變成一把殺人的刀。

特別是當他們得知，自己在前線浴血拚殺之際，有些文官居然試圖切斷他們的軍糧供應，萬曆皇帝只要擺出一個主持公道的姿態，就足以讓他們感恩戴德，然後衝上去，將皇帝指出來的「奸賊」碎屍萬段。

如果萬曆皇帝將他們派到南京，哪怕今年漕運的任務再重一倍，也不會再出現漕夫鬧事阻塞運河水道的怪事。王重樓想要運糧食去哪裡就能運去哪裡，即便直接派船將糧食運到朝鮮，也同樣暢通無阻。

「呼——」許久，許久，朱翊鈞終於笑了笑，長長吐氣，「也罷，將士們勞苦功高，朕的確早就該召見他們。朕總得親眼看一看，這開了刃的寶刀，到底有多鋒利！張誠，你替朕擬一份名單，朕明日就跟王錫爵商議，讓他按名單招有功將士回京獻俘。」

「遵命！」早就將朱翊鈞脾氣摸了個通透，張誠大聲答應。卻不立刻離開，而是瞪圓了一雙三角眼四下亂掃。

「朕心情不錯，今晚當值的，每人賞宮花一對，元寶兩個。也由你記了名字，按人頭發放。」萬曆皇帝朱翊鈞揮了揮手，笑著補充，臉上的表情，就像尋常農夫在街頭花了三、兩個銅錢一樣淡然。

「謝皇上隆恩！」當值的太監宮女，卻立刻全都跪了下去，真心實意地向他道謝。

兩個元寶折不了多少錢，宮花在皇宮中也不是什麼稀罕物件兒。但萬曆皇帝按人頭賞賜宮花和元寶，卻代表著對今晚在場所有人的信任。否則，依照張誠的狠辣性子，為了確保今晚他和皇帝的對話不被傳播出去，肯定要挑出一兩個看著不順眼的太監或者宮女出來，殺一儆百。

「罷了，都起來吧！」萬曆皇帝要的就是這種態度，滿意地向所有人揮手。

「都記住了，皇上是拿你們當自家人看待，才什麼事情都不躲著你們。」張誠的聲音，緊跟著響起，冷得像寒冬臘月裡的北風，「可若是讓咱家知道，有誰偷偷向宮外傳遞消息。哼哼……皇上仁慈，咱家卻不怕死後下十八層地獄！」

「張掌印放心！我等絕不會辜負皇上！否則，天打雷劈！」

「掌印放心，小的們知道怎麼做！」

「掌印放心，小的們……」

眾太監、宮女齊齊打了個哆嗦，然後七嘴八舌地賭咒發誓。

「不要嚇唬他們！他們也都是你一手帶出來的，知道輕重。」既然張誠已經做了惡人，萬曆皇帝朱翊鈞就不在乎表現得仁慈一些，笑了笑，低聲阻止。「你也不用先忙著去給朕擬回來獻俘虜的將士名單，先把賞賜替朕發了。朕，朕最近被某些沽名釣譽之輩鬧得手忙腳亂，讓身邊的人過得都很辛苦。」

「謝皇上恩典！」張誠聞聽，立刻帶頭跪倒施禮。

「謝皇上恩典！」眾太監宮女們，也用顫抖的聲音，再度齊聲向萬曆皇帝道謝。彷彿自己剛剛從閻王殿門前走過，死裡逃生一般。

「嗯！」身為皇帝，朱翊鈞偶爾對身邊人表達一下善意已經足夠，沒工夫跟太監和宮女們過多客氣，低低地回應了一聲，隨即開始批閱奏摺。

說來也怪，先前還讓他看上一眼就頭大如斗的奏摺，忽然就變得簡單起來。一份接著一份，全都批得輕車熟路。當他在最後一份奏摺上做出了批示，然後放下筆，抓起案頭的茶盞狂飲，才忽然發現，茶水已經換成了熱乎乎的參湯。

「嗯？」本能地抬頭向身邊看了看，萬曆皇帝朱翊鈞立刻看到了秉筆太監孫暹那誠惶誠恐的模樣。

「皇上，奴婢差點闖出大禍，請皇上責罰！」不待萬曆發問，孫暹搶先跪倒在地，重重叩頭。

「大禍？」心思還沉浸在批閱奏摺上的萬曆皇帝愣了愣，花了一些時間，才終於想明白，對方所說的大禍究竟指的是什麼事情，頓時，心中難免湧起幾分愧疚。

「老奴急功近利，居然給皇上出主意去肅貪。害得皇上差點兒成為眾矢之的。罪該萬死，罪該萬死！」孫暹不敢指責萬曆皇帝毫無擔當，繼續叩首謝罪。

明知道錯在自己身上，要萬曆皇帝朱翊鈞承認他自己出爾反爾，卻絕無可能。因此，他只是輕輕擺了下手，就決定將先前的事情輕飄飄揭過：「起來吧，既然還沒有付諸實施，就不是什麼大錯。況且監察百官，原本就在南衙的職責範圍之內。」

「謝皇上！」孫暹立刻確定自己不會被當做替罪羊，趕緊大聲致謝。

又輕輕擺了下手，萬曆皇帝朱翊鈞再度改口，「該查的事情，還是要查，只是以後謹慎一些，不要擺在明面上。水至清則無魚，朕雖然是一國之主，也不能將文武百官都逼得太狠。但若是有人做的太出格，朕早晚都得跟他把賬算上一算。」

「老奴，遵旨！老奴一定全力以赴，不讓陛下失望。」孫暹偷偷擦了下手心處的冷汗，輕輕叩首。心中同時不受控制地，湧起了幾分失落。

作為一國之君，既然沒勇氣光明正大地追究臣子們的貪腐行為，乾脆就放棄了事。哪有表面上一團和氣，暗地裡去搜羅證據道理？雖然暗中行事，不會逼得百官聯手對付他這個皇帝，看起來好似非常穩妥。無形中，卻意味著當皇帝的對朝廷早已失去了控制力。今後無論誰在替皇帝做事，恐怕都需要仔細權衡一下，會不會哪天被他當做棄子。

「你知道該怎麼做就好！」朱翊鈞卻不知道自己的形象在孫暹心中已經一落千丈，兀自覺得自己找到了一個對付群臣的好辦法，笑著朝此人輕輕點頭。隨即，又詫異地看了一眼在旁邊躍躍欲試的張誠，繼續笑著發問：「掌印也在，給大夥的賞賜可頒發下去了？朕記得剛才安排你去列獻俘將士名單，你可準備妥當？」

「回皇上的話，賞賜已經都落實了。奴婢們都說，能伺候陛下，是他們幾輩子修來的福氣。」張誠早有準備，笑著上前大聲回應，「至於名單，老奴剛才跟孫秉筆一起商量出了一份。奴婢們智短，這份名單未必都合陛下的意，所以，還請陛下您做最終定奪！」

「你們兩個商量？」萬曆皇帝又愣了愣，很好奇張誠竟然能夠不計前嫌與孫暹共同商議正事兒。然而轉念一想，也就明白的其中關竅。

於是乎，又笑了笑，快速補充：「很好，你們兩個能夠齊心協力替朕分憂，朕心甚慰。且把名單拿給朕看，讓朕看看你們兩個聯手，能把事情做到什麼樣？」

「遵命！」張誠得意地看了一眼孫暹，雙手從懷裡掏出一個信封，畢恭畢敬地呈到了萬曆皇帝朱翊鈞面前。

朱翊鈞雖然算不上一個有道明君，但好歹也是張居正手把手教出來的，水準肯定在歷代帝王的平均之上。因此，打開信封之後，只是粗粗掃了幾眼，就發現了許多問題。「這個洛懷忠是誰！朕以前怎麼沒聽說過他？這個吳惟寧又是誰？還有，為何領著隊伍回來獻俘的是李如梓，而不是李如柏和李如梅？」

「啟稟皇上，洛懷忠渾名洛七，是神機營左參將洛尚志之子。曾經追隨李提督在西北立下過大功，昔日倭寇在南京放火燒糧，也多虧了他和李如梅、李如梓兄弟相助，王總兵力挽狂瀾。此番征倭，又跟在李提督身側，掌管鳥銃兵一部，戰功赫赫。」張誠既然敢這麼快就拿出一份名單給萬曆皇帝朱翊鈞過目，當然有把握這份名單禁得起詢問，因此想都不想，立刻大聲解釋，「吳惟寧，則是石匣游擊吳惟忠之弟，大軍收復平壤之時，其以鳥銃擊斃倭軍大將三人，功不可沒。至於李如柏和李如梅，老奴和孫掌印以為，他們兩個都是李如松的臂膀，貿然調他們兩個回京，肯定會影響東征軍的下一步作戰部署。而李如梓雖然年輕，卻得了其父的真傳，在年輕一輩將領中也頗負名望，由他帶隊回來獻俘，任何人都會覺得服氣。」

「軍中宿將，都有重任在肩，不可輕動。這些年輕將領，雖然作戰經驗差了一些，但身手高強，行事大膽，且都沒什麼羈絆，對皇上您忠心耿耿。」先前平白得了張誠的「分潤」，孫暹在一旁也投桃報李。

沒有羈絆，容易驅使，這是關鍵中的關鍵。萬曆皇帝朱翊鈞從前線調兵將回來，可不僅僅為了誇耀武功。如果調一堆羈絆過多的官場老油條回來，反倒不太方便，甚至有可能被別人所用。

「嗯——」確信二人的確花了一些心思，朱翊鈞對著名單輕輕點頭。目光再度落於紙上，瀏覽了第二遍，忽然又發現了一個問題，眉頭迅速皺起，沉聲詢問：「朕記得有兩個投筆從戎的貢生，也曾為朕立下過許多戰功。南京那次，也是虧了他們二人發現了倭寇的圖謀。他們兩個怎麼不在這份名單之上？莫非，莫非他們兩個後起之秀，羈絆反而比其他人多不成？」

「這……」張誠迅速將目光轉向孫暹，恨不得立刻揪住對方脖領子問問，對方究竟得了李家和張家什麼好處，居然讓兩個年輕人在短短幾個月裡，被萬曆皇帝記得如此之深？

「啟稟皇上，他們，他們兩個最近正在遭受言官的彈劾，所以，所以老奴沒敢將他們的名字列在上面！」孫暹自己也很奇怪，為何兩個年輕人居然「簡在帝心」，趕緊拱起手大聲解釋。

「彈劾，御史台那邊彈劾他們兩個什麼罪名？」萬曆皇帝臉上烏雲翻滾，皺著眉頭大聲質問，「他們遠在朝鮮，怎麼又惹了那群清流？莫非，莫非替朕誅殺倭寇，反倒殺出罪過來了？」

「他們，他們居功自傲，當眾毆打了朝鮮官員。」孫暹被萬曆的臉色嚇了一跳，趕緊啞著嗓子解釋，「老奴還是前幾天，聽兵部的人在議論，說他們兩個自毀前程。無緣無故，居然當眾將數名朝鮮高官，打了個頭破血流。」

「無緣無故，他們怎麼會打人？此事必有隱情！錦衣衛呢，錦衣衛那邊可調查過，結果怎麼說？」萬曆皇帝朱翊鈞早就先入為主，認定了自家看好的將領，絕非魯莽之輩。因此毫不猶豫地，決定將此事一查到底。

「啟稟皇上，錦衣衛查過了。」孫暹迅速意識到，兩個年輕將領比自己設想中，還要受皇帝重視。趕緊又在旁邊大聲補充，「彙報，彙報說，當時李提督可能受了傷，不想被倭寇知曉。而朝鮮官員們卻鬧著非要見他。恰好李參將的未婚妻千里尋夫到了坡州，有朝鮮官員把她當成了尋常民女，嘴巴上不乾不淨……」

「該打！」萬曆皇帝朱翊鈞手拍桌案，長身而起，「這種替倭寇刺探消息的王八蛋，沒當場打死，就便宜了他！孫暹，把錦衣衛的調查結果，明天一早送往兵部。朕倒是要看看，兵部到底是大明的兵部，還是朝鮮人的私衙？」

第八章 金牌

整頓鎧甲，扶正頭盔，順後推上掛在頭盔下緣處的鑌鐵護面。隨即，高高地舉起了大鐵劍，奮力前指，一整串的動作，因為熟悉而變得宛若行雲流水。

李彤的身後，一千五百餘名弟兄或舉刀劍，或持長矛，對主將的動作做出響應。緊跟著，一聲「殺！」字，響徹原野。整個軍陣開始向前緩步移動，就像一座移動的鋼鐵叢林。

已經是陽春三月，土地因為吸足了春雨而變得柔軟、濕滑，令騎兵很難加起速度。但是，明軍的陣型，卻變得更容易調整。在李盛、顧君恩、車立等人督促下，隊伍的兩翼不斷收縮，中央則向外不斷凸起，前進中，由雁翅形變成了一個銳利的楔形。

楔形的前鋒所指，正是倭國名將島津義弘的帥旗。巨大的壓力，令帥旗附近的武士和足輕們，個個額頭冒汗，臉色鐵青。然而，他們卻誰都沒有勇氣，提議與明軍展開對衝，儘管，儘管他們這邊的兵力，足足是明軍的四倍！

「結防守陣，長矛手上前，威懾明軍戰馬，務必讓他們無法突破。弓足輕列於長矛手之後，準備拋射攔截。鐵炮手，散向兩翼，點火準備。騎兵退回新院店注七山谷，待明軍力乏之時，再出來與我一起反擊！」島津義弘本人，也感覺到了巨大的壓力，啞著嗓子，宣布自己的對策。

沒有人質疑他的決定，他麾下的大將，相良豐賴、川上忠實等人低聲答應著，分頭去執行命令。經歷了一連串失敗之後，倭寇上下，再也沒有人認為，明軍的戰鬥力與朝鮮官兵同樣不值一提。也再沒人叫囂著要攻破北京，橫掃中原。

他們的頭腦都不再狂熱，他們都清楚地意識到，自己才是處於弱勢的一方。他們甚至不願意再跟明軍進行任何野戰，除非雙方恰好相遇，躲避不及。

今天，很顯然剛剛重組沒幾天的島津番隊，就遇到了躲避不及的倒楣情況。六千餘人在前去碧蹄館換防的路上，居然才出新院店，就與大明選鋒營撞了個正著。

既然明軍的旗幟已經在新院店附近出現，碧蹄館那邊的倭國守軍，這會兒恐怕已經凶多吉少。那支隊伍的主將細川忠興，這會兒腦袋很可能已經成了明軍的戰利品，會被裹上石灰，送往數千里外的北京。

「不知道如果我今天戰死在這裡，宇喜多秀家會不會舉杯慶賀！」猛然間，心中湧起一股悲涼，島津義弘的身體開始微微戰慄。

隱藏於坡州那邊，私下裡跟宇喜多秀家暗通款曲的朝鮮官員，這次居然沒有及時送來任何消息！明軍居然不知不覺，就再度大舉南下，而恰恰趕在明軍南下的當口，細川忠興被派往了碧蹄館，身邊只帶著四千多武士和足輕。

注七：新院店：位於碧蹄館南側。地形為碗口形。

細川忠興原本隸屬於第九番隊，主帥為羽柴秀勝。羽柴秀勝與豐臣秀吉的另外一個養子豐臣秀次，乃是親兄弟。羽柴秀勝在剛剛踏上朝鮮不久，就忽然生了重病，進而一命嗚呼。從此宇喜多秀家才以豐臣秀吉養子的身份，一步步提高其自身地位，進而趁著小西行長和加藤清正兩人兵敗，攝取了整個攻朝大軍的指揮權。

最近漢城內忽然傳出一股流言，說羽柴秀勝並非病死，而是被人下毒謀殺。如果傳言為真，作為羽柴秀勝的副手，細川忠興肯定嫌疑最大。可如果細川忠興這個節骨眼上，忽然戰死，一切就只能不了了之了。即便羽柴秀勝真的是被他下毒殺死，也無法追查他為何要這樣做，更無法找到誰是真正的主謀。

「咚咚，咚咚，咚咚——」激越的戰鼓聲，在丘陵間響起，瞬間將島津義弘的思緒敲了個粉碎。沒時間再去想，宇喜多秀家派自己來碧蹄館換防，是不是也在借刀殺人了。戰鼓聲是明軍的進攻信號，接下來，明軍就要發起第一輪衝鋒。他必須集中起所有精力應對，才能避免自己的腦袋，也成為對方的戰利品。

果然如他所料，儘管坡度不利，儘管土地鬆軟濕滑，明軍騎兵的推進速度，還是在不斷加快。已經完成了變陣的他們，正在用盡各種辦法，安撫胯下的戰馬。令那些膽小的牲畜，克服對摔倒的畏懼，努力將奔跑速度提到最大。

「弓足輕準備！」深深吸了一口氣，島津義弘扯開嗓子，大聲蓄勢。

很幸運，對面的明軍全是騎兵。他可以利用弓箭和鐵炮組合，搶一個先手。雖然對於移動中的目標，無論弓箭和鐵炮，殺傷力都非常有限。但是，騎兵的陣型和速度卻無法避免地會受到影響。

而明軍的衝擊速度越慢，陣型越不整齊，越難在第一時間砸開他的長矛防線。

只要長矛防線能擋住第一排明軍的衝撞，騎兵的速度優勢就不復存在。接下來，他就有機會發揮兵力優勢，組織反擊。知道雙方戰鬥力差距，島津義弘沒指望能擊潰這股明軍。但是，他卻盼望，自己有機會像上次那樣，憑藉地形和人數優勢，跟明軍打個旗鼓相當。

「放！」猛地一揮手，他將聲音和憋在肚子裡的空氣，一並吐出。數以千計的羽箭騰空而起，密密麻麻，宛若一群覓食的蝗蟲。

明軍頭頂的天空忽然為之一暗，衝擊速度卻驟然加快。蝗蟲般的羽箭落下，很多人和戰馬的身體上，都冒起了血花，卻不足以致命。受了傷的將士，將身體貼向戰馬的脖頸。受了傷的戰馬，則遵循草食動物的本能，盡力跟上隊伍，寸步不落。

「放，繼續放，直到沒有機會！」原本也沒指望光憑弓箭就擋住明軍，島津義弘繼續大聲呼喝。隨即便不再觀察弓箭拋射的效果，將一支畫著鐵炮的旗幟舉過了頭頂。

鐵炮有效射程只有五十步，而五十步的距離，戰馬只需要三個彈指就能跑完。所以，鐵炮只有一次發射機會，作為主將的他，必須牢牢把握。

九十步，八十步，七十步……，明軍越來越近，島津義弘已經感覺到了腳下大地的顫抖。眼睛盯著那個手持大鐵劍的年輕將領，他咬緊牙關，深深吸氣。

「轟——」一聲霹靂忽然炸響，震得島津義弘頭暈目眩。

「砰！」不知道哪個膽小的鐵炮足輕沒控制住手指，被嚇得扣動了扳機。緊跟著，白煙翻滾，射擊聲如爆豆子般響成了一片，「砰砰，砰砰，砰砰……」

所有鐵炮足輕都以為同伴接到了射擊命令，先後投入了戰鬥。將白亮亮的鉛彈，冰雹般砸向對面的騎兵。然而，七十步的距離上，大多數鉛彈根本保證不了準頭，射擊的效果微乎其微。

「川上忠實，川上忠實，去組織鐵炮手重新裝填！相良豐賴，相良豐賴，組織弓足輕瞄準戰馬平射，給鐵炮手爭取一輪發射時機！」島津義弘氣得七竅生煙，咆哮著給自己麾下的心腹愛將下令。隨即，搶在軍陣被火藥燃燒引發的白煙籠罩之前，在馬背上站直了身體，奮力遠眺。

沒有時間和精力管得更多，他必須找出第一聲霹靂的起源。那絕不是鐵炮所能發出的聲音。雖然那聲巨響過後，沒有任何彈丸落在他的視線之內，他麾下的武士和足輕們，也沒有發生任何傷亡。但是，如果最初那一聲巨響真的來自於某種危險的武器，他今天就敗局已定。

「轟！」「轟！」「轟！」「轟！」

老天就是這樣殘忍，他越擔心什麼事情會發生，就越會發生什麼事情。沒等相良豐賴和川上忠實來得及執行命令，遠處的樹林中，又發出了四聲巨響。緊跟著，四股白煙騰空而起。

「避炮！」這下，島津義弘終於看到了彈丸，果斷側跌下了坐騎。還沒等他身邊的親信來得及去攙扶，四枚甜瓜大小的鐵彈丸，已經呼嘯而至。結結實實地砸在了前排槍陣上，將槍陣從正中央位置，砸出了四個巨大的豁口。

因為地面過於鬆軟，彈丸沒有形成跳射。然而，被直接砸中的槍足輕，卻四分五裂。臨近的其餘槍足輕被濺了滿臉的鮮血和碎肉，尖叫著向兩側閃避，卻因為隊伍站得過於密集，短時間內，根本無法挪開太遠。

「轟！」「轟！」「轟！」「轟！」又是四聲巨響，四枚彈丸再度呼嘯而至。槍陣再度承受重擊，缺口從四個變成了八個。

臨近炮彈落點的武士和足輕們互相推搡，誰也不願意因為躲得太慢，成為下一輪炮彈的靶子。然而，他們卻誰都沒有注意到，身上已經沾滿了鮮血和碎肉，停止移動的兩枚炮彈，又悄悄地冒起了濃煙。

「轟隆！」「轟隆！」

濃煙消失，炮彈炸開，碎片四下橫掃，將各自周圍三尺之內的所有活物放翻。四個缺口剎那間被連在了一起，宛然一條血肉胡同。

「炮彈會炸！」「炮彈會炸！」僥倖沒被波及的武士和足輕們，被嚇得魂飛魄散。頂著同伴的血肉，加速向外圍逃竄。無論誰敢阻擋，都堅決推到在地。

「轟！」「轟！」「轟！」「轟！」第三輪炮擊，緊跟著發生。香瓜大小的炮彈落在血肉胡同附近，將胡同擴得更寬。

「轟隆！」「轟隆！」「轟隆！」

下一個瞬間，爆炸聲在血肉胡同內部響起，斷肢碎肉漫天飛舞，各色認旗東倒西歪。

「佛郎機炮注八，子母連環佛郎機炮！天殺的明人，他們居然將子母連環佛郎機炮藏在了樹林

注八：小佛郎機原本是艦炮，被大明繳獲後迅速仿製。引線式開花彈，在明初就已經採用，目前留有文物。

中。」島津義弘終於弄明白，對手使用的是什麼武器了，趴在地上，欲哭無淚。

子母連環佛郎機炮，其實就是一種小佛郎機。炮由母銃和子銃組成，每門母銃通常配備五枚子銃。發射後，子銃可以更換，以避免像尋常火炮那樣因為重新裝填而浪費時間。

這種佛郎機炮，島津義弘在很早之前，就曾經從西洋商販那裡見到過。但是，他卻因為其高昂的售價，拒絕了為麾下的隊伍裝備。而大明那邊，卻憑著其雄厚的國力，先是買進了大量佛郎機炮，緊跟著就自行仿鑄，並且推陳出新，將部分炮彈換成了在大明早已成熟的開花彈。

唯一值得慶幸的是，這種佛郎機炮的子銃數量有限。所以，島津義弘並不需要捱太長時間。第四，第五輪炮擊很快結束，可怕的霹靂聲和爆炸聲，都戛然而止。

「整隊，速速整隊！」在最後一聲爆炸結束之後，島津義弘咆哮著跳起，拔出自己的將旗奮力揮舞。

沒有第六輪射擊！如果他判斷沒錯的話，接下來至少需要三個西洋分鐘，明軍才能重新將子銃裝填完畢。而這寶貴的三分鐘，已經足夠他帶著剩下的弟兄們，以交替掩護的方式，撤入身後的山谷。

沒有人響應他的號召，四下裡，慘叫聲不絕於耳。前後五輪炮擊，雖然只射出了二十枚彈丸，卻將他事先布置的軍陣，撕了個四分五裂。被炮彈直接命中和炸死的倭寇，雖然只有區區百十人，然而，島津番隊的軍心，卻搖搖欲墜。

這都不是最糟糕的情況，更糟糕的情況就在眼前。借著佛郎機炮的掩護，明軍騎兵已經殺到了十步之內。而島津家的槍足輕們，卻無法重新結陣。只能眼睜睜地看著碩大的馬蹄踏向自己的頭頂，眼睜睜地看著那把大鐵劍被他的主人高高地舉起，在半空中潑出一匹耀眼的雪鍊。

那是一把海西女直人打造的長柄大鐵劍，模樣醜陋而笨重，並且刃部缺乏精細研磨。然而，借著戰馬飛奔的速度，一把沉重的鐵器，哪怕沒有開刃，殺傷力也遠超過了輕飄飄的倭刀。

兩桿倉促伸出的長槍攔腰被切斷，一把倉促遮擋的倭刀連同他的主人，一並被砸得倒飛而起。沉重的大鐵劍餘勢未盡，繼續借著戰馬的速度前掃，將躲避不及的足輕們，像割莊稼般割翻了一整片。

「跟我來——」大鐵劍的主人李彤，扯開嗓子大聲呼籲，同時雙腿夾緊馬腹，沿著炮彈炸出來的通道繼續向前突進。身體兩側，慘叫聲此起彼伏。一面面認旗接二連三地消失，曾經以勇悍著稱的倭國武士們，不敢迎戰，爭先恐後轉過身，狼奔豕突。

「殺倭——」眼前再無任何倭寇，倭方軍陣被輕鬆殺了個對穿。李彤咆哮著撥轉坐騎，斜著兜向兩翼，兜向不知所措的倭軍鐵炮手。

在他眼裡，鐵炮手的威脅，遠超過倭國武士，更遠超過普通足輕。必須儘快掃蕩乾淨，以免其趁亂發射冷槍。

「饒命——」沒等他的戰馬衝到近前，倭國鐵炮手們，就一哄而散。擅長用鐵炮者，頭腦都比較聰明。早就憑藉傳說中的裝束，猜出自己今天遇到的對手是誰。

「八嘎，我早晚會親手斬下你的腦袋——」島津義弘，也是一個聰明人，大罵著跳上了一匹戰馬。在親信武士的保護下，落荒而走。

「归ってきます！」（我會回來的）

「八嘎，此仇非報不可！」

「走，留著翅膀的老鷹才能飛得更高！」

發現島津義弘帶頭逃走，周圍的武士和足輕們也紛紛大叫著轉身逃命，不求跑得最快，只求速度快於自己的同伴。

輸給明軍一點兒都不丟人，特別是在毫無準備的情況下，輸給了在野外遭遇到的明軍。十時連久、小野成幸、安東長久、小串成重這些赫赫有名的武士，先後都死於明軍之手。不到半年，戰線從鴨綠江一路收縮到了朝鮮王京。雙方的戰鬥力強弱，到現在已經是一目了然。這種時候，誰要是再堅持認為，野戰中輸給人數遠不如自己的明軍，是一個無法接受的結局，他的心智肯定出了問題。

當一支軍隊當中的大多數將士都「聰明」過了頭的時候，這支軍隊的韌性可想而知。不光武士和足輕們爭相遠遁，地位低賤的徒步者也尖叫著丟下了兵器，抱頭鼠竄而去。超過六千人的大軍，總計傷亡了六百不到，就徹底崩潰。為了不被明軍追上，很多倭寇在逃命途中，將身邊的同夥推翻在地，以後者的血肉之軀，阻擋追兵的刀槍和馬蹄。

這種做法殘忍至極，效果也乏善可陳。然而，上到島津氏的家臣，下至尋常徒步者，卻沒有一個倭寇認為自己做得過分。他們出征朝鮮之前，日本國內剛剛結束曠日持久的大戰。生命低賤如草芥，死亡的陰影，幾乎和他們每個人都朝夕相伴。每次吃敗仗之時，為了保住自己的性命，他們都少不了拿同夥作為盾牌和墊腳石。今天，不過是將戰場從日本挪到了朝鮮，也不過是輸給了一支更強大的敵人。

「吹角，命令所有將士，追到山谷入口止步。」鄙夷地看了一眼倭寇的背影，李彤收起大鐵劍，忽然向身邊的親兵下令。

「嗚嗚，嗚嗚嗚，嗚嗚嗚……」低沉的畫角聲，迅速在他身邊響起，瞬間傳遍整個戰場。正在追著倭寇潰兵大砍大殺的李盛等人愣了愣，遲疑地扭頭回望。旋即，紛紛放慢坐騎，舉起兵器約束身邊的同伴。

其餘將士滿臉茫然，也紛紛詫異地將目光轉向選鋒營的將旗。將旗下，李彤卻沒有做任何解釋，繼續舉著血淋淋的大鐵劍調整部署，「傳令給李守備和車千總、金千總，讓他們將倭寇逼入山谷後，立刻整理各自麾下隊伍。」

「傳令給劉游擊，讓他帶領火器部向前推進，占領左側的礪石嶺，重新架設炮位！」

「傳令給顧守備，讓他帶領麾下弟兄保護火器部，防止倭寇垂死反撲！」

已經成了參將，除非能陣斬島津義弘，否則，砍下再多的倭寇腦袋，對他本人來說都毫無用途。而根據上一次明軍用鮮血換回來的地形情報，前方的新院店，乃是一個葫蘆形山坳。入口處只能排下二十幾人，山坳的長度卻高達四里半。貿然強突而入，風險極大，甚至有可能前功盡棄。上次李如松提督，就是因為強突不成，卻遭到了倭寇的三面夾擊，被倒逼回了碧蹄館。

「嗚嗚，嗚嗚嗚，嗚嗚嗚……」畫角聲連綿不斷，將新的命令，送入每一位將佐的耳朵。李盛、顧君恩等人不再遲疑，陸續將身邊的千總，百總分派出去，掌控各自麾下弟兄。以免大夥因為殺得太興奮，尾隨潰兵追入了不遠處山坳。

「嗯！」舉目四望，將麾下將士的反應盡數收入眼底，李彤滿意地點頭。隨即，將手中大鐵劍，指向了身後，「李梁，你去傳令給張參將，讓他帶領銳士營，在拿下碧蹄館之後，立刻向選鋒營靠攏！」

「李永正，你帶幾個，去向提督報捷。告訴他，選鋒、銳士兩營，幸不辱命！」

「是！」被點了名字的兩個家丁大聲答應，隨即撥轉坐騎，疾馳而去。每個人臉上，都帶著不加掩飾的驕傲。

按照大明目前的營兵制度，家丁這一職業非但不卑賤，而且極有前途。特別是跟在李彤這種後起之秀身旁的家丁，非但出人頭地的可能性大，並且還有機會跟許多高級文官和武將混成熟面孔。將來如果出來自立門戶，前途也遠比靠廝殺升上來的同伴坦蕩。

「看到了沒？這才叫打仗！」此時此刻，同樣滿臉驕傲的，還有車立、黃百萬等朝鮮義軍將領。雖然在選鋒營內，大明天兵和朝鮮義軍之間的區別，已經非常模糊，但是，每次大戰獲勝之後，包括他們兩個在內，依舊有許多義軍將士，會不由自主地想起從前的日子。

那段日子裡，他們和現在一樣，將生死置之度外。那段日子裡，他們跟現在一樣，隨時隨地恨不得與毀滅自己家園的倭寇同歸於盡。然而那段日子裡，他們卻將敗仗吃了一場又一場，甚至有人從釜山一路敗到了鴨綠江。

他們當中，許多人原本已經打算認命，承認朝鮮人天生就不擅長作戰，活該被倭國奴役。他們當中，許多人原本已經打算放下武器，躲入深山了此殘生。然而，在機緣巧合之下，他們卻進入了選鋒營。隨後，再遇到同樣的敵人，就出現了不同的結果。

他們忽然發現倭寇變弱了，變得不再那麼凶悍。他們先是跟在明軍身邊搖旗吶喊，搬運武器輜重，打掃戰場。然後開始與明軍並肩而戰，憑藉山坡和高牆阻擋倭寇。接下來，他們又跟明軍一道與倭寇野戰，重新撿回了取勝的信心。再往後，他們開始跟著明軍一道追亡逐北，正如當初倭寇追逐自己。

他們知道倭寇還是那群倭寇，之所以結果與先前完全不同，並非因為那面獵獵飛舞的大明戰旗，而是戰旗下，那個身上灑滿了陽光的年輕將領。

「如果李將軍是朝鮮人，那該多好！」不止一次，黃百萬和車立等人，在私下嘀咕。

然而，他們卻知道，這終究是一種奢求。放眼朝鮮全國，也找不到像李將軍這樣的將領。雖然最近這段時間，朝鮮官軍那邊，也頻頻有捷報傳來。姜文祐、權粟、金千鎰這些熟悉或者陌生的名字，被傳得家喻戶曉。

「那邊，那邊，好像是權粟的認旗。他終於趕過來了！」正遺憾間，有人忽然在馬背上扭頭，朝著碧蹄館方向低聲驚呼。

「的確是權粟！好像，好像還有金命元。奶奶的，只會逃命的長腿飛將，他居然也敢上戰場？」

還有人眼力更好，迅速從權粟的認旗附近，找到了另外一個熟悉的面孔。

「你留在這裡整隊，我去看看究竟怎麼回事！」對朝鮮官府從來沒有好印象的車立，心中頓時湧起一股不祥的預感，朝著黃百萬叮囑了一句，撥馬奔向自己心目中唯一的主帥李彤。

沿途的義兵將士和大明官兵紛紛避讓，很顯然，大夥對於身後突然出現的朝鮮「友軍」，也充滿了警惕。在他們的全力配合下，只用了短短兩分鐘時間，車立就抵達了自己的目的地。將手中長槍平端起來，他深深吸氣，隨時準備刺向任何敢對自家參將不敬的傢伙，甭管此人是什麼來頭。

「下國將領權粟，金命元，參見李將軍！」令車立非常驚詫的是，無論勇將權粟，還是長腿兒將軍金命元，都對自家主帥沒有任何敵意。相反，二人隔著老遠，就主動跳下了坐騎，畢恭畢敬地向李彤施禮，「恭賀李將軍再度擊敗強敵，斬將奪城。請將軍准許我等率領部屬，助將軍一臂之力！」

「請戰？」車立簡直無法相信自己的耳朵，迅速扭過頭，看向頭頂的太陽。

時間已經是下午，很明顯，今天的太陽不可能是從西邊升起。再扭過頭，看向金命元，也確定此人並非被迫而來，臉上寫滿了對勝利的期盼。

「原來改變的不止是自己！不止是義兵！如今的朝鮮官軍，也不再是見了倭寇望風而逃的窩囊廢。」下一個瞬間，車立忽然覺得好生欣慰，眼淚不知不覺就淌了滿臉。

「此處多山，地形狹窄，不適合騎兵衝殺。金某願意帶領本部弟兄，為大軍頭前開道。」彷彿擔心李彤懷疑自己的誠意，赫赫有名的長腿將軍金命元想了想，又大聲補充：「若不能在日落之前拿下新院店，金某願意獻上自己的人頭！」

「李將軍半月前救命之恩，在下無以為報。願為大軍前驅，一探山坳後倭寇虛實！」不愧為聞名遐邇的勇將，權粟話語，比金命元謙遜得多。針對眼前的地形和局勢，有的放矢。

「我已經命劉游擊和顧守備配合，搶占左側的礪石嶺。」雖然對朝鮮官軍的實力深表懷疑，對方敢主動前來助戰，李彤依舊願意給予鼓勵。「右側的淺草澤地勢低窪，且遍地泥漿，戰馬無法通過。如果兩位將軍願意，可率領兵馬從該處迂迴至新院店後的昌陵，威逼倭軍身後。」

這，又是上次明軍用性命換回來的情報。上次碧蹄館爭奪戰，查大受麾下的騎兵，就是在淺草澤處，因為地形不熟，被泥漿陷住了馬蹄，進而遭到了立花勇虎的瘋狂反撲。所以，這次為了確保目前的戰果，淺草澤處必須擺上一支隊伍。哪怕其不能按時繞到倭寇身後，至少，可以避免倭寇的援軍突然從此處出現，威脅到整個作戰計劃。

「願遵將軍之命！」沒想到，李彤居然放著傷亡最大的正面強攻的任務不給，卻挑了一個相對容易的任務安排，權粟和金命元都感激地抱拳。

「兩位將軍暫且帶領麾下弟兄休整，一個時辰之後，再發起進攻即可！」李彤笑著還禮，隨即將目光扭向遠方。

張維善的將旗，已經在遠處出現。銳士營雖然組建時間不長，裡邊的大部分將佐，卻都是選鋒營的骨幹。張維善帶著他們抵達戰場後，必將為此戰，再添三分勝算。

如果能拿下新院店，通往王京，就是一片坦途。選鋒營和銳士兩營，立旗於朝鮮王京城外。城上大小倭寇，相顧失色，誰也不敢出城迎戰……

正想得熱血沸騰之際，另一個熟悉的身影，忽然闖入了他的視線。緊跟著，他的耳畔，就傳來了袁黃那氣急敗壞地聲音，「李將軍，李將軍接令。欽差抵達坡州。命令你和張將軍，劉將軍，回去接旨！皇上要，要在北京，親自校閱有功將士，然後獻俘於太廟。你，張參將，劉游擊，都在回京受閱名單之內！」

第九章 獻俘

「什麼？」宛若臘月天裡被兜頭澆了一大盆冷水，李彤心頭的熱血瞬間凝結成冰。

選鋒營今天占盡優勢，只要將子母連環炮架上礪石嶺，就可以對著山谷裡的倭寇狂轟爛炸。屆時，哪怕山坳後的地形再複雜，哪怕前來增援島津義弘的倭寇的數量再多三倍，也擋不住大軍全力一擊！

而新院店距離朝鮮王京還不到二十里，中間幾乎是一馬平川。在平原上，騎兵的戰鬥力，可以得到更充分發揮。以選鋒、銳士兩營現在的士氣和戰鬥力，即便無法直接衝入城內，也可以在城外拿下一塊落腳之地，迎接李如松提督親領主力到來。

「少爺，北京距離此地有數千里之遙。」李盛的聲音，忽然在他身側響起。很低，卻將每個字都說得非常清晰。「皇上下旨之時，肯定不知道弟兄們已經休整完畢，即將拿下朝鮮王京！以您和袁贊畫的交情，咱們即便回去得晚一些……」

「少爺，你有臨陣自決之權。」另外一名家丁出身的把總李固，也悄悄湊上來，用更低的聲音慫恿。

「將軍，何去何從，我等惟您馬首是瞻。」周圍的其他將佐見狀，膽子也頓時大了起來，紛紛開口，表示支持李彤的任何決斷。

一場大勝就在眼前，這個時候服從命令停止進攻，絕對非智者所為。而只要選鋒營不吃敗仗，李彤哪怕暫時來一個「將在外君令有所不受」，也無須承擔太多後果。

「李將軍，李將軍，是宋經略派袁某來的！」彷彿預先已經猜到了李彤等人的反應，贊畫袁黃一邊繼續策馬狂奔，一邊高高地舉起手臂，「前來傳旨的是司禮監張掌印，身邊還跟著兵科主事張晉、禮部郎中許恒和御史王奔。碧蹄館不過彈丸之地，早打下一天，晚打下來一天沒任何差別。您，您可千萬不要魯莽行事！」

「張誠！他不是失勢了嗎？怎麼這麼快就又被啟用了！」李盛身體一震，臉色瞬間變得極為難看。

「張誠，又是這個死太監！皇上怎麼專門用這種人。」

「除了太監，就是清流，朝廷究竟要幹什麼！」

四下裡，議論聲紛紛而起，每一句，都帶著無盡的憤懣與迷惑。

作為聖旨的直接針對目標，此時此刻，李彤心中，更是驚怒交織。驚的是，自己不過是一個區區的參將，居然受到如此多大人物的惦記。怒的則是，一堆高官正經事兒不幹，偏偏爭先恐後來扯東征軍的後腿。

還沒等他決定到底聽不聽袁黃的勸告，不遠處，忽然又傳來了一陣低沉的號角聲。緊跟著，一小隊騎兵簇擁著一名武將，迅速出現在他的視線之內。在武將身側斗大的「查」字，在認旗上隨風翻滾。

「查總兵，他居然也來了！」所有憤怒瞬間都化作冷水，李彤苦笑著咧嘴。

從認旗款式上，他很容易分辨出，來者是遼東副總兵查大受。此人無論資歷、威望還是官職，都遠高於自己。今天此人只帶著不到五十名親兵匆匆趕至，很明顯，是專程前來接管自己對弟兄們的指揮權。

如果在此人沒來之前，劉繼業已經帶領火器部弟兄，將字母連環炮安放到位。自己還能按照李盛等人的提議，拒絕立刻回坡州接旨，先下令全軍不惜代價將新院店山坳拿下。而現在，卻已經沒有了任何拖延接旨的可能。

子母連環炮再輕，每門炮也有兩、三百斤。礪石嶺再矮，也是一座山丘。沒有任何工具相助，光憑著人抬馬拉，火器部不可能在一刻鐘內，將連環炮抬上山頂。而一刻鐘之後，戰場的主將就變成了查大受，自己就沒有權力再對弟兄們發號施令。

「李將軍，你已經擊敗了強敵，碧蹄館已經盡在我軍掌握！」贊畫袁黃的聲音終於趕至近前，飛身下馬，一把拉住李彤的胳膊，「宋經略處事公正，絕不會讓人竊取了你的功勞。至於收尾之事，做與不做，其實沒什麼兩樣。不如圖個清閒，叫上張守義和劉繼業，一並交卸了任務，跟老夫回坡州接旨！」

「是啊，沒啥兩樣！」李彤緩緩將大鐵劍插在地上，聲音忽然變得有氣無力。

只要控制住了礪石嶺和淺草澤，大軍基本上就勝券在握。即便倭寇有援兵趕至，也很難翻盤。

而接下來，自己能做的，頂多驅逐新院店山坳內的殘寇，兵臨朝鮮王京城下。卻不可能只憑著區區兩個營兵力，就奪回整座王京。

所以，袁黃的話，其實半點都沒錯。只是，只是為何聽了之後，竟讓人如此心灰意冷？

「袁某先在這裡恭喜李將軍了！」見李彤神色落寞，贊畫袁黃一邊笑，一邊大聲安慰，「袁某聽說，這回是皇上親自點了你，張守義和李如梓的名字，要你們幾個押著俘虜，進京接受校閱。這份榮耀，多少人求神拜佛也求不到，可是比躍馬王京強出太多。在袁某臨行之前，宋經略特地向袁某叮囑，要袁某告訴你，千萬要分得清孰輕孰重，不要任性行事！」

「我倒是想任性一回！」李彤心中暗自嘆氣，臉上卻強裝出一絲笑容，「多謝袁贊畫！等查總兵趕至近前，李某就立刻交割了軍務，跟你回去接旨。」

「不客氣，李將軍不必客氣。」袁黃心中的石頭終於落地，長出了一口氣，笑著擺手，「袁某只是提前給你報個喜而已。其實要謝，也該袁某謝你。借你當初的安排，袁某坐鎮平壤，臨致仕之前，終於也揚眉吐氣了一回。此番回京面聖，袁某的名字也在清單之上。見了皇上之後，剛好交卸了印信，衣錦還鄉！哈哈，哈哈哈哈……」

「哦，那就提前恭喜袁贊畫了。」能聽出來，袁黃是真心為了能夠榮歸故里而感到高興，李彤打起精神，笑著向對方拱手。

「不客氣，不客氣！袁某這次，真的是因人成事。」放下了對功名的執著後，袁黃看起來非常灑脫，笑呵呵又擺了下手，大聲補充：「張參將和劉游擊呢，怎麼沒見他們兩個？你把他們也叫回來吧，這裡距離坡州甚遠，咱們別讓欽差等得太急。還有，聖上要咱們押送俘虜進京，為了避免沿途出現閃失，兵部准許你帶兩千精銳同行，你最好也提前做一下準備。至於這裡，楊總兵帶著八千弟兄已經在路上了，用不了太久就能趕到。」

「兩千，這麼多？」李彤愣了愣，本能地追問。隨即，又笑著拱手，「末將奉命就是。李盛，吹角，讓各部向帥旗下靠攏。李固，你帶兩百騎兵外圍警戒，避免倭寇趁機反撲。」

「遵命！」李盛和李固兩個，高聲響應，然後分頭去執行任務。每個的臉色，都看不出是喜是憂。

「怎麼，今天這仗，到底還打不打了？」始終站在旁邊呆呆發愣的金命元，忽然扯了下權粟的戰袍，用極低的聲音詢問。

「打什麼打？明軍臨陣換將，沒一兩天功夫理不順。光憑著咱們兩個手下這些弟兄，怎麼可能是倭寇的敵手？」權粟狠狠瞪了他一眼，沒好氣地回應。

「換將？為什麼啊？李將軍不是打得好好的嗎？」金命元被瞪得好生委屈，啞著嗓子，繼續刨根究柢。

「你問我，我哪知道？」權粟愈發沒有好氣，朝著他大翻白眼。

在權粟心目中，一直以為，朝軍之所以屢戰屢敗，最大問題是國王糊塗，百官昏庸。而明軍之所以能以一敵十，最主要原因也是上下同心，君正臣直。而現在看來，大明那邊，遠不似他先前所想像。很多問題，幾乎跟朝鮮一模一樣。

「嗚嗚嗚，嗚嗚嗚，嗚嗚嗚嗚……」低沉的號角聲響起，伴著晚春時節微醺的熱風，吹得人昏昏欲睡。

分散在戰場各處的選鋒營和銳士營弟兄們，聽到角聲之後，終止各自手頭的任務，開始朝主將旗幟下靠攏，每個人臉上，都寫滿了困惑。

然而，令行禁止，乃軍中第一要求。無論他們心中再不解，也只能按照軍令行事。包括張維善和劉繼業兩個，雖然都氣得兩眼冒火，卻只能在聽到角聲的第一時間，就不折不扣地做出響應。並且不能當著弟兄們的面兒，質疑李彤為何要這樣做，質疑袁黃為何要來得如此「及時」！

他們的困惑，在當晚紮營休息的時候，終於得到了解答。

「皇上懈怠了！」趁著周圍沒外人，贊畫袁黃用極低的聲音，向李彤、張守義和劉繼業三人說道。嘶啞聲音裡，充滿了無奈。

「什麼！」劉繼業性子最急，頓時驚呼出聲。再看李彤和張維善，也雙雙將眼睛瞪了滾圓，嘴巴張得幾乎可以塞入一個雞蛋。

這就是年紀輕，閱歷太淺的壞處了。不像贊畫袁黃，早已經過了花甲，並且長期沉浮於宦海，見多識廣。李彤、張維善和劉繼業三個，還都不到二十歲，進入官場也都剛剛半年多，根本還沒弄清楚大明朝頂部的權力架構。在三人心目中，萬曆皇帝朱翊鈞即便不能出口成憲，至少也可以做到言出無悔，絕不會受到點阻力就縮頭。

「皇上登基之時，年僅十歲，大事小情皆有張太岳做主。」早猜到三個少年全是官場上的生瓜，袁黃笑了笑，非常耐心解釋，「平素稍有哪裡做得不對之處，就會被張太岳和太后逼著練字思過。直到太岳駕鶴，才終於能透過一口氣。所以，皇上的性子並不強勢，甚至，甚至有些過於溫和。如此，若是群賢滿朝，或者首輔能有張太岳一半本事，倒也沒太大妨礙。若是朝臣結黨營私，或者首輔能力不足，做事就難免縛手縛腳。」

為了給萬曆皇帝留面子，也為了避免自己的話被洩漏之後，無端惹來麻煩，他儘量措辭委婉。然而，卻依舊讓三個年輕人如聞霹靂。

原來，皇上是個沒主見的！

原來，朝中許多事情，皇上根本做不了主！

原來，朝堂上很多大臣在結黨營私，首輔王錫爵能力有限，根本鎮不住場子！

原來，並非太監進讒，奸臣弄權，而是皇上自己靠不住！

原來……

「這些話，本不該出自老夫之口。但老夫能在花甲之年，還揚名域外，全賴你們三個在陣前捨命拚殺。」唯恐李彤、張維善和劉繼業，因為不瞭解官場和朝廷的情況，將來自毀前程，袁黃嘆了口氣之後，繼續笑著搖頭，「所以，老夫今晚，就給你們三個補上這一課。至於聽不聽的進去，能領悟多少，就看你們自己了，老夫只求問心無愧而已。」

這是他的肺腑之言。哪怕換在半年之前，或者換在他心中還藏著半點對功名利祿的追求之時，他都不會說。但是，既然現在已經決定急流勇退，有些話，他就認為沒必要爛在肚子裡頭了。

「願意聆聽前輩教誨。」也不枉負他的一番好心，李彤、張維善和劉繼業三個，都知道今天他說的每一句話，有可能都貴比黃金，相繼站直了身體，鄭重拱手。

見三人禮數周全，袁黃欣賞地點頭，「有些事情，說起來其實也不複雜。去年接到朝鮮國王李昖的哀告，群臣之中，有七成以上，都不主張出兵相救。是皇上、次輔趙志皋、兵部尚書石星三個極力堅持，必須維護上國尊嚴。又逢倭寇自己做賊心虛，跑到南京去放火，激起了眾怒，所以，大軍才勉強成行。而無論趙次輔，還是石尚書，都非有擔當之人，東征軍勢如破竹還好，一旦遭受挫折，或者對自身前途影響太大，二人的意志就會動搖。今年開春以來，河北山東山西陝西皆旱，歉收已成定局。先前阻止東征失敗的那些人，便又開始拿糧草難以為繼說事兒，偏偏就在此時，李提督在碧蹄館中了倭寇埋伏，損兵折將……」

「哪裡損兵折將了？四千人被六、七萬倭寇包圍，最後還逼得倭寇先行退避，怎麼能算損兵折將？」劉繼業性子急，聽袁黃又提起碧蹄館之戰，忍不住大聲打斷。

「問題是，你我都不認為李提督吃了敗仗。朝堂上，別人卻眾口一詞。」袁黃看了他一眼，笑容裡帶上了幾分無奈，「距離遠了，就容易三人成虎。況且在某些人眼裡，真相並不重要。重要的是，他那一派，能夠以此為機，爭奪權柄。」

「這，這……」劉繼業氣得連連跺腳，「白的總不能由著他們說成黑的，等我回了北京，等我見到了皇上……」

「這也是李提督和宋經略，明知道你們三個英勇，卻不讓你們三個繼續與倭寇作戰，催著你們快點兒回北京面聖的緣由。」袁黃接過話頭，聲音忽然轉高，「只有你們和李如梓等有功將士，押著俘虜回到北京，才能讓謠言不攻自破。才能讓皇上知道，大軍並非像別人說的那樣，在碧蹄館傷筋動骨。李提督和宋經略，也沒有聯起手來，掩敗為勝。」

「嗨！你怎麼不早說？」劉繼業渾然忘記了，先前是誰對自己被召回之事怨聲載道，跺了下腳，大聲抱怨。

「這就是老夫想要提醒你們三個的。」袁黃狠狠瞪了他一眼，有些恨鐵不成鋼。「李提督和宋經略，當然希望皇上見了你們之後，就會清楚我軍並未吃敗仗。但是，你們三個，卻只能帶領麾下弟兄，表現出強軍之姿，且不可主動向任何人去宣揚，碧蹄館之戰，其實是一場大勝。更不可四下聯絡，替東征軍奔走鼓呼。」

「啊！為，為什麼？」不光劉繼業一個人愣住了，李彤和張維善，也聽得兩眼發直，滿臉困惑。

「東征是否繼續，該怎麼繼續，乃是皇上，幾位閣老與各部尚書需要商議的事情，你們三個，還沒有插手的資格。」袁黃翻了翻眼皮，語氣忽然變得有些尖銳，「此外，以文馭武，乃本朝國策。你們三個因為投筆從戎，眼下還被視作文臣一脈，還是像王陽明那樣兼顧武事。如果你們三個公然為東征軍活動，恐怕用不了幾天，就會被視作純粹的武夫，從此再不被文官接納。還有……」

不給劉繼業抱怨和反駁的機會，頓了頓，他快速補充：「眼下朝堂之上，爭得根本不是繼續不繼續幫助朝鮮收復國土，而是王錫爵被趕走之後，到底誰說了算。交手各方，都與你們三個沒任何關係，你們貿然捲進去，只會落個粉身碎骨的下場。」

「啊——」三人越聽越是心驚，越聽越是失望，相繼驚呼出聲。

「王錫爵去年因為其母親患了眼疾，曾經暫時告假回去探母。」既然老師都當到這個份上了，袁黃也不在乎多說幾句。以免三個曾經被經略宋應昌看好的年輕人，一頭撞進京城的官場漩渦，「死」得不明不白，「次輔趙志皋早就盯著他的位置，他這次回來，難免被趙所恨。而吏部與內閣，向來為考察與選拔百官權力，鬥得各不相讓。王錫爵並非吏部出身，又喜歡大肆提拔自己所看好的年輕人，為國儲備人才，行為深受吏部所忌。今年正月剛過，吏部尚書孫鑨、考功郎中趙南星就聯手發難，將受到王錫爵提拔的官員盡數評了劣等。後來雖然在皇上的支持下，王錫爵勉強扳回了一局，罷免了孫鑨，自身卻疲態已顯，估計用不了多久，便真得以為母親盡孝的藉口，體面回鄉了。」

「趙志皋計短，本以為趕走了王錫爵之後，從此自己在朝堂上就能一呼百應。卻忘記了。孫鑨、趙南星和吏部侍郎顧憲成，乃是一夥，並且在朝堂上有許多黨羽。待王錫爵一走，他就必然會成為顧憲成等人的眼中釘。姓顧的想要扳倒他，最方便的下手之處，就是拿東征說事。屆時，無論誰輸誰贏，東征軍都是一堆籌碼，進退皆不得自主。」

「轟隆！」天空中忽然滾過一陣悶雷，閃電透窗而入，照亮三張雪白的臉。

「老夫已經六十多歲，實在陪他們折騰不起了。所以，趁著這次有舌戰加藤清正和孤身守衛平壤，可以功成身退。而你們三個，還不到三十歲，千萬莫要明知道前面是個大漩渦，還非往裡頭跳。仗已經打到這個份上，東征即便半途而廢，倭寇也沒膽子再入侵大明。而萬一你們三個……，總之，聽老夫一句話，不值得，不值得，真的不值得……」袁黃的聲音，繼續在屋子裡迴盪，不高，落在人耳朵裡，卻比驚雷還要響亮。

「不值得，這仗打得一點兒都不值得！」北京安定門內，國子監斜對過的醉仙居二樓，一名身穿青衣的讀書人手持摺扇，侃侃而談。「且不說兵兇戰危，向來沒有必勝之仗。縱使每戰必克，大明所獲幾何？無非是朝鮮國王李昖幾句恭維話爾！為了幾句不要錢的恭維話，置上萬將士於戰場，令上萬妻子苦盼夫歸，上萬頃良田無人耕種，可是智者所為？更何況，那朝鮮國王李昖，原本就昏庸糊塗，不得民心。據說倭寇登陸，無數朝鮮人竟相迎於道……」

「汪兄所言甚是！」另外一名黃臉讀書人拍案而起，對前者的意見大表贊同。「為了區區虛名，害得上萬將士魂魄無法回鄉，絕非智者所為！更何況，那朝鮮至今，一文錢，一粒米都沒有出。東征數萬大軍，糧草供應全出於大明。自古以來，運糧千里，百石損耗其四。那平壤距離北京又何止千里！」

「汪兄，陳兄言之有理。自東征開始以來，糧草輜重不知道耗費多少，大明府庫日漸空虛。而那朝鮮，除了不時寫一份奏表，對皇上歌功頌德之外，還做了什麼？」唯恐落於人後，又一名矮胖的讀書人雙手握拳，四下揮舞，激憤得彷彿自家糧倉剛剛遭了賊一般。

「不值得！」

「為了區區虛名，掏空大明府庫，非智者所為！」

「倭寇入侵朝鮮，關大明何事？」

「打贏了，大明也不能拿朝鮮一寸土地。打輸了，反而損傷大明國威。這東征，從一開始就不該成行！」

「不值得，不值得……」

周圍的讀書人們情緒受到感染，也緊跟著紛紛發表自己的見解，聲音一浪超過一浪，震得腳下樓板上下顫動。

大明朝的春闈，每三年在北京舉行一次。所以全天下的舉人、貢生，只要沒有出仕，都會提前向北京城匯攏。一邊熟悉北京的氣候和環境，以免臨考之前水土不服。一邊還可以結交喜歡提攜後人的儒林前輩，為將來自己出仕鋪路。

如果當年能夠考上，這些提前做的努力，自然回收到豐厚回報。如果不幸名落孫山，一半兒以上舉人和貢生，也不會立刻掉頭返回故鄉。家裡有錢的，在國子監附近租一處，或者買一處宅院，為三年之後再做準備。家境一般的，也可以到同鄉會館寄宿，同時接一些替人撰寫族譜，捉刀作詩，甚至出謀劃策的差事，養家糊口。

如此，一屆屆春闈積攢下來，北京城內的讀書人就越聚越多。特別是北京國子監、孔廟、安定門附近，儼然已經成為處士注九樂土。大街小巷，到處都是青衣飄飄。一年四季，隨時都能聞見墨香縷縷。讀書人多了，少不了要吟詩作畫。吟詩作畫，就少不了要以酒助興，甚至紅袖添香。所以北京安定附近，也是整個北直隸酒樓最多，妓院最密，賭場最豪華的地方。論繁榮昌盛，絲毫不亞於南京的秦淮河。

大明朝不禁讀書人議論朝政，也不禁止讀書人臧否人物。所以青衣讀書人們聚集在一起，經常議論一些熱門話題，以展示各自滿腹學問。而最近，最熱門的話題，就是東征。特別是有謠傳明軍在「碧蹄館遭受倭寇埋伏，損兵折將」之後，原本就覺得懷才不遇的讀書人們，一個個更是如喝了十八碗公雞血般，義憤填膺。

朝鮮不是遼東，跟大明隔著大海。即便朝鮮被倭國吞併，也威脅不到大明讀書人的安全。而倭寇劫掠東南，一路殺到杭州城下，已經是幾十年前的事情了。以明人的平均壽命，三十歲已經可稱

注九：處士：有才華卻沒做官的人，按照規矩只能穿青色袍服。

老夫，幾十年的慘劇，早就被大多數所遺忘。

是以，在某些有心人的推動之下，終止東征的呼聲，越來越高。大明朝的讀書人，近百年來，第一次開始關心武將和大頭兵生死，開始為了武夫們能早日歸國，終日鼓噪不休。

這期間，雖然偶爾也有消息傳來，說「碧蹄館戰敗」乃是謠言。明軍死傷還不到兩千，並且很快就重整旗鼓，再度殺向了朝鮮王京。但是，在某些無形之手的操縱下，這些消息無一被迅速淹沒。從沒上過戰場，甚至連朝鮮在哪個方向都不知道的讀書人們，堅信如果東征繼續下去，只會折損大明的國力。必須及早結束，才能避免將來引火燒身。

「諸君且想，即便朝鮮被倭國吞併，除了些許虛名之外，與我大明何損？」見周圍學子的情緒都被自己所調動了起來，汪姓青衣抖擻精神，再接再厲，「當年朝鮮開國之主李氏，起兵反叛，我大明就是陳兵於鴨綠江畔，不聞不問。結果李氏得國之後，立刻奉大明為主。如今豐臣氏發兵朝鮮，不過李氏第二也。哪怕我大明不出一兵一卒，那豐臣氏為了名正言順，日後一樣得上表，請求大明皇帝的冊封。」

「正是，不戰而屈人之兵，才為上策！」姓茅的黃臉讀書人，再度拍案，「朝鮮北部多山，南部水患連年，乃是不折不扣的蠻荒之地。所以太祖之時，明明可以一舉將其拿下，卻勒令大軍止步於鐵嶺。彼時，我大明兵精糧足，且棄之如敝履，如今怎麼可能占據朝鮮不走？損失自家數萬將士，過後卻不得寸土，與為人做嫁衣何異！」

「就是！」姓何的矮胖子再度揮拳砸向空氣，彷彿空氣中，站的是力主出兵的某位大臣，「朝鮮比塞外還要貧瘠，即便取來又有何用？所謂盡宗主之責，不過是某些佞幸之輩，強行編造出來的一個藉口。朝鮮是大明的藩屬，那倭寇又何嘗不是！兩個藩屬之國起了衝突，皇上下一道聖旨，原本就可以勒令他們各自罷兵。何必非要派大軍入朝，蹚那毫無意義的渾水？」

「是石星好大喜功，蒙蔽了皇上！」

「是趙志皋為了窺探首輔之職，才力主用兵！」

「是李如松那個老兵痞，見塞上已經無寇可養，又不甘心交出兵權，才……」

「宋應昌勾結李如松，蒙蔽皇上，為了博取名望不擇手段……」

四下裡，叫嚷聲一浪高過一浪。每一名參與者，都認定了自己是在為國而謀。渾然沒有看到，帶頭的汪某、茅某與何某三個，眼睛裡閃爍的得意。

「古聖有云，知錯能改，善莫大焉！既然東征對大明有百害而無一利。趁著眼下損失不大，及時收兵，也就罷了。」看看「火」已經點得差不多了，汪姓書生悄悄向茅、何二人使了個眼色，忽然大聲透露，「可那兵部尚書石星，為了掩蓋其昏庸無能，居然又向皇上提議，要調一隊將士押著被俘虜的倭寇和大軍斬獲的首級，到北京來獻捷。妄圖通過此等拙劣手段，煽動民意，逼迫皇上支持東征繼續……」

「荒唐，我大明乃天朝上國，以仁德教化四夷，豈可讓一群丘八隨意炫耀武功！」茅姓書生跟他配合默契，立刻啞著嗓子高聲質問。「仁德不修，卻窮兵黷武，又豈是天朝上國所為？想當年，蒙古皇帝南征北討，武功何等顯赫。短短七十年，大元就分崩離析，宗廟絕祀。我大明，當以之為戒！」

「對，北京乃首善之都，斷不可讓石賊領著一群丘八，弄得烏煙瘴氣！」何姓書生緊隨其後，揮舞著胳膊大聲呼籲，「況且我聽說李如松麾下那群武夫，最喜歡殺良冒功。這次獻給皇上的腦袋，不知道裡頭有多少乃是無辜百姓的首級。若是讓他們帶著如此怨氣沖天之物，從夫子廟前招搖過市，我輩豈對得起肚子裡的聖賢書？」

「何兄此言有理。」悄悄地向何姓書生點了下頭，汪姓青衣終於大聲喊出了心中真實訴求，「我等飽讀聖賢書，理應挺身而出，阻止姓石的蒙蔽皇上，將大明領入歧途。」

「汪兄說得對，我等一定要阻止此事，不讓丘八來炫耀武功。」

「汪兄說得對，大明以文馭武，才有這兩百餘年太平。若是讓一群兵痞隨意炫耀，將置我等於何地？」

「東華門唱名，方為好漢。那群武夫不過是家丁護院之輩，並且剛剛吃了一場敗仗，有什麼資格回京城來自吹自擂？」

三人暗中布置下的同夥，爭先恐後跳了出來，將矛頭直接指向了兵部尚書石星，和朝廷正在籌備中的獻俘儀式。

同來吃酒的其他書生當中，有人敏感地察覺到話題越來越不對勁兒，然而，周圍群情激奮，他們都「理智」地選擇了閉上嘴巴，隨波逐流。

如此一來，二樓中的氣氛，愈發熾烈。在汪生、茅生與何生等人暗中操縱下，一眾熱血上頭的讀書人，竟然摩拳擦掌，開始謀劃在東征軍獻俘之日，一起衝出國子監，結人牆堵住安定門注十。將那群丘八掩敗為勝，殺良冒功等諸多醜事，公之於眾。

「嘔——」就在眾人露胳膊挽袖子，準備大幹一場之際。臨窗的位置，忽然有一位同樣身穿青衣，身材高挑，面色白淨的讀書人，彎下腰，大吐特吐。

眾人頓時被帶得胃腸一陣翻滾，顧不得繼續商討如何去堵凱旋之師的路，本能地轉過頭，對著嘔吐者怒目而視。

眾目睽睽之下，那個嘔吐的書生坐直了身邊，笑著向四下拱手，「抱歉，抱歉，在下素聞國子監這邊乃天下文運彙集之地，所以慕名前來增長見識。沒想到，忽然看到了幾條臭蛆！一時沒能忍住！抱歉，真的抱歉！」

「蛆？蛆在哪裡？」在場的書生，多是家境優厚之輩，豈能容得了蛆蟲在飯桌附近出現。紛紛瞪圓了眼前，朝高個子書生身旁巡視。卻發現，對方桌上桌下都整整齊齊。非但沒有任何骯髒的蛆蟲，甚至連嘔吐物，都半滴未見。

「這麼大的幾條蛆，你們看不見嗎？」彷彿唯恐大夥兒聽不明白自己在罵人，那高個子書生敲了敲桌案，一邊笑，一邊撇嘴，「為了討好背後的東主，不惜顛倒黑白。為了賺幾個臭錢，不惜出賣良心。為了肚子裡的那點兒小心思，不惜拿同伴當刀子使。這種歹毒醜陋玩意兒，不是蛆，又是什麼東西？」

話說到這個份上，汪生、茅生、何生等人，若是還聽不出來對方是在罵自己，這輩子的書就全

注十：明代大軍出征，走德勝門。班師，則走安定門。安定門內側有國子監，距離很近。

白讀了。當即，揮舞著拳頭向對方衝去。

「豎子，你罵誰！」

「豎子，你究竟是何人，為何替一群武夫說話？」

「哪來的蠢貨，居然敢冒充讀書人。大夥一起上，扒了他的儒服，送他去見官！」

他們三個都是屢試不第的老舉子了，在身邊各自都有不少同病相憐之輩。本著幫親不幫理的想法，眾人也紛紛掄著拳頭一擁而上，準備先給高個子一個教訓，讓此人知道知道，在北京這地方，飯可以亂吃，話不能亂說。

「文的不成，改武行了？來得好！」那高個子書生早有準備，向後退了半步，單腳挑起整張桌子，徑直砸向帶頭的汪姓書生，將此人砸了個四腳朝天。

「啊——」茅生與何生被嚇了一大跳，雙雙來了個急剎車。跟在三人身後的同夥們來不及止步，你撞我，我推你，剎那間，亂做一團。

那高個子書生顯然是個打架的老手，見對方未戰先亂，果斷揮拳前衝。先給茅生來了一記捂眼青，又一擊沖天炮，將何生砸得雙手抱著鼻，大聲哀鳴。隨即，兩腳不斷向前邁動，雙臂不停揮舞，或者用拳，或者用肘，或者用膝蓋，把汪、茅、何三個身後的同夥，打了個人仰馬翻。

「憑你們這幫蛆，也敢跟小爺動手！」前後不過是二十幾個彈指功夫，高個子書生已經穿人群而過。貼著牆壁轉過身，對著一群鼻青臉腫，戰戰兢兢的讀書人，大聲冷笑，「繼續，單挑，上來一個小爺打一個。群毆，小爺自己打你們所有人！奶奶的，就爾等這種貨色，連小爺都擋不住，還想阻擋凱旋之師。小爺勸你們，趁早到井口旁照照自己是什麼德行，免得到時候被人家身上的殺氣一衝，自己嚇得尿了褲襠。」

第十章　漩渦

「小子找死！」

「一起上，揍他！」

「揍這個胡吹大氣的孫子！」

四下裡，叫罵聲一浪高過一浪。鼻青臉腫的書生們，揮舞著拳頭咆哮連連，卻誰都不願第一個衝上去，替大夥接下高個子的老拳。

「小子，有種報上名姓！」不甘心自己費盡力氣才鼓搗出來的風波，還沒開始就被人攪了局，汪姓書生硬著頭皮從桌板下鑽出來，大聲威脅，「這裡可是夫子廟，不是柴市口兒。你敢在這裡折辱斯文，全天下讀書人，都絕不會坐視！」

「對，你敢在國子監門口打人，就是打至聖先師的臉！」姓茅的書生也跳了起來，單手捂著眼睛，大聲幫腔。

「你，你侮辱斯文，侮辱夫子。我等，我等跟你勢不，勢不兩立……」姓何的書生鼻子被打出了血，說話斷斷續續，卻依舊不甘落後。一邊叫囂，一邊將身體往窗口湊。以便在外面等著自己的書童和家丁們，能看到自己吃了大虧，趕緊衝進來為自己報仇雪恨。

「你們幾頭狼心狗肺的臭蛆，也好意思自稱是讀書人？」將三人的所有動作都看在了眼裡，高個子書生卻依舊毫無畏懼。撇了撇嘴，手指像戳豆腐般，向前指指點點，「至聖先師訓示交友以信，你們幾頭臭蛆，剛才所說的，可有一句是真？至聖先師訓示，報國以忠，你們幾頭臭蛆，正在做的事情，可有半點兒，不是為了一己之私？至聖先師訓示，君子六藝兼修，你們幾頭爛蛆加一起，卻都抵不住常某一隻手！常某身為讀書人，不願看到你們丟至聖先師他老人家的臉，才替他出手清理門戶。全天下讀書人知道常某此舉，只有鼓掌叫好的份，豈會那麼輕易就被你們幾頭爛蛆所騙，為你們鳴冤叫屈？」

一番話，如同連珠箭般，句句直射汪生、茅生與何生心頭。令三人心驚肉跳，面紅耳赤。然而，三人卻不肯就此罷手，一邊繼續朝著窗外打招呼，一邊大聲強辯：「胡說，你胡說。我們剛才的話，哪一句說錯了。東征朝鮮，對大明有什麼好處？那倭國與朝鮮，一樣奉大明為主……」

「不用找，這句，就是！」高個子非但拳腳功夫好，嘴巴也足夠靈光，抓住汪生的話頭，高聲打斷，「倭國什麼時候奉過大明為主？倭國攝政豐臣氏給朝鮮國王的書信中，要他一道出兵侵犯大明的話，難道被你給吃了？嘉靖倭亂，才過去幾天，莫非爾等全都忘了個精光？爾等聽口音也多為江浙人士，當年杭、嘉、湖、蘇糜爛，被倭寇所殺者數十萬。爾等替倭寇說話，就不怕半夜裡有冤魂敲門？」

「這……」人群中，七、八個讀書人低下頭去，悄悄後退。誰也不敢拿目光，再與高個子的目光相接。

「你，你強詞奪理！」發現情況越來越糟，汪姓書生用力跺腳，催促樓下的家丁提高響應速度，「倭寇乃是一夥海盜，並非倭國國王所指使。約朝鮮出兵侵略大明，也是朝鮮使者的一面之詞。先前倭軍已經全取朝鮮，卻止步於鴨綠江畔，分明就是對大明心存恭敬……」

「撒謊，又在撒謊！」高個子冷冷看了他一眼，大聲打斷，「倭國攝政給朝鮮國王書信，可是白紙黑字，有誰能夠偽造？若無倭國偽王在背後撐腰，海盜頭上怎麼會被稱作倭寇，並且持續數十年都斬殺不盡？至於倭兵止步於鴨綠江，呵呵，倭賊殺入遼東，屠戮數十村寨之事，莫非你是派人假冒的？去秋混入南京，殺人放火者，莫非也是你的家丁？」

「你，你血口噴人！」汪姓書生氣急敗壞，揮舞著拳頭就想跟高個子拚命。然而，還沒等靠近對方身前，耳畔卻已經傳來了數聲淒厲的慘叫：「啊——！」「別打了，別打了——」「饒命，饒命，在下並非有心冒犯，求爺爺們高抬貴手！」

不用仔細分辨，他就知道慘叫著求饒的，是自己的家丁，頓時，頭腦迅速恢復了冷靜，踉蹌著收住腳步。

高個子書生卻不肯放過他，用手戳在他鼻子上繼續大聲斥責：「倭寇的大隊人馬之所以止步於鴨綠江，是因為有遼東數萬將士枕戈待旦。倭寇之所以沒有再次打到爾等家門口，是因為當年戚少保殺得他們人頭滾滾。倭寇之所以不再前來殺人放火，是因為大明將士把他們從鴨綠江畔，一路給趕過了漢江，趕到了朝鮮南方，距離大明越來越遠。爾等在這裡坐享太平，不對東征將士心懷感激也就罷了，居然還處心積慮，想把他們的功業毀於一旦。爾等簡直連蛆都不如，枉披了這件儒生青衫！」

越說，他手指上的力道越大。手指頭上的力道每增大一次，就逼得汪生後退一步。到最後，竟一路用手指戳著汪生，再度從人群中橫穿而過，直達對面的窗口。

「別，別，別……」汪姓書生拚命擺動腦袋，卻始終無法擺脫高個子的手指。雙手和拳頭，又不敢朝對方身上招呼，直急得滿臉是汗。「別戳，別再戳了。疼，疼，疼，下面是街道……」

終究不想將他活活推出窗子摔死，高個子書生忽然收起手指，搖著頭轉身，「常某此番北來，本以為京城國子監群賢會聚，可以結識一些真正的英才。呵呵，卻沒想到來京城第一天，就看到了一群廢物和臭蛆，準備擋路噁心人。」

「有，有種你留下名號！」茅姓書生身體向後猛縮，藏在同伴身後，大聲挑釁，「今日之事，某，某必將登門討個說法！」

「姓常，名浩。來自南京國子監。去年秋天卒業試榜首，便是常某。這幾天借宿於大功坊親戚家，爾等有膽子來，常某自當隨時恭候。」彷彿絲毫沒聽出他這句話裡的威脅之意，高個子一邊走，一邊大聲回應。

「啊……」茅姓書生激靈靈打了個哆嗦，找場子的話，再也說不出來。

別人可能不知道，作為落第多次的老舉人，他可是清清楚楚，整個大功坊，只住了兩戶人家。一家姓王，乃是當今皇上賞賜給皇后父親的居所。另外一家姓張，乃是英國公府，世襲罔替。

「實話告訴你們，此番押送倭寇俘虜和頭顱回京報捷者，乃是常某在南京國子監的幾位同窗。常某此次前來，也是受了南京國子監所有同窗所托。爾等儘管前去添亂，看看爾等的諸多陰險手段，哪一招最後不會落在自己身上。」常浩的話繼續傳來，每個字都如巴掌，搧得眾人的臉又熱又燙。「爾等既然自認為是聖人門下，想要出人頭地，金榜題名也好，投筆從戎也罷，哪條不是正途？何必偏偏做這種顛倒黑白，沽名賣直的勾當，惹天下人恥笑？」

再看汪生的那群狐朋狗友，沿途爭相後退閃避，竟無一個，敢於阻擋此人去路。

「少爺，您小心腳下！」一名家丁快速走到樓梯口，很馬屁地伸手攙扶。

「該幹什麼幹什麼去，我又不是不會走路！」書生常浩輕輕將家丁的手臂推開，笑著吩咐。然後警覺地四下巡視。

只見酒館一樓，滿地都是打碎的碗盞鉢盤，亂得幾乎無法下腳。先前奉了汪、何等人命令進來鬧事兒三十幾個身穿不同服色的惡僕，全都雙手抱著腦袋蹲在牆根兒處，鼻青臉腫。而酒樓掌櫃和夥計，則全都躲在結帳用的櫃子後，欲哭無淚。

「寶哥，你留下，一會兒跟掌櫃的算算今天損失是多少，給人家賠了！咱們打架，別讓人家吃掛落！」不願意殃及無辜，給了掌櫃一個歉意的笑容，常浩繼續吩咐。

「多謝公子爺，多謝公子爺！」本以為這次要損失慘重的酒樓掌櫃聞聽，連忙帶著夥計們一起跪下磕頭。

「掌櫃不必客氣，是我等給您添麻煩了。」常浩的家教甚好，做了個攙扶的姿勢，笑著向酒館掌櫃說道。隨即，又將目光再度轉向自己的家丁，繼續大吩咐：「寶哥，記得讓樓上那幾個傢伙付一半兒的帳。如果誰敢不給，就記下他的名字，改天我必定登門拜訪。」

「是！」家丁常寶心中大樂，回答聲中氣十足。

樓上的汪生、茅生與何生等人，則再度氣得眼冒金星。然而，卻誰也不敢追下樓來跟常浩理論。很顯然，他們也早就猜到，各自麾下的奴僕們在一樓吃了敗仗，被打得毫無還手之力。這種情況下，再為了幾個小錢兒，去招惹常浩，無異於自取其辱。

「常東、常南、常北，你三個持我的帖子，去拜會趙公子、徐公子、劉公子。如實向他們彙報今天在這裡看到和聽到的事情，讓他們自己看著辦！」書生常浩注十一仍然覺得不解恨，一邊拔腿往外走，一邊「調兵遣將」。

「是！」被點到名字的家丁們大聲答應著出門，迅速消失在北京城喧囂的街道上。

「少爺，那汪生、茅生等人，不過是別人放出來的狗。您明刀明槍跟他們背後的主人對著幹……」書童常生怕常浩闖禍，趕緊湊到身邊，小心翼翼地提醒。

「不是我要跟他們對著幹，而是他們欺人太甚！」書生常浩抬頭向二樓看了一眼，咬牙切齒，「子丹和守義他們捨命報國，這些人卻在背後朝他們身上潑髒水，我既然看到了，就不能不管「況且我也不是一個人……」

聲音迅速變低，他繼續笑著補充：「南京國子監去年畢業的七十多名同窗，這幾天都在往北京趕。大夥當初無論跟子丹合得來合不來，至少對他投筆從戎之舉，都打心眼兒裡頭感到佩服。這些人給他們使絆子，就是打南京國子監所有同窗的臉。咱們南京國子監雖然沒有北京國子監這邊人多，

注十一：常浩：名浩，字浩然。所以可稱做常浩，也可稱做常浩然。

卻也絕不會逆來順受。」

「那，那，少爺您小心。他們，他們畢竟都比您來得早。算，算是地頭蛇！」涉及到整個南京國子監的臉面，書童常樂無法再勸，只能期盼自家主人不要把禍闖得太大。

「沒事，我自有分寸。」常浩笑著搖搖頭，對可能面臨的危險絲毫不以為意。隨即，又壓低了聲音，快速吩咐：「你帶幾個人，給我去山海衛那邊守著。見到李子丹後，立刻拿出我的名帖拜訪他，向他示警。以免他毫無準備，被那群蛆蟲打個措手不及。」

「是！」書童常樂拱了下手，也迅速轉身而去。

「奶奶的，想欺負老子同窗，先過了老子這關！」常浩抬起頭，再度看向二樓，心中依舊餘怒難消。

想當初，正是因為他和李彤等人的意氣之爭，才導致同窗江南遇刺，進而引發了秦淮追凶，雨夜遇險，八卦洲血案等一連串事件。過後李彤等人雖然沒有逼著他賠罪認錯，他常浩常浩然，卻不能裝作什麼事情都未曾發生。

所以，在李彤、張維善和劉繼業中途退學，投筆從戎之後，常浩然就由堅定的反對出兵派，變成了大明東征援朝的鐵桿擁護者。帶著一群江南國子監的貢生，也個個以班超與王玄策為楷模，發誓有機會一定要投軍殺賊，報國於疆場。

而隨後大明將士在朝鮮所向披靡的戰績，以及李彤、張維善和劉繼業三人火箭注十二一般的升官

注十二：火箭：這裡是火藥推動的羽箭，不是後世發射衛星的火箭。八品縣令，縣令分為上縣，中縣和下縣，下縣縣令為八品。

速度，更助漲了南京國子監貢生們投筆從戎的熱情。大夥都清楚地看到了，投身東征軍中，前途未必比得上參加三年一度春闈，卻遠超過貢生畢業之後去排隊候補，等著朝廷徵用。

雖然此時的大明朝，文貴武賤已經成了定局，即便是五品守備，見了八品縣令依舊免不了唯唯諾諾。可比起貢生最初被授予的教諭注十三一職，依舊高出甚多。更何況，如今貢生越來越氾濫，如果後臺不夠硬，很多人一輩子都永遠停留在縣教諭的職位上，根本無法出頭。而做了千總、守備，卻還有機會繼續高升。特別是以文入武的千總和守備，骨子裡還被視作文官，不會像純粹武夫那樣被文官們蓄意打壓。如果真有本事，且運氣好的話，有可能就是王陽明第二！

正是因為懷著對昔日同窗的羨慕，或者懷著投筆從戎的熱情，常浩然等去年南京國子監畢業的貢生，才爭相朝北京彙聚。準備參加完了春闈之後，如果名字不幸沒錄在金榜之上，就立刻取道遼東，學李彤、張維善和劉繼業三人那樣，在疆場上為各自搏一個前程。在這種情況下，忽然聽到有人居然想令東征半途而廢，甚至朝李彤、張維善和劉繼業三個頭上潑髒水，試問，大夥如何能夠裝聾作啞？

所以，無論出於同窗之誼，還是為了大夥將來多一條出路，常浩然也必須挺身而出。當初在南京國子監，他已經「輸」給了李彤一回。這次，不能繼續「輸」下去，輸到見了面就自覺矮了對方一頭。

注十三：教諭：類似現在的教育局長或者中學校長。海瑞最初官職就是教諭。

山海衛扼守中原門戶，事實上，距離北京卻沒多遠。書童常樂在幾名家丁的保護下快馬加鞭，只用了一天一夜，就趕到了目的地。

然而，令他非常鬱悶的是，又足足等了四天，他才終於等到了獻捷隊伍優哉游哉地入關。更令他鬱悶的是，當他費勁曲折見到了隊伍的主將李彤，並且小心翼翼彙報了京師中正在湧動的漩渦，以及自家主人為了同窗常浩然好友所做一切，後者卻只是笑著請他回去後，向常浩然轉達自己的謝意，然後就徹底沒了下文。

「此事，此事背後肯定有人在暗中推動，甚至，甚至有可能涉及到閣部之爭。將軍您雖然是凱旋而歸，卻需要小心，他們，他們會顛倒黑白！」不知道李彤是真的信心十足，還是對權力鬥爭的危險缺乏認知，書童常樂在臨出門之前，又硬著頭皮轉過身來，用蚊蚋般的聲音提醒。

「多謝！」知道對方是出自一番好心，李彤再度笑著拱手，「既然是神仙打架，李某這種小人物想要阻止也阻止不了。所以，眼下也只能走一步看一步。李某自問投筆從戎以來，對得起大明，亦對得起良心。別人再想顛倒黑白，總得有個由頭才行。」

「他們……」書童常樂語塞，轉念一想，李彤說得倒也沒錯。參將雖然在大明已經是高官，但是在吏部和內閣那些真正的大佬面前，恐怕連說話的資格都沒有。這種情況下，李彤有所作為，和什麼都不做，結果恐怕也沒任何分別。

「無論結果如何，你家主人的這份情誼，我們兄弟記下了。這裡有兩把倭刀，皆是陣前斬將所得。俗話說，寶刀贈英雄。還請你帶回去，送給你家主公。」張維善的態度，多少比李彤熱情一些，笑著取出兩把長柄倭刀，交給書童常樂。

「多謝兩位將軍厚賜！待兩位有了空閒，我家主人一定會擺下酒宴，為兩位將軍洗塵。」常樂喜出望外，大聲拜謝，然後雙手捧著倭刀，轉身告辭。臨行之前，卻又忍不住在心裡偷偷嘀咕：「人都說李將軍少年意氣，所以當初在南京受了委屈，才會做出投筆從戎之舉。怎麼今天看來像個老頭子般，好像對什麼都不放在心上。」

他哪裡知道，私下裡派人向李彤示警的，不止是他家主人常浩然一個。而李彤、張維善和劉繼業三人最初得知有人為了一己之私打算顛倒黑白，將東征戰績全部抹殺，也曾經氣得暴跳如雷，只是後來三人聽了贊畫袁黃的規勸，才做出了以不變應萬變，這個艱難的選擇。

「那些人，最擅長的便是操縱輿論。無論你們做沒做錯，他們都能從雞蛋裡跳出骨頭來。而京師百姓，看熱鬧之時只怕事情不夠大，哪有心思去深究孰是孰非？是以，你們幾個身為局中之人，此刻無論是還嘴，還是還手，都會落了下乘。」雖然已經決定辭官回鄉，但是對於指點幾個官場菜鳥如何應對傾軋這種事情，贊畫袁黃還是非常樂意。特別是得知攪事的一方，乃是以顧憲成兄弟為首的那夥所謂的清流，更是竭盡全力。

「那就什麼不做，任由他們潑污？」

「我等在陣前出生入死，憑什麼受這種委屈？」

「奶奶的，倭寇是他親娘老子不成，他如此對待咱們！」

第一次聽到袁黃提議的時候，李彤，張維善和劉繼業，都無法接受，相繼梗著脖子反問。

「三位莫非沒聽說過，清者自清，濁者自濁？」放棄了繼續追求個人前程的袁黃，從頭到腳透著股子出塵之意，笑了笑，低聲反問。「爾等未曾做過任何對不起天子，對不起大明百姓之事，任他們再潑髒水，有幾樣能抓到真憑實據？爾等若是還了嘴，或者被挑撥得按捺不住，還了手，頓時就讓他們有了把柄。至於百姓那邊，只要你們不做回應，大夥天天聽他們的車軲轆話，聽著聽著自然就煩了。待獻捷之時，見了那成車的倭寇頭顱和大隊的俘虜，有了新熱鬧可看，自然就知道，先前清流們肆意放出的謠言，全是狗屁！」

「對，我大哥也說過。這事兒咱們幾個根本不夠資格摻和，只管遵照皇上的吩咐就好。」李如梓身後，另有高人支招，也對袁黃的意見深表贊同。

「謹受教。」聽到李如松持同樣意見，李彤終於怏怏地向袁黃拱手。

「這事兒關鍵，還是在聖上自己。」見他和張維善、劉繼業兩個臉色都很鬱鬱，袁黃猶豫了一下，又將話頭轉向了數日之前，「如果聖上堅持繼續打下去，清流再折騰，也掀不起多大風浪。如果皇上自己懈怠了，咱們這些做臣子的，再努力證明東征軍未曾吃過敗仗，又能如何？清流一句『見好就收』，就能吃得咱們死死的。若是再加一句『師勞無功』，甚至『窮兵黷武』，就足以令將士們的血戰之功，全都化作流水。你們別急，且聽老夫把話說完……」

唯恐三個年輕人沉不住氣反駁自己，快速強調了一句，袁黃繼續小聲補充：「所以啊，咱們現在迫切需要做的，是給聖上多一點兒信心。至於跟清流扯皮，犯不著去做，做了也適得其反。」

「還請贊畫賜教，該如何才能讓將士們的心血不至於白費！」聽袁黃點明了關鍵所在，李彤猶豫了一下，非常認真地向此人行禮。

「如何做，還不是現成的嗎？」袁黃又笑了笑，隱約之間，竟有了戲臺上諸葛孔明的三分味道。

「把將士們的真實面目，以及真實想法，原封不動地展示給聖上和天下百姓看。嘴巴再能顛倒黑白，終究抵不住親眼所見。聖上之所以召你們回來獻捷，想必也有這種意思。至於如何展示出來，才更有說服力，就看你們這些年輕人了。老夫終究是個文官，對此一竅不通！」

第十一章　驚變

獻捷這件事，袁黃不熟悉，然而，對大多數京師百姓而言，卻一點兒都不陌生。

在張居正任首輔之時，大明中興有望，財力和軍力都蒸蒸日上。先打得倭寇不敢登上大明海岸半步，又調戚繼光北上，殺得韃虜血流成河。所以，京師之中，凡是稍微上了點兒年紀的人，都曾經親眼目睹過戚家軍押著倭寇和韃虜遊街示眾的盛況，並且一輩子都對此津津樂道。

最近十年，雖然張居正和戚繼光二人相繼病故，威名赫赫的戚家軍也在清流們的連續打擊下，分崩離析。然而，很多曾經與戚繼光並肩作戰過的老將還在，大明天兵對外作戰，依舊是勝多敗少。每隔兩三年，京師百姓，依舊有「獻捷」的熱鬧可看。

特別是在李如松成長起來之後，遼東「李家軍」隱隱也有了當年戚家軍三分模樣。大明戰旗所指，賊軍堅持不了多久就灰飛煙滅。所以，京師百姓看「熱鬧」的機會再度增加，對凱旋而歸的將士們努力製造出來的各種花樣，也不怎麼覺得新鮮。

既然百姓們都覺得不新鮮了，有人就認定了「獻捷」勞民傷財。早在奉旨回來獻捷的將士們沒抵達鴨綠江之前，就開始在茶館、酒樓、賭場、妓院等地大放厥詞。「要我看這純屬多此一舉，去年秋天剛押著韃靼俘虜和首級獻過捷，今年夏天又押著倭寇來了一次。每一次，朝廷都得大把地花銀子，每一次，北京城內都得封街罷市，害得誰都無法做生意！」

「可不是嗎？自古以來，都是仁者無敵，哪裡光想著以力壓服？」

「上德不厚而行武，非道也。昔日舜帝修教三年，執干戚舞，就能令有苗主動束甲來歸。今時大明卻絲毫不體恤國力，動不動就派兵征討……」

「即便打贏了，又有什麼好炫耀的。據說那倭國都沒大明的一個府大，以傾國之力征討一府……」

如此種種，沒完沒了……

這些廢話，雖然無法逼迫朝廷改變調東征軍中有功將士回京獻捷的決定。卻極大地影響到了京師百姓們看熱鬧的心情。甚至有不少人，在不知不覺中，就接受了說話者的觀點。認為「獻捷」儀式除了給皇帝自己臉上貼金和讓大夥一整天都做不了生意之外，沒有其他任何作用。

而街巷中同時流傳的，有關東征軍在朝鮮大敗虧輸的消息，更讓眾多「有識之士」，認定了萬曆皇帝朱翊鈞之所以堅持要從前線調遣人馬回京「獻捷」，是為了掩敗為勝。上一個這麼幹的皇帝，乃是隋煬帝楊廣。因為打輸了仗，卻不肯罷兵，大隋內部很快烽煙四起，楊廣本人也稀裡糊塗被權臣殺死在揚州。

「胡說，大明東征軍如果真的像他們說的那樣，損兵折將，怎麼可能轉眼又打到了朝鮮王京？」

「就是，王京一戰，倭寇又棄城而逃。如果我大明將士真的打輸了，現在應該是倭寇反攻到平壞，而不是一路望風遠遁。」

「簡直是顛倒黑白，李如松麾下可戰之兵總計還不到四萬，按照他們說法，大明將士早已傷亡殆盡。如今，難道是一群英魂，在追著倭寇往死裡頭打？」

也有一些外省來的貢生、舉人們，不願人云亦云，拿出朝廷最近的邸報，跟傳謠者據理力爭。然而，他們的數量，與京師內的「有識之士」比起來，畢竟差得太遠。他們的反駁，很快被嘲笑和斥責聲淹沒，能起到的作用微乎其微。

無論京師內暗流洶湧也好，波瀾不驚也罷，日子過得總是一樣快慢。萬曆二十一年五月初二，選鋒營押著兩千倭國俘虜和十二車倭寇首級，抵達安定門外。大明萬曆皇帝朱翊鈞體貼將士辛苦，特命令兵部尚書石星、吏部尚書陳有年、給事中劉道隆，司禮監掌印張誠四人，出城勞軍。同時著令有司撥下糧草，讓選鋒營暫時在城北校場休整。

消息傳開，立刻有屢試不第的舉人汪某，鼓動同鄉和同學三百餘人，前往城北校場外，揭露東征軍「掩敗為勝，殺良冒功，劫掠地方，羞辱番邦君臣……」等劣跡。然而，還沒等到他們抵達目的地，就被常浩然帶著南京來的五十餘位貢生迎頭攔下。

雙方先是以言語論戰，汪某不能勝。惱羞成怒之下，仗著人多向常浩然等人發起衝鋒。結果，三百餘人卻被五十餘名貢生打了個鼻青臉腫。而負責維持京師治安的兵馬司將士，哪裡看到過如此多的讀書人打群架，一時間，竟不知道該如何干涉。害得汪某等人，從安定門，繞著城牆逃到了永定門外，才終於「成功」擺脫了追殺，轉危為安。

如此一來，原本對「獻捷」已經失去了興趣的那部分百姓，熱情竟然又被重新點燃。一個個買瓜子的買瓜子，搬板凳的搬板凳，哪有人當街打架往哪湊。害得司禮監秉筆孫暹，不得不臨時調集了大批錦衣衛去維持秩序，才確保了在「獻捷」禮之前這兩天，京師中沒鬧出什麼大亂子出來。

轉眼到了五月初五，獻捷盛典正式舉行。一大早，九城兵馬司就傾巢而出，將北京城的大部分城門，除了安定門之外，盡數封閉。而安定門的正門，側門和甕城，則全部打開。以城樓為中心，向左右兩側盡插紅旗。每一面紅旗之下，都有一名身材魁梧的壯漢，持鼓槌而立。只待上頭一聲令下，就敲響得勝鼓，迎接將士凱旋而歸。

李如梓和李彤等人，也早就養足了精神。聽到鼓聲一響，立刻整頓起隊伍，緩緩走向城門口兒。雖然總人數只有一千六百上下，隱約之中，卻透出一股殺氣，直沖霄漢。

負責指引凱旋之師入城的英國公張元功見了，忍不住點頭讚嘆：「怪不得短短幾個月之內，就能將倭寇從鴨綠江畔，趕回漢水之南。這份殺氣，沒有點膽色的賊寇，甭說持械相對，能站穩雙腿就不容易了。也不知道李提督是使了何種妙方，居然能練出如此一支虎狼之師來！」

「英國公此言差矣！這可不是李提督的兵。這是去年皇上親點的那兩個游擊將軍所帶出來的選鋒營。」站他旁邊的秉筆太監孫暹立刻接過話頭，恨不得讓周圍所有人知道，是因為萬曆皇帝朱翊鈞本人慧眼識珠，才能有城外這群精銳。

「我大明能有如此精銳之師，首功當然要歸於皇上。這次的功績嗎？自然是忠臣之家，教育有方！」第九代襄城伯李成功同樣滿臉得意，信誓旦旦地補充，「今天帶隊的幾個小將，可都不是外人。那李如梓的身份，我就不說了，大夥都知道他是寧遠伯之子。那李彤李子丹，可是岐陽王的後人。而他兩位同伴，一個好像跟英國公乃是同宗，另外一個，則出自誠意伯的嫡支。」

「原來是勛貴之後，我大明勛貴，向來每逢國家有事，都奮勇爭先。這次，也是一樣。」

「英國公，這可是您老的不對了。家中晚輩出了麒麟，居然隻字不提！」

「啊，怪不得，原來是家學淵源！」

有道是，錦上添花不嫌多。既然知道城外的幾名年輕將領，前途遠大。城樓中的文武官員們，都巴不得對方能是自己晚輩，或者出於自己門下。甚至幾位勛貴，竟然迫不及待開始推算族譜，以期能找出一份血緣關係，讓幾個年輕人成為家族的助力。

「諸位先別忙著誇，如果這樣的將士便為精銳。我大明的精銳之師，也太不值錢了些。」忽然間，有一個刺耳的聲音，將所有喧鬧盡數擊碎。

「誰？」眾人循聲憤怒地扭頭，恰看見，吏部考功郎中顧憲成那冷峻的面孔。

後者聳聳肩，繼續淡然而笑，「在下記得，去年秋天李提督帶領大軍，剿滅孛拜叛亂而歸。六千甲士入城，整齊得宛若一人。而城下這支隊伍，終究照著去年秋天那支差了一些。此外，去年被李提督押回來的那些韃靼俘虜，個個生得膀大腰圓。諸位再看今年被押回來的倭寇，都是些什麼歪瓜裂棗？」

「嗯？」眾人聽他說得振振有詞，紛紛詫異地低頭。定神細看，這才看清楚了，被李彤等人押送在隊伍前面的俘虜，究竟是什麼模樣！

一個個，瘦小乾枯，宛若沒吃飽飯的猴子一般。其中最高者，也不過七尺左右。最壯者，則肩寬不足三尺。如此羸弱之輩，甭說讓東征軍去打，即便是尋常衛所兵，估計也能以一敵三。城外的凱旋隊伍對上這樣的倭寇，即便百戰百勝，又有何榮耀可言？

「都說倭寇長得像猴子般高矮，我還以為是謠傳，沒想到竟然是真的！」不僅僅是城樓中的官員注意到了倭寇形象猥瑣，城門兩側，看熱鬧的百姓們，一個個也拚命地眨眼睛，誰也無法相信傳說中三個月內橫掃了朝鮮，並且聲言要鯨吞大明的強敵，居然如此瘦小枯乾。

也不怪他們見識少，以往武將奉命回北京獻捷，無不刻意挑選身材高大，面相凶惡的敵兵，放在整個俘虜隊伍的外圍。通過敵人的凶悍形象，以襯托自己作戰用心，取勝不易。而今天，被繩索串在一起的俘虜，形象竟然與以往截然相反。如此巨大的落差，一時間，讓看熱鬧者如何能夠適應？

「這東征軍，不是抓了一些百姓來糊弄皇上吧。先前就有人傳言，他們殺良冒功？」不適應，就容易起疑心，很快，就有看熱鬧者，又想起了最近在京師中洶湧的流言，看向凱旋之師的目光裡，立刻就生出了幾絲鄙夷。

「殺良冒功，那也得死了才成！活著的，有司隨便派舌人問上幾句，豈不是真相大白！」幾個南京來的貢生立刻著了急，啞著嗓子向周圍的看客大聲反駁。

「就是，除非帶隊的武將傻了，才會隨便抓人糊弄。一旦被有司查明身份不對，他就是欺君！」著急的人不止一個，數名家丁打扮的看客，雖然不明白李如梓和李彤等人為何要專門挑矮小枯乾的俘虜來展示，卻果斷咬定俘虜身份並非朝鮮百姓假冒。

欺君乃是滅族之罪，輕易沒有人敢犯。更何況，大明朝的武將地位一日低於一日，即便不犯錯，都會被清流們雞蛋裡挑骨頭。怎麼可能明知道俘虜身份真假非常容易辨別，還敢隨便抓朝鮮百姓濫竽充數？

這個道理是如此簡單，被家丁們說出來之後，當即，就令周圍的猜疑之聲小了下去。但是，人們心中的困惑，卻更加濃郁。

按照敵人越強悍，凱旋之師功勞越大的準則。李如梓和李彤等人的做法，真的毫無道理。他們這樣做，到底圖的是什麼？他們都年紀輕輕，前程遠大，應該分得出輕重，不會在接到聖旨之後，毫無準備就趕回了北京。他們即便再頭腦簡單，再缺乏官場經驗，他們身後的李如松、宋應昌兩個，也不會准許他們由著性子折騰，不會從頭到尾，對獻捷之事，不聞不問。

「茅兄，怎麼辦，還鬧不鬧？」看熱鬧的人群之中，此時此刻，最為感覺困惑者，無疑是那些專門為了搗亂而來的落第舉子，一個個，苦著臉向茅姓書生請示。

他們乃是汪生和茅生事先安排下的第二波人手，按計劃，需要在凱旋之師押著俘虜進城的時候，跳出來揭露東征軍在碧蹄館吃了敗仗，喪師辱國的「事實」。可眼前這些俘虜又瘦又小，即便他們出馬，也能三拳兩腳將其中之一打翻在地。如果他們非要跳出說東征軍被如此孱弱的敵人斬殺過萬，試問周圍哪個長著眼睛的人敢於相信？

「鬧，怎麼能不鬧！」事到如今，茅姓書生只能選擇以不變應萬變。咬著牙向周圍回應了一句，隨即扯開嗓子，大聲叫嚷：「皇明祖訓，不征之國十五，倭國乃其中之一。遼東總兵李如松等人，卻為了升官發財，欺騙皇上，介入倭國與朝鮮之爭，罪不容誅。諸位請看，那倭兵一個個如此矮小，怎麼可能入侵得了大明？我大明將士，打贏了這樣的對手，又有什麼值得誇耀！」

「對，倭寇實力這麼差，根本不可能入侵大明！」

「打贏了不值得誇耀，反而讓人覺得大明恃強淩弱！」

「毫無價值，獻捷獻得毫無價值，東征也毫無價值……」

預先被安排在看熱鬧隊伍中的人手，紛紛硬著頭皮響應，試圖煽動百姓跟自己一道阻止朝廷「窮兵黷武」。然而，百姓們卻先將身體遠離了他們，然後像看白痴一樣，對著他們上下打量，誰都不肯上當受騙。

「倭寇試圖入侵大明的傳言是假的，大明不該勞師遠征！」

「東征勞民傷財……」

「天朝上國要有天朝上國的氣度，不該……」

茅姓書生和他的夥伴們，不甘心失敗，繼續扯開嗓子狂吠。然而，他們的努力，卻只換回來更多的鄙夷。

皇明祖訓這東西，距離百姓實在太遠了。倭寇試圖入侵大明的傳聞，到底是真是假，也沒多少看熱鬧者願意關心。京師百姓們更關心的是，東征到底有沒有勝算？擔心萬一明軍打輸了，戰火會不會波及到自己的家園？

如果對手全是今天俘虜這般模樣，凡是長著眼睛的人恐怕都能得出同樣的結論，東征根本不可能輸。戰火也不可能蔓延到大明境內。即便李如松真的像謠傳中說得那樣無能，即便宋應昌真的像某些人指責的那樣糊塗，倭寇頂多也是騷擾一下遼東或者沿海各地。想要繼續深入，根本不用皇上另外調遣精兵強將，北京城的老少爺們出馬，都可以將他們打個落花流水。

「必勝！」彷彿是猜到了周圍百姓的想法，帶領將士們回京獻捷的李如梓，忽然拔出戰刀，向天揮舞。

「必勝，必勝，必勝……」緩步前行的將士們，忽然以長槍頓地，齊聲高呼。每頓一次，高呼一次，節奏分明，聲音一浪高過一浪。

被繩索拴了腰部，押解在凱旋隊伍之前的倭寇們，一個個嚇得面如土色，腳步踉蹌。彷彿不是兵卒，而是一群待宰的羔羊！

「奸佞！」城樓上，吏部考功郎中顧憲成的臉色，忽然變得鐵青，扶著欄杆的手臂，開始不停地顫抖、顫抖。

出道以來，他自問算無遺策。卻沒想到，算來算去，竟然沒算過幾個初出茅廬的貢生。

「原來倭寇就長這樣啊！咱家看了，心中都生出去朝鮮一搏功名的想法。哈哈，哈哈哈哈……」先前還憂心忡忡的孫暹，忽然高興得手舞足蹈，絲毫不在乎周圍那些清流們看向自己的目光。

「擂德勝鼓，給將士們助威！」負責指引凱旋之師入城的英國公張元功更是老懷大慰，再度高高地舉起手中令旗。

「咚咚咚，咚咚咚，咚咚咚……」數十面大鼓，再次敲響，聲調比先前歡快了十倍。

青灰色的城牆，在鼓聲中微微顫抖，彷彿一頭巨龍，即將在睡夢中被喚醒。

比起大唐的長安城來，大明的北京城要小得多。從安定門到故宮，快馬加鞭不過三個西洋分鐘，所以，安定門外發生的事情，很快就傳入了萬曆皇帝朱翊鈞的耳朵。

「什麼，他們居然押了一幫瘦小枯乾倭寇回來！」正準備登上午門城樓觀禮的朱翊鈞愣了愣，質疑的話脫口而出。隨即，促狹的笑容就湧了滿臉。自開春以來，他所承受的壓力一日大過一日。為了逼他下令從朝鮮撤兵，清流們把所有天災的原因，都歸結在了他為政「失德」上。面對洶湧而至的抨擊，原本對東征持絕對支持態度的次輔趙志皋和兵部尚書石星，也陸續開始打退堂鼓。首輔王錫爵雖然依舊明面上努力跟他保持一致，可私下裡，卻不止一次提醒他，國庫存銀驟減，北方各地糧食價格迅速飆升的事實。

這種情況下，原本性格就偏於綿軟的他，能堅持到現在還沒向朝臣妥協，已經難能可貴。若是獻捷達不到預期效果，或者像某些人期盼的那樣，成為清流們反對東征的新打手，他就很難再繼續「一意孤行」。

可東征半途而廢的話，損失的，就不僅僅是數千將士的性命，上百萬石糧食和上百萬兩白銀。大明對於所有藩屬國和塞外部落的掌控力，必然會大幅下降。朝廷在百姓心中的威信，也會一落千丈。他這個皇帝，今後面對朝臣，將會更為弱勢。下達的聖旨必然會被有司一份接一份封駁，命令甚至有可能出不了紫禁城。

現在好了，什麼問題都沒有了。看到倭寇長得那般羸弱，誰還敢斷言東征勝負難料？既然東征有勝無敗，大明先前投入的那些糧食、白銀就不能算打了水漂。勸他儘早從朝鮮撤軍，避免重蹈故隋覆轍的話，就全成了放屁。

「恭喜皇上，談笑間，破人心中賊於無形。」皇帝身邊，自古以來就不缺馬屁精。看出萬曆皇帝心情大悅，奉命趕回來傳遞消息的小太監李進忠，立刻趴在地上，大聲祝賀。

這句話，說得實在太有水平。頓時將萬曆皇帝朱翊鈞連日來的遲疑和頹唐，盡數洗成了鎮定自若。也讓萬曆皇帝朱翊鈞臉上的笑意，愈發濃郁。猛地握緊雙拳，朝著天空揮了幾下，隨即，大聲命令：「來人，傳朕口諭給英國公張元功和孫暹，讓他們引領獻捷將士，入城之後，先向西南繞行，自大明門進入皇城，再到午門等待校閱。」

「遵旨！」李進忠乃是孫暹一手提拔起來的弟子，深得師父真傳，立刻跳起來，挺直身體，拱手領命。然後一路狂奔衝出了宮門。

不待他的腳步聲去遠，萬曆皇帝朱翊鈞再度展顏而笑。隨即，又朝著身邊的隨堂太監張超大聲吩咐：「你，替朕去傳口諭給王錫爵、趙志皋和石星。要他去午門等朕。待觀禮之後，朕要與他們三個，一道接見有功將士。」

「遵旨！」隨堂太監張超向來有眼色，也故意裝出一副雄赳赳模樣，先給萬曆皇帝行禮，然後小跑著去傳達口諭。

「你去，替朕準備四份麒麟服、秋水雁翎刀和銀鎁瓢方袋。」萬曆皇帝朱翊鈞越想越高興，繼續揮舞著手臂發號施令。

「是！」另外一名小太監肅立躬身，大步流星而去。

「嗯。」望著窗外鬱鬱葱葱的樹木和湛藍的天空，萬曆皇帝朱翊鈞欣慰點頭，彷彿天空之中，倒映著李如梓、李彤、張維善、劉繼業和其他所有凱旋將士的身影。

在他看來，李如梓和李彤等人專門挑選羸弱的倭寇展示給京城百姓和文武百官看，雖然狠狠打了一記那些唱衰東征者的耳光，卻讓四人的戰功，也減色甚多。所以，他這個做皇帝的，絕不能讓忠臣吃虧，在官職和賞賜方面，必須給予補償。

李如梓不久之前剛升為都指揮同知，遼東軍副總兵，上面還有好幾個做副總兵的哥哥。李彤、張維善和劉繼業，從上一次被提升到現在，時間也不過三個月。所以，無論自己怎麼欣賞四人，他們的官職都無法進一步。

官職上短時間內無法再進一步，就只能在別的地方想辦法。麒麟服、秋水雁翎刀和銀鎁瓢方袋，便是專門為此而準備。雖然這三樣東西，都不值多少錢。可穿戴在身上，卻代表著一種特別的榮寵。以後無論遇到誰，說話時底氣都能足上三分。

四個身穿麒麟服，腰挎秋水雁翎刀的少年才俊，同時出現在朝堂之上。想想，萬曆皇帝都覺得賞心悅目。特別是這四人當中，至少有兩個是他慧眼識珠，親手一路提拔起來的，更令他感到志得意滿。

他自問眼光沒錯，想法也沒錯。大明朝不缺千里馬，缺的是發現千里馬的伯樂。自打張居正亡故以來，大明朝的國力也不是像某些言官說的那樣，每況愈下，而是隨時能夠重現輝煌。

想當初，張居正不過是憑著一個戚繼光，一個俞大猷，就南征北討，令大明的江山固若金湯。如今自己又親手發掘出來了李子丹，張守義和劉繼業，他們三個今年都還不到二十歲，他們三個成長起來之後……

「這四人心思靈活，做事不拘小節。其中一個出自遼東將門，另外三個則出自勛貴之家。若是不加壓制，恐非國家之福！」此時此刻，同樣將目光已經看向將來的，還有次輔趙志皋和吏部尚書陳有年。

與萬曆皇帝滿懷振奮不同，他們兩個，都警覺地將目光放在了可能出現的危險上。遼東將門，通過李成梁、李如松父子的多年經營，如今已經呈現明顯的尾大不掉之勢。只要那父子兩人之一壓制不住野心，安史之亂就會在大明重演。

而大明開國勳貴之後，自成祖那會兒起，就是朝廷的重點防範對象。朝廷可以容忍他們混吃等死，容忍他們作奸犯科，只要他們不動謀反的念頭，就輕易不會對他們痛下殺手。可如果他們當中有人出類拔萃，想要恢復祖先的輝煌。皇帝和朝臣們，立刻會心有靈犀地合力打壓。如此，才能保證大明不會出現唐末那種藩鎮割據或者漢末那種軍頭專權情況，才能維護大明江山永固。

「必勝，必勝，必勝……」長街上，看熱鬧的百姓越聚越多。包括那些原本已經對獻捷禮看膩了的人，也紛紛從家裡走了出來，親眼欣賞倭寇們的猥瑣模樣！

「必勝，必勝，必勝……」緩步前行的將士們，再度以長槍頓地，齊聲高呼。節奏分明，鬥志昂揚。

他們一個個生得肩寬背闊，讓人第一眼看上去就感覺心裡頭踏實。他們身上鐵甲和頭盔在日光下閃閃發亮，手中的兵器耀眼生寒，讓人第一眼看上去就知道戰鬥力非凡。他們無論乘坐戰馬，還是徒步，隊形都整整齊齊，讓人一眼看上去就知道，這是精銳之師。他們的外形與精、氣、神，都跟倭寇形成了鮮明的對比，讓人一眼看上去就知道，京師中一直流傳的戰敗消息乃是謊言，東征軍在朝鮮肯定百戰百勝，所向披靡。

李如梓和李彤，各自騎著一匹遼東雪花青，走在騎兵的隊伍中央。在他們身後落後三尺遠位置，則是張維善和劉繼業。因為身上的鎧甲與眾不同，身前還各自飄著一面認旗，看熱鬧的百姓很快就將他們四個與捷報上的名字對上了號。

年少有為，文武雙全，還簡在帝心，前程無量，數道無形光環加持下，他們在百姓眼裡，一個比一個英俊倜儻。

「將軍哪日若得閒，妾願為君解羅衫——」臨街的一座青樓中，有幾個大膽的姐兒，忽然推開窗子，輕揮紅袖。

「好——」看熱鬧的人群中，喝彩聲猶如雷動。一半是為了凱旋之師的雄壯，另外一半兒則是姐兒們的大膽。

「男兒何不帶吳鈎，躍馬關山五十州，請君暫上淩煙閣，若個書生萬戶侯！」得到百姓的鼓勵，原本只是想趁機蹭些人氣的歌姬舞妓們，愈發來了精神。再度扯開嗓子，將李賀的詩，改頭換面齊聲吟誦。

她們的聲音不高，但是別具特色，頓時又博得一個滿街彩。無數看熱鬧的青年男子，羨慕之餘，熱血迅速湧上頭頂。恨不能現在就告別家人，趕赴朝鮮投軍，豁出性命去，博一個風光凱旋時，滿樓紅袖招。

「漢兵出頓金微，照日光明鐵衣，百里火幡焰焰，千行雲騎霏霏。蹙踏遼河自竭，鼓噪燕山可飛。正屬四方朝賀，端知萬舞皇威。」另外一座青樓不甘示弱，臨街的窗子齊齊打開。數十名歌姬紅唇輕動，將破陣樂大聲唱出。

「好，好……」看熱鬧的百姓鼓掌頓足，將喝彩聲不要錢般送上。

「咚咚咚，咚咚咚，咚咚咚……」常浩然悄悄給青樓的女掌櫃使了個眼色，後者立刻揮動半裸的手臂，奮力敲響鼙鼓。

「少年膽氣淩雲，共許驍雄出群。匹馬城西挑戰，單刀薊北從軍。」不待看熱鬧的百姓和凱旋將士弄清楚鼓聲從何而來，歌姬們再度啟動紅唇。

一股醇酒般的感覺，迅速湧上所有人的頭頂。長街兩側，百姓們手舞足蹈，如醉如痴。

「一鼓鮮卑送款，五餌單于解紛。誓欲成名報國，羞將開閣論勛。」吟唱聲繼續，喝彩聲也不絕於耳。李彤、張維善和劉繼業三人側頭互視，每個人臉上，都寫滿了驕傲。

從去年投筆從戎到今年凱旋來歸，他們幾個用熱血和汗水證明，自己並不是仗著家族餘蔭為所欲為的紈絝子弟。他們一樣讀書，上進，一樣渴望著被長輩承認，渴望著建功立業。他們沒有辜負任何信任自己的人，哪怕這份信任並不純粹。他們不光懂得索取，還懂得付出，對每一份關愛提携，都給予了成倍的回報。

他們知道今天這份榮耀來之不易，他們期待接受了皇帝陛下的校閱之後，儘快返回朝鮮戰場。他們相信，只要東征不半途而廢，大明的日月旗，很快就會插到朝鮮最南端的釜山城。他們期待，自己繼續帶領麾下弟兄們，東征西討，為大明，為天下百姓……」

「捷報，捷報……」幾匹快馬，忽然從前方的交叉路口闖過，直奔午門。

負責維護秩序的錦衣衛趕緊上前攔截，卻被馬背上的信使直接揮動號旗抽開。後者一邊繼續朝著皇城風馳電掣，一邊扯開嗓子，奮力高呼：「倭國請降，願退兵，釋放朝鮮王嗣，稱臣受封，永不再犯！」

「捷報，捷報！倭國請降，願退兵，釋放朝鮮王嗣，稱臣受封，永不再犯！」第二隊告捷使者緊跟著趕至，沿途扯開嗓子放聲高呼，唯恐自己帶回來的喜訊，百姓們聽之不見。

「什麼，這怎麼可能？」正在憧憬著今後繼續在朝鮮為國征戰的李彤愣了愣，瞬間僵在了馬背上。

「必勝，必勝，必勝……」歡呼聲宛若海浪，將他的質問瞬間吞沒。成千上萬的官員和百姓手舞足蹈，欣喜若狂。

第十二章　不平

六月的天氣，就像娃娃的臉，說變就變。

幾分鐘前還是艷陽高照，一道悶雷過後，運河兩岸，暴雨如豆。天上地下，白茫茫一片。岸邊的商販、漕丁，上船的上船，進屋的進屋，雖然挨了點雨，卻滿臉喜悅。再看那些盼甘霖盼了一個春天外加大半個夏天的農夫，竟然不約而同地跪在了暴雨裡，對著老天爺頂禮膜拜。

老天爺，終究還是仁慈的，沒想把淮河以北的百姓全都給餓死。所以，臨近夏至時節，終於施捨了一場暴雨。雖然山東河北許多地方，大部分的夏糧，今年已經注定顆粒無收。可有這麼一場豪雨在，莊戶人家好歹也能補種一茬蕎麥或者蘿蔔。

雖然蕎麥產量低，蘿蔔吃得再多都不頂飽。然而，這兩樣東西拌在一起熬糊糊吃，總好過用雜草和觀音土果腹。況且，中原土壤肥沃，只要下雨，很快地裡就會長出各種各樣的野菜、蘑菇之類，讓農夫們不至於在下一個秋天和冬天裡被活活餓死。

也不是所有人，都感謝老天爺的恩典。運河中心處正在向南緩緩而行的官船後艙，就有一個年輕的酒鬼，指著外邊翻滾的烏雲破口大罵：「老天爺，你就是混蛋！該下雨時不下，不該下的時候又瞎下。想起一齣就是一齣，做事情半點譜都沒有，你不配……」

「守義又喝醉了。」官船中艙，正在跟袁黃下棋的李彤趕緊站起來，大步流星衝向門口，「抱歉了，居士。我得去勸勸他！」

「我要是你，就不去！」袁黃棋癮正濃，拎著顆白子連連搖頭，「他肚子裡有氣，罵出來，總比憋著強。況且他罵的是老天爺，又不是，又不是任何人。這船上也沒有清流。」

「嗯，也好。」李彤斟酌了一下，感覺袁黃的話很在理兒，順手關嚴了門，轉身緩緩往棋枰旁邊走。

他的棋力原本不算太差，但是跟已經看破紅塵的了凡居士袁黃比起來，卻懸殊甚多。更何況此刻他還要分出一部分心神去關注喝醉了酒的張維善，實力連八成都使不出，轉眼間，就被袁黃殺了個丟盔卸甲。

「老天爺，你分明跟那些弄虛作假的王八蛋是一夥！他們阻止東征，你就一滴雨都不下。他們圖謀得逞了，你就立刻給他們助威！」張維善的罵聲，再度從船艙中湧出，一字不漏地，鑽入李彤的耳朵。讓他的胸口，如同被壓上了一大塊石頭，又悶又疼。

一個月之前，東征軍攻破倭寇精心布置的尚州防線，劍指釜山。豐臣秀吉的養子宇喜多秀家失去倭寇各番隊長的擁戴，大權旁落。重新獲得了話事權的小西行長和加藤清正兩人，立刻召見了被他們一直軟禁在軍營裡的大明使者沈惟敬，請求議和。做出主動退出朝鮮，釋放被俘的朝鮮王子，倭國向大明納貢稱臣等諸多許諾，只求明軍停止進攻，給他們安排船隊撤離時間。

於是乎，奇蹟發生了。沒等備倭經略宋應昌和禦倭提督李如松兩人判斷出倭寇的行為，到底是不是緩兵之計。前去軍前查驗將士們傷亡情況的御史薛藩，居然動用八百里加急，將倭寇的議和請求，送到了北京。

信使抵達京師之後，沿街宣布「喜訊」。當即，令正在觀看獻捷禮的京師百姓，歡聲雷動。正在午門準備接見凱旋將士的大明皇帝朱翊鈞聽到了百姓的歡呼，也又驚又喜，立刻將首輔、次輔和各部尚書召到身邊，詢問應對方略。早已不堪重負的次輔趙志皋、兵部尚書石星等人，旋即向朱翊鈞施禮，恭賀皇帝有天命在身，不戰而屈人之兵。向來喜歡跟皇帝對著幹的清流們，這回也一反常態，對趙志皋和石星二人的話大聲附和。

首輔王錫爵見此，知道木已成舟，乾脆以大事已了為由，請求皇帝准許自己再度回家伺候生病的娘親。於是乎，准許倭國議和，東征軍循序返歸遼東兩個相關議題，就相繼成了定局。

儘管緊跟著，李如梓、李彤、張維善、洛七和劉繼業等將領，趁著接受皇帝召見的機會，齊聲發出提醒：倭寇生性狡詐，請和極有可能是緩兵之計，只要緩過一口氣，肯定又要捲土重來。然而，比起一干「老成謀國」的大學士、尚書、御史，幾個乳臭未乾的少年將領的提醒，分量差得終究太遠。

不過，大明萬曆皇帝朱翊鈞乃是「聖明」天子，斷不會傷了有功將士的心。所以，當場承諾，若是事實證明倭寇賊心不死，自己一定會再遣大軍入朝。屆時，眾位忠臣良將，必在領兵出戰之列。

為了嘉獎將士們的忠勇，萬曆皇帝朱翊鈞也毫不吝嗇，官爵、賞金、錦袍、雁翎刀，成車的往下賜。結果面聖之後，李如梓和李彤等人，就都穿上了原本難得一見的麒麟服，配上了當初立下王陽明那樣大功才有資格佩戴的秋水雁翎刀。鑑於四人的官職近期升的太快，朝廷無法再對他們破例提拔，但是，他們各自的勛位卻又跳了一大級。並且對應的官號，也成了定遠將軍，安遠將軍和明威將軍。

得知劉繼業還沒行冠禮，萬曆皇帝朱翊鈞不管他原來有沒有表字，特意又賜予了他一個，以示方便他立刻就可以回家去繼承祖上留下來的誠意伯爵位和俸祿。對於自己親手提拔起來的少年才俊李彤和張維善，萬曆皇帝更是青眼有加，竟然直接讓他們補了浙江都指揮使司僉事和漕運參將的實缺兒，並叮囑二人，不必急著去上任。交卸了現在手中差事和兵馬之後，先去探望父母，盡人子之孝。

如此一來，李彤、張維善、劉繼業三人，算得上貨真價實的衣錦還鄉了。兄弟三個在京師又逗留數日，多次與常浩然等同學重聚，也由張維善的同族長輩帶著，陸續拜訪了京城內許多位高權重的長輩。想盡一切辦法之後，發現無法讓朝廷改變和談之念，只好乘坐官船，沿運河向南而去。恰好袁黃告老還鄉的請求，也得到了朝廷批准。雙方就湊做了一路，結伴而行。沿途的漕運官員，早就通過各自的途徑，得知張維善即將成為大夥的頂頭上司，並且此人跟總兵王重樓還是忘年交，所以極盡討好之能事。然而，表面風光歸風光，內心裡，李彤、張維善和劉繼業三個，卻始終有一股遺憾盤旋不散。

他們三個，的確功成名就了，並且超出預期地達成了各自當初的目標。大明朝耗資百萬，耗糧無數的東征，卻半途而廢。這一次，倭寇不熟悉明軍的戰術和實力，被打得潰不成軍。當倭寇緩過這口氣來，並且根據明軍特點，做出調整，大夥再想像以前那樣擊敗他們，談何容易。

「老天爺，你缺心眼兒啊！」張維善的罵聲，猶在繼續。每一聲，落在李彤耳朵裡，都宛若杜鵑啼血！

「你先歇會兒，我過去看看！」張維善罵得聲嘶力竭，劉繼業終究無法忍心，丟下一句話，伸手去推艙門。

「先讓人送些下酒的肉乾、熏魚之類，然後你再過去！」王二丫上前一步，閃身堵住了門口兒。「不過不要勸他。這會兒，陪他喝上幾杯比啥都強。實在不行，你也跟著他一起罵，罵痛快了，他心裡頭就不會堵得慌了。」

「我跟他，一起罵！」劉繼業愣了愣，原本就有點兒圓的眼睛，瞬間瞪成了兩盞小燈籠，「天啊，二丫，妳可知道他現在最想罵的是誰？」

「老天爺唄！我聽到了。」王二丫翻翻眼皮，冷笑著回應，「又不是罵當今皇上，你怕個甚？況且，就算他罵的是老天爺的兒子，又能怎麼樣？大明朝的文官天天變著法子編排太祖爺的笑話，也沒見誰管上一管。」

「這……」劉繼業頓時無言以對，尷尬地以手撓頭。王二丫卻得理不饒人，繼續冷笑著補充：「況且這事兒，要我說袁老頭那些話沒錯，根子就在皇上身上。什麼被倭賊的詭計所騙啊，要我說，是皇上自己堅持不下去了，又沒臉半途而廢，所以才來了個順水推舟。如果他心思堅定，哪怕倭寇是真的請和，甚至請降，他也可以下令打到朝鮮境內再無一名倭寇為止。我就不信，大明的這些糊塗蛋官員，還能統統辭官不做。」

「天啊！二丫，小聲點兒，小聲點兒。」劉繼業又被嚇了一大跳，趕緊伸手去捂王二丫的嘴巴。

「妳是不當家不知道柴米貴。皇上，皇上其實也挺不容易的。今年北方大旱，很多地方顆粒無收。朝鮮南邊那些地方，距離遼東又遠，一百石糧食運上去，能運到四十石就得燒高香。他如果堅持打下去，朝廷肯定沒有力氣賑濟災民。萬一激起……」

內心深處，他其實早已經默認了王二丫的說辭。東征之所以被終止，最大緣由，還是朱翊鈞這個皇帝，缺乏一往無前的韌性和勇氣。只是，顧念著萬曆皇帝對自己的提拔之恩，他本能地想替此人分辯幾句。

「誰說繼續打就需要從大明運糧了。朝鮮南邊距離遼東遠，走海路距離登州最多只需要七、八天時間。」王二丫撇了撇嘴，不屑地打斷，「並且船運損耗也不到陸運的一成。皇上如果真的想打到底，讓朝鮮人自己出錢為大軍買糧食就是了，我看那朝鮮的狗官個個富得流油，隨便抄上一家，就夠大軍吃上半年。大明北方大旱，南方不一定跟著鬧災荒。收到了朝鮮國王的買糧錢後，先將糧食用水路運到登州，再由登州啟航前往朝鮮，雖然繞了點兒路，依舊比走遼東近一大半兒。」

認識劉繼業之前，她一直在水上討生活，因此三句話離不開個「海」字。而這些話，雖然說得直白了些，卻句句都卡在了點子上。登時，讓劉繼業想要反駁，都有心無力。

正懊惱自己嘴巴笨之際，忽然，耳畔隱約傳來了幾聲驚呼。緊跟著，求救聲穿透雨幕，響徹運河兩岸，「救命，救命。有人投河了，有人投河了！」

「投河？這天氣，誰有本事下水去救！」劉繼業愣了愣，目光迅速轉向門外。外邊的雷聲已經漸漸式微，但暴雨依舊如瀑。相隔上兩丈遠，便無法看見對面的船影兒。至於投河之人所在的位置，大夥更無法看清楚，怎麼可能迅速找到他，把他從水裡給硬拉上船！

還沒等他的話音落下，擋在門口兒處的肩膀忽然被王二丫一把推開。緊跟著，後者一個縱身，就跳入了茫茫運河。

「二丫——」劉繼業嚇得亡魂大冒，三步並做兩步追上去，就想縱身往水裡頭跳。然而，一隻大手，卻從背後探了過來，死死抓住了他的腰帶，「姑老爺，別著急。小姐自幼海裡長大，運河這點深度，根本難不住她！」

「關，關叔，幫忙，趕緊去幫忙！不，不用管我，我，我站在這兒不動，我保證站在這兒不動。」劉繼業將信將疑，連聲催促。唯恐抓住自己腰帶的老船夫關叔下水遲了，找不到王二丫的身影。

就在此時，他身前忽然又湧起「嘩啦」一聲水響。緊跟著，一個粉紅色綢衣緊緊貼在身上的女子，就被直接拋向了甲板。「關叔，小方，搭把手！」王二丫的聲音，也緊跟著再度出現，剎那間，讓劉繼業如聞天籟。

「哎！」老船夫關叔和小方兩個，齊聲答應。然後雙雙伸出胳膊，將王二丫從水裡拋上來的女子攔腰兜住。然後抬向船艙，準備實施救治。

「先讓她把水吐掉，別弄髒了船艙！」王二丫如同飛魚般，從水中一躍而起。人沒落上甲板，聲音先至。

關叔和小方兩個，向來對她唯命是從。立刻又將女子抬了回來，雙腳抬高了控水。剛剛從半空中落下的王二丫看了，頓時眉頭輕皺。雙腳踩穩之後，大步上前，一巴掌拍在女子的小腹上，「什麼時候你們倆也開始在乎這些了，再男女大防，還能大過她的性命去？」

「哇！」那女子腹部受壓不過，張開嘴，噴出一道黃褐色的河水。王二丫也不憐香惜玉，繼續用雙手在女子前胸和小腹施加壓力，三下兩下，就讓女子活了過來，嘴巴裡，發出一聲低低的呻吟。

「關叔，小方，把她抬我住的那間臥艙去，順便再讓人幫我送個火盆和一桶滾燙的洗澡水來！」

內行人不做外行事，發現女子已經醒轉，王二丫隨即停止施壓，吩咐手下兩位得力幹將，協助自己進行下一步，以免冷水滲入獲救女子骨髓，留下什麼暗疾。

「哎！」關叔和小方答應著，彎腰準備抬人。就在此時，劉繼業忽然蹲了下去，兩眼再度瞪了個滾圓：「妳，妳是許飛煙，女校書許飛煙！妳怎麼會在這兒？小春姐呢，小春姐不管妳了嗎？妳究竟遇到了什麼事情，非要尋短見不可？」

話音落下，四周圍，所有人都被驚得目瞪口呆。

王二丫是沒想到，自己隨手從水裡救上一個人來，竟然跟未婚夫相識，並且看樣子彼此之間還非常熟悉。而關叔和小方，則萬萬沒想到，平素除了自家小姐之外跟其他女子都不怎麼說話的姑爺，居然是個花叢老手，在距離南京這麼遠的地方，也能遇到昔日相好！

「永貴，怎麼回事！剛才我聽見好像有人落了水，救上來了嗎？救上來就趕緊進艙洗個熱水澡，小心著涼！」正驚愕間，中艙門口處，卻又傳來了李彤的聲音。很明顯，並不清楚到底是誰去救的人，救上來的又到底是哪一個。

「救，救上來了。」劉繼業還不習慣被萬曆皇帝朱翊鈞賜予的新表字，稍微愣了一下，才意識到李彤喊的是自己。連忙抬起頭，大聲喊道：「救上來了，姐夫，居然是許校書。二丫下水去救的，我正準備讓人幫忙抬著去她的寢艙。」

「許飛煙？怎麼可能！」被劉繼業的回答，弄得丈二和尚摸不著頭腦。李彤大步流星走上前，頂著瓢潑般的大雨高聲詢問，「這裡還沒出山東地界，怎麼可能遇到熟……」

話說到一半兒，他已經分辨出了被救的正是如意畫舫的女校書許飛煙，後半句立刻變成了吩咐，「你趕緊安排丫鬟去照顧弟妹，這裡交給我。關叔，小方，幫忙把許校書抬到後艙左首第二個房間去。李博，李進，你們去弄個洗澡桶來，裝滿熱水。再到順路叫兩個丫鬟過來幫忙！」

他在這艘船上官職最高，又是劉繼業的未來姐夫，所以說出來話當然一呼百應。頓時，眾人紛紛按照吩咐行事，轉眼間，就從甲板上走了個乾乾淨淨。

「這賊老天！」李彤皺著眉頭罵了一句，也趕緊返回自己的寢艙。先快速換了一身乾燥的衣服，然後去叫了未婚妻劉穎一道，帶著滿腹的疑問走向安置許飛煙的房間。

「不會是王總兵遇到大麻煩了吧？」早就從未婚夫嘴裡聽說過當初如意畫舫上發生的種種往事，劉穎一邊走，一邊將眉頭輕輕皺緊。

如意畫舫的女掌櫃小春姐，乃是漕運總兵王重樓的紅粉知己。許飛煙則不僅僅是如意畫舫的頭牌女校書，還是小春姐的嫡傳女弟子。如果不出意外的話，小春姐跟了王重樓之後，許飛煙就會順理成章升任女掌櫃。而任何色中餓鬼，想要找如意畫舫的麻煩，或者逼迫許飛煙做她不想做的事情，恐怕都得掂量掂量自己能否惹得起漕運總兵這座「大佛」。

李彤想了想，輕輕搖頭，「應該不會，當初聖上將守義安排到漕運衙門做參將，就有讓他去給王總兵做臂膀的意思。總不能我們前腳離開北京，後腳王總兵就失了勢。」

「那是許飛煙得罪了連王總兵都不敢招惹的人？所以一路逃到了山東？」同時涉及到自家丈夫和跟丈夫相熟的嬌艷美女，劉穎未免關心則亂，皺著柳眉繼續小聲推測。

「他可是給皇上做了半輩子御前帶刀侍衛的人，還是陽明先生的子孫！」李彤再度搖頭，笑著否定。「妳甭擔心這麼多。咱們救人，總不是錯。等會兒進了門，如果她不想說尋短見的原因，咱們也沒必要刨根究柢。只要把她帶在船上，一路護送回小春姐那。自然所有疑問都……」

幾句交代的話還沒等說完，船艙外，忽然傳來了急促的腳步聲，緊跟著，千總李盛鐵青著臉走了進來。先朝著他和劉穎二人行了個禮，然後咬著牙彙報：「將軍，有一艘過路的官船掉頭跟上了咱們，船上官員的管家說，他家老爺的小妾剛才跳水逃走，有人看到是上了咱們的船，請咱們行個方便，將人給他們送回去。」

「小妾，他說許飛煙是官員的小妾？」李彤心頭頓時疑雲大起，壓低了聲音快速詢問：「你可問了，那艘船上的官員的名姓？」

「問了，他不肯說，只說是新任的禮部主事，會念咱們的人情。」李盛點了點頭，聲音中透著無法掩飾的怒意。

也不怪他火氣大，實在對方的態度過於傲慢。要知道，大明主事才是個六品文官，禮部也非什麼實權衙門。而他所在的船上，卻有一位正三品浙江都指揮使司僉事，一位從三品漕運參將，一位皇帝親自賜予表字的未來誠意伯。即便許飛煙的確是那位官員的妾室，並且也的確是為了逃走而跳的河，那位官員想要將此女討要回去，也應該親自過船來拜訪，而不是隨便派個管家出來對大夥兒發號施令。

「讓他滾蛋！」泥人也有三分土性，更何況李彤因為東征半途而廢。正憋了一肚子的火。聽了李盛的回應，聲音陡然轉高。

「是！」李盛臉上的怒意，瞬間變成了驕傲。答應一聲，昂首挺胸走出船艙。

「怎麼了，誰這麼不開眼！」在後艙右首上房借酒澆愁的張維善，原本懶得管外邊的閒事。聽到李彤讓人「滾蛋」，驚詫地拉開了艙門。

「應該是一個進京赴任的狂妄之徒吧！」理解不了對方為何如此有恃無恐，李彤冷笑著聳肩。

「你既然醒酒了，就跟我一起來吧。那人說，許飛煙是他家的逃妾。」

「我不是，我不是！」一聲尖利的大叫，在左首第二間艙門後響起，帶著不加掩飾的憤怒，「李公子，張公子，千萬別聽他放狗屁。他姓顧，是個言而無信的小人！奴，奴家是被他騙，被他謊言欺騙，才委身與他的。只要二位送我回南京，送我去小春姐那裡，奴家下半輩子給你們兩位做牛做馬，都心甘情願！」

原來，許飛煙已經被救醒了。隔著艙門，將剛才李彤與劉穎、李盛、張維善的對話，全都聽了個清清楚楚！

「許校書，妳先別著急！」李彤原本也沒打算將她交出去，笑了笑，儘量和顏悅色地安慰，「只要妳願意，就可以跟我們一起回南京。無論是誰，都不可能逼著妳跟他走。哪怕妳的賣身契，已經落在他手上，他也沒資格逼著妳去跳水。」

「多謝公子！多謝公子！」許飛煙緊繃著的神經，頓時放鬆，拉開艙門，趴在甲板上，放聲嚎啕：「奴家的賣身契，早就燒掉了。嗚嗚——您放心，奴家不會給您添任何麻煩！嗚嗚——是奴家前一陣子瞎了眼睛，才被那個偽君子所騙！他，他拿走了奴家多年積蓄不算，還，還準備將奴家送給某個上司，以，以做晉身之階！奴家寧可死了，也不會如了他的願。嗚嗚，嗚嗚——」

「人渣！」張維善宿醉未醒，揉著自己的額頭大聲唾罵。

「船上可是漕運總兵衙門張參將，在下禮部主事顧誠，久仰將軍大名。」一個洪亮的聲音，緊跟著在並行的船上響起，就好像跟張維善是多年不見的好友般，要多熱絡有多熱絡。

第十三章　蹉跎

「找我？」張維善愣了愣，本能地將目光轉向了李彤。

按常理，陌生同僚前來拜訪，無論抱著何種目的，都應該找他們三人中官職最顯赫者。而此刻他這個漕運參將，比李彤的浙江都指揮使司僉事，差了大半級。又不像劉繼業，有祖輩傳下來的爵位馬上可以回去繼承，姓顧的無論如何，都不該找到他頭上。

「所有運河上的船隻，按理都歸漕運總兵衙門管。所以，只要咱們還在河上，你就是半個地主！」李彤最近終日跟袁黃湊在一起，討教的可不僅僅是棋術。對大明官場的諸多運轉規則，也被袁黃如同填鴨子般填了滿肚子，所以稍加斟酌，就給出了一個說得通的答案。

張維善聞聽，眉頭皺的更深。撇撇嘴，不屑地宣告：「我不是還沒接印嗎？即便已經接了官印，也沒功夫搭理這種人渣！樹兄，麻煩你替我出去，打發他滾蛋。」

後半句話，是對心腹家將張樹吩咐的。後者聽到之後，卻沒有立刻按照命令採取行動。而是輕輕朝著他抱了拳，小聲提醒：「少爺，許娘子還在咱們船上。姓顧的八成還是為了討要她而來。如果您不見他，反而落了拐人婢妾的口實。不如耐著性子聽他說什麼，然後再想辦法讓他自己主動把許娘子的賣身契交出來。」

「奴家的賣身契，小春姐早就還了！」話音剛落，許飛煙分辯聲已經響徹船艙。嘶啞之中，帶著無邊的憤恨，「奴家跟他在一起，一文錢都沒花過他的。連他身上的衣服鞋帽，還有日常交遊的耗費，都是奴家所出。奴家根本……」

「可妳畢竟已經嫁入了他家，成了他的妾室。」張樹愛惜地看了許飛煙一眼，嘆息著輕輕搖頭。「無論妳在他身上花了多少錢，在妳選擇嫁給他做妾的那一剎那，妳就注定歸他所有，包括妳自己曾經擁有過的一切！」

這是自古以來的成法，大明也沒有任何改變。妾的地位，從法律角度上僅比奴婢高一點點兒，只要沒有被扶正，任妳曾經艷壓群芳也好，才驚四座也罷，都屬別人的寵物，不得任何自由。

而只要丈夫不放行，妾室跟別人私奔，就是重罪。雖然眼下張維善憑藉皇帝的信任和剛剛立下的戰功，跟姓顧的打官司未必會輸。可萬一後者像癩蛤蟆般糾纏不清，他的名聲和前途，或多或少都會受到影響。

這不值得，非常不值得。在張樹看來，自家少爺張維善根本沒必要，跟顧某人打這種脂粉官司。自家跟許飛煙無親無故，昔日也沒太多親密交往，甚至連對方的手都沒摸過一把，憑什麼為了眼前這個青樓女子強行出頭？自家少爺前途遠大，長相英俊，回到南京之後，多少妙齡女子會趕著倒貼，也真的不差這個許飛煙。

「那我就去聽聽，他嘴裡能放出什麼狗屁來！」狠狠瞪了張樹一眼，搶在許飛煙沒有再度放聲嚎啕之前，張維善果斷作出了決定，「許校書，妳儘管放心。既然妳已經到了我的船上，張某斷沒有再將妳交出去的道理。除非，除非妳自己改了主意，又想跟你和好如初。」

「不會，奴家不會！奴家寧可死，也不會再回頭去高攀這個人渣！」原本已經陷入絕望的許飛煙聞聽，頓時臉上又湧現了一縷生機。咬著嘴唇，用力搖頭。

「那就好，呃，噗！」張維善將信將疑，留下一個酒嗝，搖晃著走出船艙。

李彤怕他因為醉酒而遇到危險，給未婚妻劉穎使了個眼色之後，也快步跟了上去。兄弟倆配合默契，一邊走，一邊迅速用眼神和言語，商量出了穩妥之策。

如果姓顧的肯說人話，哥倆就也不會一上來就橫眉冷對。大不了花些金銀，將許飛煙從此人手裡買下來了，然後送還給小春姐。如此，姓顧的既得到了實惠，也沒丟面子。兄弟兩個，在王重樓面前，也能有個交代。

誰料想，還沒等哥倆將對策付諸實施，側翼並行的官船上，已經傳來了一串「真誠」的賠罪聲：「對面可是李將軍，張將軍兩個？在下禮部主事顧誠，這廂向兩位謝罪了。先前我家奴僕口出不遜，乃是在下平素疏於管教之過。在下不敢推脫，特地帶著他來，像兩位將軍負荊請罪。」

「嗯？」李彤和張維善兩個，先前的準備完全落了空，頓時有些措手不及。雙雙轉過身，皺著眉頭看向對面。只見風雨已經停止，陽光萬道。對面船上，有個風流倜儻的白面公子，正在朝著自己躬身行禮。而此人腳側，則跪著一個管家打扮的僕人，非但在背上綁著兩根粗大的荊條，面孔也腫得如同豬頭一般。很顯然，那個管家在被押過來之前，已經受到過一輪重責！

「蠢材！還不趕緊向兩位將軍謝罪？」禮部主事顧誠甬看對李彤和張維善兩人畢恭畢敬，對於跪在自己腿邊上兒的管家，則完全是另外一副模樣。發覺李彤和張維善沒弄清自己的來意，立刻抬起腳，朝著此人的脊背猛踹。

「兩位將軍，兩位將軍恕罪。小的剛才不知道這是將軍的官船，所以出言無狀。主人已經責罰過了小的，小的罪有應得。還請兩位將軍不要誤會我家主人！千錯萬錯，都是小人的錯！小人願意接受兩位將軍任何懲處。」

說罷，用額頭狠狠磕向甲板，轉眼間，鮮血就將甲板染紅了一片。

李彤和張維善都不是心狠之人，見對方額頭已經磕破，相繼輕輕擺手，「行了，別磕了。你以後記取教訓就是。」

「不知者不怪，算了，你起來吧！」

那管家要的就是這種效果，立刻重新將身體跪直，頂著滿臉的鮮血道謝：「謝謝二位將軍，謝謝二位將軍。二位將軍寬宏大量，他日一定能掛印封侯，平步青雲！」

「別亂拍馬屁，滾回去敷藥！」嫌棄此人話多，禮部主事顧誠再度抬起腳，輕輕踢了其屁股一下，大聲吩咐。「也就是遇到了兩位將軍，若是遇到個不講理的，這次肯定讓你脫一層皮。滾，這次長點記性！」

「是，是！謝將軍，謝二少爺！」管家忙不及待地答應，連滾帶爬地進了船艙。

「不瞞兩位，在下前一陣子於南京任職，對某位女校書一見傾心。本以為將其接過門之後，餘生能夠有人紅袖添香。卻不料情深緣淺，轉眼之間，彼此竟相看兩厭！」禮部主事顧誠不僅長相讓人覺得順眼，做事也極為乾脆俐落。彷彿知道李彤和張維善兩個，都沒心情跟自己閒聊，打發掉了惹事的管家之後，立刻將話頭轉向正題。「她今日為了擺脫顧某，跳河逃走，顧某本想裝作不知，然而，卻又放心不下她的安危。所以，才厚著臉皮前來打擾，敢請……」

「許校書的確在我的船上，不過不是逃走，而是剛才跳河自盡，被我們這邊一位水中高手給救了上來。」雖然對顧誠第一印象不錯，聽此人露出想要接回許飛煙的意思，張維善依舊毫不客氣地打斷。

「如此，在下就放心了。」雖然挨了嗆，顧誠卻風度不改，再度向張維善笑著拱手，「也多謝張將軍及時出手相救。在下雖然不知道哪裡做得不對，竟然被許姑娘厭惡如斯。但好歹也算相交過一場，不敢再錯上加錯。這份放歸文書，是在下數日之前就已經備好之物。原本打算在到了某個繁華所在登了岸，就親手交給許姑娘，然後再托朋友護送她返回南京。既然張將軍的船是往南而去，在下就厚著臉皮，請將軍派人過來將此物取了，轉交與她。如此，我跟她兩個，也算一別兩寬，各自歡喜。」

說罷，從衣袖之中取出一個信封，雙手遙遙地捧向了張維善。兩串清淚，滴滴答答落在甲板上，清晰可見。

幾句話，說得那叫一個情真意切，將一個被女人辜負了的多情種子形象，也塑造得維妙維肖。李彤和張維善兩個，雖然事先聽過了許飛煙的哭訴，心中有了幾分先入為主的印象，也不禁有些猶豫。很是擔憂自己好心辦了錯事，硬生生拆散了一對歡喜冤家。

就在此時，劉繼業忽然板著臉從船艙中鑽了出來，乾脆俐落地做出了決定：「既然你誠心放她一條生路，劉某這廂不客氣了。免得她哪天又想不開尋死，害得劉某和內子今天白辛苦一場！」

「這……」沒想到半路殺出個程咬金，顧誠頓時被殺了個措手不及。劉繼業卻不給他繼續裝腔作勢的機會，將手向看船上熱鬧的其他人用力一擺，大聲吩咐道：「關叔，小方，幫忙搭塊木板子，把兩船連起來。然後替許姑娘取回放歸文書，永絕後患！」

「是！」關叔和小方大聲回應，招呼起四、五個弟兄，一擁而上，轉眼間，就用特製的木板，在兩艘並行的官船之間搭出了一條通道。

「實不相瞞，在下當初在南京時，與許姑娘的一位長輩，略有私交！」見劉繼業處置得如此果斷，李彤也沒機會再顧慮什麼會不會好心辦錯事了。快步走上通道，笑著向顧誠拱手，「此番許姑娘落水，即便不是湊巧為永貴所救，李某也著實無法不聞不問。是以，就先替許姑娘的長輩，謝過顧主事高義了。若是顧主事放不下，隨時還可以再回南京找她。她家長輩都是講道理的人，想必會給顧主事一個滿意交代。」

「放不下，一時半會兒，肯定是放不下。但交代，就不必了！」禮部主事顧誠抬手揉了揉眼睛，苦笑著拱手還禮。隨即，快速將放歸文書遞交給李彤。「我跟她，終究是情深緣淺。」

說罷，雙眼瞬間又淌出了兩行清淚。卻顧不上去擦，迫不及待地補充：「還請李將軍讓座艦再等片刻，許，許姑娘還有幾箱子衣服和日用胭脂水粉，顧某這就派人送過來。雖然算不上，算不上什麼貴重之物。但，但她此番搭乘將軍的座艦返鄉，路途頗為遙遠，未必方便隨時購買！」

「也好！」李彤稍作猶豫，隨即輕輕點頭。

「繼業，你這麼著急要放歸文書做什麼？」在他身後，張維善卻已經轉過臉，對著劉繼業用極低的聲音抱怨，「俗話說，寧拆十座廟，不破一樁姻緣。許姑娘年紀已經算不得小，而那位顧主事，分明對她用情……」

「許姑娘既然不是小孩子了，怎麼可能因為拌了幾句嘴，就去跳河自殺？」還沒等劉繼業解釋，王二丫的聲音，已經在二人身後響起，帶著壓抑不住的憤怒。

「這……」張維善愣了愣，心中對顧誠的同情，瞬間煙消雲散。

正站在通道上的李彤，也果斷轉身返回，再也不相信禮部主事顧誠所說的每一個字。

事實上，在王二丫出言提醒之前，顧誠給他和張維善兩個的印象相當好。英俊灑脫，風流倜儻，前程遠大，還對許飛煙情深義重。作為曾經的風塵女子，許飛煙能嫁給此人，也應該算是相當不錯的歸宿。所以，兄弟倆真的很擔心，因為自己的多事，破壞了一樁美好姻緣。日後非但在官場上平白多出一個對頭，在許飛煙和小春姐那邊，也落不下絲毫的感激。

然而，王二丫的話，卻如同鐵錘般，敲碎了他們心中一廂情願的美好想像。那許飛煙豈止早就不是小孩子了！這些年來，她平素每日在畫舫上迎來送往，什麼世面沒見過？怎麼可能因為情海生波去尋死？能將她逼到跳河自盡的地步，絕非情侶之間的誤會，只可能是，她繼續活下去將要面臨後果之可怕，遠遠已超出了死亡！

「這幾個紅色的箱籠裡，裝的乃是衣物。這兩個金色箱籠裡，乃是胭脂水粉。」明知道王二丫的話對自己的指責極重，那顧誠卻很有風度地不做任何分辯。只管指揮著自家奴僕，將許飛煙的日用之物，一箱接一箱子的送過船來。「還請三位將軍多費心，許姑娘雖然出身寒微，卻沒受過什麼苦。此番給三位添麻煩之處，且容顧某今後再謝。」

「顧主事不必客氣！」

「舉手之勞爾！」

即便已經失去了對顧誠的最初好感，李彤和張維善二人，依舊從此人的言談舉止上，挑不出任何瑕疵，只好微笑著點頭答允。

「哼！」劉繼業將頭用力扭向船尾，堅決不接顧誠的任何話頭。

只有王二丫，見此人分明謊言被自己戳破，卻繼續厚著臉皮裝情種，果斷豎起眼睛，大聲奚落，「就歸還了胭脂水粉便算了事！她多年積攢下來的那些私房錢呢？姓顧的，你不至於白白占了她的身子，還連錢也吞個一乾二淨吧？」

這一回，顧誠臉上，終於浮現了幾絲惱怒之意。又拱了下手，喘息著回應：「姑娘慎言！顧某豈是那種無恥之徒？前一段時間，顧某有心棄文轉武，效仿班定遠揚大明國威於異域，所以的確花費了一些錢財去活動。但許姑娘的私房錢，顧某卻分文未動。顧某已經將其盡數換成了揚州那邊商號的飛票，放在了最小的那個金色箱籠裡頭。具體數字不敢提，還請姑娘現在就安排人手將箱籠交給許姑娘，讓她仔細清點兒。無論是少了一文，還是一千兩，顧某立刻派人補齊，絕不做任何耽擱！」

「真的？」王二丫一直堅決站在許飛煙那邊，此時此刻，卻也有些弄不清顧誠到底是個什麼樣的人了，將水汪汪的大眼睛瞪圓了看向劉繼業，期待未婚夫能幫自己出謀劃策。

「顧主事不差這幾兩銀子！」劉繼業不願讓王二丫繼續摻和，笑著擺手。「你儘管讓人把箱子搬給許姑娘就是。待她清點結束，咱們就開船。」

「嗯。」王二丫沒勇氣再去故意找顧誠的麻煩，雙手抱起那個存放飛票的巷子，逃一般進了船艙。

「顧某雖然跟許姑娘有緣無分，終究相識一場。」那顧誠忽然又長長地嘆了口氣，再度朝著李彤和張維善二人抱拳行禮，「所以，臨別之前，還想跟她說上幾句告辭的話。不知道……」

這也是情侶分手的應有步驟，李彤和張維善無法拒絕。正準備邀請對方過船，冷不防，卻聽到許飛煙的淒厲阻止聲：「不要！李將軍，求您不要讓他過來！奴家，奴家這輩子，再也不想見到這個衣冠禽獸。」

「顧主事，你都聽見了！她現在情緒很差，你說得再多，她也未必聽得進去。萬一又尋了短見，反而麻煩！」李彤愣了愣，迅速伸手攔住了通道。

「是啊，反正她肯定在南京。你可以給她寫信！」本著多一事不如少一事的原則，張維善也笑呵呵地上前，與李彤並肩而立。

「也罷！」論體力，顧誠一個文官，肯定擠不開兩個武將。因此，他乾脆果斷放棄。「顧某以後寫信跟她解釋就是，就是不知道，她肯不肯看？唉——」說罷，再一次長長嘆氣。弄得李彤和張維善兩個，心中又悶又氣，好半天，都不知道該如何回應。

正準備派人拆掉通道，就此跟顧誠別過。卻看到，後者又派人送了一個小巧的箱子過來。同時，朝著自己笑呵呵地拱手，「許姑娘的事情，就有勞三位將軍了。救命之恩，顧某無以為謝。這箱子裡，都是些不值錢的小玩意兒，就送與三位將軍。咱們高山流水，後會有期！」隨即，也不給李彤等人推辭。轉過身，大步鑽進了自家船艙。

箱子很小，看起來分量也很輕，即便裝滿金子，也值不了多少錢。更何況，雙方不過是萍水相逢，姓顧的對許飛煙也未必有多少真心，所以，在李彤、張維善和劉繼業三人看來，這份禮物純屬虛應故事，收與不收，都沒啥問題。

然而，當他們三個在船艙內，將裝禮物的小箱子隨手打開之後，剎那間，卻全都驚了個目瞪口呆！

的確是「不值錢」的小玩意兒，三枚田黃石雕刻的印章而已。除此之外，剩下的東西也的確沒啥分量，三疊薄薄的「桑皮紙」而已！然而，上面印著卻是田契！

對這兩樣東西，三人可是絲毫都不陌生。

李彤乃是李文忠的後人，他的父親表面上是個水師百總，事實上所承擔的職責，卻是替整個臨淮侯家族打理田莊和生意。而張維善和劉繼業，雖然不怎麼管家族裡的雜事，從小到大耳濡目染，卻清楚地知道有關土地歸屬的所有貓膩。

因為大明朝太祖皇帝朱元璋出身寒微，所以在立國之初，就訂下了制度，嚴禁土地兼併。本以為這樣做，就可以一勞永逸地避免後世再有人像他自己當年一樣，被逼得揭竿而起。但是，他卻嚴重低估了官員和有錢人的聰明。

在他去世後這一百九十餘年裡，大明朝的官員和土豪們，想出了無數新鮮辦法，讓禁止田地兼併的祖制，成為一紙空文。把田皮（使用權）和田骨（所有權）分離，只是其中最有效的辦法之一。官員和豪強們，表面上只拿走了田皮，田骨還歸原主人所有。事實上，原主人早已經成官員和豪強們的佃戶，種出來的糧食六成以上都得交租，自己根本沒權力處置土地上的任何一棵莊稼。

讓他們兄弟三個感到陌生的，是那田契上的數字！

兩份為三千畝，一份四千畝，都是南京周圍的水田。並且只有田皮（使用權）沒有田骨（所有權）。哪怕日後有人彈劾，也可以推說有鄉民為了免除賦稅，主動將田產掛靠到三人名下。絕對沾不上半點兒侵吞百姓土地的嫌疑。

「他，他到底想要幹什麼！真是為了感謝咱們救了許姑娘？不會吧！」

「不可能，他早這麼捨得下本錢兒，也不會逼得許姑娘跳河！」

「你先前沒聽許姑娘哭訴嗎？他，他可不是什麼大方人。當初連許姑娘的私房錢都給騙了去！」

饒是李彤、張維善和劉繼業兄弟三人出身富貴，也被顧誠的大手筆，砸得暈頭轉向。好半晌，都顧不上將箱子合攏，只是對著田契和收租用的印章用力吞口水。

再看素來有女俠之風的王二丫，更是被整整一萬畝田皮，砸得兩眼金星直冒。完全忘記了，就在兩個西洋分鐘之前，是誰叫嚷著要將禮箱丟進運河之中，以免此物弄髒了官船的甲板。

倒是李彤的未婚妻劉穎，越是遇到大事，頭腦越為冷靜。只是皺著眉頭稍稍斟酌了一下，就用極低的聲音提議：「還是將許姑娘叫過來，問問姓顧的到底是什麼人吧？按理說，此人出手如此豪闊，當初就沒理由打她那點兒私房錢的主意。如果真的像她說的那樣，此人連她的私房錢都騙，這一萬畝田皮，恐怕早點還回去才是正經。」

這句話，說得有理有據，層次分明。登時，令李彤、張維善和劉繼業三人相繼點頭。大夥一起收拾好了箱子，然後派人請出了許飛煙。打著跟她商量接下來去處的藉口，旁敲側擊，只用了短短幾分鐘時間，就將顧某人的真實身份，探聽了個一清二楚。

原來，此人最初只是一個候補縣令。去年秋天，不知道怎麼忽然走了鴻運，居然直接進了南京禮部擔任六品主事。雖然禮部是個清水衙門，南京禮部更是窮得燕子都不願意在屋檐下搭窩兒。但六品文官就是六品文官，出入的排場比上等縣的實權縣令絲毫不差，平素迎來送往，也沒有一個白丁。

今年春天，大明軍隊在朝鮮所向披靡，令民間很多人都覺得歡欣鼓舞。而李彤、張維善、劉繼業三人，投筆從戎後在短短幾個月內平步青雲的事跡，也讓整個南京國子監為之沸騰。很多同齡的學子在酒喝到眼花耳熱之時，都會扼腕長嘆：當初下得狠心投筆從戎的，怎麼就不是自己？自己跟李子丹、張守義和劉繼業三個，年齡相近，本事也相差不遠，若是當初也捨了學業趕赴遼東，今年朝廷的嘉獎文書上，估計也應該有自己的名字。兵部專程送給有功將士家族的匾額，說不定也會掛上自家門樓。

如此，許飛煙等人與貢生們交往密切的女子，便都有些意動。平素開玩笑時，經常提起李彤和張維善兩個打上花船，英雄救美的過往。聲言當初如果大起膽子以身相許，如今肯定羨煞十里秦淮。

古話說，往者不諫，來者可追！如意畫舫的女子們，來不及後悔錯過了李彤和張維善，卻做夢都想能把握住下一個機會。偏巧，南京禮部主事顧誠在船上宴客，整晚上都在拍案感慨，百無一用是書生，功名還得馬上取。已經成了畫舫掌櫃的許飛煙，便不由自主地出面，替他彈了一曲大江東去！

那姓顧的主事，極善於揣摩女子心思。聽許飛煙的琴聲中，隱約有金戈鐵馬之意，立刻說得越發慷慨激昂。於是乎，雙方很快就互相引為了知己。

小春姐得知此事後，曾經特地提醒過許飛煙，千萬不能光聽男人的嘴巴怎麼說。然而，當時許飛煙已經被姓顧的給灌了一肚子迷魂湯，反而暗地裡覺得小春姐多事兒！所以，無論從顧誠打著「疏通門路，由文官轉為武將」的由頭向她借錢，還是後來請求納她為妾，她都沒再跟小春姐商量。只是離開畫舫的時候，才硬著頭皮去跟小春姐辭了一次行。

小春姐見木已成舟，也沒敢過分阻攔，只是說日後一旦遇到不順心的事情，還可以來找自己，姐妹倆好歹能有個商量。許飛煙那會兒自認為找到了歸宿，也沒怎麼往心裡頭去。直到前一段時間，顧某人官職忽然從南京禮部主事，改成了北京禮部主事，根本沒跟東征扯上半點關係，她才隱約感覺情況跟自己想得有點兒不太一樣。

當時，姓顧的對此的解釋是，因為倭寇主動請降，東征已經結束。他是無緣入伍，所以只能退而求其次。許飛煙心裡覺得這個理由實在牽強，然而，生米已經煮成了糊塗粥，她想後悔也晚了。只好偷偷燒香拜佛，希望姓顧的能記得半年來自己為他謀取前程，花了多少錢，下半輩子不會辜負。

卻不料，官船剛剛離開南京，姓顧的臉色就開始變冷。此後隨著一路往北，臉色一天比一天難看。昨天在船上宴客，居然命她出來獻歌獻舞，全然將她當成了歌姬來使喚。今天上午酒醒之後，那廝居然又厚著臉皮，聲稱已經將她轉送給了昨晚登船喝酒的某個王爺，祝她今後富貴永享，恩寵不斷。

「奴家，奴家連個能依仗的親戚都沒有，進了王府，跟坐牢有什麼區別？奴家苦苦哀求請他高抬貴手。只要放奴家走，過去種種，奴家保證隻字不提！」說到傷心處，許飛煙忍不住又哭得肝腸寸斷，「奴家甚至說，只帶身上的這套衣服，一路賣藝回鄉，絕不找他要一個銅錢。他，他都不肯……」

「夠了！」王二丫聽得火冒三丈，忍不住拍案斷喝，「這種衣冠禽獸眼裡，妳就是一塊血食！他只管妳對他是否有用，才不會考慮妳的死活！妳現在能從他手裡脫身，簡直是天大的幸運。理應高興得跳起來才是，傻子才為這種禽獸哭鼻子抹淚兒。」

「奴，奴家不是為了他，是，是為了自己。奴家當初怎麼就瞎了眼睛，居然真的以為他會，會學李公子投筆從戎……」許飛煙一邊哭，一邊搖頭。絲毫顧不得，李彤的未婚妻劉穎此刻就站在她面前不遠處，又輕輕地皺起了眉頭。

「說實話，妳的眼光真不怎麼樣！」王二丫雖然為人俠氣，卻也知道不能給劉繼業的姐姐添堵。氣哼哼地數落了一句，再度打斷，「他剛才說，花妳的錢都給妳補上了。妳數過了沒有？如果缺了，儘管告訴我，我正好帶人追上去打斷了他的脊梁骨！」

「補，補上了！沒，沒少。還，還多了十幾兩！」被她凶神惡煞般的模樣嚇了一大跳，許飛煙的哭聲迅速減小。抬手抹了一把眼淚，鄭重施禮，「多謝各位恩公恩姐，如果不是你們，奴，奴家下輩子，都甭想從他手裡討回一文錢來！」

「許姑娘客氣了！我們也沒出什麼力氣，是他主動歸還的。」李彤不想引火燒身，擺了擺手，笑著轉移話題，「他之所以這麼做，應該是顧忌到王總兵的面子。畢竟小春姐與妳以姊妹相稱，他不敢把事情做得太絕。」

話說得雖然利索，然而，在他內心深處，困惑卻越來越濃。以顧某人那種蚊子肚子裡都想擠出點油水來的性子，不想得罪王重樓太狠，頂多是將許飛煙的私房錢如數奉還也就夠了，怎麼竟然又倒賠出一萬畝地來？

要知道，江南的水田價值，與北方完全是兩回事。北方大多數地區只能種一茬莊稼，所以即便是上等水田，每畝也賣不到三兩銀子。而江南大部分地區都能種兩季，並且越是距離城市近的位置，水田越值錢。這一萬畝田皮，隨便賣賣，都能換回五萬兩銀子。而五萬兩銀子，跟首輔家攀親戚恐怕都夠了，為何要平白無故便宜了他們哥仨？

第十四章　驚夢

俗話說，薑是老的辣。對於李彤、張維善等人來說打破腦袋都想不明白的難題，拿到袁黃面前，卻一目了然。

「小子，你不是以為漕運參將，與你先前在東征軍時一樣，連一個滿編營的兵馬都管不到吧！」翻了翻已經布滿皺紋的眼皮，宦海沉浮了大半輩子的袁黃，冷笑著奚落，「那你也太對不起當今聖上了。治國方面，老夫既然已經致仕回鄉了，就沒資格再瞎說胡話了。但對待自己人這方面，聖上絕對沒得挑。特別是在他看你順眼的時候，無論如何都不會讓你吃半點兒虧。」

「晚輩，晚輩愚鈍，還請您老指點迷津。」張維善聽得滿頭霧水，趕緊躬下身子，認真求教。

「現在想起讓老夫指點迷津了？先前你忙什麼去了？老夫還以為，你要一路醉到漕運總兵衙門去呢！」袁黃又翻了翻眼皮，滿臉恨鐵不成鋼，「你這個漕運參將，如果真的像東征軍裡那樣，一抓一大把，這一路上的大小官員，會爭先恐後前來拍你的馬屁？實話跟你說了吧，你這個參將只是從三品武職，很多地方上的正三品按察，都巴不得能跟你換上一換。你只要稍稍動動歪心思，就是五千兩上下的收益。半年之後，姓顧的這一萬畝水田，就不再值得你大驚小怪。」

「前輩，您能不能說的再詳細一些。我們兄弟三個，現在真的是兩眼一抹黑！」李彤也越聽越糊塗，迫不及待地行了個禮，在旁邊大聲請求。

「想要說清楚，可就得廢些力氣了。老夫年紀大了，容易犯睏！」袁黃歪過頭，用眼皮快速對他眨了一下，開始用力打哈欠。

「您老先喝點兒茶提提神，等會兒找個像樣的城市停了船，晚輩再去給您老買酒點菜。」張維善知道袁老前輩是在挑自己先前終日呼酒買醉的禮，趕緊接過話頭，涎著臉許諾。

「就一頓酒菜便打發了老夫？」袁黃斜著眼看了看他，嘴巴撇得宛若一張角弓。

「晚輩誠心求教，這頓酒菜，只是給您老提神用。這三份地契，上面反正都沒名字，您老人家隨便拿一份走，算是晚輩孝敬的。」張維善知道自己今天不做出一個能令老前輩滿意的，絕對得不到對方的幫助。咬了咬牙，乾脆直接將顧誠送的禮箱推到了對方面前。

「免了，這地契你們三個拿了一點問題沒有，老夫要是拿了，恐怕還沒來得及捂熱乎，就得惹禍上身！」袁黃狠狠瞪了他一眼，果斷拒絕。

然而，卻不再故意拿捏。搶在張維善做出新的表示之前，笑著解釋道：「你們三個都是現任，他送你們田產，是為了今後交往做鋪墊。老夫已經致仕，沒資格收他們顧家的東西，也給不了他們任何回報。」

「您老是說，顧主事之所以送這麼重的禮給我們，是因為我們哥仨，是因為守義這個漕運參將，能恰好管到他顧家的生意？」劉繼業雖然年紀最小，心思卻遠比李彤和張維善兩個活。第一個猜出了袁黃的話外之意，趕緊笑著向對方詢問。

大概是覺得他孺子可教，袁黃收起老神在在的模樣，欣慰地點頭，「差不多就這麼個意思，當然，不止是守義，你和李將軍其實或多或少，將來也會跟他們這些人發生牽扯。所以，他提前把人情鋪墊上，以便將來彼此之間有進一步合作的可能。」

體諒三人官場閱歷淺，稍微斟酌了一下措辭，他繼續補充：「漕運總兵衙門，可不像東征軍，三品武將一抓一大把。事實上，總兵之下就是參將，根本沒有設副總兵的位置。而參將的數量，也只有區區五個，卻管著十五個營的漕兵，上百萬漕工。並且額外還有一個舟師營，專門負責護送大宗物資由瀏家港出海，北上天津。」

「還，還管海運，不是說，不是說海上風浪大，十船會沉沒其四嗎？」張維善聽得兩眼發直，質疑的話脫口而出。

「誰跟你說的十船沉沒其四？如果那麼大的風險，倭船和西洋船隻，怎麼抵達的大明？」袁黃又狠狠瞪了他一眼，不屑地反駁。

「那，那……，也是！晚輩見識淺，還請您老見諒。」張維善被駁得無言以對，紅著臉拱手認錯。

袁黃是存心幫他們三個的忙，也不計較他的孤陋寡聞。笑了笑，繼續指點迷津，「海上運糧到北京，當年張士誠就幹過，憑此，還受了元朝末代皇帝的敕封！我大明成祖年間，三寶太監的戰船縱橫萬里，連大昆侖奴的國家都能輕鬆走個來回，怎麼可能畏懼近海這點風浪？所謂十去其四，不過是某些人故意製造出來的謊言，逼著大宗貨物走運河罷了。畢竟，腳下這條運河看起來沒多寬，卻是貨真價實的白銀之河。沿途上百萬人家，都靠著貨運吃飯。各個鈔關，更是收錢收到手軟。如果所有人都知道，其實走海上沒那麼大風險，並且沿途還不會遇到任何關卡，這幾百萬靠著運河吃飯的官員、兵丁和漕工，誰來養活？萬一激起民變，多少官員得腦袋搬家。所以，可怕的根本不是海上的風浪，而是改漕為海的後果。朝廷只能任由謠言傳播，不去戳破。甚至還有意推動謠言，以便保住運河兩岸的繁榮，和鈔關每年上繳的那幾十萬兩稅銀。」

「那守義到底能給顧家幫上什麼忙，令顧誠如此不惜血本兒？即便他再受王總兵信任，也只是五位參將之一。並且頂多是保證顧家的船隻，在自己負責那段不受任何勒索而已。其他地段，根本鞭長莫及？」李彤終於能夠跟上袁黃的思路了，皺著眉頭追問其中的關鍵。

「你以為大明的商家，會老老實實給朝廷交稅嗎？」袁黃笑了笑，輕輕聳肩，「每年朝廷安排從南方向北京運糧和運物資，才能用得到運河的幾分運力？恐怕能夠兩成就頂天了！而每年打著漕運之名，南北往來的漕船，卻數以萬計。這些船上如果替商家裝些貨物，沿途鈔關哪有膽子去攔。御史一句蓄意耽擱漕糧北上，就能讓負責的官員丟官罷職。而像顧氏這種豪門，只要給五名參將每人每月塞上些銀子，就能讓自家貨物的運費和稅金都免掉，直接搭乘漕船進京。按最小的漕船計算，每艘載重五十餘，一船就是一萬五千斤。每斤即便只省下運費和稅金一百文，每月只要一船貨物到京，省下的錢就夠上下打點了。其餘全是白賺，並且還沒算從北方帶著皮貨、藥材往南方返航。」

「這，這，這……」李彤、張維善和劉繼業哥仨，全都瞠目結舌。好半晌，都說不出一句完整的話來。

他們終於明白，顧誠為何如此捨得下本錢給他們送禮了。然而，心中卻無法不感覺恐慌。每年收商家幾千兩，卻讓朝廷少收十幾，甚至數十萬兩的稅金。這「買賣」，也做得太大膽！而沿著運河做生意的豪門，恐怕遠不止顧氏一家。每家每年收幾千兩賄賂，三年參將下來，累積恐怕也得超過十萬！怪不得，袁黃先前誇讚聖上待人沒得挑！怪不得，袁黃先前，一再強調漕運參將的職位，肥得流油。

「不能收！」正驚魂難定之際，大夥的耳畔忽然響起了王二丫的聲音。憤怒之中夾雜著焦急，「這種黑錢，絕對不能收。張家哥哥，你別怪我多嘴。這個禮箱，你們也趕緊給那姓顧的退回去。你們三個是豁出性命從東征軍中換回來的前程，不能為了這些骯髒事兒給毀了。你們三個乾乾淨淨的名聲，也容不得這些髒錢來玷污！」

「高明，姑娘見識高明，巾幗不讓鬚眉！」話音剛落，了凡立刻挑起了大拇指，「如果太祖老人家那會兒，就憑姑娘這幾句話，他老人家都會賞妳一身誥命夫人袍服穿。可太祖畢竟已經駕鶴西去快兩百年了。兩百年來，靠河吃河，早就成了慣例。妳把禮物給姓顧的送回去，可不是跟他一家結仇。消息傳開後，老夫保證，整個運河上下，大部分官員和商家，都會視他們三個為死敵。哪怕他們三個身手再好，再受皇上信任，老夫也敢保證，他們用不了三個月，就得禍從天降！」

「你，你！」王二丫氣得臉色鐵青，卻說不出任何反駁的話來，只能將銀牙咬得咯咯作響。

袁黃根本不照顧她的情緒，笑了笑，聲音忽然響亮如洪鐘：「大明朝的官場不是戰場，卻比戰場還要險惡。在戰場上，你只要有勇氣和本事，便不愁得不到同僚和下屬的尊敬。而在如今的官場上，如果你光有勇氣和本事，要麼一輩子沉淪於下游，要麼，就是死無葬身之地！」

「照您老這麼說，這大明朝，好官豈不是誰也做不得？」劉穎還不服氣，皺著眉頭反駁。

「那看妳怎麼來定義好官。」彷彿早就看穿了世間一切，袁黃的目光平靜且明亮，「如果僅僅是指兩袖清風的話，恐怕的確做不得。妳別急著跟老夫說海瑞，大明立國兩百年來，海瑞可只出了一個。並且沒等他去世，有關他親手勒死女兒的謠言，就編得漫天飛。時人之所以如此編排他，不就是要告訴後來者，清官全是比老虎還惡毒的瘋子，只有貪官，才有情有義，尊老愛幼。」

劉穎頓時也無言以對，緊皺著眉頭看向自家未婚夫。剎那間，竟不敢確定自己當初支持李彤去東征軍裡博取功名，是對還是錯？

如果李彤、張維善和劉繼業三個沒有投筆從戎，雖然這輩子可能全都會庸碌一生，但是，憑藉三人的家底，卻可以活得優哉游哉，乾乾淨淨。而眼下三人雖然功成名就，卻一頭扎進了泥坑一般的官場。必須做一個貪官，才不至於木秀於林。而那些髒錢雖然拿得容易，卻每拿一筆，就等於有一個把柄落在了外人手裡。萬一哪天與別人利益起了衝突……

「你們臉色不要那麼難看，這幾千畝地皮既然退不回去，收下便是。即便不收，其他四個參將早被顧家買通了，守義也阻擋不了顧家拿朝廷的船隊運送自家貨物。而收下，其實也沒啥大不了的！聖上之所以將你們哥仨派到這種位置上，本身就有酬功的意思。」

「您，您老是說，皇上，皇上知道漕船，會，會替商販運送私貨！」李彤聽得額頭冒汗，瞪著烏黑明亮的眼睛，結結巴巴地追問。

「知道，怎麼可能不知道？漕船從北京南返，從太祖時代，就不可能空著走。捎帶著幫人運貨，自那時起，便是皇上特地賞賜漕運官兵的福利。只是當今聖上可能不知道，兩百年下來，福利規模居然已經變得如此之大而已。」袁黃朝他點了點頭，很是欣賞他能迅速開竅。

「多謝前輩指點！」李彤終於認清了現實，感激地朝著袁黃行禮。隨即，又虛心地請教，「今天的禮物，我們肯定不會追著去退還給顧家了。可將來守義在漕運總兵衙門做事，顧家日後再提出其他過分的請托該如何應對？即便不是顧家，您老先前說還有其他豪門巨賈，也指望著這條運河發財。守義若是不小心擋了他們的財路，難免會跟他們結仇。而如果來者不拒的話，未免，未免開的口子太多。晚輩的意思是，能夠和光同塵固然是好。但這些畢竟都不是應得之物，萬一哪天朝廷認真起來……」

「朝廷如果認真查，監獄就人滿為患了。總不能像太祖時那樣，讓官員帶著枷鎖處理公務。」袁黃又笑了笑，對李彤的擔憂不屑一顧。

「有沒有，有沒有不用跟別人同流合污，晚輩的意思是，既不阻擋別人的財路，又能獨善其身的辦法？如果有，還請您老明示！」張維善向來跟李彤心有靈犀，聽出他話語裡的擔憂之意，也緊跟著躬身向袁黃請教。

「難，非常非常難。」袁黃的頭，頓時搖成了撥浪鼓，雪白的鬍鬚也如同刷子般，在胸前掃動。

然而，終究不忍心讓三個年輕人太失望。搖了幾下之後，他又皺著眉頭補充：「不過，也並非完全沒有。只是，只是那樣做，你將來的日子可就辛苦得多。算了，你也別用那種眼神兒看著老夫了。看在你們哥仨到現在為止，還沒被橫財砸暈的份上，老夫就再給你指一條小路。事先說好了，如果將來你發現自己這輩子，官職始終停留在參將這一級，也莫要責怪老夫。道路是你自己選的，除了你自己之外，別人都不會承擔任何責任。」

「前輩只管明示。道路是晚輩自己選的，將來肯定不會怨天尤人！」張維善深深吸了口氣，再度抱拳行禮。

「去舟師！」袁黃欣賞的，就是他這股乾脆勁頭。收起笑容，鄭重點撥，「舟師負責海運，而在大明，海運只是漕運的補充。每年往來北京的次數沒有那麼多，江南的豪門富商，暫時應該也很少把運送私貨的主意，打到舟師的頭上。即便打到了，大海之上又不能設鈔關，你只是幫他們運了幾次貨物而已，未曾幫他們逃過一文錢的稅，將來言官也不可能以此為把柄來攻擊你。」

「多謝前輩！」張維善如釋重負，對著袁黃長揖到地。

「你真捨得？今後運河上，天天追著你送錢送地送女人的，可不只是顧氏一家！」彷彿要重新認識張維善一般，袁黃上上下下打量此人。目光中，欣賞與懷疑交織。

「晚輩畢竟是拿性命換來的功名，為了區區幾千兩銀子就弄丟了，不值得！況且對晚輩來說，能讓自己活得安心，比啥都重要。」這一刻，張維善臉上，酒意盡散，帶著幾分豪氣大聲回應。

「嗯，也對。」袁黃想了想，帶著幾分欣賞點頭。

隨即，將目光轉向李彤和劉繼業，他決定好人做到底，「你們兩個，如果想法跟他差不多的話，不妨也儘量往海上走。自打隆慶年間朝廷重新開海以來，浙江都指揮使司衙門也肥得流油。別人的眼睛，都盯著緝私和查驗往來海船上的貨物，坐地分紅。清剿海寇這種吃力不討好的活，應該誰都不願去幹。你們兩個都剛剛從戰場上下來，對浙江指揮使司的原班人馬來說，也都是外來戶。如果你們兩個主動請纓去整頓海防，上司和同僚肯定都求之不得！」

有道是，家有一老，如有一寶。

袁黃雖然自己仕途坎坷，但數十年來所積累下的經驗和閱歷，給李彤、張維善和劉繼業三人當老師，卻綽綽有餘。而李彤、張維善和劉繼業三個，又恰恰是能夠虛心受教的。所以，在行程的後半段，四人之間的關係宛若師徒，三個年輕的官場菜鳥負責提問，一個看破紅塵的老江湖負責解答，每天從早到晚，其樂融融。

河船速度再慢，也有將旅程走盡之時。這一日，大夥終於到達了南京龍江關碼頭。李彤、張維善和劉繼業三人，趕緊命人去訂了特等酒席，請袁黃上岸享用。而後者，卻忽然笑著搖頭：「別以為老夫不知道你們三個打的什麼鬼主意？老夫在路上只是不想戳破而已！老夫今年六十有一，好不容易才熄了功名利祿之心，回家去含飴弄孫，豈有再走回頭路的道理？這一路上替你們三個不斷謀劃，乃是念你們三個身懷赤子之心，不忍讓你們太快被官場漩渦吞沒而已。至於將來，請恕老夫愛莫能助。」

「前輩這是哪裡話來？不過是一頓尋常酒宴而已。前輩如果思鄉心切，吃完之後，可以立即動身，我等保證不做任何阻攔。」李彤被戳破了心思，頓時羞得滿臉通紅。趕緊躬身下去，認真地解釋。

「是啊，前輩一路上授業解惑，這頓飯，算是我們三個的一點心意。斷不會再拖著前輩一把年紀，還跟我們一道奔波海上。」

「前輩，吃完您就走，晚輩保證沒人攔您！」

張維善、劉繼業也緊跟著表態，保證只是想感謝袁黃的點撥之恩，沒拉此人做幕僚的想法。

然而，袁黃卻只管繼續笑著搖頭，「算了，不吃了。這一路上，老夫已經讓你們三個破費太多。況且老夫那些經驗之談，只適用於老夫，未必適用於你們。以後的路，你們理應自己去走，千萬別為老夫之見所囿才好。」

說罷，向三人拱了拱手，逕自關上了艙門。

李彤、張維善、劉繼業無奈，只好帶著家眷和下屬們，陸續上岸。臨行前，又特別安排了馬車和人手，將精神和身體都已經恢復了一半兒的許飛煙，送去了小春姐在城內購置的一處私人別院。那小春姐正因為許飛煙的不告而別，心裡急得火燒火燎。忽然聞聽人被浙江都司的一位僉事送了回來，頓時驚喜得熱淚盈眶。

待姐妹兩個見了面，說起了「失踪」和返回的緣由，以及這段時間的經歷，小春姐又氣得連連跺腳。破口大罵姓顧的主事沒良心，是個不折不扣的衣冠禽獸。然而，罵歸罵，想要替許飛煙討還一個公道，卻談何容易？

首先，再大紅大紫的女校書，操持的也是賤業，地位、身份跟顧誠這種正六品禮部主事沒法比，任何官員都不可能為了一個商女，去專門得罪一位前程遠大的同僚。其次，在大明，妾的地位比奴婢高不了多少，將愛妾當禮物送人這件事雖然做得難看，卻並不違反大明律法。而以顧家在儒林中的影響力，稍微動動手段，就可以將顧誠比做第二個蘇東坡，將醜聞硬生生抹成一段佳話。

最後，許飛煙曾經在顧誠身上花的那些錢財，更沒任何麻煩可找。甭說顧誠最後將錢折成了飛票，如數歸還給了她。即便姓顧的當時一文錢都沒還，甚至將她的衣服首飾也全貪了，外人能對顧誠做的，也只是譴責而已。當時作為顧誠的小妾，許飛煙連人都不屬自己，有什麼資格再擁有那些錢財？

對此，小春姐當然不甘心。找了個沒外人的機會，私下裡跟王重樓嘀咕：「飛煙聽人說，那顧家每年有大量貨物從運河上往來，如果老爺您……」

「那還不如我親自出馬，衝到顧氏祖宅，將他家大門砸個稀爛呢！」還沒等她把心中的歪點子說出口，王重樓已經苦笑著打斷，「好歹這樣做，還能限於我們倆的私人恩怨。如果在顧氏的生意上動手，相當於跟所有靠運河吃飯的豪門巨富對著幹。而這些豪門巨富，哪一家背後站的不是當朝高官？」

「那，那飛煙的虧，豈不是就吃定了？」小春姐頓時大急，紅著眼睛用力跺腳。

「要我說，許家妹子人能安全回來了，比什麼都強。」王重樓笑了笑，臉上的無奈之色更濃，「至於其他，權當是她為自己一時糊塗付了帳。反正真心喜歡她的人，未必在乎她的過往。在乎她過往的人，也不會真心想著娶她回家。」

知道小春姐不是一個能忍辱負重的主兒，稍微朝周圍看了看，確保沒有第三隻耳朵旁聽，他又壓低了聲音快速解釋，「我當初離開北京之時，本打算在漕運總兵位置上，大展一番拳腳。誰料幹了一段時間才知道，這漕運總兵衙門，上上下下都被人餵成了熟家雀兒。眼下我做個泥塑木雕，他們朝著我祖上的威名，還有我曾經跟皇上做侍衛的份上，勉強還能給我這個總兵幾分面子。如果我哪天除了照例收好處之外，還想插手更多，恐怕雙方立刻就得翻臉。」

「你，你沒勝算，是嗎？」從來沒見過王重樓如此謹慎，小春姐被嚇了一跳，小心翼翼地追問。

「我才來了一年不到，連自己的班底都沒建立起來，怎麼可能有勝算！」王重樓嘆了口氣，臉上隱約露出幾分苦澀，「眼下能站住腳，已經非常不錯了。想要有所作為，至少得再隱忍十年以上。而皇上……，皇上雖然對我信任有加，卻不可能讓我在漕運總兵位置上一直幹下去，永遠不挪窩！」

他跟萬曆皇帝朱翊鈞私交甚厚，也深刻地瞭解這位帝王的稟性。論聰明，論眼界，論手段，作為張居正手把手教出來的弟子，萬曆皇帝恐怕樣樣都不缺。但張居正恐怕永遠都不會想到，正是因為他手把手教得太多，太細，也導致了萬曆皇帝做事缺乏韌性。哪怕眼光再準確，決策再果斷，只要於執行過程中遇到比較大的挫折，都會迅速打鼓退堂。

東征如此，整頓漕政也是如此。去年萬曆皇帝欽點他做漕運總兵，四下裡，何嘗未曾跟他交代過，要他上任之後，除了保證東征軍糧草供應之外，還要努力革除漕運公私不分的積弊，為大明堵住這條稅務流失的巨大缺口。然而，東征只受到了一點點挫折，甚至連敗仗都不能算，萬曆皇帝的決心就動搖了。如果他王重樓因為整頓漕政，惹得某些人抱團反撲，直接令運河堵塞，屆時，怎麼可能指望萬曆皇帝站出來為他撐腰？

「那，那你怎麼樣才能快一些，免得，免得皇上老爺對你失望。我是說，我是說，在不惹人注意的情況下，先把嫡系隊伍拉起來？」再也不敢提給許飛煙出氣的事情，小春姐開始努力替心上人出謀劃策。

「眼下還沒更好的手段。」王重樓咧了下嘴巴，輕輕搖頭，「只能希望皇上能多給我一點兒時間，那些人也不太顧忌我這個漕運總兵會壞他們的生意。辜負了許飛煙的那白眼狼，我早就派心腹打聽過。此人的族兄顧憲成，因為成功結束了東征，又逼走了首輔王錫爵，接下來有可能會受封為大學士，入閣輔政。那樣的話，我即便把所有勁頭都用上，也甭想奈何那隻白眼狼分毫！」

「入閣，做宰相！天，這到底是什麼世道？壞人個個春風得意！」小春姐又驚又氣，銀牙咬得「咯咯」作響。

然而，話說到這個份上，她即便再介意跟許飛煙的交情，也不敢央求心上人出馬了。相反，又開始為王重樓的前途憂心忡忡，「那顧家一旦有人入閣當了宰相，不會因為飛煙的事情，再找到你頭上吧？如果那樣，我就先回到畫舫上去，裝作，裝作被你掃地……」

「說什麼傻話呢，妳以為宰相天天閒的慌，還有空管某個堂兄弟的風流韻事？」王重樓朝他橫了一眼，大聲打斷，「況且我也不是孬種，連自己的女人都護不住！這件事，從顧誠給了許家妹子放歸文書那一刻起，就算結束了。姓顧的根本沒想過，妳會試圖為手下的一位女校書出頭。甚至根本沒想到，這事兒還會牽扯上妳我！」

小春姐聽了，心中驚恐迅速消退。一股甜絲絲的，如蜜糖感覺，則從嗓子眼處，一路湧向心窩。「那倒是，在他們眼裡，恐怕我跟許飛煙一樣。斷然不會想到，郎君你會對我這麼好。郎君，飛煙經過這次波折，心思也該安定了。她長相、廚藝都是一等一，又能歌善舞，我還跟她情同姐妹。不如郎君乾脆把她也收了，我們姐妹兩個一起伺候……」

「打住，妳別好心辦了糊塗事兒！」王重樓果斷將小春姐拉了過來，抬手輕輕拍了一巴掌，「許姑娘期待的意中人，可是班超、周瑜那樣文武雙全的英雄豪傑。妳夫君我，給皇上看大門還行，上了戰場，包準屢戰屢敗。還是別委屈她了，否則，逼得她再跳一次河，妳們姐妹都做不成！」

說到文武雙全，他眼前瞬間又閃過李彤、張維善兩個的身影。笑了笑，將溫香軟玉輕輕在懷中抱緊，「其實她當初真的有些犯傻，想找文武雙全的英雄，何必捨近求遠？李子丹和張守義兩個，誰又不比姓顧的英俊風流？他們兩個估計很快就會來見我，要不，我替許姑娘做個媒人？李子丹那邊估計不好安排，他家未婚妻能從南京一路跟到朝鮮，肯定看得緊。可張守義好像連個暖床的丫鬟都沒有，許姑娘如果能嫁給他做個妾室，肯定算不得委屈。」

第十五章 時代

「真的？」小春姐喜出望外，看向自家郎君的目光當中充滿了期待。

最近這半年，無論是在王重樓身邊，還是在日常交往的姐妹那裡，她可沒少聽到李彤、張維善和劉繼業三人的名字。因為三人都是在南京長大，所以留都各級官員的家眷，都本能地將他們視作自家晚輩。而三人曾經在國子監貢生就讀這段經歷，又讓南京城的富貴人家在教育孩子時，平白多出了一段完美的說辭。那就是：想光宗耀祖，就得先好好用功讀書。只要書能讀得好，就一通百通，無往不利。不信且看那三個國子監的高材生，短短一年時間就都封了將軍。若是換做尋常廝殺漢，恐怕至少得三十年才能達到同樣的目標。

而張維善的家世背景，也讓小春姐極為滿意。雖然他不像顧某人那樣，有一個即將入閣的堂兄，但英國公府的招牌，一樣可以遮風擋雨。此外，英國公家的長輩，全都住在北京，輕易不會往江南走動。許飛煙如果嫁給張維善做妾，既能分享到張氏家族的榮耀，又不用擔心因為出身秦淮，被張家的長輩們輕慢，實在是一舉兩得。

「妳先別跟許姑娘說，先讓我姑且一試。萬一不成，也免得她失望。」被小春姐的目光逼得心裡發虛，王重樓趕緊先把退路給自己找好。

「這種事情，如果沒有十足的把握，我當然不會亂說！」小春姐翻了翻眼皮，掙扎著從王重樓懷中坐起，「況且你也不能現在就幫他們說和，飛煙那丫頭表面看起來聰明，其實傻得厲害。萬一她還在為被姓顧的欺騙而傷心，咱們現在替她說媒，不等於往她的傷口上灑鹽嗎？」

「傷心，就沒必要了吧。那姓顧的天性涼薄，即便日後出將入相，許姑娘跟著他也絕不會落到什麼好下場。」王重樓聽得眉頭輕皺，滿臉不解，「況且她都投水自盡過一次了，應該早就對姓顧的那廝死心了才對。再傷心下去，又圖……」

「你不懂，女人家的心思，哪有你們男人那麼利索。」小春姐又輕輕翻了個白眼，無奈地搖頭。「況且張守義又是親眼看著她被顧某人拋棄的，雙方心理，這會兒未必沒有芥蒂。」

「那也是……」王重樓聽得似懂非懂，遲疑著點頭

夫妻兩個瞻前顧後，商量了小半夜，最終也沒能下定決心替許飛煙和張維善兩人拴紅線兒。但是對張維善被朝廷委任為漕運參將之事，卻都感到歡欣鼓舞。

從公事角度，張維善性子耿直，家境豐厚，還有英國公府做靠山，沒那麼容易就被豪商巨富們用銀子砸趴下。他的到來，肯定會讓原本被某些人經營成鐵板一塊兒的漕務，多少出現些間隙。而從私人角度，王重樓與他有過並肩殺賊的交情。他能到漕運總兵衙門任職，等同於萬曆皇帝親手給王重樓派來了一條臂膀，絕對有助於後者組建自己的班底，加強對漕務運作的掌控。

而張維善本人，對王重樓也表示出了足夠的尊敬。在回到南京的第二天，就與李彤、劉繼業兩

個，一起帶著禮物，以後生晚輩的名義，登門答謝此人昔日的推薦點撥之恩。

「我就知道，他們三個不會讓我等得太久！」王重樓對張維善的印象，頓時又上升了三分。笑著跟小春姐炫耀了一句，立刻命令管家打開正門，以貴客之禮，將三位年輕人接入了正堂。

只可惜，他的好心情，很快就消失不見。賓主之間剛剛寒暄完畢，他的耳朵裡，就傳來了張維善準備去舟師營歷練的請求。

「舟師營，誰給你出的餿主意？我這個漕運總兵帳下，的確有一支舟師營不假。可全部兵丁和船夫加在一起，數量都不足兩千！」簡直無法相信自己的耳朵，王重樓瞪著滾圓的眼睛，大聲提醒，「至於船隻，倒是有那麼四、五十艘。可惜堪用的大船隻有兩艘或者三艘，剩下的那些，撿風和日麗的時候，在近海處打打魚還湊合，真的用來作戰，恐怕沒等見到敵軍的面兒，就得被海浪拍個稀巴爛。」

「沒人給晚輩出主意，是晚輩自己想做一些有用的事情。」當然不能把袁黃再給捲進來，張維善想了想，用早就跟李彤等人商量好的說辭，笑著解釋，「上次倭寇來南京搗亂，雖然大帥受傷，碰得頭破血流。但其來之時，水師毫無察覺。其走之時，水師也無力追殺。晚輩眼睜睜地看著他們揚帆而去，心中深以為恨。而大明海外的虎狼之輩，又何止一倭國？那勃泥、三佛齊等地，據說早就成了海盜窩，各國官兵，皆不能剿滅之。萬一哪天他們也學著倭寇，乘坐大船沿著揚子江逆流而上，晚輩這個漕運參將，總不能再一次只能站在岸邊，任由其縱橫往來。」

「晚輩兩個，此番去浙江都指揮使司履任，也準備主動請纓，去海防營見見風浪。」唯恐張維善一個人的話，說服不了王重樓，李彤也在旁邊大聲補充。「屆時，我們兄弟一南一北，遙相呼應，賊人休想如上次那般隨意進出。」

二人的話，聽起來有理有據。然而，落在王重樓耳朵裡，卻全都是漏洞百出的藉口。他本能地就想出言駁斥，但是，話到了嘴邊上，卻又變成了一聲長嘆。「唉——，我明白了。你們兄弟有志於聯手替國家防患未然，王某肯定不能橫加阻攔。這樣吧，那舟師營只是一個營頭，配不上守義的參將頭銜。王某再給守義派一個步營過去，隨時聽候調遣。至於糧草補給，你們三個儘管放心，別的營頭能有的，王某保證守義哪裡一樣不缺。」

「多謝大帥！」沒想到王重樓如此好說話，張維喜出望外，趕緊躬身拜謝。

「多謝前輩成全！」李彤和劉繼業兩個，也認真地向王重樓行禮。

王重樓側了下身體，繼續笑著嘆氣，「自家兄弟，沒必要如此客氣！唉——！到底是年輕人，眼界寬，心思也活泛，王某這回看到你們三個，真的感覺自己老了！」

「大帥這是哪裡話來，說高攀的話，我們三個，一直視您為兄長。」聽出王重樓話語裡的頹廢之意，張維善連忙大聲恭維。

「真拿我當兄長，你就別一口一個大帥！」王重樓把眼睛一橫，笑著數落。「此外，醜話說到前頭，我這漕運總兵麾下的其他位置，可全都肥得流油。只有舟師營，被丟在瀏家港那邊，基本上沒有任何外快可撈。我現在答應你答應的痛快，一來是因為拿你當自家兄弟，不能冷了你的心。二則是因為你初來乍到，還有戰功在身，容易找理由。而將來你萬一後悔了，想再調回運河上，我這個當兄長的，可未必有本事再度滿足你的要求。」

「不後悔，絕對不會後悔！」張維善想都不想，就連聲回應。

李彤的心思，遠比他細膩。從王重樓的話語之外，已經隱約聽出了一些特別味道。先悄悄給他使了個眼色，然後再度低聲插嘴：「重樓兄，既然您不介意我們三個高攀，我們兄弟，就厚一次臉皮，當面叫您一聲兄長。我們三個，此番聯手去海上，其實心中還有另外一個想法。那就是，眼下倭寇向大明請降，未必沒有變數。萬一倭寇那邊突然反悔，從海上向大明發起偷襲，總得有人想方設法擋他們一擋。」

「你說倭寇是假投降，緩兵之計！你啟奏給皇上沒有？他怎麼說？」王重樓久居南京，根本不瞭解東征戰事的具體情況。登時，被李彤的話給嚇了一大跳，質問的話脫口而出。

「晚輩幾個，的確都這麼判斷，也曾經當面向皇上如實上奏，奈何人微言輕！」李彤苦笑著咧了下嘴，低聲補充。「倭寇總計三十餘萬兵馬入侵朝鮮，一路勢如破竹。只是在我朝官兵渡過鴨綠江之後，才接連吃了幾次敗仗。但是，這些敗仗加起來，倭寇的損失也就五、六萬人，遠沒到傷筋動骨的地步。晚輩奉命回國獻捷的路上，又從軍書上得知，朝鮮王京，也是倭寇主動放棄，李提督雖然尾隨追殺了一場，殲敵卻不滿千。所以，眼下倭寇龜縮在釜山周圍兵馬，少說也在二十萬之上。其不敢繼續與我軍交手，乃是因為士氣崩壞，並非兵力和糧草不足。只要休整上幾個月，針對前一陣子我軍的戰術，做一些相應訓練，就有很大機會捲土重來！而我軍如果眼下繼續進攻，則可趁著倭寇士氣低沉，將其一舉全殲。若是相信倭寇的謊言，止步不前，甚至撤回遼東，待倭寇養足了精神，定會殺我軍一個措手不及！」

這番話，乃是在一路上苦苦思索得出來的結論。現在一股腦拋了出來，一方面是希望能得到王重樓的理解大夥的苦衷，別因為張維善選擇去舟師營，就心生芥蒂。另外一方面，則是希望借助此人手中之筆，再度提醒當今皇帝，切莫對倭寇的謊言偏聽偏信。

然而，王重樓聽了，先是皺著眉頭苦苦思索，最後，仍舊又回了一聲長嘆：「唉——！也罷，如此說來，你們兄弟三個，去海上倒不失為一條上策，至少，對得起皇上對你們的知遇之恩。浙江都司那邊的事情，愚兄沒資格插手。今後守義這邊，無論缺錢、缺糧食還是缺人手，都儘快來信告知。只要愚兄力所能及，絕對儘快給你提供。」

「多謝重樓兄成全！」張維善這才明白，王重樓先前心裡頭，已經跟自己產生了隔閡，趕緊再度躬身行禮。「小弟雖然去了海上，但終歸是您麾下的部將。哪天您這邊有事，只要一聲令下，小弟就是飛，也星夜飛到您面前。」

「我們兩個在浙江都司，距離南京也不算遠。重樓兄如果有事，儘管派人招呼一聲。」不敢平白再拿王重樓的好處，李彤拉著劉繼業一道許諾。

「嗯，那是自然。」王重樓欣慰地點頭，然後，又輕輕搖頭，「愚兄先前想得窄了。其實守義和你們兩個，一道去了海上也好。如果舟師營能確保海上通路安全，大船每次都能平安抵達天津，我這個漕運總兵，就多了一條腿走路。今後無論做什麼事情，都沒必要再投鼠忌器。」

這話，顯然是在暗示，他這個總兵，將來必然會在漕運事務上有所動作。不由得張維善不收起笑容，認真點頭。

「晚輩在浙江那邊，也會努力探索通往登州、朝鮮和北上天津的航線。」事關漕運總兵衙門內部的事情，李彤不便摻和太多，只能在旁邊再度小聲許諾。

浙江和南直隸（江蘇）都是產糧大省，如果兩地收上來的糧食，可以直接裝海船北運。至少能解決京師七成以上糧食供應問題。如此，王重樓今後對運河有所動作，就不必擔心有人會拿堵塞航道或者罷運來威脅。而只要不影響京師糧食供應的安全，不讓皇帝和百官有餓肚子的風險，他在漕運總兵位置上無論跟任何人起了衝突，萬曆皇帝朱翊鈞應該都會站在他這邊，而不會輕易把他當做棄子。

「好，好！」當即，王重樓的眼睛很快就開始發亮，對李彤和劉繼業兩人連挑大拇指。本打算也許諾一些好處，答謝兩位小兄弟對自己的支持，然而，當他的目光再度與李彤的目光發生接觸，卻無奈地咧嘴苦笑，「嘿嘿，嘿嘿，兄弟你別這樣看我。你對倭寇詐降的判斷，我肯定會想辦法轉告給皇上。可是，兄弟，你也別抱太大希望。皇上對我信任有加不假，可這事兒卻跟信任不信任，關係不大。」

「還請重樓兄不吝解惑！」李彤已經習慣了失望，只管笑著拱手。

「倭寇那個請降表，分明漏洞百出。豐臣秀吉跟朝鮮隔著大海，我們兄弟奉命回北京獻捷之時，倭寇還在瘋狂試圖反撲。豐臣秀吉的請降摺子，怎麼可能跟我們前後腳就到達了北京？」不知道王重樓是故意敷衍，還是真的沒辦法勸諫萬曆皇帝朱翊鈞改變主意，劉繼業急得連連跺腳。

「對，你說得對，完全對，愚兄完全相信你們的判斷。」王重樓臉上的笑容更苦，嘆息聲也更加沉重，「唉，可是三位兄弟，破綻再多有什麼用？愚兄沒入朝給皇上當侍衛之時，行走江湖，見多了被騙子騙得傾家蕩產的可憐蟲。這些人，又有哪個是天生愚笨？可騙子的最大本事，就是說出來的大部分話，都是他最想聽，最願意聽的。所以，哪怕騙子的謊言漏洞再多，受騙的人，卻根本不管不顧。甚至自己就幫騙子把漏洞給圓上了，外人怎麼提醒，他都聽不進去，甚至對提醒之人恨之入骨！」

話音落下，整個房間內，頓時一片死寂。李彤、張維善和劉繼業三個，鐵青著臉搖頭，沒有力氣再多說半個字！

王重樓的話，說得雖然是江湖事，套用到朝堂上，卻再恰當不過。眼下倭寇的請降舉動，在李彤、張維善、劉繼業三個，甚至大部分東征將士眼裡，的確處處都是破綻。可奈何倭寇的請降信上所言，都是皇帝和當朝一眾高官們最想要聽到，也最願意聽到的說辭。所以，他們根本不會在意那些漏洞，甚至像王重樓所形容的那樣，主動在心裡替倭寇圓謊。而如果李彤、張維善和劉繼業三個堅持提醒下去，非但起不到喚得朝廷幡然悔悟的效果，反而會惹得皇帝和閣老們不痛快，出手對他們三個施以嚴懲。

「你們三個，也別太灰心，畢竟事在人為。」半晌，見三個年輕人久久都緩不過神來，王重樓笑了笑，故意用輕鬆的口吻安慰，「萬一皇上看了我的信之後，有了效果呢？要知道，我可是皇上的門神，當年可是被准許披著全副盔甲，帶著刀去見駕。即便我的信沒效果，你們在海上做的事情也不會白費，一旦倭寇翻臉不認帳，你們想往朝鮮運糧食就運糧食，想直接帶兵殺過去就殺過去，總好過再去遼東繞上一大圈兒。」

「那倒也是！」李彤、張維善和劉繼業三個，苦笑著拱手。

正準備找個機會起身告辭，忽然間，卻又見王重樓抬起手，狠狠拍了一下他自己的腦袋：「唉，看我這記性，差點兒就忘了。打海戰，我還認識一個行家。姓鄧，名子龍，表字虎橋。他去年在雲南那邊劉匪，因為殺賊太多，受到了清流的彈劾，此刻正賦閒在家。我這就給他修書一封，讓他去瀏家港給守義幫忙。守義，這個人你一定要當師父對待。只要把他哄高興了，甭說你想乘坐大海船直抵朝鮮，就是直接殺到日本去，都不算個事兒。」

成功獲得了王重樓的理解與支持，將張維善前往舟師營任職的事情確定了下來，並且得到了一員精通水戰的老將，然而，在離開王家府邸之後，三個年輕人的心情卻都有些沉重。

王重樓那段有關受騙者自行在心裡替騙子圓謊的比喻，實在太生動了。生動到三人每次回想起來，都恨不得立刻大哭一場。

按照這種說法，哪怕他們找到再多的破綻，通過再有效的管道去向朝廷示警，都改變不了東征半途而廢的結局。萬曆皇帝和朝中眾位閣老、尚書們，會主動為所有破綻找到合理解釋，根本不需要小西行長和加藤清正等賊，再勞心勞力。

「走一步看一步吧，至少，像王總兵說得那樣，咱們三個，算對得起皇上，也對得起大明。」抑鬱良久，李彤終於搖了搖頭，嘆息著得出了結論。

「也只能如此了，畢竟咱們三個資歷太淺，無論如何，胳膊都擰不過大腿。」張維善心中的熱血，比他涼得還早，笑了笑，有氣無力地附和，「況且連老天爺都在給倭寇幫忙。」

「其實咱們也是瞎操心，倭寇是不是在用緩兵之計，應該由宋經略和李提督來判斷，哪裡輪到咱們哥仨？」劉繼業情緒一邊說一邊揮動馬鞭，將路旁的柳樹抽得枝葉亂飛。

正鬱悶得想要跟人打上一架之時，忽然間，路邊傳來一聲熱絡的呼喊，「子丹、守義、永貴，你們哥仨兒去哪逍遙了，大夥找得好苦！」緊跟著，二十餘名鮮衣怒馬的國子監同窗，滿臉熱情地圍了過來。

「剛剛去拜見了一位前輩。」李彤反應最快，迅速收起愁容，笑著向大夥拱手，「今天不上課嗎？你們結伴開溜，就不怕張主簿知道後，抓你們一起去打板子？」

「打板子，怎麼可能？」一位姓姜的同學接過話頭，眉飛色舞，「張主簿聽說大夥是結伴出來找你們，立刻就准了所有人的假！並且一再叮囑，讓你們三個，有空務必回國子監一趟，讓那些剛入學的師弟們，知道什麼叫少年有志當擎雲。」

「不光是主簿，監丞也早發了話，要大夥趁著你們三個還在南京，多跟你們三個請教。」另外一名姓聶的同窗，也笑呵呵地補充。「有道是行萬里路，如同讀萬卷書。你們哥三個在朝鮮縱橫來去，走了何止萬里？隨便講幾句沙場所得，都能令我等眼界大開。」

「可惜倭寇投降得太快，否則，我們大夥都學你一樣，投筆從戎。去年畢業的那些同學，今年有一百六十餘個去北京參加春闈，卻只有二十人中了進士。並且大多數都位列三甲[注十四]，想要補上一官半職，不知道要熬到什麼時候？哪能像你們一樣，憑藉一身本事，去沙場博取功名？」跟三人交情好的同窗不止一個，大夥說話爭先恐後，毫無顧忌。

「咱們南京國子監今年能穩壓北京國子監一頭，多虧了你們三個。」

「自打你們三個沙場揚名之後，整個秦淮河上，曲風都煥然一新。大夥去喝酒時，誰要是腰間不掛把刀，姐兒都不給好臉色看。」

注十四：三甲：明代進士分為三等，三甲為最後一等。授予的起步官職頂多是七品，並且需要花錢運作，才能補上實缺兒。

「明德堂那邊，有幾個同學，年初也去邊塞投軍了。據說臨走前的那天晚上，十幾條畫舫的女校書，歌舞相送……」

大夥你一句，我一句，聽起來雖然亂，卻很快就讓李彤、張維善、劉繼業三個，得知了一個清晰的事實。那就是，如今他們哥仨，已經成為南京國子監所有同窗和師弟們的楷模。而秦淮河上那些歌姬和舞姬們，更是拿他們兄弟三個，作為挑選意中人的樣板

兩相合力之下，整個南京城，都刮起了一陣尚武之風。文貴武賤的話題，從去年冬天起就失去了關注。而投筆從戎，則成為很多學子心中的夢想。

這些話，讓李彤、張維善和劉繼業三人的心情，頓時好轉了許多。然而，當大夥問起朝廷為何不挾大勝之威，將倭寇一舉消滅，甚至殺入日本，飲馬平安京之時，三人卻只能苦笑著說自己職位低微，無資格置喙朝廷決策。

這個理由，當然說服不了人。好在同窗們都懂得分寸，見他們三個不願意細說，也不再強人所難。

當晚，大夥就在國子監旁邊的媚樓中，喝了個酣暢淋漓。第二天，又來了另外一波同窗，再度狂歌痛飲。如是連續逍遙了足足小半個月，直到每波同窗都聚過了第二輪，三人身邊，才終於恢復了安寧。而哥仨各自赴任的日期也迫在眉睫了，不得不告辭了家人，收拾起心中的驕傲和沮喪，分頭啟程。

浙江都指揮使衙門設在杭州，有水路與南京相連。李彤和劉繼業乘坐江船順流而下，不過五、

六天的光景，就已經抵達了目的地。指揮使衙門的上司和同僚們，原本還擔心他們兩個憑藉在朝鮮的赫赫戰功和皇帝的寵信，強行奪走都指揮使衙門裡有數的幾個肥缺，因此早就準備好了各種說辭和手段，想讓他們兩個適可而止，卻不料，二人拜見過都指揮使沈某之後，竟然主動提出，接管最苦最窮的海防營，頓時，大夥兒個個笑逐顏開。

那都指揮使沈某，雖然是個武將，心思卻如同文官一樣仔細。唯恐自己這邊做得太過分，讓萬曆皇帝或者朝中某位高官，懷疑自己故意排擠新人，結黨營私。所以趕緊主動提出來，要將某幾處鹽場、鈔關和海港的守禦差事，劃歸李僉事和劉游擊負責。然而，李彤和劉繼業，卻堅決不肯接受。雙方推讓再三，直到劉繼業開始賭咒發誓，才終於讓沈都指揮使安心地將善意收回。同時也愈發覺得，新來的李僉事和劉游擊見過大世面，志向高遠，前程不可限量。

志向高遠的年輕人，不可能在他的帳下蟄伏太久，更不會窺探他的都指揮使之位。所以，沈某人當即下定決心，要跟兩位年輕人結個善緣，以圖將來。在他的暗地和明面支持下，李彤和劉繼業兩人無論做什麼事情，都順風順水。又花了不到半個月時間，就走完了所有手續，正式到海防營走馬上任。

因為事先得到過袁黃的指點，二人對海防營的衰敗，心中提前做好了準備。儘管如此，當他們抵達海防營的駐地寧波衛之時，依舊被眼前的荒涼景象給嚇了一大跳。

只見偌大的水寨，居然找不到一個像樣的建築，所有樓臺都年久失修，房頂上的雜草長得有三尺高！而港口之中，也看不到一艘大船，只有三、五艘比驢車大不了多少的扁舟，在破舊的棧橋旁且沉且浮。

第十六章 暮靄

如此的船隻，休要說是直接運糧運兵到朝鮮，就是打魚，恐怕也出不了港口太遠。否則，海面上一個巨浪拍下，船身就得被拍個底朝天。船上的水手、兵士，全都得稀裡糊塗葬身於鯊腹。

「僉事息怒，游擊息怒，弟兄們不知道二位來得如此之快，所以沒做任何準備。卑職這就讓所有戰兵上岸整隊，接受兩位的校閱。」那主動帶人前來迎接的寧波衛指揮同知注十五周建良是個老兵油子，看到李彤和劉繼業兩個臉色不善，趕緊搶先一步表明姿態。「僉事息怒，游擊息怒。職部是前天才得到通知，有兩位將軍主動請纓前來整飭海防營。職部已經盡力在召船隻回營了，只是有的船隻走得太遠，一時半會兒未必聽得到召喚。」寧波衛指揮僉事注十六崔永和，也頂著滿頭大汗在一旁幫腔。

其他一眾經歷、知事、吏目，也皆紛紛開口。賭咒發誓，大夥兒對兩位上官沒有絲毫不敬之意。只是寧波衛指揮使司的正印指揮空缺甚久，前任海防營的坐營參將臥病多年，大夥兒平素做事根本

注十五：衛指揮同知，從三品五官，比都指揮僉事矮半級。

注十六：衛指揮僉事，正四品。

找不到主事，再加上時間倉促，所以才未能做好恭迎兩位上官的準備。怠慢之處，懇請兩位上官寬容包涵。

李彤初來乍到，對海防營的情況兩眼一抹黑，暫時還真不敢拿這群老兵油子怎麼樣。只能強壓下心頭怒火，笑著擺手：「各位弟兄不必多禮，本官今天，也只是先過來看看大夥兒而已，沒必要弄得過於鄭重，更沒必要讓戰兵都上岸接受校閱了。等會兒進了衙門，各位將船隻和人員名冊先拿來給本官看上一眼即可。」

「校閱還是應該的，弟兄們一直盼著有個主兒。將軍您來了，剛好讓他們知道，今後應該聽從誰的指揮。」周建良心中暗鬆了一口氣，笑著大聲補充。

「那也沒必要趕在今天。這樣吧，本官和劉游擊都累了，今日就在營中安歇。諸位儘管下去準備，五日之後，再讓海防營所有戰兵登岸受閱。」李彤笑了笑，繼續和顏悅色的擺手。「剛好月底也到了，這月的軍餉，本官已經從都司衙門領了，讓人一起押運了過來，校閱結束之後，就一併發給弟兄們。」

其餘將佐和吏目們聞聽，齊聲歡呼。都覺得新來的都指揮僉事，是個很好說話的主兒。原本有些緊張心情，也頓時開始放鬆。不料，沒等他們的歡呼聲落下，卻又聽見李彤快速補充道：「本官記得，海防營坐鎮寧波，同時還兼管著定海和象山兩衛的事情。那邊情況是什麼樣，本官就先不去看了。還請諸位給那邊傳個消息，讓兩衛的將佐，五日後帶領弟兄們乘船一起前來領取本月的軍餉。」

「這……，職部遵命！」周建良等人愣了愣，遲疑著答應。臉上的笑容，迅速被海風吹冷。

按官職，李彤的都指揮使僉事與寧波、定海、象山三衛的衛指揮使，乃是平級。他沒資格居高臨下地對衛指揮使發號施令。然而，由於衛所制度崩壞，營兵制漸有取而代之之勢，以及抗倭過程中所形成的一些規矩，海防營的主將，卻又擁有對寧波、定海、象山三衛和各衛之下全部千戶所的指揮權，地位穩壓了指揮使一頭。所以，只要海防營主將敢於較真兒，三衛指揮使，只能低頭服軟。

「記得把能用的大船，全帶上。」畢竟是在朝鮮戰場上打過好幾場硬仗的，李彤只要認真起來，身上便有無形的殺氣澎湃而出，「本官不相信，當年打得倭寇不敢踏入灰鰲洋半步的海防營，竟然連幾艘像樣的船都沒有。否則，本官今天就不該站在這裡，還是站在杭州城的城牆上，跟諸位一道想著怎麼確保城池不失。」

「將軍息怒，我等絕對不是有意拿漁船來糊弄您！」

「將軍切莫生氣，大船，大船馬上就能回港來。」

「李將軍慧眼如炬！」

「有，有大船，的確有大船。」

眾將佐和吏目嚇得心臟發顫，連忙大聲回應。唯恐回答得不夠響亮，惹毛了眼前這位年輕的主將，稀裡糊塗被殺雞儆猴。

「既然寧波衛乃浙江門戶，指揮使豈能長期空缺？從今天起，劉游擊兼任寧波衛指揮使。」李彤話繼續從頭頂砸下來，宛若暴雨之前的悶雷。

「是！」劉繼業早就氣得額頭青筋亂冒，聽了李彤的話，立刻上前半步，大聲答應。

「你儘管去履職，有誰敢陽奉陰違，直接行了軍法便是！具體手續和文憑，本官過後自然會為你補足。」李彤偷偷朝他擠了下眼睛，故意說得輕描淡寫。

眾將佐和吏目見新來的都指揮使司僉事，一句話就決定了寧波衛指揮使位置的歸屬，並且絲毫不擔心文憑和手續被上頭刁難，愈發感到戰戰兢兢。都明白眼前這位新來的上司，不僅行事乾脆，手段強硬，並且背景恐怕也不是一般的深。

至於具體深到什麼地步，他們一時半會兒，還真打聽不清楚。畢竟李彤和劉繼業兩個，都是剛剛在東征軍中立下大功，並且押送著俘虜向萬曆皇帝獻過捷的。就朝二人各自身上那件麒麟袍和腰間的那把秋水雁翎刀，整個浙江都指揮使司衙門，估計都沒人敢故意給他們兩個小鞋穿。

好在李彤也沒有做任何損害大夥利益的事情。只任命了他的小舅子劉繼業，兼任了寧波衛指揮使官職而已。所以，眾將佐和吏目們害怕歸害怕，卻不至於被逼得走投無路，反咬一口。

當晚，李彤和劉繼業兩個，就與隨行而來的李盛、顧君恩、老何、朴七、張重生等人，一起住在了軍營之中。大夥由北到南，輾轉數千里，雖然走得不快，卻也甚為疲憊。此刻終於到了目的地，精神頭一放鬆，眼皮就開始打架。然而，沒等他們分頭去安歇，卻有親衛入內彙報，衛指揮同知周建良與衛僉事崔永和，在門口請求覲見。

「領他們兩個進來。」李彤知道自己先前的動作，已經起了效果。笑著朝親衛點頭，隨即，又快速將目光轉向身邊的同伴，「大夥也不用回避，一起聽聽他們兩個說些什麼？今後咱們能否在這裡站穩腳跟，還少不了有引路之人。」

「的確，從馬背忽然轉到船上，我等還真不好適應！」

「將軍儘管放心，誰敢不服，咱們就直接做了他。」

「他們白天，明顯是想給您上眼藥兒。被您一巴掌拍了回去，這會兒才又來服軟。您別上當，該打就打，該殺就殺。我就不信，還有人敢跟咱們來硬的。」

李盛、顧君恩等人，早已經將前程寄托在李彤身上，因此，也不客氣，紛紛叫嚷著地留了下來，準備與自家主將共同面對任何風浪。

「冤枉，將軍冤枉！職部真的沒有給您下馬威的意思！寧波衛附近已經有將近三十年沒見過海賊的蹤影，所以才會變成這般樣子。」

「冤枉，將軍。我等如果有半點故意為難將軍之心，天打雷劈！」

彷彿聽到了李盛和顧君恩等人的叫嚷聲，周建良和崔永和二人一進門兒就跪倒於地，大聲為自己和寧波衛的同僚們喊冤叫屈。

「下馬威？本官什麼時候說過，你等在故意給本官下馬威了？」沒想到二人連夜到訪，居然是為了解釋白天時的尷尬，李彤皺了皺眉，果斷裝傻充愣。

「將軍，我等真的不是故意為之。實在，實在寧波衛原本就是這般光景。」

「將軍，您和劉將軍都是皇上面前的紅人，又有貢生文憑和實實在在的戰功在手，我們這些混吃等死的兵痞，得為了多大的好處，才敢拿雞蛋往石頭上碰？」

周建良和崔永和二人，不敢相信李彤沒有誤會他們，只管繼續磕頭哭喊。唯恐不能及時替同僚們解釋清楚，被李彤和劉繼業兩位長官記恨在心，日後遭到辣手報復。

李彤見二人態度不似做偽，只好遲疑著許諾，「也罷，既然二位堅持要解釋，本官就姑且相信你們，沒有故意使壞便是。不過，寧波衛並非單純的衛所，還是海防營常駐之地。如果真的破敗如斯，以往爾等又拿什麼來應付上司的考核？」

這句話，終於問到了點子上，頓時，令周建良和崔永和二人同時停住了喊冤聲。相繼抬起頭，紅著臉補充道：「將軍您有所不知，海防營雖然船隻少了些，但炮臺和烽燧卻基本保持著當年抗倭時的模樣。上司派人前來考核，只要烽燧能夠及時點燃，火炮擦得光亮，還能夠打響，就不會過問太多。」

「寧波、定海和象山三衛，主要任務是防止海盜趁著潮頭偷襲杭州城。所以，及時發現海盜，並且開炮阻止其靠近海岸才是以往上司交代的主要任務。至於海戰，通常都是由福建那邊承擔。」

「不瞞長官，三衛的戰艦加在一起，的確還有十五、六艘。可懂得海戰的將佐，卻找不出三個來。」

「以往上司前來核驗，職部從接到通知，到來人抵達，至少有半個月時間準備。職部提前將三個衛的戰艦全拉到寧波港，列隊給他看上幾眼，也能勉強應付得過去。只是，只是長官您這次來得太快……」

「長官，寧波距離杭州，水路還不到兩天航程。海商根本不會在此地停靠，光靠著上頭撥的那點兒糧餉，將士們根本無法維持生計。所以，所以戰艦平時不忙的時候，都會卸掉上面的小炮，做點運貨和拉人的營生。」

「都指揮使司那邊，體諒弟兄們清苦，也默許了大夥這種行為。一則能給都指揮使司節約糧餉，二來，好歹能鍛鍊一下弟兄們航行的本事，不至於上了船後一個個吐得昏天黑地。」

兩人你一句，我一句，唯恐說得不夠詳細，令誤會更深。李彤和劉繼業等人，則一個個再度聽得瞠目結舌！

原來，在戚家軍當年的嚴厲打擊和朝廷開海通商卻唯獨禁止倭船進港的釜底抽薪政策之下，寧波一帶，倭寇在二十多年前就已經頻臨絕跡。所以，隨著老一代將士陸續作古，如今的海防營，早已經形同虛設。上自千總，游擊，下到普通士卒，基本上已經沒人知道如何在海上作戰。而各衛所的指揮使，同知等官吏，與內陸地區的衛所同行一樣，都把衛所當成了自己的田莊。唯一與內陸地區不同的是，他們不需要麾下兵卒當佃戶替他們種地養豬，而是聰明地選擇了靠海吃海。

不幸的是，寧波衛距離杭州太近，海商的貨船，根本不會在寧波、象山和定海停靠。他們無法都像浙江指揮使司的官員那樣，從海商的孝敬上分潤。只能因陋就簡，將戰艦拆掉火炮，充當貨船和畫舫出租。如此，雖然眾人賺得少了些，卻也不至於苦哈哈地只靠著軍餉為生。如果運氣好了，遇到某個出手大方的豪客，或者宰到了一個土鱉，還會發上一筆，攢在手裡留著打點上司，調離海防營，去補位某個肥缺兒。

如果李彤和劉繼業兩人不主動要求接手海防營，周建良和崔永和等人的日子，就會一直這樣平淡滿足地過下去，直到調走或者告老退役。然後，下一代海防營將佐，會比他們更為懶散，甚至會將海防營，慢慢變成專司船運的商隊。反正眼下全國的衛所，都在糜爛，朝廷根本沒辦法挽回，也不差這麼幾個。況且浙江臨近福建，萬一遇到什麼緊急情況，福建那邊自然有水師會趕過來，根本用不到幾個小小的游擊和衛指揮使去杞人憂天。

「如此說來，本官應該先在杭州玩上大半個月，不急著上任才對！」被打擊得心臟幾乎麻木，李彤不想指責任何人，苦笑著搖頭。

「您如果晚到半個月，情況會大不一樣！」崔永和是個「誠實人」，本能地陪著笑臉回應。話說出了口之後，忽然又意識到新來的上司好像是準備有所作為的，趕緊又快速解釋，「卑職，卑職不是說您來得不是時候，卑職，卑職只是，只是說，杭州自古就有人間天堂之稱。非但風光秀麗，吃的，玩的，用的，無一不是世間精品。就連青樓裡的女子，都比，都比別處多了許多味道，不，不，卑職自己也沒去過，只是，只是聽人說，聽人說起！」

「既然是道聽塗說，就不用提了！」李彤狠狠瞪了此人一眼，意興闌珊地揮手，「好了，我也知道你們不是故意怠慢了。如果沒有其他事情，就下去吧！五日之後，記得讓另外兩個衛所的指揮使帶著船隻和兵卒，過來見我。另外，在外邊拉活的大船，也都叫回來。以往的事情，本官可以不追究。但眼下朝廷正在跟倭國交手，爾等卻拿著好好的戰艦去當貨船用。萬一有倭寇自海上殺過來，偷襲了寧波城。爾等有幾個腦袋，都不夠朝廷砍！」

「是，卑職這就派人去召，派人去召！」崔永和聽了，頓時慘白著臉拚命點頭。

那周建良比他當官時間長，人也更圓滑一些。先拱手做領命狀，隨即，卻又壓低了聲音試探道：「將軍，卑職有句話，不知道該不該說？」

「儘管說！」李彤的眉頭再度皺緊，不耐煩地揮手。「以後也是，不用問，該說就說。即便說錯了，我也不會拿你怎麼樣。」

「那卑職就僭越了！」周建良又行了個禮，臉上的笑容愈發諂媚，「長官，朝廷不是已經准許倭寇的請和了嗎？怎麼還會再打起來？長官不要生氣，卑職沒有質疑您的意思。卑職的意思是，卑職的意思是，如果真的要打海戰，咱們可真的不行。咱們的戰艦，都是鳥船注十七。帆櫓兼用，可以行使於海面兒，也可以順著江面逆流而上。無論是載人，還是載貨，都堪稱便捷。可如果用來作戰，近處背靠著炮臺也許還能湊合，到了洋上，卻因為個頭小，裝不了幾門炮，也載不動太多兵卒，根本不是海盜的對手。特別是遇到短兵相接的時候，對方只要跳幫過來三、五十個死士，咱們就成了以寡敵眾，除了被殺和投降之外，根本沒第三條路可選！」

很顯然，他本人就是那三個懂海戰的將佐，其中之一。所以，一番話說得有理有據，讓李彤聽了之後，心情愈發地沉重。

「照你這麼說，還要海防營幹啥？不如直接解散了，還能替朝廷省點兒餉銀和糧食！」劉繼業在旁邊卻聽得怒不可遏，皺著眉頭大聲奚落。

「不是還能給杭州那邊點起烽煙報信兒嗎？」周建良倒是個好脾氣，明知道劉繼業在貶損自己，卻依舊賠著笑臉拱手，「另外，咱們陸上還有炮臺。真的有海盜打上門來，多少也能對著他們的戰船轟上幾炮。」

「你就不怕把海盜轟急了，上岸打你的炮臺？」劉繼業斜了下眼睛，衝著他大聲反問。

注十七：鳥船：又名開浪船，乃浙江沿海常見的海船。靈活、輕便、航速快。適合運貨，有海上肥羊之名。

「應該不會吧，他們有那功夫，不如早點往杭州趕？」周建良的臉上，依舊帶著笑容，就像自己是彌勒佛轉世，「或者打下縣城來，都比跟炮臺死磕強。海盜之所以占一個盜字，就注定是搶了就跑。炮臺就是一個石頭堡壘，裡頭既沒錢又沒多少糧食。大炮也不是船上能用的型制，他們搶了去，只能化掉煉銅……」

「煉，煉，煉，我看你才最欠煉！」劉繼業終於忍無可忍，抬起腿，將周建良踹了個四腳朝天，「好歹你也是個堂堂武將，海盜打到家門口了，居然只求他們看不上你的炮臺？你這種廢物，留著就是給大明丟人，還不如……」

「劉將軍，息怒，息怒啊！」與周建良同來的崔永和見狀，連忙衝上去，死死抱住了劉繼業的後腰，「他說的全是實話，全是實話。海防營落到這般田地，真的怪不得他。從我等調來這裡那時起，海防營最好的戰艦就是鳥船。跟海盜的大船作戰，等於送人頭上門。除了把心思放在炮臺和烽燧上，您叫我等又能怎麼樣？」

一邊勸，他一邊用目光偷偷向李彤打量。就指望自己的這些話，能讓新來的上官聽得進去，別胡亂燒那三把大火。讓眾將士，誰都無法安生。

「繼業，有話好好說，他好歹也是你的同僚！」李彤心裡，雖然此刻恨不得將名義上自己麾下的所有海防營將佐，全都打個半死。卻不得不強壓怒氣，阻止劉繼業繼續動手。

「同僚，老子有這種同僚，羞也羞死了！」劉繼業照顧自家姐夫面子，立刻停住了對周建良的拳打腳踢，嘴巴上，卻依舊不依不饒，「沒大船，他們不會找人造？老子就不信，偌大的浙江，沒有一個能造大船的船塢！」

「有，有，但是沒錢啊！」崔永和怕被殃及池魚，鬆開劉繼業的腰，一邊快步後退，一邊大聲解釋，「上頭每年撥下來的錢，連發軍餉都不夠。運貨賺到的錢，也得有一大半兒來彌補維護船隻和炮臺的開銷。咱們想要出海跟海盜作戰，至少得打造三百料以上的福船才行。並且船舷板還得專門加厚！那種船，不算人工，光木料和膠漆、鐵釘等耗費，加起來就得七萬兩上下，每艘再配上二十門佛郎機炮……」

「多少？」劉繼業和李彤兩個，都無法相信自己的耳朵，本能地大聲追問。

「七、八萬兩，還不算炮錢。炮不能用朝廷造的，太重，威力也不足。得專門去找西夷預訂。」周建良一軲轆從地上爬起來，梗著脖子高聲回應。「並且至少三艘以上，才能與鳥船一起組建船隊。否則，好虎架不住群狼！」

「還得三艘？」李彤本能地重複，心臟越來越冷，越來越重，宛若所有血漿都變成了萬年寒冰。

按理說，他和劉繼業兩人，都出自富貴之家，從小到大，花起錢來都沒眨過什麼眼睛。可二人以前最大的開銷，不算在遼東招募壯士的那次，也沒超過二百兩銀子。而打造一艘沒安裝任何佛郎機炮的戰艦，竟高達七、八萬！

「三艘是至少，如果想直達朝鮮，則需要更多！」說到自己的本行，周建良半點兒都不含糊，繼續梗著脖子大聲補充。

「一艘船就這麼貴，福建那邊，怎麼造得起那麼多？」劉繼業堅決不肯相信，瞪圓了眼睛繼續咆哮。

「福建距離雞籠島近，島上有荒山，只要上了岸去，四人合抱粗的大樹，可以隨便砍。而咱們浙江這邊，卻只能跟商販買。」崔永和也梗起脖子，滿臉委屈地補充。

登時，劉繼業再也說不出話來了，年輕的臉上，寫滿了沮喪。如果是七、八千兩，甚至一、二萬兩銀子，他還能咬著牙掏空自己的家底兒去湊，或者豁出去臉皮，向王重樓請求支援。而七、八萬兩，把劉家和李家全都掏空，都未必夠！王重樓那邊再位高權重，也不可能做出如此巨大數額的挪用。

「咱們海防營直轄的鳥船，還有三個衛所的大船，每年幫人運貨，加起來大概能有一千兩左右盈餘。」彷彿擔心李彤還沒打消重整艦隊的心思，周建良向後退了幾步，啞著嗓子繼續彙報，「所以，想要造戰艦，就得讓都指揮使司那邊撥下專款，或者直接給咱們派一些能賺錢的肥差。但光有戰艦還不夠，卑職剛才說過，咱們更缺的是打海戰的行家。海上風高浪急，不會打仗的，船上裝滿大炮，也轟不到對方。而會打的，把握住時機，三、五十炮下來，就能將對手的船舷鑿成篩子！」

「我知道了，你們兩個先下去吧！」李彤擺了擺手，臉上的笑容好生苦澀。

想簡單了，自己又把事情想簡單了。原本還以為，只要接掌了海防營，即便不能直接開著戰艦去追殺倭寇，好歹也能替朝鮮戰事再度爆發早做準備。而現在，至少三艘船，至少二十四萬兩銀子，彷彿三座銀色大山從天上壓了下來，壓得他無法支撐，無法閃避，甚至連呼吸都越來越艱難。

饒是如此，他依舊未曾死心。第二天，就分別給宋應昌和王重樓寫了信，將自己目前遇到的情況如實告知，請求二人給予指點。隨即，又分別向浙江都指揮使司和兵部，呈交了公文。提醒後兩者，浙江海防形同虛設，需要抓緊時間調撥資金，打造戰船，以備不測。

然而，無論是宋應昌，還是王重樓，在回信當中，都沒能給出什麼太好的主意。前者雖然也懷疑倭寇議和的誠意，但到目前為止，卻沒找到任何有力證據。

敵我雙方的和談，一直進行得非常順利。倭寇除了釜山及其周圍的四處險要所在之外，已經從朝鮮各地盡數撤軍。而朝廷派去核實日方誠意的第二波使者，也再度確認，日本人目前所說的條件，與上次薛蟠等人送回來的一模一樣。

如是種種，令宋應昌已經有些舉棋不定，所以不願支持李彤再跳出來橫生枝節。而王重樓，雖然依舊相信李彤的判斷，最近卻被南京吏部尚書李三才纏得焦頭爛額，根本無暇分神。

至於浙江都指揮使司和大明兵部，大概都認定了所謂「海防形同虛設」，只是李彤這個不安分的傢伙，故意危言聳聽。所以，沒行文對他進行申斥，已經是瞧在他以往戰功赫赫的面子上。想要下撥那麼大數額的銀兩，肯定是痴人說夢。

「不信沒了張屠夫，就吃帶毛猪！」劉繼業無論什麼時候，都是李彤的鐵桿兒支持者，見自家姐夫因為四處求告無門而鬱鬱寡歡，主動站出來大聲提議，「不就七、八萬兩銀子，咱們自己想辦法。以前沒人幫忙，周建良他們每年都能靠著鳥船賺出上千兩盈餘，現在咱倆把家裡的關係都用上，再拉上守義，從南到北來回運送貨物，總麼著也能翻個十來倍。再不行，咱們就冒險下一次雞籠，自己砍木頭運回來。反正鳥船快，萬一途中遇到海盜，咱們打不過也能跑。」

這也算一個不是辦法的辦法了，總好過坐困愁城。而倭寇騙得了大明一時，不可能一騙到底。說不定哪天露了餡兒，惹得萬曆皇帝震怒，下令二次東征。屆時，兵部肯定會想起遠在浙江，還有一個海防營。屆時兵部只要再多少下撥一些，海防營就不愁造不出可用之艦船。

於是乎，兄弟倆就做起了兩手準備。一邊想方設法利用既有的條件去賺銀子，一邊日日期盼倭寇的陰謀能早日自行敗露。結果，從秋天等到白雪飄飄，也沒等到想要的消息，卻接到了朝廷的邸報，遼東經略宋應昌年老體衰，主動上表乞骸骨。萬曆皇帝再三挽留不得，只好賜以一品虛職，讓他衣錦還鄉。

宋應昌一走，李如松再長期率軍駐紮大明境外，就太顯眼了。所以，沒多久，後者也被調回。新任的備倭提督顧養謙，乃是清流推崇的能吏，上任之後，推動和談愈發不遺餘力。倭寇那邊，也全力給予他配合。雙方關係日漸密切，很快，就拿出了一份據說是豐臣秀吉親筆所書的《關白降表》。

朝廷中諸位「能臣」喜出望外，齊聲誇讚顧養謙做事得力。而顧某人得到誇獎之後，也愈發勤勉，一聲令下，將留守於朝鮮一萬六千大明將士，又撤回了三分之二。

剩下的五、六千兵馬，分別駐守在朝鮮的十餘座城池，已經無法對倭寇造成任何威脅。小西行長對顧養謙的識趣非常滿意，投桃報李，又將各種廉價的馬匹，成車成車往大明這邊送。

如此一來，朝中再也聽不到對倭寇請和的懷疑之聲。只是因為與日本隨著隔著大海，信使往來頗為耗費時日，所以，和議的正式文本，才遲遲沒有完成。

日復一日，好消息不斷，每一個消息，都讓朝廷諸多重臣揚眉吐氣。每一個消息，也讓李彤這樣曾經真正在朝鮮血戰過的將士，連連扼腕。

隨著春去秋來，海上又開始冷雨如注，他連扼腕力氣，也沒了。每天對著只盈餘了不到一萬兩的賬冊，和空蕩蕩的海港，自斟自飲。

又過了年，他和劉穎的婚期，也提上了日程。待二人操辦完了婚禮，送走了賓客，再度安靜下來，也就到了萬曆二十三年夏天。

這一日，海上波瀾不興，劉穎乾脆提議，坐船去外邊的洋面上增長見識。剛好李彤也覺得髀肉複生，便滿口答應了下來。

因為到任之後，並沒有做什麼大的折騰，並且通過家族關係，讓海防營以戰艦運貨的「副業」欣欣向榮，周建良等原班將士，對李彤這位上司都非常滿意。聽聞僉事大人想要携帶家眷出海，立刻把剛剛返回港口檢修的一艘鳥船，給收拾了出來。

鳥船的名字裡，之所以占了一個鳥字，不是因為其形狀，而是因為其性能。特別是未裝載任何貨物，只帶了二十幾名乘客的情況下，簡直化作了一隻掠海飛燕。才揚帆啟航沒多久，便擦著舟山島的邊緣「飛」向了外洋。

水天一色，汪藍如翠，間或有白鷗翩翩繞過桅杆，更讓人心中徒生幾分歡悅。同行的劉繼業，王二丫和顧君恩等人，垂下釣鈎，不多時，就拉了七、八條三尺多長的大黃魚上來。

「咱們身後向南一點兒，就是普陀山。山上到處都是寺廟。一年四季，都有香客乘船出海投擲食物祈福，所以這一片兒，黃魚都長得又大又肥！」作為地頭蛇，周建良當仁不讓地擔任了諮客，指著身後隱約可見的島嶼，大聲向眾人介紹。

「聽你這麼說，這魚可就吃不得了！」劉繼業一直就喜歡跟此人拌嘴，斜了對方一眼，笑著說道，「否則一旦得罪了廟裡的佛陀，豈不會降罪下來？」

「將軍這是哪裡的話，這大黃魚生下來，就是一道名菜。行善的施主投餵歸投餵，下了船，照樣得找個店家大快朵頤！」周建良毫不介意，笑呵呵地給出解釋。「不信，等會兒咱們把船靠到普陀去，沿岸一大溜專門做魚的館子，裡頭吃魚的，全都是香客。」

恰好有一艘裝滿了香客的鳥船，從斜前方的洋面上緩緩駛過。船上的香客，將油炸過的饅頭、麵餅之類，不要錢般往水裡丟。每當有魚群前來爭食，香客們便發出大聲歡呼。彷彿饅頭和麵餅是自己這一輩所犯下的罪孽般，只要被魚吃掉，就可以一筆勾銷。

「媽的，把這些麵餅饅頭，給路邊乞丐吃，給自家佃戶吃，他們都捨不得。偏偏拿去餵魚。如此糟蹋糧食，就不怕天打雷劈！」關叔以前生活的島上日子清苦，見不得有人如此將尋常人家輕易都吃不到的食物往水裡丟，皺著眉頭大聲叫罵。

罵聲未落，忽然，水下暗流洶湧。緊跟著，一頭比鳥船差不了多少的巨鯨，快速鑽了出來。魚群被嚇得一哄而散，布施的香客們，也驚叫連連。那巨鯨卻對身邊事物不屑一顧，猛地用丈半寬的尾巴打了下水面，「轟隆」，拍起了一道白色的水浪。

「啊——」船上的香客尖叫著爭相走避，你推我搡，各不想讓。竟與巨浪形成了合力，令船身剎那間失去了平衡，左搖右晃。幾名衣衫華貴的老儒身子骨弱，被人推得站立不穩，在船身搖擺的一瞬間，如餃子般落向了海面。

「不好，趕緊靠過去救人。萬一被巨鯨吞了，有死無生！」關叔扯開嗓子，大聲要求。瞬間忘記了，剛才自己還在詛咒，那些香客應該被天打雷劈。

「救人，趕快救人！」李彤也不願眼睜睜看著香客被鯨魚吞吃，果斷發號施令。

周建良先前為了討好李彤，在戰艦上配備的全是一等一的好水手。此時此刻，剛好全都發揮了特長。大夥齊心協力，帆槳並用，將戰艦操得如同飛一般。眨眼間就趕到了出事地點，將纜繩和浮木，交替下扔。

好在那巨鯨只追逐魚群，對吃人毫無興趣。所以落水的香客雖然一個個被嚇了半死，卻全都有驚無險。不多時，就被兩艘船上的水手們，用纜繩給拉了上來，蹲在甲板上瑟瑟發抖。

「您老人家沒事兒吧，要不要先進艙去喝點兒熱水？」李彤看蹲在甲板上的一名老儒非常眼熟，忍不住皺著眉頭走過去，彎下腰詢問。

「沒，沒事兒！老夫，老夫這輩子，什麼大風大浪沒見過！救命之恩，老夫不敢言謝。還請恩公……」那老儒渾身上下分明濕得像個落湯雞般，卻兀自嘴硬，一邊大聲回應，一邊努力想把身體站直。

才站了一半兒，他腳下忽然晃了晃，差點兒再度摔倒，「你是李生，李將軍？當年投筆從戎的國子才俊李子丹？老夫乃是，不對，下官乃，不對，老夫眼下已經致仕，鄙人……」

「周縣尊，竟然是您？」李彤做夢也沒想到，自己剛才順手丟下的纜繩，竟然撈上了一個熟人，上元縣令周士運。連忙伸出手，將此人的身體扶穩。「您老怎麼有空跑普陀山來了？趕緊進艙，晚輩這就命人去給您準備薑湯！」

「不敢，不敢。你，你現在是三品將軍。鄙人，草民已經致仕，可不敢在您面前以前輩自居。」周士運雖然不做官了，卻依舊像做官時一樣謹慎。一邊彎腰下拜，一邊連聲謙虛。

「您老千萬別客氣，咱們不算外人！」在他鄉能遇到一個故人，雖然以前除了替江南喊冤那次外，沒更多交往，李彤依舊覺得心中親切。伸手托住周士運的胳膊，笑著叮囑。「走，進去換衣服喝薑湯。周游擊，你看看對面的船是不是自己人的。是的話，讓他們把縣尊的行李和下人，都送過來。

咱們一會兒，自己送縣尊回岸上。」

「使不得，使不得。周某何德何能，敢搭乘將軍的座艦？」周士運堅決不肯，連聲拒絕。然而，終究沒李彤力氣大，只好半推半就地往船艙裡頭走。

剛巧對面的鳥船，屬定海衛，也歸海防營的管轄之下。因此，周建良去聯絡之後，很快地，就有人放下舢板，將周士運的行李和兩個僕人，都給送了過來。

兩碗薑湯落肚，又換上了乾爽衣服，周士運終於不再拘束。不待李彤詢問，就主動告知，自己去年歲末已經致仕，此刻趁著清閒，正打算把年輕時沒時間看的名山名剎，逛上一個遍。免得哪天走不動了，留下一輩子的遺憾。

「您可真放得下，居然這麼早就致仕？換了別人，恐怕恨不得老死在衙門裡，連鬼魂都不要離開官印半步！」劉繼業口無遮攔，見周士運舉手投足間，隱約帶著出塵之意。忍不住笑著打趣。

「哪有什麼放不下的！」周士運笑了笑，得意地搖頭晃腦，「人生苦短，二十歲就可蓄鬚，三十歲便有人自稱老夫。老夫今年都奔著六十去了，何必再守著縣令的位置，惹討人嫌。趁著還沒糊塗，趕緊給別人騰地方。既能做一些自己喜歡的事情，還能落個好人緣！」

「聽起來，好像還有點道理。」劉繼業聽得似懂非懂，皺著眉點頭。

「你還年輕，前途遠大，不懂才好！」周士運不做官了，反而比做官時顯得更有人味兒。笑著看了劉繼業一眼，大聲補充。

說罷，又仔仔細細看了兩眼他和李彤身上的袍服，非常好奇地詢問，「對了，兩位將軍，怎麼都到了海上？老夫記得，老夫記得一年前還是半年前，你們不是押著俘虜進京向皇上獻捷嗎？唉，看老夫這記性，居然想不起來是哪年了。總覺得就發生在昨天一般，卻一轉眼……」

「前年的事情了。」李彤笑了笑，臉上隱隱湧起了幾分失落。

「這麼久了？」周士運愣了愣，再度上下打量李彤，「朝廷是派你們倆來整頓海防嗎？也對，據說，馬上對倭國，也要大開海禁了。這對倭國的海禁一開，舟山附近的海面上，肯定會有海盜聞風而至。你們兩個都是皇上一手提拔起來的愛將，理應提前派過來為大明鎮守門戶。」

「前輩過獎了，大明猛將如雲，我們兩個，當年只是借了李提督的勢罷了。」李彤最不想提的，就是整頓海防這四個字，訕笑著輕輕搖頭。

「怎麼可能，天下如李子丹者，除了張維善、劉永貴，老夫從未聽說過第三人！」周士運皺起眉，大聲誇讚。隨即，又意識到李彤臉色不對，笑著點頭，「不說這些了，不說這些了。既然有緣被二位將軍所救，老夫就厚著臉皮，再討一壺酒喝。老夫這輩子，喝過上司的酒，喝過同僚的酒，就是沒跟任何一位將軍喝過。不知道兩位將軍，可否賞老夫這個薄面？」

「前輩願意留下喝酒，李某求之不得！」難得有個熟人坐在一起說說話，李彤立刻欣然答應。

既然是出來遊玩，座艦上好酒好菜，自然提前預備得整整齊齊。一聲命令下去，很快，熱氣騰騰的菜肴和美酒就端上了桌。賓主分頭落座，一邊追憶南京的風光，一邊欣賞眼前海色，不知不覺間，就都已經醺醺然。

「老夫痴長你們兩個幾歲，今天就托一回大。」周士運喝得口齒都不利索了，卻依舊捨不得放下酒盞。一邊示意隨從給自己倒滿，一邊笑呵呵地向李彤和劉繼業說道。「老夫當初進士及第，也比你們現在大不了多少。老夫也曾經想著，做一個張太岳那樣的帝王師，再不濟，也能做個王陽明第二。卻不料，幹了一輩子，直到致仕，居然還是一個縣令！」

「前輩懷才不遇，著實可惜！」李彤聽得心有戚戚，舉起酒杯，向周士運發出邀請，「來，喝酒，一醉解千愁！」

「就怕是，酒入愁腸愁更愁。」周士運徹底喝高了，絲毫不體諒此間主人的心情，連連搖頭。「兩位，且聽老夫一言。老夫當年，也是覺得，天生我材必有用，沒必要心急。只要哪天朝廷振作起來，自然有老夫出頭之日。呵呵，老夫沒想到，轉眼之間，老夫就真的成了老夫！」

「多謝前輩點撥。」能聽出對方，是在借機勸自己振作，李彤笑著向周士運致意。「奈何四海昇平，寶劍空利……」

「四海何曾昇平過？」周士運忽然收起笑容，以手拍案，「兩位，老夫不知道你們為何如此，卻知道你們不該如此。朝廷再操蛋，憑著張太岳積攢的家底兒，至少也能繼續折騰個四、五十年。可是你們，稍一沉淪，這輩子就過去了。朝廷操蛋之後還有機會重新振作，你們二位，等朝廷不再操蛋了，可就也像老夫一樣，白髮滿頭，對什麼都有心無力了！你們今天救了老夫的命，老夫得對得起你們救命之恩。聽老夫一句話，莫讓時代的悲哀，成了你們自己的悲哀。你們這輩子，真的沒有多少歲月可供蹉跎！」說罷，舉起酒杯，將裡邊的酒水一飲而盡。然後栽倒在面前的矮几上，大醉酩酊。

第十七章　伏波

「咔嚓——！咔嚓嚓——！」紅的，綠的，紫的，白的……，成千上萬道閃電，從半空中劈下，彷彿要把整個世界揉碎，扯爛。

「轟隆——！轟隆隆——！」雷聲伴著濤聲，在耳畔翻滾，無止無休，連綿不斷。

一望無際的海面上，上千道高達五、六丈，乃至十餘丈的巨浪，爭先恐後朝著幾條貨船將過來，把貨船砸得一會兒高高地躍向波峰，一會兒快速墜向波谷，宛若一片片暴風雨中的枯葉！

事實上，這些貨船並不小，幾乎每艘的長度都在二、三丈上下，然而，夾在狂天與怒海之間，它們卻顯得無比孱弱和單薄。彷彿隨時都會被巨浪砸入海底，化作一片片碎木頭，或者幾團未被魚鱉吞噬掉的殘渣。

不過，船上的海客，上自船主、下至舵手，卻絕不甘心向閃電和巨浪屈服，他們或者努力控制船舵，或者努力用木桶清理積水，或者拉動纜繩加固甲板上的木桶與木箱，每個人都忙忙碌碌，誰也顧不上向海面上多看一眼，也沒功夫去搭理身外的狂風暴雨。

「小方，你上望斗，辨明一下方位！」

「崔永和，你用牽星板跟丁三對照，千萬瞅準了！」

「陳青皮，放下左側的披水板，不要讓船偏離航道太遠。」

「周建良，周建良，你他娘的別顧著舀水。回到你的位置上去，維護秩序。你是副船主，不是水手！」

「小顧，麻煩你照顧好降下來的船帆。不要讓它們散了架子。等出了風暴區，咱們還得指望它推船！」

一連串的吼聲，透過雷聲的間歇，不停地在一艘四桅沙船上迴盪。讓船上的海客們，心神愈發地安定，手腳也愈發的麻利。

「咔嚓——」又一道閃電當空落下，照亮發號施令者剛毅的身影。宛若一座黑鐵塔般，牢牢地釘在舵樓位置。控制船舵的手臂上，青筋虬結，就像一根根精鋼打造的鎖鏈。在「鎖鏈」盡頭，則是一雙寬闊的肩膀，岩石般，任憑頭頂雷聲滾滾，耳畔狂風怒號，都始終巍然不動！

「鄧船主，給，上等紹興女兒紅，暖暖身子！」有兩個披著蓑衣的青年海客，拎著酒葫蘆快步衝向舵樓，大聲向掌舵的黑鐵塔發出邀請，「船舵暫且交給我們，等你暖和過來，再繼續調兵遣將。」

「李僉事，張將軍，折煞末將了！」黑鐵塔雖然將驚濤駭浪視若無物，對兩位給自己遞送酒水的青年，卻尊敬有加。慌忙抓緊船舵，躬下身體，大聲推辭，「末將何德何能，敢讓兩位親自送酒助力？這裡風浪大，還請兩位將軍趕緊回艙。末將是走慣了海的，不需要休息，也能再堅持一兩個時辰。」

「鄧舶主，您千萬別客氣。我們哥倆拖著您到大海上冒險，已經做得很過分。怎麼可以讓您老一個人在風雨中苦苦支撐，自己卻躲在船艙裡什麼都不幹？」

「可不是麼，鄧舶主。咱們不是事先說好了嗎？到了海上，就沒有什麼僉事、參將和末將，您老是舶主，我們是貨主李有德和張發財！哪有遇到風浪，光讓舶主受苦，貨主卻躺在船艙之中睡大覺的道理？」

話音剛落，一個高大白淨的胖子也衝了過來，扯開嗓子給前面兩個青年幫腔：「是啊，鄧將軍，我姐夫和永貴說得對，您老千萬別跟他們倆客氣。太客氣了，就容易露出破綻。萬一到了長崎那邊，被倭國人發覺，大夥就前功盡棄了。」

「劉游擊，劉老闆教訓的是，末，小老兒謹記在心！」鐵塔般的鄧舶主愣了愣，訕笑地躬身。一股股雨水，沿著灰白色的髮梢，淅淅瀝瀝落個不停。

「永貴，守義，你們倆不要多嘴，鄧老前輩身經百戰，還用得到你們提醒！」被劉游擊稱作姐夫的李僉事，迅速扭頭，朝著另外兩個人大聲數落。

胖胖的劉游擊和粗壯的張參將，立刻紅了臉，訕笑著向鐵塔般的鄧舶主賠罪：「可不是，我們哥倆的確多嘴了。您老別往心裡頭去。等到了岸，我們哥倆給您斟酒認錯。」

「使不得，使不得！二位將軍，不，不，二位老闆，小老兒剛才的確一時糊塗，忘記了先前的約定。」鄧舶主人長得像一座鐵塔，內心也如鋼鐵般正直。再度彎了下腰，坦然認錯，「虧得二位提醒得及時，否則，萬一小老兒說慣了嘴兒，改不過來，可就耽誤李僉，李老闆的大事。」

「鄧舶主切莫謙虛！」見鄧姓舶主話說得認真，那扮做貨主的李僉事連忙側開身體，笑著擺手，

「您老剛才是忙著應付風浪，才顧不上這些細枝末節而已。路還遠著呢，您老早晚都能適應，哪裡用得到他們多事兒！咱們不說這些了，都是自己人，說這些沒意思的話，就生分了。您老歇口氣兒，船舵交給我！雖然我以前掌舵機會不多，但好在有兩膀子蠻力，替您支撐一時片刻，應該沒啥問題。」

「還是交給我吧，我比姐夫你力氣還大。」白胖子向前跨了一步，抬手就去搶鄧舶主手裡的船舵。

「都讓開，這裡不但有閃電和海浪，水下應該還有暗流！」鄧姓舶主哪裡肯鬆手，一晃肩膀，將白胖子撞到了旁邊，「三位將，三位老闆的好心，小老兒領了。但這當口，船舵可真不敢鬆。」

「三位老闆，鄧舶主說得沒錯。這種海況，容不得任何疏忽。三位儘管放心回艙，這裡，把酒交給我就行了。我等會兒跟鄧老哥輪流掌舵。」一個粗壯的身影快速走進，伸手先扶了白胖子一把，然後笑呵呵地提議。

「如此，就多謝關叔！」知道他也是個老走海的，李姓僉事果斷拱手答應。隨即，將自己手中的酒葫蘆，和張姓參將手中的酒葫蘆，一併交給了這個被稱作關叔的人，拉起白胖子，快速離去。

「武橋老哥張嘴！」剛剛趕過來的關叔，張嘴咬開一個葫蘆上的木塞，然後就將葫蘆直接遞到了鄧舶主的嘴邊上，「你只管喝，我給你扶著。這酒是我家姑爺出發前，特地命人去紹興買的，保證是真貨，不是其他海客們拿來糊弄倭人的低劣玩意兒。」

「多謝了！」鄧舶主也不嫌棄，張嘴叼住被關叔咬開的酒葫蘆，鯨吞虹吸。

女兒紅雖然是米酒，喝在嘴裡之後，卻立刻有一股熱氣從肚臍處湧出，直衝四肢百骸。不多時，就將鄧舶主渾身上下的寒氣給逼了出去。

「怎麼樣，虎橋老哥，我家小姐的眼光，還不錯吧！」關叔自己也對著另外一個酒葫蘆，狂灌了幾口。滿是皺紋的臉上，忽然湧起了幾分得意。

「馬馬虎虎！」鄧舶主顯然跟關叔是舊相識，笑了笑，堅決不肯讓對方過分得意，「只能勉強算作不瞎！如果老夫能做得了她的主，才不會眼睜睜地看著她去跳火坑。」

「好你個鄧子龍，老子早就知道，你的狗嘴裡長不出象牙！」關叔頓時就翻了臉，將酒葫蘆迅速撤到一旁，咆哮聲瞬間超過了海浪，「把酒給老子吐出來。老子不伺候你了，想喝酒，你自己去船艙裡頭拿。」

「行了，行了，關二，你家小姐慧眼識英雄。你家姑爺是周瑜轉世，諸葛重生，這下，總行了吧！」喝到肚子裡的酒，沒法往外吐，鄧子龍果斷服軟。

一連串好話說完了，他卻忽然又收起了笑容，鄭重提醒：「他們兩個，還沒成親吧！我聽永貴說過他們兩個的事情，那時卻沒想到，王二丫竟然是故人的女兒。永貴的人品我相信，李子丹雖然接觸的時間不長，但我也能看出來，這是個重情重義的。可劉繼業，總給我感覺性子不夠安穩。我可把醜話說到前頭，你可想辦法讓他們抓緊成親。否則，萬一哪天劉繼業飛黃騰達後，被哪個當朝顯貴看上，二丫即便武藝再好，也沒辦法跟人家爭。」

「咔嚓！」又一道閃電劈落，照亮周圍的驚濤駭浪。

「咔嚓！」撕裂長空，照亮船艙中三張年輕的面孔。

李彤已經開始蓄鬚，張維善的笑容裡明顯多了幾分疲倦，只有劉繼業，彷彿絲毫沒有受時光的影響，還像三年前一樣高大白淨，英氣迫人。

非但長相一如昨日，他的性情也是如此。不待雷聲散去，就皺著眉頭提醒，「姐夫，守義，你發現沒有？鄧老前輩跟關叔，好像以前就認識。」

「發現了，但是，我不相信關叔會害你！」李彤喝了一杯酒，身子暖和了不少，聲音聽起來也中氣十足。

「鄧前輩是重樓兄推薦給我的，能被重樓兄推崇的人，絕不會是個奸佞之徒。」張維善也笑了笑，大聲回應。

「那倒是！」劉繼業眨巴了幾下眼睛，輕輕點頭。

關叔是王二丫父親的舊部，也是從小將王二丫看護到大的長輩。無論以前出身有多神秘，都不可能害自家女兒傷心。而漕運總兵王重樓，則是三人在官場中遇到的，難得幾個值得信任的前輩之一。並且多年來，始終不求回報地給三人提供支持。如果連關叔和王重樓都無法相信，這世界上，恐怕他們除了彼此之外，已經找不到第四個可以相信的人。

「先前在雲南，鄧老前輩寧可拚著丟官罷職，也將被擒獲的緬甸土匪給殺了個一乾二淨。」唯恐劉繼業繼續疑神疑鬼，張維善拿起毛巾擦了把臉，笑著說出一段往事，「當時清流恨不得逼著朝廷將其斬首示眾，以示大明的天朝氣度。而現在，事實卻證明了，他殺得一點兒都沒錯。整整三年多，匪徒在緬甸相互之間無論打得多激烈，卻沒一箭一矢再敢落入大明境內。」

「有胡思亂想的精力，你還不如去跟周建良學學怎麼指揮船上的弟兄。他這個人雖然貪心了些，一身本事卻不含糊。咱們出海之後，能順順利利走到現在，他絕對功不可沒。」李彤又抿了一口酒，帶著幾分鼓勵的口吻補充。

「我不是胡思亂想，我是怕百密一疏！」劉繼業被自家姐夫和好友，說得臉色發紅，扁著嘴搖頭，「為了這次出海，咱們可把浙江海防營和漕運舟師營的全部家底兒，都搭上了。萬一哪裡出了紕漏，非但兩年多來的努力全都白費，也辜負了王總兵和李提督他們的期待。」

這話，可是戳到了兩位好友的心窩子上。頓時，讓李彤和張維善都收起了笑容，沉默不語。良久，二人方各自舉起酒杯，將裡邊的陳年女兒紅一飲而盡。

「轟隆隆……」一連串的雷聲滾過，震得船艙戰慄不已。

如山巨浪，將四桅沙船拋向半空，又甩入谷底。李彤、張維善兩個人心情，也如腳下的沙船般，不停地起起落落。

兩年多了，一晃功夫，七百餘天就被拋在了身後。昔日東征戰場上的喊殺聲，漸遠漸微。昔日並肩作戰袍澤，也漸漸失去聯繫，彼此各不相顧。

兩年來，他們身處肥缺，說一不二。每天，他們哪怕是躺著睡大覺，甚至離開軍營四處遊山玩水，都不愁沒有白花花的銀子進賬。每天，他們哪怕是喝酒賭錢，甚至駕鷹縱犬，招搖過市，也不擔心各自的前途。

被皇上欽賜了麒麟袍服和秋水雁翎刀的愛將嗎，不外出作戰時，驕縱跋扈一些有什麼關係？況且他們又都那麼年輕，正值春風得意之時，豈能如垂垂老朽那樣規規矩矩？

在外人看來，他們能夠安於各自的職位，既不像某些「老兵痞」那樣，嫌棄朝廷的封賞太少，叫囂鬧事。又不像某些當朝新貴那樣，憑藉萬曆皇帝的賞識，上躥下跳，已經非常難能可貴。像這樣沉穩又知道進退的年輕人，未來的前途都不可限量。只要假以時日，必可青雲直上。

然而，那些尸位素餐，甚至是居心叵測的傢伙，哪裡會明白，日進斗金也好，青雲直上也罷，根本不是李彤和張維善兩個想要的！

的確，他們當初投筆從戎，就是為了不再平庸地混日子，為了能儘快地博取功名，封妻蔭子；為了獲得各自身後那個龐大家族的認可；為了重現祖輩一次次照進自己睡夢中的輝煌。

可隨著汗水和血水灑在東征戰場，隨著一次次與弟兄們並肩而戰，隨著一次次為了勝利而歡呼，為了袍澤陣亡而落淚，他們夢想早就發生了改變。他們想要的，早已經不光是個人的飛黃騰達，他們還想要，讓所有的付出都能看到結果，讓所有的鮮血，都不要白流。

他們殷切的希望能早日飲馬釜山港。他們恨不得早日，將倭寇全都趕下大海。他們做夢都想著，通過東征之戰，讓倭寇今後看到大明的日月旗就瑟瑟發抖。他們每時每刻，都期盼，明軍號角所致之處，四夷紛紛俯首，群賊聞風遠遁……

然而，自打兩年前回京獻俘至今，「東征」兩個字，卻無人再提。從萬曆皇帝到朝中群臣，都彷彿得了健忘症一般，忘記了發生在朝鮮的那一場場血戰是因何而起，忘記八卦洲曾經的大火和遼東境內曾經的狼煙。忘記了豐臣秀吉當初逼迫朝鮮跟日本一起進攻大明，所放出的那些厥詞。忘記了倭人到現在還占據著釜山港，屯兵二十餘萬，隨時可以向北方發起進攻。

兩年來，「懷柔」兩個字，早已取代了東征，成為朝野雙方的共識。無論是大學士趙志皋，還是兵部尚書石星，都對此念念不忘。而因為圖謀入閣失敗，憤而辭官回家的清流領軍人物顧憲成，更是把「懷柔」兩字，掛在了嘴邊上。在他的極力推動下，一些儒林宿老，甚至提出了仿照漢唐舊例，派遣一位公主去嫁給豐臣秀吉的動議。全然不顧日本關白豐臣秀吉，已經年近花甲的事實。

若是懷柔之計真的有用，李彤和張維善倒也不會鬱悶成這般模樣。可親自與倭寇面對面廝殺，親眼見過倭寇的凶殘與狡詐，親眼看過朝鮮各地如何在倭寇踐踏下變成一片片廢墟的他們，無論如何都不敢相信，那些貪婪且短視的賊人，沒被逼到山窮水盡之時，會主動撤走，會將吃進肚子裡的肉，如此輕易便吐出來。

兩年來發生的一切，也無時無刻不印證著他們的推斷。儘管當朝的大佬們，不遺餘力地替倭寇彌補謊言中的疏漏。儘管萬曆皇帝一再讓步，甚至准許日本的使者小西飛，騎馬進出宮門。可兩年前有多少倭寇盤踞在釜山，現在還是多少！倭寇兩年前以什麼藉口拖延時間，現在也一模一樣。雙方的和談，沒有任何實質上進展。只是一而再，再而三，在文字如何表達細節上糾纏不清。

而每次文字表達細節上出現改變，小西飛都要求派人回日本向豐臣秀吉請示。信使往返一次，少說都得耗時三個月。四次往返，就是一整年。在這一整年之中，參加東征的大明東征將士，不停地去草原和高原上，應付塞外各部挑起的事端，距離朝鮮越來越遠。而賴在釜山的倭寇，裝備卻越來越精良，訓練也越來越充足。

在這期間，倭寇的動靜，不是沒有傳回大明。孫暹手下的錦衣衛，屢屢冒死向朝廷示警。但是，這些警訊，卻一概被視為杞人憂天。醉心於不戰就屈人之兵的皇帝、閣老和尚書們，比賽著掩耳盜鈴。為了各自的顏面和利益，他們拒絕相信一切對「懷柔」不利的事實！為此，萬曆皇帝還在閣老趙志皋的提議下，將質疑倭方誠意的右僉都御史曹學程打入了大牢。

有了曹學程這個不識時務的前車之鑑在，誰還敢再對「懷柔」之策說個不字？滿朝文武，彷彿全都變成了小西飛的長輩，對這個嘴裡沒一句實話的傢伙，關懷備至。為了促使日本相信大明不會追究日本挑起戰爭的罪責，接替宋應昌擔任備倭經略的顧養謙，甚至以鎮壓「叛亂」為名，對一些發出怨言的浙籍老兵，舉起了血淋淋的屠刀。

由於朝野輿論的統一，那次鎮壓，被掩蓋的非常完美。甚至在很久很久之後，李彤和張維善兩個，才終於從大醉酩酊的洛七嘴裡，得知了當時的真相。不過是一些士兵在返鄉途中，抱怨朝廷讓袍澤的血白流在了朝鮮。不過是幾個百總因為朝廷答應的獎賞遲遲沒有兌現，堵住了上司的帳篷討要說法。如果顧養謙和他麾下的心腹們，能拿出對待倭寇的兩成耐心對待這些老兵，絕對能讓老兵們個個心滿意足。然而，為了立威，顧某人得到屬下的彙報之後，卻毫不猶豫地派出了大隊人馬，將老兵們團團包圍，砍殺殆盡。

「我日他八輩兒祖宗！」沒等洛七的哭訴聲落下，劉繼業已經拍案而起。整頓鎧甲，就準備駕船直奔遼東。

虧得與洛七同來看望二人的李如梓，還保持著清醒。果斷撲上去，從背後將劉繼業牢牢抱緊。「永貴，別衝動。事情都過去一年半了，你還真能砍了顧養謙的腦袋？他，他可是備倭經略兼薊遼總督，官職和實權都比我哥還大，身邊隨時都帶著五百家丁。」

「五百家丁又怎麼樣？老子，老子不信，偌大的遼東，就找不到一個熱血男兒！」劉繼業哪裡肯聽，晃動身形，將李如梓甩得雙腳離地，如蜉蝣般左右旋轉。

「永貴，不要胡鬧！你殺他容易，殺完之後呢，你難道還扯旗造反不成？」好在李彤仍舊保持了三分冷靜，見劉繼業鬧得實在不像話，瞪起發紅的眼睛，厲聲呵斥。

這句話，比五百家丁威脅力還大，登時，讓劉繼業的動作就停了下來，魁梧的身體顫抖如風中枯樹。

三品參將帶兵火併一品總督，自打大明立國以來，聞所未聞！無論能否成功，事發之後，劉繼業和他的追隨者們，如果不想被朝廷斬盡殺絕，就只剩下了扯旗造反這一條路可走！而劉繼業乃是世襲的誠意伯，還被萬曆皇帝朱翊鈞賜了表字。他如果扯旗造反，甭說劉家九泉之下的列祖列宗會覺得羞恥，他自己的內心也難獲得半刻安寧。

「那些浙兵在當初，甚受宋經略倚重。」趁著劉繼業被李彤訓得呆呆發愣之際，李如梓整理了一下思路，喘息著大聲補充，「他們蒙難之後，宋經略和我大哥都曾經多方奔走，卻始終無法替他們伸冤。在來探望你們的路上，我和洛七還去拜見了了凡居士。他，他說，只要朝廷還在做夢，就不可能撼動姓顧的老賊分毫。」

「你去拜見了袁贊畫，他，他可有別的對策？」原本已經絕望的心底，猛然又湧現了幾絲希望的火苗，李彤咬了咬牙，沉聲追問。

李如梓和洛七兩個，並非單純為了敘舊而來，這點，李彤能夠清晰地感覺得到。但是，在聽聞數千東征老兵無辜被殺那一瞬間，他已經不在乎李如梓和洛七兩個，此行究竟懷著什麼目的。

那數千東征將士的血，瞬間將他的靈魂徹底淹沒。讓他幾乎無法正常呼吸，更無法正常思考。

在整個東征期間，明軍損失最大一仗，就是碧蹄館之戰。可在那場惡戰中，明軍的總傷亡數也沒超過兩千，並且其中大部分弟兄經過治療後，還有機會平安返回故鄉。而顧養謙老賊為了立威，竟然屠殺掉了整整一個營！

一個營的浙兵，大部分都是戚家軍的舊部，訓練有素且身經百戰。沒死於當年的抗倭，沒死於當年的草原平叛，沒死於朝鮮和遼東，卻在回家的路上，遭了大明薊遼總督的毒手！

如果這個案子不翻過來，今後誰還敢全心全意替朝廷東征西討。如果不讓姓顧的身敗名裂，今後再有外敵入侵，誰還願意持槍挾盾，逆流而上？

「他說，與其揚湯止沸，不如釜底抽薪！」李如梓果然早有準備，雙眸中精光一閃，話語也意味深長，「懷柔乃是經過百官廷議，閣部商討，皇上首肯的大政。已經推行了這麼長時間，又付出了如此巨大的代價，無論誰想要正面阻止，都會成為滿朝文武的眼中釘，必聯手除之而後快。所以，家兄和宋經略做不成的事情，其他人更不可能螳臂當車。」

「那就眼睜睜地看著？什麼都不做！任由弟兄們的血全都白流？任由顧養謙老賊拿弟兄們的腦袋，去鋪平自己上升之路？」劉繼業聽得心頭好生煩躁，跺著腳，大聲反問。

「永貴，你沒聽到後半句，釜底抽薪！」李如梓紅著臉，輕輕搖頭。

如果不是走投無路，他真的不願意來找李彤和劉繼業出頭。二人和遠在瀏家港的張維善，都是曾經跟他並肩作過戰的生死之交。而這種生死之交，在他眼裡全部加起來也湊不夠一個巴掌數。並且互相利用一次，彼此之間的關係就會疏遠一分。

「怎麼個釜底抽薪法，袁贊畫可曾說了？」彷彿已經察覺到他內心深處的難堪，李彤再度及時地遞上了臺階。

「釜底抽薪，自然要從釜底著手。」李如梓尷尬地笑了笑，緩緩補充，「咱們在大明，能發現的所有東西，都是經過沈惟敬和小西飛勾兌過的。裡邊疏漏再多，也容易用謊言彌補，更何況朝中大佬們和皇上還一廂情願地替他倆圓謊。而如果有人去一趟日本，把豐臣秀吉的真實意圖帶回來，公之於眾，定能讓沈惟敬和小西飛來不及勾兌，朝中那些昏官，也沒法子繼續掩耳盜鈴。」

「袁贊畫的意思，讓我們哥倆兒去日本一探究竟？」饒是李彤膽大，也被袁黃的神來之筆嚇了一跳，質問的話脫口而出。

「除此之外，別無他法！」李如梓咬著牙，輕輕點頭，「宋經略已經去職，麾下無人可用。家兄麾下全是陸戰之將，到了海上，一身本事發揮不出三成。算來算去，只有你們兩兄弟，還有守義，這兩年一直在為二次東征做準備，各自麾下還都掌握著一營舟師。子丹，永貴，我知道這事有些強人所難，但是，除了你們之外，我已經不知道該去找誰。」

又狠狠咬了一下嘴唇，他退開數步，直挺挺地跪了下去，「我也知道此行凶險萬分，稍不留意就要死在異國他鄉。來找你們，實際上是把你們往絕路上逼。所以，我先給你們賠罪了。無論你們最後如何決定，都是我李六對不起你們！」

「六哥，六哥快快請起！」李彤心中原本就沒有怪罪李如梓的意思，見對方如此坦誠，趕緊伸出雙手攙扶，「這件事，即便你不求我們，我們聽說後，也不能不管。只是，只是目前……」

猶豫了一下，他決定將自己所面臨的困難如實相告，「我們兄弟兩年來雖然在極力整頓海防，可到目前為止，手頭卻只有鳥船可用。背靠炮臺勉強還有一戰之力，出了海，就是任人宰割的羔羊。此外，這一去，往返至少得花費兩三個月時間，身為主將卻擅離職守，浙江都指揮使司那邊……」

「浙江都指揮使司那邊，可以不去考慮。家兄負責去打通關節，只要不告訴他們你去了哪，姓沈的肯定會睜一隻眼閉一隻眼。」李如梓終於鬆了一口氣，順勢站起身來，低聲許諾。

「戰船可以找守義那邊借，他那邊的沙船雖然沒福船好用，至少個頭夠大，用來扮做貨船誰也挑不出毛病來。況且咱們此行，也不是去跟海盜硬拚。」劉繼業雙手緊握，揮舞著拳頭在一旁出主意。

聽李彤和劉繼業都沒有推辭的意思，李如梓精神大振，咬著牙低聲補充，「顧養謙老賊覺得浙兵在朝中沒有靠山，所以殺也就殺了。卻沒想過，戚帥雖然死去多年，他的舊部卻遍及天下。這些人雖然都是武夫，沒本事給冤死的袍澤報仇。可在暗中用些手段，讓姓顧的和他身後那些狗賊變成聾子和瞎子，卻未必做不到。眼下，就缺有人肯出這個頭……」

「咔嚓！」當時，有閃電透窗而入，與眼前的閃電一樣明亮。

「朝廷再操蛋，憑著張太岳積攢的家底兒，至少也能繼續折騰個四、五十年。可是，你們，稍一沉淪就是一輩子。聽老夫一句話，莫讓時代的悲哀，成了你們自己的悲哀。你們這輩子，真的沒有多少歲月可供蹉跎！」當時，周士運的話，伴著雷聲，再度於半空中滾過，震得他的耳膜嗡嗡作響。

海上的風暴，來得急，去得也突然。

隨著第一縷陽光刺破烏雲，緊跟著，雷聲就戛然而止。閃電瞬間消失不見，暴雨亦無影無踪，只有海浪雖然依舊不甘心就此作罷，卻一波比一波更弱，再也無法像先前那般，將沙船像樹葉般上下玩弄。

「東海裡有一頭老王八，興風作浪脾氣大，爺爺不信他的邪，賣屋買船船作家……」船首處，有人在甲板上，引吭高歌，剎那間，將李彤的思維，又拉回了眼前的現實。

那天哥倆兒跟李如梓喝了個大醉酩酊，隨後，就聯絡張維善，著手準備渡海事宜。在王重樓、宋應昌和李如松等前輩高人的暗中支持下，整個過程出奇的順利。總計只用了不到一個月時間，船隻、水手，就全部到位。載著滿船的貨物，混在一支走私商隊中，揚帆啟錨。

因為眼下大明官府依舊嚴厲禁止跟日本直接貿易，所以，同行的各位老闆和船主，互相之間都默契地避免互相打探對方的底細。整個船隊，就像一夥臨時結伴販貨的行商，不攀交情，只談買賣，遇到風險也各不相顧。只不過，普通行商走的是塞外，而大夥走的是海上。

如此一來，大夥的身份倒不用擔心提前洩漏。只是旅途中未免有些無聊，每天除了看海，釣魚和發呆之外，幾乎沒第四件事情可幹。

「陸客切莫誇有錢，且看雲間蓬萊山。珍珠如沙金如鐵，珊瑚象牙隨手撿……」船尾處，有人扯開嗓子做和，聲音中，隱約還帶著先前與風浪搏鬥時的恐懼。

海上風雲變幻莫測，船隻行得距離陸地越遠，一去不回的可能性就越大。所以，常年走海的漢子，都養成了一副樂天性格。只要風浪稍稍變弱，就會扯開嗓子唱上幾句。並且砸在歌聲中，從不掩飾自己對富足生活的追求。

「你從哪找來的這麼一群幫手？非但弄得一手好船，膽子也一個比一個大！」受到艙外歌聲的感染，李彤也一掃剛才的憂慮，看了張維善一眼，笑呵呵地誇讚，「有他們在，倒真的不愁對付不了外邊的風浪。」

「一部分是鄧老前輩帶來的，還有一部分是原來舟師營的老弟兄。」張維善聽了，頓覺臉上有光，挺胸拔背，笑著回應，「就是船差了些，有點對不起他們的本事。我的舟師營，嗨……」

想起兩年來遇到的種種荒唐與不順，他臉上的笑容又漸漸發苦，「我的舟師營，最大的船就是這艘。本以為靠著大夥操弄船隻的本事，將貨物從嘉定直運到天津，很快就能小船換大船，大船換巨艦，誰料根本沒人買我的賬。供應朝廷的米糧貨物，還是寧願走運河。不供應朝廷的貨物，人家各自有各自的貨船和門路，用不到我來添亂。」

「還提這些不開心的事情作甚，再難的日子，咱們兄弟不都熬過來了嗎？」不喜歡看張維善愁眉苦臉的模樣，劉繼業湊上前，大聲打斷。「只要此番到了日本，將倭寇的真實目的揭開，咱們哥仨就算功德圓滿。屆時，海上也好，陸地也好，咱們把選鋒營和銳士營的弟兄們再召集到一起，重返戰場……」

「真的像你說的那樣簡單就好了！」李彤瞪了他一眼，笑著數落。「甭說咱們此刻才走了一半兒的路，即便已經抵達了長崎，接下來會遇到什麼事情，誰能預料得到？那加藤清正和小西行長等人，能整整兩年多，讓倭寇不踏出釜山半步，恐怕也不僅僅靠的是緩兵之計！」

「不是緩兵之計，姐夫，你是說，除了給倭寇爭取準備時間之外，這後頭，還有別的貓膩？」被李彤的話嚇了一跳，劉繼業瞪圓了眼睛低聲追問。

「我不太清楚，但一個緩兵之計，騙了大明兩年多也就罷了，居然日本國內也沒人催他們早日重啟戰端，這也實在過於蹊蹺。」李彤想了想，輕輕搖頭，「我總覺得，這背後涉及到更多的秘密，但一時半會兒，卻猜不出貓膩到底在哪裡，只能走一步算……」

話還沒等說完，就再度被嘹亮的歌聲打斷，卻是商隊中其他幾艘海船，也擺脫了風浪的威脅，向他們所在的四桅沙船靠了過來。船上的水手和夥計們，死裡逃生，心情愉快，唱得一個比一個大聲。

「……勸君莫羨丞相位，勸君莫羨封侯貴。昔日他家帝王孫，運去盡葬魚鱉腹。何如老子船上閒？坐看巨浪如青山。艱險機忘隨處樂，顧盼老小皆團圓。」

「萬里魚蝦皆可餐，眼底是非都不管。興來移棹過前汀，滿船白雪蘆花暖。」

李彤心中，剛剛湧起了愁思，再度被歌聲滌蕩殆盡。搖搖頭，果斷決定結束話題。正準備拉著張維善、劉繼業兩個，去艙外看看碧海長天。忽然間，又聽到有一個熟悉的聲音在外邊高喊：「劉郎，劉郎，你趕緊出來。出來看龍吸水，等會兒距離遠了，就不像現在這般壯觀了！」

「來了，來了！」劉繼業連聲答應，隨即向李彤和張維善兩個胡亂拱了下手，拔腿就往外走。絲毫不在乎兩位朋友眼睛裡的促狹笑意，和嘴巴裡即將冒出來的奚落言語。

「姐夫、張世兄，你們也趕緊出來看那。姐姐也帶出來，暴風雨過了，大夥都出來散散晦氣！」王二丫的聲音，繼續在甲板上迴盪。沒有半點兒少女身上應有的矜持與斯文，卻讓人心中生不出任何反感。

李彤和張維善互相看了看，無奈地起身走出了艙門。雙腳剛剛踏上甲板，一股略帶鹹腥味道的海風，就撲面而至。頓時，讓人的精神為之一振。

抬頭看去，烏雲和閃電已經被遠遠地甩在了船身之後。頭頂上的天空，碧藍如洗。船身右側數里外，兩道粗大卻呈半透明狀的水柱，從海面上拔起來，直沖霄漢。也不知道最後到底有多高，反正是憑藉肉眼根本望不到盡頭，只能看見兩道絢麗的彩虹與水龍相接，宛若當空開了兩道大門。

「天門開了，天門開了，龍王老爺上天奏事，保佑船隻平安！」周建良帶頭，幾十名水手齊刷刷跪在了甲板上，朝著水柱和彩虹頂禮膜拜。

「天門開了，天門開了……」臨近的幾艘貨船上，也有人叫嚷著望空而拜。雖然因為距離影響，聽不太真切他們具體喊的是什麼。但李彤大抵卻能猜得出，都是祈求平安之意。

李彤以前是國子監的貢生，受聖人之言教誨，不語怪力亂神。然而，他也不會無聊到阻止麾下的弟兄去拜「龍王」。只是饒有興趣地看了一會兒，就悄悄地靠近了自家夫人，帶著幾分愧疚詢問：「剛才風浪那麼大，沒嚇到妳吧？有二丫在後艙，我也不方便過去陪著妳……」

「既然知道有二丫在，你還擔心什麼？」劉穎笑著反問了一句，眸子當中，卻沒有半點兒的責怪之意，「她從小就是長在海島上的，類似的風浪不知道經歷過多少回。即便是剛才雷聲最響亮的時候，都沒耽誤她穿針引線。」

「穿針引線！」李彤的眼前，立刻閃過一把握刀的手，愣了愣，將信將疑，「她也懂得女紅？」

「繡工堪稱精湛，但不是繡手帕，而是在綳子上用彩線繡海圖。」劉穎偷偷看了與自家弟弟並肩而立的王二丫一眼，目光中難得地露出了幾分欣賞。「她甭看表面上大大咧咧，骨子裡卻是個有心的。覺得這條水路將來也許還能用得上，所以這幾天來，一直在悄悄地畫海圖，畫完了之後怕被墨跡受潮了花掉，又一針一線地繡了個清楚。」

「那的確很難得！」雖然弄不清楚是從什麼時候起，自家夫人竟然不再排斥王二丫，李彤卻趕緊順著她的口風大說好話，「我原本是打算讓永貴和妳都留在寧波那邊的，但永貴說只要有二丫在，他的安全就永遠不成問題。所以……」

「你去哪裡，我跟著去哪裡！」劉穎翻了個白眼兒，鄭重強調。「至於永貴，他都襲了爵，我這個當姐姐的，總不能還把他當做小孩子管著。」

話音未落，卻聽見劉繼業大聲地叫嚷：「水龍向這邊追過來了，停船，趕緊停船。讓我看看那水柱裡的真龍到底長啥樣。我長這麼大，只在寺廟的柱子上看到過……」

「找死啊，你！」王二丫毫不猶豫地抬起腳，狠狠踩了一下他腳背，大聲打斷。隨即，也不理睬他裝模作樣喊疼，彎腰抄起一根船槳，直奔船尾，「趕緊抄傢伙，把船划開。萬一被水龍捲追上，大夥全都活不了！」

「抄傢伙，划船！」

「把帆扯滿了！」

「快點，別耽誤功夫！」

關叔、小四、小方、周建良等人大聲叫嚷著響應，同時招呼起身邊的弟兄，抄槳的抄槳，扯帆繩的扯帆繩，很快，就將沙船的速度提高到了極限。

一條水龍捲在距離船尾二里遠的位置掠過，冰冷的水花紛紛從空中濺落，將所有人淋得宛若落湯雞。第一次出遠海的李彤、張維善、劉繼業和劉穎等人，卻誰都顧不上擦，一個個只管仰著頭，兩眼直勾勾地看著那條足足有七、八艘船隻加起來大的半透明水柱，身體僵硬宛若泥塑木雕。

「啪！啪！啪……」一條從天而降的魚，不甘心接受命運的安排，拚命用尾巴和身體抽打甲板。李彤的心神，終於被魚尾抽打甲板的聲音喚回。鬆開一直護在劉穎肩膀上手臂，半晌說不出任何言語。

「把魚丟回水裡頭去，龍王老爺帶上天的，人吃了未必吉利！」王二丫的聲音再度響起，帶著不容拒絕的自信。

水手和兵卒們紛紛行動起來，開始清理甲板上的魚蝦。趁著這功夫，王二丫又拉住劉繼業，笑著數落，「怎麼，還想湊近了看龍王爺真身嗎？你呀，不知道哪來的這麼大膽子！以後千萬機靈著點兒，海上不比陸地，咱們不知道的東西多著呢。見了之後，能躲多遠躲多遠！」

「姑爺您以前沒見過龍吸水，不知道它的厲害！」唯恐劉繼業丟了面子，關叔先給王二丫使了個眼色，隨即笑著補充，「剛才若不是咱們躲得快，萬一被它撞上。這艘船整個都得被他擰個稀巴爛。咱們，估計也跟魚蝦一樣，先送上天，然後再一個個丟下來。」

「嘶——」劉繼業聽得倒吸一口冷氣，看向王二丫的目光中，立刻又多出了幾分自豪。

劉穎原本對王二丫最不滿意的地方，就是這個女子根本不知道在外人之前給自家弟弟留顏面，此時此刻，卻忽然覺得王二丫的霸道與自家弟弟的魯莽，相得益彰。若不是剛才二丫當機立斷，換了個性子柔順的，先說清楚道理徵得了自家弟弟的同意再讓船隻加速，恐怕這會兒大夥全都「升了天」，哪可能有驚無險地繼續欣賞龍吸水？

正暗自慶幸之時，忽然聽見船主鄧子龍咳嗽了一聲，緩緩走了過來，「王家小姐說的是。海上不比陸地，越是稀罕的景象，背後越是危險萬分。所以，自古走海，最怕的就是湊熱鬧。無風無浪的日子雖然無聊，卻不要命。稀罕景色出現了，往往意味著得拿性命去填。所以，只要遇到，能躲多快就躲多快。」

「前輩說的是，在下受教了！」劉繼業臉色發紅，躬下身，認認真真地向鄧子龍行禮。

「誠意伯不必如此。」鄧子龍笑著側了下身，拱手相還，「你第一次出海，犯些錯誤在所難免。不過……」

收起笑容，他繼續緩緩補充：「等到了長崎，咱們可一定得謹小慎微。老夫受王總兵所托，將大夥送過去，也希望能將大夥一個不落地接回大明。老夫以前雖然沒跟倭人有過太多往來，但是卻跟擅入大明境內的緬甸匪徒沒少交手。深知此等化外蠻夷，所信奉的道理，與大明完全不一樣。若是到了倭國之後，有人好奇心重，還以常理來判斷倭人的心思，就是自尋死路了。老夫寧願他留在船上，免得他上岸之後，因為自己胡鬧連累了所有人。」

「前輩教訓得是，我等一定會記在心裡頭！」終究是自己小舅子，李彤不忍心劉繼業一個人受窘，走上前，代替大夥向鄧子龍表態。

「僉事也不必如此。」鄧子龍趕緊又側開身體，拱手還禮。隨即，仰起頭，滿臉豪邁，「但是也不必畏手畏腳，陸地上不敢說，只要你們能及時返回船上，老夫就有八成把握帶著你們全身而退。咱們這艘四桅沙船雖然是艘貨船，卻也不是誰都能欺負的。如果有人敢來挑釁，老夫保證讓他後悔一輩子。」

「那當然，您可是使了半輩子船的行家。」劉繼業絲毫不計較鄧子龍先前當眾教訓自己，笑呵呵地帶頭挑起了大拇指。「我們全聽您的，您說上船我們就上船，您說登岸，我們就登岸。絕對不給您添任何麻煩。」

「別老說廢話！」知道鄧子龍的話，大部分其實都是說給自己聽的。李彤笑著將劉繼業推到一旁，再度鄭重朝老前輩拱手，「前輩放心，您老說得都是金玉之言，我等絕對不敢有違。若是有人故意犯錯，包括我自己在內，前輩只管拿軍法懲處，晚輩保證，誰也不敢說半句怨言！」

「李僉事真的不必如此。」鄧子龍非常知道進退，第三次側開身體，然後鄭重還禮，「鄧某本是戴罪之身，先前能得到張參將收留，已經不勝感激。如今又被委以重任，送諸位遠渡重洋，更是誠惶誠恐。所以，才多囉嗦了幾句，以免辜負了諸位的信任。說實話，老夫當初遭到彈劾，本打算下半輩子就回家混吃等死去了，沒想到居然還有機會將平生所學派上用場的一天。此行僉事只管放手施為，只要不是故意以身犯險，老夫絕對唯僉事馬首是瞻。」

「如此，就多謝前輩了。」明白對方是在主動幫自己加強此行的主將地位，李彤心中好生感激。

「李老闆請入內休息，各位老闆，也請早點安歇，養精蓄銳。」該點的地方都已經點到，鄧子龍便不再囉嗦。深吸一口氣，瞬間又變成了海上討生活的船老大：「咱們該看的風景，都看過了。該繼續趕路了。小方、小四，你們倆輪流上望斗，辨明方位！」

「崔永和，你用牽星板跟丁三對照，千萬瞅準了！」

「陳青皮，放下左側的披水板，不要讓船偏離航道太遠。」

「周建良，帶人清理甲板，檢查船身！」

「小顧，側帆，切風，注意隨時調整翻船帆方向！」

「得令啊！」周建良等人答應著，各奔崗位。彼此配合著，將四桅沙船操得又穩又快，就像一條掠海而行的梭魚。

李彤、張維善和劉繼業等人，卻沒奉命回船艙休息。而是借機活動筋骨，舒緩血脈，以免船上悶得太久了，大夥兒的身子骨都生了「鏽」，耽誤了接下來要做的事情。

一些扮做夥計的隨行兵卒，見三位上司都如此認真，也紛紛從船艙裡鑽了出來。打拳的打拳，劈腿的劈腿，忙得不亦樂乎。

大夥兒耳畔聽得濤聲澎湃，腋下感覺到涼風習習，豪氣從心底油然而生。只覺得天空海闊，何處都可以去得。世間溝壑，全部可以踏平。

臨近幾艘商船上的水手和夥計們，見四桅沙船上的海客個個精神抖擻，很快也受到了影響，一邊抓緊時間清理船身，調整船帆，一邊引吭高歌。

「東海裡有一頭老王八，興風作浪脾氣大，爺爺不信他的邪，賣屋買船船作家……」

「陸客切莫誇有錢，且看雲間蓬萊山。珍珠如沙金如鐵，珊瑚象牙隨手撿……」

「……勸君莫羡丞相位，勸君莫羡封侯貴。昔日他家帝王孫，運去盡葬魚鱉腹。何如老子船上閒？坐看巨浪如青山。艱險機忘隨處樂，顧盼老小皆團圓。」

「萬里魚蝦皆可餐，眼底是非都不管！興來移棹過前汀，滿船白雪蘆花暖！」

海風呼嘯，卻吹不滅年輕人的心頭熱火。

前途艱險，卻嚇不退走海者的萬丈豪情。

大夥且行且歌，很快將烏雲和龍吸水都甩得不見踪影。又過了一會兒，波濤也變得微乎其微，湛藍的海面，平整如鏡。鐵鍋般大小的太陽，從身後落向大海，燒得天也殷紅，水也殷紅。

景色無比壯麗，每個人貪婪地瞪圓了眼睛，遲遲不願扭頭。就在此時，從高聳的主桅望斗上，忽然傳來一個焦急的聲音，「舶主，船，大船。東南方向，三桅，布帆，長魚型，正在追趕咱們，相隔不到十里。」

「海盜！」沒等李彤等年輕人作出反應，鄧子龍、周建良和關叔三人俱已勃然色變。分頭撲向舵樓，側舷和中央桅杆，宛如三頭受驚的海豹。

「海盜，海盜——」

「扯滿帆，把用不到的東西丟掉！」

「下槳，下槳！」

歌聲戛然而止，四下裡，驚慌的叫嚷聲響成一片。原本還如雁陣般結伴而行的商船，比賽一般開始加速，不求跑得最快，只求把同伴甩在身後。

「奶奶的，一群孬種！」雖然心中早有準備，劉繼業依舊被各艘商船的表現，氣得兩眼冒火。咒罵的話，脫口而出。

「這樣也好，省得待會兒打起來，咱們還得想辦法掩人耳目！」李彤對此倒是看得開，笑了笑，轉身去給鄧子龍幫忙。還沒等走到舵樓附近，腳下的甲板忽然一震，隨即看到海水飛快地倒退。

「首帆下降四階，二帆、主帆全升到頂，尾帆切風，注意航向！」

「崔永和，帶著五十名弟兄，壓住船頭！」

「關叔，別急著放護板，沒到放的時候！」

「周建良，你帶人去檢查火藥和炮彈。」

「柳青雲，你負責所有槳手，讓他們把吃奶的勁兒全給老子使出來！」

鄧子龍的聲音，緊跟著在他頭頂響起，每一句，都信心十足。

與暴風雨搏鬥了好幾個時辰，船上的弟兄們原本都已經累得筋疲骨軟。可聽到了鄧子龍的有條不紊的呼喊聲，居然又如迴光返照般，重新抖擻起了精神。紛紛按照命令各司其職，帆槳並用，將並不以速度見長的沙船，駛得宛若奔馬。

幾艘率先逃走的貨船，剛剛跟沙船拉開了一些距離。不多時，竟然又被追了個船頭銜船尾。登時，眾船主和貨主們叫苦不迭，又指揮起夥計和水手，將船上價值稍微次一些的貨物，成箱成箱地丟進了海裡。

如此一來，各貨船的載重迅速減輕，在風帆和木槳的推動下，再度將四桅沙船遙遙地甩在了身後。而那老船主鄧子龍，卻忽然又改了主意。果斷命令槳手們停止操作，只憑著風力推動沙船繼續在海上「逃竄」。

「鄧老前輩這招絕了，一則跟你先前一樣，避免了其他船主發現咱們身份。二來，也讓海盜對咱們失去了防備，等海盜追上來後，剛好打他們個措手不及！」劉繼業抱著他的魔神銃，快速追到李彤身邊，信誓旦旦地推斷。

到海防營任職以來，為打發時間，他也讀了不少兵書戰策，內心感覺收穫甚豐。此刻，見到鄧子龍忽然命令水手放棄了用船槳加速，趕緊抓住機會賣弄。

「姐姐讓你船艙裡蹲著去，別給鄧船主和姐夫添亂！」沒等李彤回答，王二丫的聲音已經從遠處追至。緊跟著，是她手持雙刀的矯健身影。將倭刀凌空虛劈了兩下，她大聲向李彤彙報，「姐姐已經按照關叔的安排，回船艙裡了。她讓我告訴姐夫你，不用為她分心。」

隨即，再度將頭轉向劉繼業，快速補充：「水戰不是陸戰，容不得那麼多虛招。前輩先前槳帆並用，主要是為了消耗海盜的體力。那邊船上，可不分哪個是水手，哪個是戰兵。廝殺之時，全都會像瘋子般撲過來！」

唯恐劉就業不服氣，悄悄換了個相對溫柔的聲音，她繼續解釋：「咱們船上的人手比其他商船上多，還載著七、八門佛郎機炮。跑得再快，也跑不過其他人。而海戰追逐，向來一追就是好幾個時辰。那些商船只要捨得丟掉部分貨物，就足夠把咱們甩得遠遠的。跟不跟他們一起跑，結果都一樣。」

事實證明，她的擔心純屬多餘。劉繼業根本不在乎什麼面子不面子，果斷承認錯誤，「原來是這樣，我還以為前輩在放障眼法呢！二丫妳果然也是個行家，幾句話，就讓人茅塞頓開。」

「你，你瞎說什麼呀，姐夫在呢！」王二丫被誇得滿臉通紅，聲音一下子變得又輕又柔，宛若書香門第裡第一次見到陌生男子的少女。

「沒瞎說，我哪裡瞎說了。」劉繼業絲毫不感覺難為情，搖著頭，繼續大拍她的馬屁，「妳，關叔，小四，小方，都通曉水戰。有你們四個在，我根本不用往船艙裡躲。即便站在甲板上一動不動，賊人也傷不到我分毫。姐夫，你說，是不是這樣？」

「你姐姐一個人回船艙裡，我不放心，你最好還是下去保護她！」相交這麼多年，李彤才不會那麼容易就被他所騙，接過話頭，毫不猶豫地表示拒絕。

「胖子，你長本事了啊！竟敢糊弄我！姐姐剛才可是說了，如果你不回去，就讓我把你押回去！」王二丫這才察覺，自己差點又被劉繼業的迷魂湯給灌暈，氣得銀牙緊咬，柳眉倒豎，「胖子，你到底走不走，我數三個數，一……」

「姑爺還是回艙裡去吧，仗打起來，還早著呢！」數還沒等數完，關叔已經笑咪咪走過來，和和氣氣地勸告，「據在下估計，海盜想要追上咱們，至少得後半夜。而海上天亮得早，如果碰巧沒有雲，差不多寅時三刻剛過，太陽就會從水裡鑽出來。那時候，如果海盜還沒放棄，大夥才需要跟他們見真章！」

「這麼久？」不僅是劉繼業，李彤也為海戰的緩慢節奏大吃一驚，追問聲脫口而出。

「小方剛才在望樓上說，來艦為長魚型，那想必是佛郎機國的長船注十八。」知道二人缺乏海戰經驗，關叔想了想，很認真地介紹，「那船的優勢在於靈活，抗浪，並且逆風時也能跑得動。咱們腳下這艘是沙船，雖然轉向笨重，抗浪一般，逆風時速度就大大減慢，但順風跑，卻未必比它差多少。偏偏今天刮的又是西南風，除非咱們自己停下來等，或者調頭殺回去，否則，海盜肯定得追大半夜。而海盜是不是就來了這一艘船，咱們暫時卻弄不清楚，所以，即便不怕海盜，也不能主動去找他們的麻煩！」

注十八：佛郎機國長船：即蓋倫船。分為大、中、小三號。鄭成功與荷蘭人作戰時，後者的旗艦就是大型蓋倫。

「那，那萬一追累了，它放棄不追了呢？」劉繼業聽得津津有味兒，一邊被王二丫拉著朝船艙走，一邊戀戀不捨地回頭。

「那還不好嗎？咱們繼續趕路唄！姑爺，咱們這次又不是出來剿匪的，犯不著給自己找麻煩。況且海上作戰，輸贏有一半兒是靠運氣。誰也保證不了自己穩操勝券。」關叔笑著看了他一眼，大聲補充。

「海上不是陸地，即便沒有風浪，船身也一直在晃動。炮彈也好，弓箭也罷，根本保證不了準頭。」唯恐他聽不明白，王二丫一邊揪著他的胳膊往船艙裡拖，一邊小聲解釋，「而再好的船，挨上幾炮，也得漏水。漏水之後速度就會打折扣，速度慢下來，就成了對方的靶子。所以運氣差先吃了炮彈的一方，基本上就輸定了。任你船主再有本事，再智計百出也沒用。」

劉繼業這才明白，海戰不同於陸戰的最關鍵之處到底在哪兒，同時也知道自己先前讀的那些兵書恐怕全都白讀了，不免心頭一陣沮喪。李彤見此，頓時覺得心裡好生不忍，追上去，輕輕拍打他的肩膀，「永貴，別擔心，準備充分一些，總比沒準備的好。更何況，咱們這艘船上有鄧前輩和關叔他們，打起來時，運氣肯定會比海盜強。你想學本事，他倆也是現成的師父。這次，你只管保護好你姐姐和二丫，等打完了仗，咱們有的是時間跟前輩請教。」

「那倒是！」眼前閃過鄧子龍那指揮若定的身影，劉繼業立刻又興奮起來，晃了晃魔神銃，大聲保證，「姐夫你放心，有我在，誰也甭想靠近她們兩個。」

「我當然放心！下去吧，別讓你姐姐擔心。」像哄孩子般，又哄了劉繼業一句，李彤笑著轉頭。正準備四下巡視一圈兒，看自己能在什麼地方幫上忙，耳畔卻又傳來了周建良的催促聲：「僉事，您也趕緊回艙休息吧！這些粗笨活，都交給屬下來幹就行。真正打起來，得天再亮了之後呢。您是主帥，得先養足了精神，屆時才能調兵遣將。」

「得，我也被嫌棄了！」李彤心裡頭跟明鏡一般，行動上，卻只能擺出一副虛心納諫姿態，笑著拱手，「如此，今晚就拜託諸位了。有事情就叫我起來，雖然我沒打過海戰，給弟兄們擂鼓助威，卻還能做到。」

說罷，也不敢勞煩關叔和周建良等人再催，自己依依不捨走向了船艙。

說是養精蓄銳，事實上，他怎麼可能睡得著？躺在狹窄的木床上，一會兒想著海盜船追上來之後，該如何組織人手進行還擊，才能讓「運氣」最大程度向自己這邊傾斜。一會兒想著到了日本之後，該如何隱藏身份，才能儘快挖掘倭寇「請和」的真相，輾轉反側，竟沒有絲毫的睏意。

而為了盡可能地消耗海盜的體力，鄧子龍也指揮著槳手們，每隔半個時辰左右，就給沙船來一次加速。忽快忽慢的速度變化，更是給李彤心裡平添了幾分焦躁。但是，後者又清醒地知道，自己在水戰方面是個外行，所以心情再焦躁也不敢插手座艦的指揮，以免不小心犯下大錯，平白葬送了船上所有人的性命。

好不容易熬到了窗口處又透入了日光，他艱難地從床上爬了起來，拖著發澀發硬的身邊，去探查艙外的情況。才走到門口兒，耳畔忽然傳來「轟隆」一身巨響，緊跟著，腳下的沙船就像被巨浪拍了一下般，搖晃著上下起伏。

「遭了，被炮彈擊中了！」李彤的心臟瞬間抽緊，全身上下的疲憊與痠軟一掃而空。抓起大鐵劍，他三步兩步衝上了甲板。隨即，就又聽到「轟！」「轟！」「轟！」三聲巨響，循聲望去，只見沙船側後方，三條粗大的水柱沖天而起，白茫茫的水花四處飛濺。

腳下的沙船，又開始加速。在鄧子龍的呼喝下，所有船帆全部升起，在風中呼呼作響。所有船槳也都探向了水面，與風帆一道，推著沙船向前飛掠。整個船身宛若一把巨大的剪刀，將藍布似的海面裁開，浪花翻騰。

前幾天結伴同行商船，早已經半個不見。半空中的海鳥彷彿感應到了下方沖天而起的殺氣，全都嘶鳴著四散而逃。只有昨天傍晚時分被發現的海盜船，宛若跗骨之蛆般，緊緊咬著沙船不放，每隔一、兩西洋分鐘，就將三、五枚炮狠狠地砸過來。彷彿雙方之間有著不共戴天之仇。

臨出發之前，李彤和張維善按照鄧子龍的建議，特地為沙船裝上了四門大佛郎機和八門小佛郎機。船上的火藥儲備，也非常充足。然而，鄧子龍卻沒有下令發炮還擊，只管指揮著大夥，將沙船的速度再度發揮到了極限。

「轟！」「轟！」「轟！」……，發現沙船好像沒有辦法還手，追過來的海盜更為囂張。不停地用火炮對沙船狂轟濫炸，炮彈砸起的水柱一道接著一道，在沙船的兩側和身邊，編織出一座死亡叢林。

甲板搖晃得愈發厲害，李彤的心情，反而不再像先前那般緊張。情況正如關叔和王二丫昨晚提及的那樣，海戰勝負半數依靠運氣。在顛簸的戰船上發炮，保證準頭難比登天。而只要不被炮彈擊中，沙船就可以永遠逃下去，直到逃入某個防衛森嚴的港口。

「奶奶的，全是先讓你們囂張一會兒。等你們炮管發燙的時候，看老子怎麼收拾你！」張維善不知道什麼時候也走上了甲板，指著船尾大聲咒罵。

李彤的目光循著他的手指望去，透過繽紛下落的水花，清晰地看見一艘比沙船長了三成，瘦了一半兒，模樣頗為漂亮的佛郎機船，正在七、八百步外，不停地噴煙冒火。

為了增加命中的可能，那艘佛郎機船，儘量與沙船錯開了一定角度。這使得佛郎機船單側船舷上的炮位數量，很快就被暴露了個清清楚楚。一共十二門，目前只有六門的炮分為兩組，在輪番開火。很顯然，剩下六門炮的射程不足，無法對七百步之外的目標構成威脅。

「降首帆，二帆高度減半，主帆斜拉，左側對準坤位！」忙碌了一夜，鄧子龍的聲音卻和昨天傍晚一樣洪亮，穿過海浪聲和炮擊聲的間歇，準確傳入每一名水手的耳朵。

沙船猛地一震，緊跟著，船頭向左緩緩轉動，隨即再度加速。正在後方朝右切向行駛佛郎機船被甩了個措不及防，船上的海盜們，眼睜睜雙方的距離不斷加大，很快就脫離了最大一門火炮的射程。

「船主威武！」

「前輩威武！」

「鄧將軍威武！」

沙船上，歡呼聲響成了一片。戰兵和水手們揮舞起手臂，向指揮若定的鄧子龍表達由衷的欽佩。而老將軍的聲音，卻絲毫沒有變化，還是像先前一樣不緊不慢地，將命令送進每一個人的耳朵。

「首帆升起一半，二帆升滿，扯回兌位。主帆繼續斜拉，尾帆注意切風！」

「收槳，槳手下艙休息。關二，帶人放下護板。」

「周建良，把尾炮準備好，裝填實心彈！」

「其他人，注意自我保護！」

將士們隨著命令快速行動，趕在海盜船再次追到火炮射程之內前，將沙船變成了一座移動堡壘。沿著船身的吃水線，所有薄弱處，都被加掛上了一層厚厚的柚木板。在晨曦中，宛若一片片漂亮的鱗甲。原本被故意遮蓋起來的尾樓，完全亮出，同時也亮出了一門黑洞洞的炮口。

正在努力縮減雙方距離的海盜船，速度猛然放緩，很顯然，船上的瞭望手已經發現，他們精心選擇，並且努力追趕了大半夜的目標，有可能是塊非常難啃的硬骨頭。然而，只過了短短十幾個呼吸功夫，那艘海盜船就再度加速，宛若一頭被激怒了的野牛，恨不得立刻將目標挑翻。

「填充子銃，準備炮擊！」周建良一改平素彌勒佛般良善模樣，雙眸緊盯著再度追上來的海盜船，森然命令。

一名輔炮手迅速抽出炮座處的鐵閂，另外一名輔炮手則將裝填好炮彈的子銃，熟練的塞進炮膛，主炮手拿著手臂粗的佛香站在炮身旁，只等主將一聲令下，便讓海盜嘗嘗大佛郎機的雷霆之怒。

「稍安勿躁，五百步之內，才打得更準。」鄧子龍的聲音驀地又在半空中落下，帶著不容置疑的冷靜，「瞄準對方的船首吃水線，開火機會不多，切莫輕易浪費！」

「別點火，等賊人追到五百步內！」周建良雖然久未經戰陣，年輕之時所學的一身本事卻還沒有忘光。聽鄧子龍說得有道理，果斷將命令大聲重複。

主炮手立刻將佛香藏在了衣服下，唯恐不小心提前點燃了炮拈。兩個輔炮手則熟練地從木箱中，挑選出更多的子炮，準備下一輪打擊所需。李彤和張維善兩個，雖然都清楚地知道，大佛郎機炮的有效射程遠在四里之上，卻誰都沒說話，只管一邊看著鄧子龍和周建良放手施為，一邊默默記住所有細節。

「轟！」又是一聲巨響傳來，緊跟著，兩船中間的海面上，湧起了滔天的水花。卻是海盜船再次追入其船上主炮的最大射程之內，搶先發動了進攻。

鄧子龍對近在咫尺的水柱，視而不見。只管繼續有條不紊地發號施令，讓沙船穩住船身與速度，為自己麾下的炮手創造最佳時機。佛郎機船上的海盜們，見沙船的尾炮遲遲沒有還擊，還以為是尾炮的射程太短所致，一個個興奮得大呼小叫。一邊加快速度將船隻向沙船迫近，一邊將盡可能多的炮彈砸將過來。

「轟！」「轟！」「轟！」

「轟！」「轟！」「轟！」

「轟！」「轟！」「轟！」

炮擊聲，連綿不絕。水柱在沙船四周騰空，此起彼落。有好幾次，炮彈幾乎貼著沙船扎入海中，激起的水柱，將周建良給淋了個通透。他卻反而渾然不覺，只管咬著牙，瞪著佛郎機船的船首，彷彿目光能將對方點燃。

「轟！」一枚炮彈忽然凌空飛過，將沙船主帆瞬間撕開一個破洞。船速立刻變慢，腳下的甲板搖動，將李彤和張維善兩個閃得站立不穩，相繼摔成了滾地葫蘆。二人的親兵手疾眼快，慌忙衝上前來攙扶。好不容易才將二人的身體扶穩，耳畔卻又傳來轟隆一聲巨響，有兩枚用鐵煉拴在一起的炮彈盤旋而至，將沙船的尾帆撕了四分五裂。

鄧子龍依舊沒有下令還擊，周建良也彷彿變成了泥塑木雕。如果換在陸地上，李彤和張維善兩個早就親自衝到火炮旁，給敵軍一個教訓。然而，此時此刻，他們的腳下卻只有甲板，二人知道各自的斤兩，咬著牙苦苦忍耐，將指揮權繼續交給內行。

七百步，六百步，五百步，四百五十步……，雙方之間的距離繼續縮短，佛郎機船又開始切向移動，將更多的炮口對準目標。髒兮兮的甲板上，一個個光著膀子跳動的身影，可以被李彤和張維善等人，看得清清楚楚。

其中矮小的倭寇很少，大部分都長得醜陋且高大。有一部分皮膚漆黑，讓人瞬間聯想起傳說中的昆侖奴。有一部分則用紅布包著腦袋，就像一朵朵搖曳的雞冠花。還有一部分，則是紅頭髮，金頭髮或者灰頭髮，身體白得像根蘿蔔，隱約還泛著泥土的光澤。

「矮個子是倭寇，黑色的是南洋土人，包著紅布的是大食人，頭髮花裡胡哨的，身上長著金毛的是佛郎機海盜！」儘管緊張得聲音都變了調兒，崔永和依舊沒忘記自己的職責，大聲向李彤解釋。

「這麼多種的人，他們怎麼都攪和到一起的？」李彤努力調整了一下呼吸，儘量讓自己的聲音聽起來不那麼緊張。

「應該是火併過幾次！」崔永和想了想，繼續慘白著臉充當萬事通，「海盜們互相之間也殺來殺去，打敗了的被打贏了的收編，算是不錯的出路。另外，海上許多商船，也是亦盜亦商，沿途遇到看起來實力單薄的，則殺人越貨。有人搶來搶去嘗到了甜頭，就乾脆徹底做了海盜。原本被他雇傭的夥計和水手，就全成了嘍囉。」

「開火！」沒等李彤將這番話吃透，半空中，鄧子龍的命令忽然落下，清晰而又乾脆。

「轟隆！」船尾處猛地一震，伴著巨響和白煙，一枚炮彈脫離炮膛，直奔距離已經不到四百步的敵艦。

第十八章 海商

「啪——」對面的佛郎機船的首樓應聲而裂，破碎的木頭飛濺，將附近躲避不及的海盜擊翻了三四個，抱著傷口在血泊中來回打滾。

「轟！」又是一聲巨響，第二枚炮彈呼嘯而出。只可惜，射得稍微歪了一點兒，貼著佛郎機船的左船舷落進海裡，濺起巨大的水柱。

一名輔炮手從炮膛中飛快地抽出銃殼，另外一名輔炮手迅速裝填上新的子銃，推緊炮門。主炮手將手臂粗的佛香湊向藥捻，火星閃爍，直鑽炮膛。「轟——」第三枚炮彈飛出，又稍微高了一些，掠過佛郎機船破碎的船首，將桅杆上的主帆撕掉了一大半兒。

有海盜頭目在佛郎機船上大聲咆哮，宛若偷蜂蜜未果，反被蜜蜂螫了滿頭包的狗熊。還有海盜頭目抽出刀，將正在血泊中翻滾的同夥送上西天。原本氣勢洶洶的佛郎機船忽然停止前進，數十支木做的船槳伸出底艙，推著船身調轉方向。

「轟！」在周建良的指揮下，沙船的尾炮再度開火。非常可惜，這次又未能命中目標，只嚇得佛郎機船上的海盜抱著腦袋四處躲藏。

「調整炮口，瞄準了打。」周建良氣得大喊大叫，親自動手，與麾下弟兄們一道調整射擊角度。然而，大夥的運氣卻好像用光了一樣，接下來兩次炮擊，都沒有擦到對面的佛郎機分毫。

腳下的沙船也無法及時停止前進，帶著大夥重新跟佛郎機海盜船拉開了距離。而距離越遠，火炮的準頭越差。氣得周建良連連跺腳，卻拿不出任何解決辦法。

「尾炮停止射擊，用冷水清理炮膛！」鄧子龍的聲音，再度從大夥頭頂位置傳令，依舊不緊不慢，彷彿早已經勝券在握。

周建良等人無奈，只好恨恨地收起了佛香。拎著冷水和抹布，七手八腳擦拭炮膛，順帶給火炮降溫。而剛剛跟大夥拉開距離的佛郎機海盜船，則趁著這個機會再度調整方向，從一里半之外兜了個圈子，再度用船身與沙船切出一個銳利的夾角。

「首帆收起，二帆和主帆扯向離位，尾帆注意切風。」彷彿早就料到對方不會這麼快就知難而退，鄧子龍果斷下令，調整風帆，改變沙船的航向。

在水手們的努力配合之下，笨重的沙船努力在海面上畫起了弧線。遠處的海盜見狀，也再度調整航向，立爭奪取有利位置。兩艘戰艦在碧藍的水面上，各展本事，互不相讓，角度不斷變換。都試圖將火炮較多的側舷對準敵方的船首或者船尾，以便發出致命一擊。

李彤雖然已經做了兩年的海防營主帥，仍然被不斷變換方向的沙船，轉得腦袋一陣陣發暈。然而，他又不願影響弟兄們士氣，只能一隻手拄著大鐵劍，一隻手扶著桅杆，苦苦支撐。

好在，海盜的耐性不怎樣，發現無便宜可占，果斷選擇了先下手為強，趁著沙船正在調整航向之時，重新對其展開了炮擊。

「轟！轟！轟！轟！轟……」伴著震耳欲聾的巨響，十餘道橘紅色的火光，挾帶著尖銳的嘯聲，宛若流星一般，劈頭蓋臉砸向沙船的側舷。砸得沙船周圍水柱交替而起，白浪滾滾。

「右舷開火！」鄧子龍的手臂猛地向下一揮，聲音瞬間響徹甲板。一直在苦苦忍耐的關叔立刻搖動角旗，指揮所有安裝在船身右側的大小佛郎機炮，同時向敵艦噴吐出炙熱的炮彈。

佛郎機海盜船周圍，也被砸得水柱四起，白浪滔滔。敵我雙方的戰艦都被海浪推得上下起伏、跳躍，彷彿兩頭捉對廝殺的鯨魚。

「轟！轟！轟！轟！轟……」海盜們配合相當嫻熟，很快就又開始了第二輪炮擊。大部分炮彈都落空，卻有一枚炮彈幸運地命中了沙船的後半部，將柚木護板打了個粉碎。

一名正在操縱船帆的水手，被飛起的木頭碎渣波及，悶哼一聲，仰面朝天栽倒。李彤迅速撲過去，將此人從甲板上拉起。卻看見一段手臂寬窄的木頭碎片，從此人左肋刺入，又從後背處露了出來，鮮血沿著傷口淅淅瀝瀝而落。

「救，救命——」那水手死死抓住李彤的手腕，大聲祈求。兩眼之中，充滿了對活下去的渴望。然而，李彤卻沒勇氣將碎木片幫他從身體裡拉出，只能眼睜睜地看著生命的光澤，從此人臉上迅速流逝。

「兄弟，對不起，你家裡的孩子，我保證給他這輩子衣食無缺。」崔永和紅著眼睛跑過來，用刀解決了水手的痛苦。隨即，又匆匆跑向船尾，組織弟兄們按照鄧子龍的命令，調整風帆，控制沙船的速度。而沙船上的炮手們，則冒著顛入海中的風險，努力調整火炮射擊角度，終於搶在海盜們的第三輪炮擊開始之前，發動了第二輪齊射。

「轟！」「轟！」「轟！」……滾燙的彈丸在半空中帶起數道肉眼可見的水霧，狠狠砸向佛郎機海盜船，砸得海盜船周圍水柱一個接著一個，此起彼落。

「轟！」「轟！」「轟！」「轟！」……沒等水柱落盡，第三排黑漆漆的彈丸已經從海盜船上砸出，砸在沙船周圍，激起層層海浪，推得沙船搖搖晃晃，彷彿隨時都可能傾覆。

「轟！轟！轟！轟！轟……」鄧子龍的兩年訓練成果，在這一刻終於得到了體現。絲毫不受船身搖晃的影響，沙船上的弟兄們，很快就對敵艦第三次還以顏色。這一次，老天爺又開始眷顧大夥兒，其中一枚炮彈竟然正中佛郎機船的側舷，瞬間鑿出了一個巨大的黑洞，將破洞附近的數名海盜，連同破碎的木片，一並推進了船艙深處。

「可惜，稍微高了一些！」崔永和在沙船上看的真切，遺憾地連連揮動拳頭。

對面的佛郎機船乃是專門為海戰打造，結構極為複雜，抗擊能力也是奇高。除非能在它的吃水線附近鑿出破洞，否則，像這樣的打擊，它連續挨上十幾下也不會「致命」。

果然，正如他所料。佛郎機上很快掛起了幾塊巨大的木板，將破洞遮了個嚴嚴實實。而佛郎機船上的火炮，也愈發的瘋狂，將彈丸不要錢般，一排接一排往沙船附近砸。

沙船上的炮手們毫不示弱，也盡最快速度，對海盜以牙還牙。雙方默契地隔著七、八百步的距離，一邊用船隻兜著圈子，一邊開炮，濃煙夾雜著水霧扶搖而上。

到了此時，李彤才終於開始理解，王二丫和關叔兩個，為何都把「運氣」看得如此重要。海戰的確不比陸戰，能用到的計謀很少，能用到的招數也極為「醜陋」。敵我雙方的戰艦，就像兩個不知道疲倦的莽漢，只管兜著圈子用炮彈砸來砸去。而炮彈的命中率，又實在低的有些驚人，除了最開始扮猪吃虎打了海盜一個猝不及防那次，從雙方第二次相互發起炮擊到現在，都發射了近百枚彈丸，卻只有一炮命中目標，並且還都未給彼此的船隻造成致命傷。

但是，命中率差歸差，這種一時什麼也做不了，只能憑藉火炮隔空對射的打法，帶給人的壓力，卻遠遠高於在陸地上，紅刀子進白刀子出的短兵相接。李彤自問也算身經百戰，卻明顯能感覺到自己呼吸變得越來越粗重，心臟也不受控制地上下狂跳。有好幾次，他試圖將目光轉向遠處，以便舒緩心中的緊張，卻在一眨眼功夫，注意力就又被近在咫尺的炮彈入水聲給吸引了回來。

「轟！轟！轟！轟！」

「轟！轟！轟！轟！」

水柱一個接著一個，在初升的朝陽下，宛若一朵朵盛開的鮮花。只是這些鮮花，帶來的卻不是美麗和快樂，而是恐懼和死亡。

此起彼落的水柱外圍，雙方船隻都化作噴火的怪獸，黑色的炮彈不停在空中劃出一道道弧形軌跡，然後又一一墜入大海。不少海魚因此遭殃，被炮彈砸得粉身碎骨，屍體成批成批地浮上水面。越來越猛烈的海浪，不斷推搡著緩緩前進的船體，使得船體顛簸的愈發厲害，彷彿下一個瞬間就要傾覆！

「姐夫……」偷偷跑上甲板觀戰的劉繼業被晃得兩腿不穩，差點兒一頭栽進海中。幸好王二丫眼疾手快，一把抓住袍子將其拉回，同時賞了他一個尖銳的白眼兒。

「我，沒事兒，沒事兒！」劉繼業訕訕地丟下一句話，然後努力不跟王二丫對視，彷彿這樣，就可以避免被後者拉回船艙。

「站穩！」出乎他的意料，這回，王二丫卻沒有逼迫他進入船艙躲避。而是伸出一隻手，偷偷扶在了他的腋下。「小心炮彈，那東西可不長眼睛。」

「哎，哎！」劉繼業喜出望外，連聲回應。絲毫不在乎被未婚妻攙扶，會讓自己丟掉男子漢大丈夫的顏面。反而覺得有一股甜絲絲的滋味，直衝心頭。

然而，很快他心中甜蜜，就被緊張所取代。身體越來越僵硬，呼吸也沉重的宛若風箱。跟他想像中的戰鬥完全不一樣，他以往的作戰經驗，此時此刻也派不上絲毫用場。敵我雙方，戰鬥技巧單調得令人煩躁，而戰鬥的節奏，又緊張得令人窒息。

每次聽到對面傳來炮彈出膛的聲音，劉繼業的心臟都不由自主地會抽緊。每次自家炮彈射空，他又忍不住遺憾地扼腕。然而，現實卻不停地捉弄他。讓他不停地緊張，遺憾，遺憾，緊張，循環往復。

偶然一次，他為自家炮彈成功射中目標而歡呼跳躍，接下來，卻驚愕地發現吃了炮彈的敵艦頂著黑漆漆的破洞，又開始向自己噴煙吐火。偶爾一次，敵軍的炮彈，砸得腳下沙船木屑橫飛，讓他以為即將落入萬劫不復。緊跟著，卻又慶幸地發現，自家沙船雖然冒起了濃煙，卻依舊行動自如，愈戰愈勇。

「打，狠狠地打，打沉它！」周建良的聲音，從不遠處傳來，沙啞而淒厲。

「潑水，趕緊潑水滅火，笨死你了……」崔永和的聲音，也早就變了調，聽起來就像兩塊鐵皮在互相剮蹭。

劉繼業忽然向前衝了幾步，想要給大夥幫忙。然而，很快又停了下來，茫然四顧。不是因為害怕惹王二丫擔心，而是不知道該去幫誰。

雖然他以前在選鋒營中，專門負責指揮炮手和鳥銃手，對火器極為熟悉。但是，此時此刻，他卻不敢保證自己能比船上的那些炮手打得更準，比周建良指揮得更好。至於給戰艦做臨時維護，他更是兩眼一抹黑，貿然湊到崔永和那邊，很難確定到底是在幫忙還是添亂。

「轟！」「轟！」「轟！」……沙船上的將士們，一邊用木板封堵船舷上被炮彈砸出來的缺口，一邊向海盜船猛烈還擊。

「轟！」「轟！」「轟！」……海盜船一邊修補破損，一邊拚命開炮，恨不得立刻將沙船砸得粉身碎骨。

雙方已經都打出了火氣，誰都不肯主動脫離戰場。雙方都準備充足，所以根本不在乎火藥和炮彈的消耗。方圓數里的海面，被炮彈激起的波浪互相衝擊，又互相疊加，彷彿隨時都可能沸騰。碧藍的天空也被濃烈的白煙所籠罩，濃烈的硫磺燃燒味道，熏得人兩眼發紅，呼吸越來越艱難。

比硫磺燃燒味道更令人痛苦的是，對戰敗的恐懼。雖然到目前為止，雙方擊中對手的次數依舊非常有限。可像這樣你一炮，我一炮地對著轟下去，總有一方的戰船會先承受不住重擊！而海上作戰不比陸上。陸上作戰失敗，主將和部分幸運的傢伙，還有逃離戰場的可能。海上作戰失敗，要麼跟隨船隻一起沉沒，要麼成為對方的俘虜，生死皆操於人手。

「胖子、姐夫、張世兄，海盜快撐不住了！趕緊提醒鄧前輩，小心他們開溜！」也不知道過了多久，就在劉繼業緊張得幾乎要暈過去的時候，王二丫的聲音，忽然又如天籟般傳入了他的耳朵。

「啥，二丫妳說啥！」剎那間渾身上下又充滿了活力，劉繼業猛地回頭，雙手緊緊抓住了對方的肩膀。

「小心點兒，你！」王二丫吃痛，抬手狠狠推了他一把。隨即，又意識到李彤和張維善兩個近在咫尺，趕緊又將手收了回來，皺著眉頭快速補充：「海盜撐不住了，他們在下槳，準備逃跑！」

「啊——」李彤和劉繼業兩個，齊齊驚呼出聲，仰起頭，就準備向鄧子龍發出提醒。就在此時，船舷旁，忽然又傳來了一陣響亮的歡呼，「中了！又中了！狗日的，我看你還能挨幾炮！」

「中了，中了，砸爛它，快給我裝炮彈！」

「中了，中了，趁他病要他命！」

已經到了嘴邊的提醒聲，被歡呼聲堵回了嗓子眼兒。李彤、張維善和劉繼業三人不約而同踮起腳尖，居高臨下朝對面的佛郎機船眺望，恰看到，有個巨大的破洞，出現在後者中部的吃水線附近。而數十支船槳，緊貼著破洞邊緣向後延伸成一整排，如蜈蚣腿般飛快地移動。

「炮手停止射擊，換葡萄彈，周建良，火炮交給你，你隨機應變。其他人，準備接舷！」鄧子龍的命令，凌空落下，隱約帶著幾分欣慰。

「錯了，不是逃跑，他們要靠過來搶船！胖子，你趕緊跟我來。」王二丫的聲音，緊跟著再度傳入耳朵，與鄧子龍的命令遙相呼應。

「去哪？」劉繼業愣了愣，瞪圓了眼睛詢問。王二丫卻沒功夫跟他解釋更多，拉著他的手腕，撒腿就往底艙入口衝去。一邊衝，一邊快速朝著李彤叮囑：「姐夫，守義，你們倆小心，海盜陰險狡猾，千萬別讓他們靠近你身前三步！」

「知道了！多謝！」瞬間忘記了先前的緊張，李彤和張維善兩個齊聲答應，隨即快速衝向了正對敵艦一側的船舷。

比起先前令人窒息的炮戰，他們無疑更喜歡與敵軍面對面搏殺。而佛郎機船上的海盜們，顯然也跟他們一樣。

雙方唯一的不同之處在於他們之所以更喜歡肉搏，是因為他們先前無法保證，自家的沙船會比對面的佛郎機船更抗擊，能堅持得更久。而海盜們之所以選擇了接舷肉搏，則是希望能奪取沙船，死裡求生。

懷著同樣的目的，兩艘冒著黑煙的戰艦，迅速靠近。海盜們的咆哮聲宛如鬼哭，將士們的吶喊聲則好似海潮。在絕望的嚎叫和興奮的吶喊聲中，雙方之間的距離縮短到了五十步。羽箭呼嘯來去如冰雹般，砸得甲板和船舷啪啪作響。

「給我！」李彤放下大鐵劍，從一名親兵手裡搶過角弓，奮力拉開弓弦，朝著對面海盜船上射去。銳利的三角形箭鋒迅速穿透煙霧，正中桅杆上的望樓。

望樓中，一名手持佛郎機重火繩槍正在偷偷摸摸瞄準兒的紅頭髮海盜，本能地縮頭躲閃，槍口被身體帶歪，彈丸射得不知去向。還沒等他手忙腳亂地將第二枚鉛彈從口袋裡掏出來，張維善所射出的箭矢也快速飛至，「噗」地一聲，將此人的脖頸射了個對穿。

「啊——」紅頭髮海盜慘叫著從望樓上跌落，嚇得甲板上的海盜們紛紛閃避。沒等此人的屍體與甲板發生接觸，李彤的第二箭又脫離了弓弦，正中一名海盜頭目的眼窩。

「噗！」張維善的第二箭緊跟著飛至，將另外一名海盜小頭目射翻。其餘海盜見狀，紛紛用弓箭反擊。射出來的箭矢，卻盡數被李盛和張樹等人，用盾牌擋在了安全距離之外。發現海盜們弓箭水準有限，顧君恩等人，也紛紛站直了身體，挽弓攢射，霎時間，白羽翻飛，金屬破空聲不絕於耳。

對面的海盜接二連三倒下，不得不抓起盾牌、木板、破碎的船帆等物加強防禦。然而迎接他們的，卻不僅有弓箭。很快，周建良也找到了機會，果斷將手中令旗揮落，「放！」

「轟！轟！轟！轟！」散彈呼嘯著脫膛而出，冰雹一般，成千上萬。剎那間，將佛郎機船甲板上給清出了一大片空檔。二十幾名海盜，被散彈打了正著，渾身上下布滿了彈孔，鮮血如泉水般肆意流淌。僥倖沒被散彈波及的其餘海盜，嚇得魂飛魄散，慘叫著四處尋找突出物遮擋身體。

「不要慌，不要慌，他們只能開一炮，只能開一炮！」海盜船長尤金斯揮舞著短銃，一邊開槍，一邊氣急敗壞的提醒。「馬上靠過去，跳幫，沒有船，咱們誰都活不了！」

「起來，起來，丟飛錨拉住對面的船，跳幫！」幾名資格較老的海盜頭目，也紅著眼睛揮刀亂砍，逼迫各自麾下的嘍囉從藏身處站出來，繼續執行先前的跳幫計劃。

眾海盜們畏懼他們手中倭刀，也知道自家船隻已經無法獨立在海上航行，躲起來最終還是死路一條。只好哭泣著重整隊伍，準備垂死掙扎。一個個，在內心深處，卻將尤金斯船長及幾位海盜頭目的祖宗十八代，罵了個遍。

「來島、小倉、路西法，你們三個跟著我！杰斐，你去把水手也都叫上了，告訴他們，搶不到船，大夥全得死。獨眼兒，你帶人把火藥桶搬上來！莫哈默德，你……」海盜船長尤金斯繼續大聲呼喝，碧藍色的眼睛裡寫滿了怨毒。

如果今天能成功搶到船隻，他一定會帶人殺回琉球去，將出賣給他消息的那個姓王的大明商人，碎屍萬段。此人在三天前，騙了他五兩金子，才吞吞吐吐地告訴他，有一支裝滿了絲綢、瓷器和各種風行貨物的大明走私船隊，正借助洋流，悄悄地前往日本。他原本想趁著消息靈通，出海撿個便宜，卻不料，卻不料一口咬上了個鐵疙瘩。

對面那艘被他精挑細選之後才做出決定，又從昨晚追殺到現在的目標，哪裡是一艘走私船？分明是一艘武裝到了牙齒的明國戰艦！並且其艦長還是個打海戰的老手，經驗豐富且性子陰險。

如果早知道這艘看似笨重的沙船，戰鬥力如此強悍，尤金斯寧願放棄對所有走私船的追殺，甚至主動給予對方賄賂，以求沙船的主人對自己高抬貴手。這年頭，海商兼職做海盜不是什麼稀罕事情，海盜向各國水師繳納保護費，也司空見慣。只可惜，他發現得太晚了，晚到已經無法回頭。

連續進行了三個多小時炮戰，對方的沙船被打得破破爛爛，想必傷亡不是少數。這時候，他主動投降，對方都未必會給他一條活路，怎麼可能讓他以交保護費的方式換取平安離開？更何況，此時此刻，對方即便答應他交保護費，他也無法離開。佛郎機船破損位置就在吃水線附近，隨時都可能傾覆。如果不及時轉移到其他船上，等待著他和他麾下的嘍囉們，只有跟著船隻一起沉沒的下場。

「砰！」正絕望地叫囂著之時，忽然間，耳畔又傳來一聲巨響。緊跟著，木板相互擠壓的「咯吱」聲，接連而起，刺激得人牙根發痠。兩艘戰艦終於並到了一處，船頭別著船頭，船舷蹭著船舷，宛若兩隻憤怒的公牛。

「跳過去，殺光他們！」不待尤金斯船長和他麾下的海盜們發起攻擊，鄧子龍的聲音，已經搶先一步在半空中響起，宛若一聲霹靂。

濃煙中，無數飛爪與飛鈎落下，砸的船身嘭嘭作響，有的深深陷入船體中，有的則在甲板上留下一道道觸目驚心的抓痕。有幾個倒楣的海盜躲避不及，被飛爪和飛鈎抓了個正著，接著像被釣到的魚兒般，身不由己的騰空，鮮血像落瀑一樣，噴濺得到處都是。

「反擊，反擊，殺死他們！」尤金斯揮刀砍斷一把飛爪後的繩索，聲嘶力竭地向周圍咆哮。「船上的所有東西，大夥平分。誰都不會落下！」

正所謂：重賞之下，必有勇夫。僥倖沒死在箭雨和散彈炮擊中的海盜們，振作起精神，舉著兵刃衝向飛爪和飛鈎，準備在對面的大明勇士滑下來那一刻，殺他們一個措手不及。

誰料，沙船上大明勇士，卻遲遲沒有跳下，只有更多的飛爪和飛鈎落到甲板、桅杆、船舷附近，用繩索拉出一道空空蕩蕩的「蜘蛛網」。

「他們到底想幹什麼？」海盜們苦等對手不至，困惑地抬頭。恰看見，對面的船舷上，忽然多出幾排黑洞洞的銃口。

「一隊，開火！」劉繼業端著魔神銃，大叫著扣動扳機。

「砰！」

「砰！砰！砰！砰！砰！砰！砰！」穿著布衣的家丁們爭相開火，銃口煙霧連成一道白線，下一瞬間，妄想著守株待兔的海盜們，胸前冒出一團團血霧，彷彿麥子般一排排栽倒。

「一隊蹲下，二隊開火！」劉繼業將魔神銃丟給王二丫，忽然間，雄風大振，宛若一頭驕傲的獅子。

「砰！砰！砰！砰！砰！砰！」又是一串清脆的射擊聲，更多的海盜倒下去，鮮血瞬間染紅了佛郎機船的甲板。

第十九章　收穫

不需要打第三輪，兩輪齊射，已經開闢出足夠的空間。早有準備的鄧子龍一聲令下，忍耐多時的張樹、李盛等人，手攀繩索迅速向佛郎機船滑落。

身材高大的紅毛海盜和大食海盜，抱頭鼠竄，各不相顧。倒是有十餘名來自倭國的海盜，在一名姓來島的頭目帶領下，堅持要死戰到底。然而，他們的勇氣，能起到的作用卻微乎其微。率先落下來的李盛轉身跨步，順勢來了一記夜戰八方，逼得眾倭寇不得不踉蹌後退。緊跟著順著繩索滑下來的張樹、張重生、顧君恩等人迅速向李盛靠攏，眨眼間，就以後者為核心，組成了一個標準的小三才陣。

列陣而戰，陸上與船上就相差不多了。大夥彼此照應著向前推進，將倭寇們推得節節敗退。一名紅毛海盜在甲板上轉了兩個圈子，終於意識到自己無路可逃。咆哮著從側後方殺向了張樹。卻被張樹身側的顧君恩一腳踢飛出去，趴在桅杆旁大口大口地吐血。另外一名大食海盜躲在酒桶後，悄悄舉起了短銃，正準備扣動扳機，頭頂上卻忽然一暗，有把偌大的鐵劍當空拍了下來，將他的腦袋拍了個稀爛。

「當！」借著大鐵劍上傳來的反作用力，李彤雙腳穩穩落地，擰腰，跨步，雙臂發力揮劍橫遭。將一把悄悄刺向自己的西洋劍，直接掃成了爐鉤子。

西洋劍的主人被震得手臂劇痛，尖叫著轉身逃命，被他又是一劍從背後掃過去，「噗！」在脊背上掃出一條兩尺寬的傷口，血流如瀑！

「呀呀呀……」兩名南洋海盜走投無路，大叫著衝上前拚命。對於這種程度的攻擊，李彤早就應付得極為熟練。嘴裡猛然發出一聲斷喝：「找死！」身體同時向前跨步，在電光石火間，從二人配合的空檔處穿了過去。隨即，雙手揮劍向後猛抽，將其中一人的腦袋抽上了半空。

另外一名南洋海盜被同伴的無頭屍體，噴了滿臉的血，慌忙抬手擦臉。這個動作，直接要了他的命。借著鐵劍橫掃之勢轉過身來的李彤抬起右腳，猛地來了一記斜踹，「咔嚓——」將此人的小腿骨踹了個粉碎。

「啊——」小腿骨折的海盜栽倒於地，丟掉兵器，痛苦的在血泊中翻滾。李彤對他看都懶得多看一眼，拎著滴血的大鐵劍，直奔正在試圖放下小船逃走的海盜船長尤金斯。

「乒——」尤金斯聽到了沉重的腳步聲，連忙舉起短銃射擊。慌亂之中，鉛彈卻連李彤的寒毛都沒擦到一根。想要再次裝填，顯然已經來不及。他一邊將手中短銃當做飛錘，狠狠砸向李彤面門，一邊啞著嗓子大聲呼救：「攔住他，攔住他。回去後，每人五十匹明國一等絲綢，絕不反悔！」

縱橫海上多年，他身邊總得培養幾名鐵桿心腹。這些人知道如果被持劍衝過來的高大明國人追上，他們肯定連駕駛小艇順著洋流一賭運氣的機會都剩不下。因此，咬著牙發出一連串悲鳴，結伴撲上。

甲板上空間有限，人多的一方，總能占一些便宜。在他們的捨命阻攔下，李彤接連兩次強攻，都被硬生生堵住，只能耐下心來，一邊圍著這些人游走，一邊尋找新的突破口。

尤金斯大喜，手忙腳亂繼續去釋放逃生專用的小艇。才堪堪鬆開了繩索，耳畔就又傳來了一聲輕叱：「看刀！」緊跟著，有個火紅色的影子，拉著纜繩從半空中飛掠而至，手中的倭刀快如閃電，「咔嚓」一聲，將放小艇的繩索斬做了兩段。

那火紅色影子，偷襲得手之後，竟不殺尤金斯搶功。而是單腳在船舷上輕輕一點，隨即，又如不死鳥般騰空而起，拉著纜繩撲向了一名正在堵截李彤去路的海盜，鋼刀借著飛行的速度向下快速抹動，「受死——」。

幾根胡蘿蔔般的手指飛上半空，一把鋼叉快速落地。十指連心，受傷的海盜放聲慘叫。半空中的鋼刀迅速回轉，瞬間又切開了他的喉嚨。

「撲通！」在重力的作用下，小艇加速下落，在海面上激起一片水花。緊跟著，就被海浪推開，迅速滑出了數丈遠。

「魔鬼，魔鬼！」本打算跳上小艇，一邊漂流一邊等待過往船隻搭救的尤金斯，徹底絕望。大罵著轉過身來，彎腰從地上拾起一把鋼刀，上下亂揮。

他手下的心腹死士，不知道後路已經消失。兀自咬緊牙關，同時抵擋正面遊走的李彤和半空中飄忽不定的王二丫，寧死不肯讓開道路。就在此時，劉繼業也大叫著衝過來，「不想死就閃開！」未等海盜們明白他的意思，魔神銃的銃口已經頂著其中一名海盜的心口開火。「砰」地一聲，將此人打得倒飛而起，直接落向了水面。

單手倒拎起造價高昂的魔神銃，劉繼業竟毫不猶豫地直接拿此物當做了鐵棍，再度奮力向前斜砸。先將另外一名海盜手中的兵器砸飛，又一棍將此人砸了個腦袋開花。

倉促組成的攔截隊形瞬間破碎，海盜們失去配合，各自為戰。劉繼業也不繼續追殺，仰起頭，向著半空中盤旋的紅色身影大聲高喊：「二丫，這邊，小心腳下！」

「你自己也小心。」王二丫朝著他甜甜一笑，剎那間，從頭到腳都灑滿了陽光。在令人迷醉的晨曦中，她的身影驚鴻般下落，與劉繼業肩並著肩，迅速站成了人字型。

「死——」張維善雙手持著鋼鞭，恰好殺到。一名海賊慌不擇路，跌跌撞撞衝到了他的面前。他毫不猶豫揮動鋼鞭，奮力下砸。只聽「噗」的一聲，那名海盜的腦袋碎裂，紅紅白白四下飛濺。

「滾開！」得到兩個好朋友的支援，李彤精神大振，大劍潑風般劈出，將攔在面前的最後兩名海盜，砍瓜切菜般，接連劈倒在了血泊之中。

「魔鬼，你們全是魔鬼！」尤金斯被濺得滿身是血，將鋼刀在自己身前揮舞得像風車一般，卻不肯主動發起進攻。李彤見此人窩囊，也懶得再白撿功勞，扭過頭，朝著劉繼業微笑示意。後者先是微微一愣，隨即，將目光轉向王二丫，請示自己該不該去占這種毫無價值的便宜。就在他扭頭的一剎那，王二丫已經從腰間拔出了他當年贈送的短銃，毫不猶豫地指向舞刀大叫的海盜船長尤金斯，「砰」地一聲，將此人面孔打了個血肉模糊。

「刀下……」鄧子龍大叫著姍姍來遲，只能眼睜睜看著海盜船長的屍體倒向船舷。顧不上解釋自己替海盜船長求情的原因，他朝著李彤等人點了點頭，隨即又揮舞著鋼刀殺向了其餘海盜，「朴七，讓他們放下武器投降，匪首已經伏誅，降者免死！」

「你們的首領已經死了，投降可以活命。別繼續抵抗，否則一會兒把你們全都丟下海裡餵鯊魚！」

「你們的首領……」

通譯朴七正愁沒表現機會，連忙扯開嗓子，用日本語、朝鮮語和大明官話，將鄧子龍的要求反覆重複。

長期在中國、朝鮮和日本之間洗劫商船，甚至某些海盜原本就是商船上夥計，所以，大多數海盜，都能熟練掌握中、日、朝三國語言之一。聽到船長尤金斯已經被殺，再看看越來越多跳幫而至的大明勇士，他們知道大勢已去。一部分果斷丟下兵器，跪地求饒。另外一部分則亂哄哄地跑向船尾。

海上航行風險重重，為了尋求觸礁之後那百分之一的活命機會，佛郎機船上，不止掛了一艘小艇。所以，只要能在船尾堅持抵抗三、五個西洋分鐘，就有海盜能放下小艇逃命。只可惜，他們想得過於天真。熟悉水戰的鄧子龍，早就安排下了周建良這個海戰的內行。

「殺光他們！」對於海盜，周建良心中可生不起任何憐憫之意。發現前者亂哄哄地跑向了船尾，立刻給剛剛滑過來的鳥銃手們下達了命令。

「砰！砰！砰！」

「砰！砰！砰！」

「砰！砰！砰……」

爆豆子般的射擊聲，瞬間又籠罩了海面。將試圖去船尾放下小艇逃命的海盜們，成排成排地打翻在了甲板之上，血流成河。

「殺光他們，一個不留！」另外一個水戰的行家關叔也帶著十多名弟兄迅速殺至，趁著海盜們被鳥銃打懵的機會，揮刀猛砍。將剩餘錯過投降機會的海盜，一個接一個砍倒。

有幾名海盜無處可去，只能尖叫著翻過船舷，跳入大海。他們的身體剛剛落入水面，數個黑色的身影就從水下撲了過來，毫不客氣地張開了血淋淋的大口。

「鯊魚，鯊魚！饒命——」最後幾名海盜魂飛膽喪，不敢繼續往海裡跳，丟下兵器，哭喊求饒。周建良和關叔兩人，對他們的求饒聲充耳不聞，繼續帶著弟兄們揮舞鋼刀，將他們全部斬殺在了尾舵旁。

「周指揮，關叔……」當李彤拎著大鐵劍趕至，只看到了滿甲板的屍體。相信關叔和崔永和兩個這樣做，必有理由。他只是皺了皺眉，隨即快速給大夥布置任務。

「守義，你去把剛才那些投降的傢伙集中起來。押著他們下去排水，搶修船隻。如果實在不行，再考慮棄船。這船跟咱們的沙船不一樣，拖回去，三人行必有我師！」

「顧游擊，你帶人從穴梯下去，看看有沒有漏網之魚！」

「永貴，派人砍斷海盜旗！」

「其他人，打掃甲板，清理繳獲。等發賣之後，人人有份！」

最後一句話，頓時引發了陣陣歡呼。原本還因為同伴陣亡和受傷而感到難過的將士和水手們，想到李將軍平素的大方，個個笑逐顏開。

這一仗，不僅打的酣暢淋漓，更重要的是，大夥俘虜了一條海盜船！若在平時，船上的財物和俘虜，都要移交上去，普通士卒無非能夠領點兒賞銀。可現在聽李將軍的意思，似要將所有繳獲，都歸大夥私下瓜分。雖然按照各自的級別和功勞，他們很難拿到大頭。但是，即便海盜船中什麼物資都沒有，將船修好之後，拖回大明的港口去，也至少能賣到七、八萬兩。七、八萬兩銀子，由一百四、五十號弟兄分，其中運氣最差的人，恐怕也有上百兩落袋。

「這小子，倒是會做人，怪不得年紀輕輕，就成了實權都指揮僉事。」正在默默觀察李彤的鄧子龍，將後者的命令和弟兄們的歡呼聲都聽在耳朵裡，忍不住會心而笑，絲毫不以對方搶了自己的鋒頭為意。

作為江湖老前輩，李彤許下如此重賞的緣由，不用猜，鄧子龍就能剖析得一清二楚。駕駛一艘沙船遠赴帝國刺探軍情，既沒奉皇上的聖旨也沒經過兵部調遣，此行，即便順風順水，大夥也休想得到朝廷半點獎賞。所以，要想維持船上的士氣始終不墜，絕對不能光靠軍法恫嚇和虛頭巴腦的大道理，只有實打實的真金白銀，才能令所有人打起十二分精神。

此外，經過這麼長時間交往，他早就看了出來，李彤、張維善、劉繼業、張樹、李盛、顧君恩等人，是一個非常緊密的團夥。而在這個團夥當中，李彤又是如假包換的帶頭大哥，地位不可輕易撼動。作為一個背負著彈劾躲在舟師營接受庇護的「罪人」，鄧子龍既沒有實力，也沒有那份心思，去爭什麼鋒頭。而臨行之前，據他的忘年之交王重樓透露，受雲南那邊的局勢變化的影響，他的案子即將翻頁兒。此番出海返回之後，稍微花上一點錢活動，他就有九成以上機會官復原職，東山再起。根本不用貪圖幾個後生晚輩好不容易湊起來的這點「家底兒」。

想到東山再起後的去處，鄧子龍的目光之中，不禁又帶上了一絲羨慕。平均只有二十多歲的年紀，其中最大的張樹，也還沒到五十。眼前這些後生晚輩，今後還有的是時間去成長，有的是機會去建功立業。而自己，年齡已經接近古稀，昔日麾下那群老兄弟，也都白了鬢角。

正琢磨著，等自己確定能夠起復之時，是不是厚著臉皮跟李彤「借」幾十個年輕的弟兄，到帳下聽用。忽然間，耳畔又傳來了顧君恩的聲音，帶著掩飾不住的狂喜，「老闆，底艙，底艙除了少量火藥和炮彈之外，還發現一批象牙、肉桂、砂糖，還有，還有好多珍珠。粗略折算，恐怕也不下五萬兩。咱們，咱們賺大了！」

「象牙！砂糖！還有珍珠？」無法相信海盜船上居然還帶著這麼多值錢東西，李彤瞬間將兩隻眼睛瞪了個滾圓。

「姐夫，關叔昨天不是說過嗎？在這片水域，有時候海商隨時會變成海盜，海盜搶足了貨物之後，也不介意扮幾天海商去銷贓。」王二丫的聲音，緊跟著在他耳畔響起，如同掰蘿蔔一樣脆生。「附近正好有洋流朝向日本，海盜搶完咱們，剛好把咱們和貨物，和他們以前搶到後沒顧上出手的貨物，一起送到日本去。隨便找個當地的商人發賣掉，回去時就能拉半船銀子。」

「原來如此！」李彤恍然大悟，笑著點頭。

「怪不得這幫傢伙追了咱們整整一夜，還捨不得罷手。原來想做的是順路買賣，搶劫趕路兩不耽誤。」劉繼業也如同被醍醐灌頂，一邊點頭，一邊咬牙切齒，「貪心不足蛇吞象，活該他們偷雞不成蝕把米！」

「又賣弄，就跟只有你自己讀過書一般。」不滿他一口一個成語，王二丫輕翻白眼兒。

「習慣了，習慣了！」劉繼業這才意識到，自己剛才掉書袋的行為有點兒不合適，趕緊笑著搖頭。「我這不也是高興的嗎……」

「劉將軍的確應該高興！」唯恐王二丫在眾人面前，傷了劉繼業面子，老江湖關叔忽然大笑著插嘴，「咱們得到的，可不止是船上這些。剛才我帶著朴七粗略找了幾個海盜審問了一番，據他們招供，他們的巢穴距離這裡只有兩天左右水程。如果咱們掉頭殺過去……」

將聲音忽然壓低，同時他雙手抱拳，向李彤和鄧子龍賠罪，「請恕在下多嘴，這夥海盜人數不多，行為卻極為凶悍。想必屬那種流竄作案的慣匪。其臨時巢穴之中所藏，肯定都是貴重且便於攜帶的硬通貨。趁著巢穴那邊沒得到消息之前，咱們直接殺上門去，定能……」

「這話說得沒錯，但老夫只管打仗，接下來何去何從，還得聽李僉事決斷！」鄧子龍迅速明白了關叔的意思，沒等他把話說完，就笑著打斷。

聞聽此言，周圍的將士們，齊齊將目光轉向李彤，大部分人眼裡，都充滿期盼。

錢這東西，雖然偶爾會被稱作阿堵物。事實上，即便志向高潔的隱士，都不會嫌多。更何況，船上大部分人，都是如假包換的武夫。

然而，令他們非常失望的是，李彤只稍作斟酌，就果斷否決了關叔的提議。「這次來不及，也太冒險。咱們去日本，還有更要緊的事情做，沒時間在海上耽擱。此外，雖然追殺咱們的戰艦只有一艘，海盜老窩那邊，會不會還藏著其他戰船，卻不一定。在敵情未明的情況下，咱們不能因為貪圖海盜巢穴裡的浮財，就以身犯險。」

「這……，將軍說得是，我等唯將軍馬首是瞻。」眾人找不到理由反駁，只好猶豫著拱手領命。

知道眾人心裡未必真的捨得，李彤笑了笑，再度輕輕揮動手臂，「海上來去，第一是要有人，第二是要有船。拜諸君先前英勇，第一次出海，咱們的大船，就由一艘變成了兩艘。接下來，如果接下來，類似的戰鬥再發生幾次，咱們何必還去海盜的老巢冒險？」

「將軍說得是！」

「將軍威武！」

「咱們繼續扮成商船，沿途反搶海盜就夠了。用不著跑那麼老遠去冒險！」

大夥聽得又是驕傲，又是興奮，忍不住七嘴八舌地響應。

「諸君！」看看大夥心中的遺憾，已經被驅散得差不多，李彤猛地又揮了下手臂，目光飛快掃過整個甲板，「此次前去日本，我與守義、永貴有要務在身，實在無暇他顧。所以，直搗海盜巢穴一事，只能暫且放下。不過，李某可以向諸君保證，待完成要務，從日本返回，李某必定向朝廷請纓，率部出海，將大明與朝鮮，日本兩國之間的所有水匪，犁庭掃穴。屆時，還請諸君助我一臂之力！」

說罷，一揖到地。

「願聽將軍調遣！」

「將軍威武！」

「將軍您儘管下令，咱們誓死追隨將軍左右！」

剎那間，興奮的答應聲，響徹海面。除了鄧子龍、張維善、劉繼業等少數幾個不在乎錢財的人之外，其他所有弟兄，都為「犁庭掃穴」四個字，歡呼雀躍。

現在調頭去攻打海盜巢穴，有可能會遇到極大的風險不說，收益也只有一次。而回頭在朝廷的支持下，去征剿海盜，收益卻源源不斷。即便朝廷還是像先前一樣，對舟師營和海防營不聞不問，憑藉大夥每次讓戰艦數量翻一倍的本事，只要往來紹興衛和長崎三五趟，就可以將兩條戰艦變成一支艦隊。而手頭擁有一支艦隊，無論是打著官府旗號走私，還是對海盜黑吃黑，都永遠不會再愁沒有銀子花。

「到時候，少不得還要麻煩您老！」直起腰，笑著向大夥拱了拱手，李彤再度將目光轉向關叔。

「不敢當，不敢當！」關叔慌忙跳開，長揖相還，「小老兒只是我家小姐的老僕，她去哪裡，小老兒跟到哪裡。剛才是小老兒見識短了，差點兒耽誤了將軍您的大事……」

「關叔，戰事已經結束了，此刻只有李老闆，李有德、張發財和劉富貴。」李彤故意板起臉，大聲提醒，「您老可別說順了嘴，到時候改不過來。」

「不敢，不敢，李老闆。您儘管放心，小老兒別的不說，記性好著呢！」關叔再度拱手，信誓旦旦地保證。

「關叔，樊樓是個什麼樓啊？」劉繼業故意搗蛋，憋粗了嗓子，忽然大聲詢問。

「樊樓，樊樓不是在南京嗎？姑爺，你怎麼問起這地方了？這可不是什麼正經人應該去的地方，裡邊……」關叔愣了愣，順嘴回答。話說了一半兒，才忽然想起自己和劉繼業初次見面時的情景，頓時一張老臉憋得又紅又紫。

「哈哈哈……」小方、小四等王二丫的心腹，一個個笑得前仰後合，絲毫不因為關叔年紀大，就給他留幾分顏面。

李彤雖然不知道大夥為何發笑，心情也是大好。抖擻精神，繼續發號施令。很快，就指揮著大夥兒，將佛郎機船上的物資盡數搬到了沙船之上，然後將此船拖在了沙船之後，一邊安排人手修理，一邊順著洋流和季風繼續向東而行。

兩日後，陸地的輪廓終於在遠方若隱若現。

「將，老闆，屬下以為，咱們最好先不去長崎，而是去附近的壹岐島，那邊有許多私港，專門做朝鮮和大明的生意。」崔永和扭扭捏捏地走上前，用非常小的聲音提醒。

「私港，為何要去私港？」李彤本能地皺起了眉頭，低聲詢問。話音落下，卻已經明白了對方為何要如此提議。

無論日本國向大明求和是不是緩兵之計，都難以否定日軍被大明將士從鴨綠江一路趕到了釜山的事實。當初氣勢洶洶聲稱要鯨吞朝鮮，橫掃大明的倭寇各部，死傷慘重。所以，不管豐臣秀吉和小西行長等上層人物如何考量，此時此刻，日本普通民眾的心間，對大明必定滿懷怨恨。大夥從官方港口靠岸，稍有不慎，就有可能與當地商販、百姓發生衝突，甚至引來港口的守軍，進而與後者兵戎相見。

更何況，大夥來日本的目的，原本就不是為了貿易，而是為了刺探情報，查明日本人求和的真正用心。如此一來，賺錢就成了次要問題。與其為了追逐更高的利益到官方港口冒險，倒不如少賺一點，先找個私港將貨物儘快推出去，然後輕裝上陣，待完成任務後從容離開。

「屬下以為，日本人在朝鮮吃了那麼大的虧，心中肯定不服。此外，長崎港據說乃是豐臣秀吉直轄，想必會有重兵駐紮。而壹岐那邊的私港，卻沒多少守軍。哪怕咱們身份暴露，也能輕鬆殺出港口，揚帆而去。」崔永和的回應聲很快響起，果然，與他猜測的有七八分接近。

李彤正準備點頭答應，忽然間，耳畔卻又傳來了劉繼業的聲音，「姐夫，我以為，崔管事之言固然穩妥，卻過於畏手畏腳。那日本人如果是誠心議和，必然會約束其百姓，不得與大明百姓衝突。而長崎港，多年在大村氏的支持下，一直與各國通商，非但船隻雲集，日本各地商販也往來不斷，消息最為靈通。另外，此刻該港雖然歸豐臣老賊直轄，具體做主管事的，卻還是大村家的子孫。想必也不會輕易改弦易轍，為了出一口怨氣，破壞了其祖上花費數十年才積累起來口碑。最後，咱們自己知道自己的身份，日本人卻不知道。與其躲躲藏藏招其懷疑，還不如大大方方從官港進出，爭取能夠速戰速決。」

一番話，有理有據，頓時令李彤欣慰地點頭。正準備問一問，自家小舅子如何能想得如此仔細，眼角的餘光裡，卻又看到了王二丫、關叔、小方、小四等人期盼的面孔。

很顯然，這是王二丫和關叔等人一起商量出來的結果，劉繼業不過是替他們向自己傳話而已。想到關叔等人以前的身份，該如何選擇，已經不言而喻。因此，他笑著又向大夥點了點頭，快步走向了舵樓，「鄧舶主，我等直接航向長崎港，可否？」

「既然李老闆已經有了決斷，鄧某敢不從命！」舵樓內，立刻傳出了鄧子龍爽利的大笑聲，不帶半點兒猶豫。

李彤心中的自信，剎那間又提高三分。扭過頭，將目光掃向甲板上的所有人，竟沒有從妻子、好友乃至部下的眸子中，看到半點兒懼色。

大夥先前敢跟著他出海，就已經將生死置之度外。如今，船隻已經抵達了日本國的大門口兒，斷沒有遲疑不前的道理。想到這兒，李彤猛地將手臂一揮，大聲下令：「所有人聽著，船隻直奔長崎港。今晚，咱們就在這港口中找個酒館兒，一起喝個痛快！」

「李老闆威武！」

「多謝李老闆。」

「李老闆仁義！」

關叔等人帶頭歡呼，剎那間，整個甲板為之沸騰。將士們摩拳擦掌，抖擻精神，隨時準備登上日本海岸，嘗上一嘗，那傳說中的倭國酒水，是如何滋味！

不多時，船隻就已經抵達了港口附近，自有當地的管事者，安排了數艘小艇前來領航。那通譯朴七，早就得了李彤的口授，主動站到船頭，表明大夥身份。對方聽聞船隻從大明而來，非但沒有絲毫刁難，反倒熱情異常，一邊分出人手回去向管事者通報，一邊頭前開道，將沙船和佛郎機船朝港口最中央處引。

「那些日本人，怎麼如此乖覺，好像咱們是他的頂頭上司一般？」被領航者的熱情，弄得心中生疑，張維善忍不住小聲嘀咕。

「可能是物以稀為貴吧，畢竟，咱們大明至今還禁止海船前往日本。」李彤也被日本人的熱情，弄得有些緊張，想了想，盡可能地低聲猜測。

「最好做些準備，免得對方起了什麼歪心思，先將咱們騙到港口深處去，然後關門打狗。」張維善搖了搖頭，眼神之中充滿了戒備。

「你說得對，有些準備也好！」李彤斟酌了一下，果斷接納了他的建議。隨即，開始分派人手，去調整炮位。以便發現情況不妙，就用兩艘船上的火炮轟開一條血路，直奔外海。

還沒等他將任務布置完畢，耳畔處，卻忽然傳來了一陣火銃聲，「砰砰，砰砰，砰砰砰，砰砰砰砰！」，緊跟著，又是一陣喧鬧的鑼鼓，「咚咚咚，當當當，咚咚，當當，咚咚咚……」

「大夥小心，準備迎戰！」大吼一聲，就準備前往舵樓，協助鄧子龍調轉航向。卻驚愕地發現，前方港口正中央處的棧橋上，紙屑紛飛。數掛爆竹被挑在半空中，炸出一串串藍色的青煙。爆竹下，則是數百名身材矮小的日本百姓，賣力地揮舞著胳膊，將大鼓、銅鑼等物，敲得震天響亮。

「怎麼，先禮後兵？」被港口上的日本人動作，弄得滿頭霧水。李彤遲疑著停住腳步，瞪圓了眼睛四下張望。

沒有戰艦，沒有火炮，沒有士兵調動跡象。只有大量衣著各異的商販，湧向港口正中央，爭先恐後，每個人還都笑逐顏開。

「長崎三十家地商，恭迎大明貴客入港！」在刺耳的鞭炮聲和喧天的鑼鼓聲中，一隊衣著華貴的商販，大步趕至，朝著沙船遙遙躬身。每個人的動作，都一板一眼，透著如假包換的真誠。

第二十章 上賓

「竟然是真的物以稀為貴！」原本緊繃著的神經瞬間放鬆，李彤頓時覺得有些頭暈目眩。連忙做了幾下手勢，吩咐大夥停止戰鬥準備，然後繼續警覺地四下打量。

直到此刻，他才真正能分出一些精力，觀察長崎港的模樣。目光所及之處，只見形制各異的船隻，或是斂帆停泊，或是揚帆起航，井然有序。不同膚色的船工，站在各式各樣的甲板上，一邊不停忙碌，一邊用千奇百怪的語言大聲呼喝，伴隨著陣陣濤聲，以及海鳥的鳴叫，顯得格外熱鬧。

「傳說長崎官港乃是日本第一大港，規模遠勝泉州。原本我還以為是海商吹牛，沒想到，竟實不我欺！」饒是坐鎮瀏家港兩年多，見慣了千帆進出模樣，張維善依舊被眼前景色所震撼，帶著幾分不甘與羨慕，連聲感慨。

「大明，大明雖然自隆慶開關注十九以來，海上貿易日漸繁榮。卻只有短短二十餘年，並且朝令夕改，搖擺不定。遠不似這邊，大村氏連續兩代都力主大興貿易，並且有島津、宗義、小西各家，

注十九：隆慶開關：大明隆慶初年開始推行的政策，局部放開海上貿易。但是，唯獨對日本實施貿易「制裁」。

都明裡暗裡給予照應。」彷彿被觸動了什麼心事，崔永和手捋鬍鬚，一邊嘆息一邊搖頭。

當著幾位頂頭上司的面兒，他不敢將話說得太狠。然而，在場眾人聽了，卻都忍不住輕輕嘆氣。大明對外開關貿易，豈止是朝令夕改？其背後更有種種權力博弈，以及多重利益瓜葛，端地一言難盡。

更為可氣的是，許多力主多開海關，與東西兩洋貿易的官員，也不是出於公心，而是為了開關之後，可以放開了手腳去倒賣貿易准許文書。而那些開口閉口要朝廷恢復海禁的官員，更不是為了國家的長遠打算，而是為了各自背後的走私船隊能夠獨占海上的紅利，各種海上走私來的貨物能始終維持高價。

相比之下，日本雖然是個蠻夷之國，看待開海貿易，就純粹得多。就以大夥眼前這座長崎港來說，無論其原來的控制者大村氏，還是現在的名義所有者豐臣秀吉，看中的都是一個「錢」字。只要能源源不斷地賺錢，就怎麼方便怎麼來。根本不去考慮什麼祖宗成法，也不會考慮自家百姓被蠻夷帶壞。對各種遠道而至的奢侈物品，也敞開了任其販賣，既不擔心這些物品會吸乾日本國內錢財，也不會固執地認為海船帶走日本產的糧食，讓當地百姓食不果腹。

「看，那邊是波斯人的貨船，比咱們的沙船還大！」

「那裡，那裡有幾個黃頭髮女人，衣服短得將腿和腳都給露在了外邊！」

「大佛郎機船，比咱們俘虜這艘大一倍。這要是裝滿了火炮，恐怕得四、五十門！」

「那邊，那邊是什麼船，居然像一座廟宇般。頭重腳輕，怎麼可能出得了洋！」

「是日本國的安宅船吧，估計原本也沒想到遠處去。看那邊，清一水的佛郎機船，整整一個船

待看到沙船上明國男人一個個乾淨健壯，女人英姿颯爽，更是目不轉睛。心中暗道，東方第一大國的人物，果然與日本大不一樣。有可能真的那本遊記中所說，個個都富得流油。如果有機會能把貨物賣到明國去，或者直接跟明國商人交易，而不是受朝鮮或者日本商人中間切上一刀……

想到跟明國商人直接交易，或者打劫明國商船可能賺到的巨額利潤，商販和海盜們，一個個愈發兩眼放光。絲毫不覺得，自己直勾勾盯著別人看的模樣，有多失禮。

「這些人，這些人果然野蠻，居然盯著咱們看！」劉穎本隨王二丫一起，看風景有滋有味，忽然察覺有上百道目光，從四面八方齊刷刷向自己這邊掃了過來，頓感大窘，急忙低下頭，低聲抱怨。

「定是阿姐妳光彩照人，那些西洋人又不知禮法，這才都被妳吸引。」難得看到自家姐姐受窘，劉繼業心中大樂，立刻擠眉弄眼開起了玩笑。

「胡扯八道！」王二丫見他沒個正行，抬手便是一巴掌，接著用手指在前方一劃，大聲提醒，「你沒發現，棧橋上那麼多各國蠻夷，卻幾乎沒有明國人嗎？以前紅毛鬼到了大明，怎麼引人注目。如今咱們到了蠻夷裡，就怎麼引人注目。雖然時間地點不同，情況卻是一模一樣！」

李彤等人聽得莞爾，卻忍不住又仔細打量棧橋上的一干人等。隨即不得不承認，王二丫的話很有道理。大明雖與日本相隔不遠，可在這長崎官港，非但看不到幾艘有可能是來自大明的船隻，大明商人也是比佛郎機、天竺等國百姓還要稀罕的存在！

「老朽年輕時來過幾趟長崎，那時，此地不過是一個小小的漁村。一轉眼，它就變得比月港還要繁華，而大明，唉——！」一陣噓唏聲，忽然在耳畔響起，令李彤不由自主地扭頭，恰看到關叔

隊！」

「……三十一，三十二，數不過來了，太多了，我這輩子第一次見到這麼多的船！」與李彤、張維善等人的感受截然不同，周圍的將士和水手們，不在其位不謀其政，確定暫時不會遇到攻擊之後，只管為眼前看到的繁華景象大呼小叫。

要知道，雖然大明一直宣稱萬國來朝，並且自隆慶初年便開放了海禁，可因為各級官員上下其手，海貿發展極為緩慢。故而眼下哪怕是在最繁華的月港，很難見到如此數量眾多，且不同形制的海船，更不會看到如此多不同服色，不同打扮，不同國家的人來來往往。

更何況，一眾年輕人除了少數曾經追隨李彤、張維善和劉繼業三個去過朝鮮，其餘幾乎沒離開過國門，此刻看見了真正的「萬國」彙集景象，巨大的信息量直衝腦門，一個個方才意識到，大明之外的世界究竟有多寬廣。

「好一個長崎，竟繁華如斯！」劉穎和王二丫等女眷雖然矜持，此時此刻，也情不自禁瞪圓了眼睛，身體內的疲憊瞬間一掃而空。

按道理，她們都算得上見多識廣，特別是王二丫，在沒跟劉繼業兩人墜入情網之前，天南地北，到處駕船闖蕩，早就將大明各地的風光看了個遍。但是，像眼前這種千帆雲集的情況，卻是平生第一次看到。

大伙只顧看周邊異域風景，卻不知道，自己在這些異族眼裡，何嘗又不是一道風景？那西洋、南洋，以及不知道從多遠來的海商、海盜們，很少有機會登上大明海岸，忽然發現一艘與所有船隻都不一樣的大明沙船進港，後面還拖著一艘百孔千瘡的中型蓋倫，怎麼可能捨得不看個清楚？

那張寫滿滄桑的臉。

「您以前居然連這兒都來過？我怎麼不知道？這裡以前很窮嗎？我看碼頭上那麼熱鬧，絲毫不亞於揚州！」王二丫的聲音，也在他身邊響起，帶著如假包換的好奇。

「揚州乃大明南北貨物中轉之地，還守著運河，自古以來，就是天下一等一繁華所在。」關叔苦笑著搖了搖頭，眼神中忽然露出一抹蕭索，「而這長崎，能從個小漁村，變成一個日進斗金的聚寶盆，卻全憑人力。」

彷彿被觸動了什麼心事，他又嘆了口氣，繼續補充道：「大概是三十多年前吧，倭寇剛剛被戚帥打跑那會兒，這裡還叫橫瀨浦港。其大名，類似於咱們那邊的藩王，名叫大村純忠。此人做事出奇的果斷，為了從十字教的傳教士那裡換取造船，造鳥銃本事，竟然把沿海三里之內所有土地，都獻給了十字教會。而那十字教會也投桃報李，非但幫他製造了大量的船隻和鳥銃，還將硝石、硫磺等物，源源不斷地運送給他。於是，他麾下的鳥銃隊很快就名震日本，人數雖然只有千把人，令其他日本諸侯，輕易不敢對長崎起吞併之心。」

「鳥銃隊？」劉繼業一聽到鳥銃，就來了精神，瞪圓了眼睛刨根究柢，「那他跟大村喜前是什麼關係？我記得戰報上說，小西行長麾下，就有一支擅長用鳥銃的隊伍，主將叫什麼大村喜前。只可惜時運不濟，平壤一戰時，被李如柏帶著騎兵砍了個落花流水。」

「這個，老朽可就不清楚了。但是既然姓大村，還是鳥銃兵，恐怕與大村純忠脫不開關係。」

關叔想了想，輕輕搖頭。

「快看，快看，那邊的建築，怎麼如此古怪，看上去頂子全是綠色的，還帶著個十字杈杈！」

話音剛落，王二丫詢問聲已經又響了起來，隱約之間，還帶著幾分促狹。

綠頂子，在大明可不是什麼好詞。眾人強忍笑意，順著她手指方向望去，果然看到數棟高大的磚石建築，聳立在碼頭旁。每棟建築都是灰綠色的屋頂，其中最巍峨一棟的最高處，還有一枝灰綠色的十字架在陽光下熚熚生輝。

「那就是十字教的大廟了，屋頂乃是純銅所打造，長崎這邊雨水又足，銅受潮後容易生銹，所以時間長了，就變成了灰綠色。」關叔對王二丫極為溺愛，就像看著自己已經長大的女兒般，看了她一眼，然後緩緩解釋。

「銅造的，娘啊，那得值多少錢啊！這要是全都拆了裝到船上去……」王二丫聽得吐了下舌頭，兩隻漂亮的丹鳳眼裡，瞬間有火苗跳動。

周圍眾人聽了，頓時有些哭笑不得。然而，想到這些純銅屋頂的造價，又對大村純忠的遠見好生欽佩。

俗話說，窮鄉僻壞的寺廟裡供不起金佛。那十字教雖然是從西洋傳來，其廟想必與遍布中原的佛寺差不多。而用純銅鋪滿十字教所有建築的屋頂，得花多少錢？這長崎港民間，得富庶到何等地步，才能給十字廟如此多的布施？此地歷史雖然短暫，其繁華程度，恐怕卻真的如王二丫先前所說，比起揚州也不遑多讓！

正感慨間，沙船已經拖著佛郎機船，從幾艘巨大的西洋帆船中間緩緩駛過，慢慢靠向了碼頭。由於實在受不了周圍那些看熱鬧的目光，除了必要的水手之外，眾人全都返回了內艙暫避。不多時，外面就傳來了車關棒轉動的咯吱咯吱聲，緊跟著，又是一記巨大「撲通」聲響。鐵錨鑽進水中，沙船在一陣不算劇烈的抖動後，在指定位置停了個穩穩。

立刻有當地的官員和商人圍攏上前，指揮著差役和夥計，七手八腳幫忙搭設跳板。並且派通譯上前發出邀請，說貴客光臨長崎，令偏僻之地倍感榮耀。本港主人大村喜前有事外出，無法親自前來迎接，十分愧疚。特命家老今道純助在居城擺了酒宴，為貴客接風洗塵云云。

「什麼有事外出，怕是正在釜山那邊厲兵秣馬才對！」李彤對大村喜前的去向心知肚明，卻不敢戳穿對方的謊言，更不願毫無準備就前去赴宴，被對方識破自己的身份與目的。因此，趕緊吩咐朴七出馬，以海上遭遇風浪，貨主李有德身體不適為由，婉拒了對方邀請。並且鄭重承諾，待自己緩過精神，一定登門拜訪此港的主人，感謝對方今天給予的方便，以及相邀的盛情。

那家老今道純助常年駐守在港口，與往來做生意的海商以及銷贓的海盜們打交道，早就被鍛鍊得比狐狸還要狡猾。眼珠輕輕一轉，就猜出沙船的主人李有德，是因為心存戒備，才不願接受自己的邀請。然而，他卻絲毫不覺得失望或者奇怪。原因也很簡單，他已經不是第一次遇到這種情況，最近幾天陸續在長崎和長崎附近靠港的大明海商，都是如此小心翼翼。彷彿大村氏的居城是龍潭虎穴一般，進入之後就有來無回。

對於這種情況，今道純助也早就準備好了應對之策。那就是，盡可能地向從明國來的海商們，展現長崎港的友善。畢竟，明國與日本之間的和議，還沒有最後簽署。此刻敢駕船前來長崎的海商，全是屬探路性質。只有讓他們都帶著貨物和賺到的錢財滿意而歸，才會吸引更多的明國海商前來長崎交易，如此雞生蛋，蛋孵雞，財源滾滾。

此外，被拖在沙船後入港的那艘破破爛爛的中型蓋倫船，也讓今道純助，對沙船上的海商李有德，更高看一眼。秉承前代大名大村純忠的遺志，以及港內十字教神父的指點，長崎港才不會管往來做生意的貨主們，哪個是海商，哪個又是海盜。只要他們不在長崎與對馬之間的黃金水道上搶劫，長崎港的水軍，就對他們的來歷不聞不問。如此，才會讓越來越多的船隻來長崎做生意，才能令長崎港的名聲越來越響亮，稅收也越來越豐厚。

而在遭遇了海盜之後，不人財兩空，反搶了海盜船隻的海商，實力肯定比那些只顧著逃命的海商強。按照長崎這邊對明國海商的瞭解，幾乎每個海商身後，都站著一個龐大的官宦家族。每個官宦，又相當於日本這邊的大名。一個大名麾下的海商，若有本事反搶海盜，則說明此人身份和實力，絕對非同一般。能跟這樣的家族搭上關係，日後給長崎港所帶來的利益，也遠遠超過其他海商的小打小鬧。

於是乎，為了長崎港的將來，也為了大村氏的錢袋子，今道純助非常「大度」地接受了朴七的說辭。隨即，派出通譯再三強調，請遠道而來的明國貴賓儘管放心休息，無論什麼時候想要光臨大村氏的居城，他都會代表自家主君掃榻以待。並且鄭重聲明，長崎港歡迎從任何地方來的貨主，絕對不會允許任何人侵犯貨主的利益，更不會允許港口內有搶劫或者報復的事情發生。否則，不用貨主提出要求，大村氏的水軍也會立刻出動，替他主持公道。

「李某在海上一路顛簸，就希望能找個安全所在踏實睡上一覺。聽貴主人之言，頓時覺得來長崎絕對是上上之策，也肯定會不虛此行。」帶著幾分欽佩，李彤吩咐朴七再度向對方致謝。然後又打足了精神，跟今道純助說了上百句毫無價值，卻禮貌異常的廢話，才終於送走了對方，重新返回了船艙。

「好一個歡迎任何地方來的貨主，分明是告訴海盜們放心，儘管前來銷贓。」

「你沒聽到那句『主持公道』嗎？意思是，即便海盜在港口裡被認出了身份，也不准任何人對他進行報復。」

「慷他人之慨，真是奸詐！」

「此舉雖然慷他人之慨，但對於長崎港，卻是有百利而無一害。」

「能想到這種主意的人，絕對宰相之才。什麼時候大明也學一學就好了！」

「倭國雖屬蠻夷，卻也英才輩出。」

雖然身為敵手，張維善等人卻對大村氏治理長崎港的策略，很是佩服。不待碼頭上的腳步聲去遠，就湊在一起大發感慨。

「說話都小心些，雖然大村氏輕易不會自毀名聲，可倭人善變，能不讓他們識破身份，還是不要被識破為妙！」李彤聽大夥越說越沒忌憚，忍不住再度站出來強調。

眾人趕緊吐了下舌頭，停止了議論。隨即，又想起了其餘那些在海上拋下沙船各自跑路的海商，不知道這幫傢伙，面對今道純助的邀請之時，有沒有膽子前去赴宴？

說曹操，曹操就到。還沒等大夥推測出一個結論，在外邊當值的顧君恩，就撇著嘴前來彙報。有幾位海商，聯袂來訪，其中一個姓孫的和一個姓馬的，就是先前遭遇海盜之時，丟下大夥不顧的貨主。卻不知道二人從哪借來的臉皮，竟然以為，大夥會毫不介意他先前的涼薄。

「讓他們滾蛋！」劉繼業少年心性，最看不起這種勢利小人，立刻大聲吩咐。

「不能這麼便宜他們！」王二丫卻另有想法，氣哼哼的阻止，「要我說，先讓他們上船，然後結結實實打一頓，再扔進水裡去，免得他們以為，咱們根本沒看出來，他們先前是誠心把大夥拋給海盜當點心。」

話音一落，眾人紛紛叫好。就連李彤這個最老成持重者，都忍不住將手指捏得咯咯作響。

而這一幕，都落入鄧子龍眼中，卻只換來他呵呵一笑，「哈哈，哈哈哈，各位老闆，咱們現在是是海商，可不是在軍中或者行走江湖？大海之上，商船遇到海盜分散逃走，各憑運氣脫身，乃是規矩！他們兩個當時逃走，也再正常不過。若是二人敢留下與咱們並肩而戰，老夫此刻反倒要提醒大夥，擔心他們的來歷了。況且如今咱們身在異域番邦，卻對同胞大打出手，落在外人眼裡，只會讓他們，讓他們將所有大明人都瞧扁了。須知在那些西夷、南蠻和倭人眼裡，咱們和馬、孫兩位老闆，都是明國人，毫無差別。明國人將明國人打得頭破血流，他們只管拍巴掌看好戲。才不會有興趣去追問，彼此之間誰是誰非。」

「這……鄧舶主說的是，我等想得窄了。」聞聽此言，李彤頓時面紅耳赤。連忙躬身行禮，感謝鄧子龍的點撥。

「李老闆不必如此客氣，鄧某如果是你，就裝作忘了海上發生的事情。將他們全都請進來，在商言商。他們雖然幫不上你的忙，但是，多少也能透露一些港內的情況，總好過你再一點點自己去打聽。」

「多謝舶主提醒！」李彤茅塞頓開，再度向鄧子龍行禮。隨即，就向顧君恩大聲吩咐：「你，去把各位老闆請進來。就說李某初來乍到，什麼都不懂，巴不得能得到各位前輩指點迷津。」

「孫兄，那李老闆，到底是誰家的人？竟然，竟然有本事反搶了海盜的船隻？萬一，萬一他死揪著前幾天的事情不放，咱們，咱們難道還真的給他跪下不成？」就在李彤等人商量如何對待那些臨陣脫逃的老闆之時，後者也在發愁見了面之後，如何對待他們。

如果雙方都是尋常海商，眾貨主將沙船丟下各自逃命，的確不算什麼過錯。被丟下的那艘船，十有七八在一兩個月後，會出現在某個港口，被以造價的三折，甚至兩折賤賣。原來的船主和貨主，則活不見人死不見屍。

然而，這回沙船的李老闆，居然帶著一幫子不知道從哪弄來的夥計，反搶了海盜的船隻，眾位海商就必須仔細琢磨琢磨，自己先前的行為，會不會被李老闆記在心裡了。雖然做海商這一行的人，誰身後沒站著一尊「大佛」？可李老闆既然有本事反搶海盜，歸途中扮做海盜再搶他們一次，想必也不費吹灰之力！

「跪就跪，誰讓咱們看走眼了呢！」被喚做孫兄的貨主，長得鼻直口方，滿臉正氣。說出來的話，卻比衙門裡混了一輩子的老吏還要圓滑，「各位請想想啊，那佛朗機船上的海盜再不濟，手裡也是有鳥銃和大炮的。大炮和鳥銃都沒占到便宜，那沙船上的水手得多強悍。弄不好，就是哪位指揮使的家丁。能驅策數十名精銳家丁上船給他當保鏢的主兒，他身後那位的官職還能小得了？」

「那倒是！」最先發問的馬姓貨主嘆息著點頭，臉上的表情更為苦澀。

「別是浙江、江西或者南直隸的幾位都指揮使老爺吧！」另外一位姓鄒的貨主，激靈靈打了個哆嗦，聲音頓時有點走樣。

「怎麼可能！那幾位都指揮使老爺，光設派卡子收錢都忙不過來，怎麼會看上海貿易這點蠅頭小利？」第四位開口的貨主姓范，頭搖的如同撥浪鼓，聲音也無比的堅定。

「怎麼不可能，馬上就要跟倭國達成和議了。和議一成，大明跟日本之間的海上商路必通。如今誰不想早點下手占個先機？」第五位開口的貨主姓陶，觀點跟姓范的貨主針鋒相對，「你沒聽人說嗎？連首輔王錫爵家，都在偷偷地購買大福船。」

這個問題，實在過於犀利，令周圍的同夥們，頓時全都無言以對。

大明朝的官員，吃相可不怎麼講究。上自當朝首輔，下至偏僻之地的縣令，幾乎找不出幾個背後不想方設法撈錢的來。而最穩妥的撈錢辦法，絕對是派族中旁支子弟出馬經商。一則憑藉自己在官場人脈，可以免去許多稅收。二來，這錢遠比貪污受賄穩妥，不愁被政敵抓到把柄。至於儒家重士輕商的古訓，那都是哄傻子的。官員們只要不派自己的嫡親兒孫去打理買賣，就不用擔心壞了他的名聲。

「諸位，你們既然與他結伴出海，事先就沒打聽一下他的底細嗎？」好歹旁邊還有兩個局外人，見馬、孫、范、陶等老闆愁腸百結，忍不住低聲詢問。

「倒是想打聽來著，可那樣做不合規矩啊！」陶姓貨主立刻接過話頭，滿臉懊惱地解釋，「並且即便打聽，咱們這行裡頭，誰又肯說實話。最後還不是一樣雲山霧罩？」

「第一次合作，總得有人做中人，為他們擔保吧？」局外人看事情，總比局內人冷靜一些，皺著眉頭，又發起第二次詢問。

這個問題不問也罷，一問起來，更令馬、孫、鄒、范、陶五位老闆，更後悔得捶胸頓足。「當初，當初是漕運衙門的趙廳丞，派他親弟趙安持了帖子做的中人，請我們對李有德、張發財兩個照顧一二。我們以為，這二人身後頂大也就是個五品官……」

「頂大也就是五品？」兩個局外人將眼睛瞪得滾圓，異口同聲，「諸位老兄的眼界真是高得可以，五品廳丞都沒當回事兒。你們就不想想，那趙廳丞掌管著漕糧裝船啟運，每年得過手多少銀子？能勞動他派親弟弟持了帖子出馬，地位豈能在他之下！分明是有人不願意露面兒，才將差事交代給了他去辦。而他又不方便把話說得太透，才派了親弟來給諸位接洽。」

「嘶——」眾貨主聞聽，齊齊倒吸一口冷氣，臉上的表情，頓時愈發地難看。

漕運衙門裡，比文職廳丞高的，只有五大參將或者王重樓這個總兵了。據說朝廷前幾年還命令南京戶部，協助王重樓署理漕運。但南京戶部那邊的幾位官老爺剛剛插手，估計還未必指揮趙廳丞得動。

越想，大夥心裡越是後悔，越想，越是發愁。正愁得直揪鬍鬚之時，卻看見先前進去替大夥彙報的顧管事，臊眉耷眼地推門而出。三兩步來到大夥身邊，非常不情願地側轉身體，伸手，「各位老闆裡邊請，我們東家說，他是初來乍到，什麼都不懂，巴不得能向各位前輩討教。」

話說得雖然客氣，可動作卻無比僵硬，眼神當中，也不帶任何歡迎之意。馬、孫、鄒、范、陶等老闆，立刻猜出，沙船的貨主李有德和張發財兩位老闆，並不是真心歡迎大夥的到來。可轉身就走，卻更不合適。只能互相用眼神打著氣兒，一步步走向客艙。

然而，當他們步入客艙的那一瞬間，心中卻全都鬆了一口氣兒。李有德和張發財兩位老闆，非但臉上沒有任何怪罪之意。並且早就派人預備好了點心和茶水，熱情地邀請大夥品嘗。

眾老闆雖然都是替背後的「大佛」做事，卻也見多識廣。鼻孔裡飄進了茶水的味道，目光再一搭上點心的模樣，就更加相信，此間主人身份絕對非同一般。其中馬、孫、鄒、范、陶五位，趕緊放棄了僥倖的念頭，主動施禮謝罪，請求李、張兩位同行，看在大夥曾經一道面對過風暴的份上，原諒他們遇見海盜時自顧逃命。並且主動提出，願意拿出半成貨物，為李、張兩位老闆及其麾下的夥計們壓驚。

到了此時，李彤才終於確定，曾經與自己結伴同行的海商是五位，而不是先前顧君恩彙報的兩人。然而，他卻沒空責怪顧君恩眼力差，強裝出一副雲淡風輕模樣，向著忐忑不安的客人擺手，「各位前輩不必客氣，你們又不是官兵，遇到海盜後分頭逃走，再正常不過。說實話，李某和張老闆若不是在臨出發之前，跟我家堂兄那邊借了一批走海的好手幫忙，恐怕也沒那麼走運，更不可能讓海盜搭上了老本兒。」

「是啊，我們倆這回是闖了大運，沒想到海盜外強中乾，船上嘍囉連同水手只有四十幾人，炮也只有兩門。」張維善早就跟李彤對好了說辭，也站起身，笑著擺手。

「兩位老闆大人大量，我等卻不能沒有深淺。當初既然答應了趙廳丞的請托，就該捨命相護。些許禮物，不足以補償。待回到大明之後，定會再登門負荊請罪！」眾貨主哪裡肯聽，堅決將賠罪之物送出，以換取李有德，張發財兩位老闆的原諒。

「至於壓驚的話，就別說了。大夥風裡來，浪裡去，都不容易。給了我們半成貨物，自己恐怕這一趟就白跑了。」化名李有德的李彤，繼續笑著擺手，對價值數千兩的禮物不屑一顧。

稍作猶豫，他又快速補充：「諸位前輩真的不必客氣。行海經商，本就是豁上性命的買賣，如今安然抵港，皆大歡喜，小子怎可覬覦他人貨物？若回明之後傳揚出去，莫說會被各商號同行不齒，就連堂兄也饒我不得。故而，此事二位休要再提，接下來，咱們一起在日本做買賣，共同進退，不知道各位意下如何。」

「是啊，諸位前輩肯帶著我們哥倆一起發財，我們哥倆就很感激了。萬沒有再拿各位貨物的道理！」唯恐眾人不信，張維善又快速補充。白淨的面孔上，寫滿了坦誠。

馬、孫、鄒、范、陶五位見二人客氣，心中更是發虛，堅持要付出半成貨物謝罪。雙方推來推去，各不相讓。直到另外兩位局外的貨主，出面說和，讓大夥放棄送禮的心思，轉而公推李老闆做此行的「會首」，才終於讓雙方都「勉強」接受。

於是，大夥分賓主重新落座，一邊喝茶吃點心，一邊開始商討如何跟日本人接洽與貿易。言談之間，眾貨主又拐著彎子，將話頭往李有德老闆堂兄身上引。李彤對眾人的小心思了如指掌，卻裝作缺乏江湖經驗，被吹捧了幾次之後，便吞吞吐吐地暗示：自己的堂兄，在南直隸六部任職，還曾經在北京見過皇上，主持過科舉，德高望重且料事如神。早就料到了此行會有風險，所以才跟管漕運的王總兵那邊借了些走海的好手，保護著自己逢凶化吉。

這倒不是完全順口胡編，早在兩年多之前，他就從王重樓的信中得知，南京戶部尚書李三才，多方活動，扯著緩解京師糧食供應的大旗試圖插手漕運。非但令王重樓原本整頓漕運的打算，不得不中斷，眉頭還必須分出一大半兒精神來，應付此人的頻繁攻擊。

所以，既然眾位貨主，探聽自己背後真正東家是誰，李彤就毫不客氣地把李三才給搬了出來。反正此人恰好跟自己同姓，又位高權重，搬出來後分量十足。另外，他也沒打算再來日本第二趟，不怕露餡。

至於李三才今晚會不會無緣無故打噴嚏，暫時李彤就顧不上想了。在他眼裡，那些清流有一個是一個，都是又做婊子又喜歡立牌坊。甭看表面兩袖清風，暗地裡摟錢的手段，卻層出不窮，根本不在乎多出去日本走私這一項。

第二十一章 鴻門

世上最難拆穿的謊言，就是聽眾主動自己騙自己。雖然從頭到尾，李彤都沒提南京戶部尚書李三才的名字，可他所說的話，幾乎每一條，隱約都能跟此人對得上號。而馬、孫、鄒、范、陶等貨主，先前就一直在努力猜測，「李有德」到底是哪位高官的爪牙？此刻順著他的話揣摩開去，頓時一個個就在心裡頭，清晰地出現了李三才那張陰森冰冷的面孔。

怪不得能讓漕運衙門的趙廳丞派親兄弟出馬，原來人家是南京戶部李尚書的門下！怪不得船上有那麼多打水戰的老手充當保鏢，原來人家背靠著南直隸的二品高官，在地方上一呼百應。而大夥，先前居然拿著豆包不當乾糧，想將人家當做誘餌拋給海盜。

虧得海盜太弱，如果海盜本事大一些，讓沙船出了事。過後大夥的舉動再傳入李三才耳朵裡，天知道會是什麼樣的結果！即便不能將大夥各自背後的家族連根拔起，至少也能讓家族主動將自己拋出去，以平息他老人家的雷霆之怒。

要知道，那位李老尚書，可不是一個普通的清流，而是大明清流當之無愧的頭領。只要他發一句話，戶部、禮部、刑部、吏部，乃至地方布政司都會有人隨風而動。當年此人調任山東，有人欺負他手無縛雞之力，故意唆使十餘家土匪出山搞事兒。結果此人只用了不到半個月，就促成了山東、河南兩地的都指揮使衙門聯合發兵肅清地方。十餘萬兵馬拉網般從北到南，將山東給過了一遍篩子，非但殺得土匪人頭滾滾，也將背後唆使土匪鬧事的那些地方土豪，抄家的抄家，滅門的滅門，屠了個雞犬不留。

尋常人做下如此重的殺孽，彈劾肯定向雪片兒般飛向中樞。而在李三才大開殺戒期間，從頭到尾，卻是一片叫好之聲。彷彿被殺者裡頭，不存在任何冤枉的。哪怕死的是七八歲的幼童，那也是為了防止土匪的後代長大之後子承父業。

眾人越想越吃驚，越想越後悔。原本只打算讓「李有德」擔一個會首的虛名，到後來，竟然巴不得他真正成為大夥的頭領才好，今後自己背靠著大樹也好乘涼。

當即，就有一位老闆拱起手，大聲說道：「李老闆急公好義，本事又是我等十倍。陶某這次，跟著您跟定了。陶某船上大小貨物，怎麼發賣，何時發賣，也願意聽從李老闆的安排！」

「馬某也是！」

「孫某也一樣！」

「鄒某也願意唯李老闆馬首是瞻！」

能替大家族掌管走私生意的，就沒一個是蠢貨。眾心懷忐忑的貨主們紛紛起身表態，一定與「李有德」共同進退。

另外兩個貨主雖然先前不是跟大夥一路，但身在異國他鄉，無論是為了抱團兒取暖，還是為了讓貨物賣出更好的價格，都沒有反對的道理。因此，也陸續起身，表示願意聽從「李有德」的安排。

唯恐「李有德」不相信自己的誠意，稍作遲疑，其中一位喚做林海的貨主，又大聲補充：「李老闆，各位同行，我和魏老闆比諸位早來了幾天，先前已經接到長崎多家商號的赴宴邀請。只是因為擔心自己這邊實力太弱，去了被人拿捏，所以才遲遲未敢答應。接下來，那長崎的地商，肯定也會向各位發送請柬。林某以為，大夥既然結盟，就最好統一行動。要麼不去，要去，就由李老闆帶著大夥一起去，不知各位意下如何？」

這，等同於把各家貨主四下裡跟長崎當地商號的聯絡渠道，直接給堵了個死死。不由得眾人心裡頭不偷偷罵娘，「好你個姓林的，你要討好李有德，把整船貨物送給他，都沒人說你。憑什麼替我等做主？萬一那李有德被倭商用花言巧語給騙了，決定低價甩貨，大夥豈不全都得賠掉了褲子？」

然而，罵歸罵，卻沒任何人膽敢出言反對，反倒是唯恐回應得不夠及時，被「李有德」看到了，在心裡打入另冊。

將眾人的表現全都看在了眼裡，李彤忍住搖頭而笑，「各位老闆的好意，李某心領了。但是李某初來乍到，對長崎兩眼一抹黑，斷不敢一個人替大夥做主。不如這樣好了，既然倭，既然當地的商人誠心相邀，你們就儘管去赴宴。只是不要太著急答應對方的條件，並且回來之後互通消息就行。如此，咱們一起等上三五日，把此地行情摸得差不多了，再一起決定該如何出貨。」

「李老闆英明！」

「對，我等先去替李老闆打探消息，然後再由李老闆做最後決斷。」

「理應如此。」

「李老闆果然高瞻遠矚！」

剎那間，馬屁聲宛若潮水。心中暗自鬆了一口氣的各位貨主們，將不要錢的奉承話成車成車往「李有德」身上砸，誰都不肯比別人少說半句。

對於這些馬屁話，李彤一律照單兒全收。同時也沒忘記，主動向各位同行請教有關長崎港的各類消息。眾貨主們雖然已經決定以他為首，卻一直擔心他因為缺乏經驗和閱歷，害得大夥少賺錢。因此，非但對所有問題，都耐心地給出了答案。還主動查缺補漏，用非常巧妙的言辭和非常恭敬的姿態，將他沒有想到問的一切問題，也給予了補充。

於是乎，原本簡短的拜會，就順理成章變成了一場酒宴。眾人一邊聊，一邊吃，直到半夜，才盡興而散。

「長崎這邊的基本情況，諸位剛才應該也都聽清楚了。」前腳送走了各位貨主，後腳，李彤立刻將張維善、劉繼業、鄧子龍、關叔、張樹、李盛、顧君恩等人召集到一處，開始商議下一步行動方略，「大村喜前和大村家的鳥銃隊，肯定不在港內。如今此地，掌握兵馬和政務大權的是今道純助。此人在二十年前就輔佐大村喜前的父親大村純忠，算是兩朝元老，位高權重。而港內另外一個位高權重的，名叫高野山弘。此人表面上是當地商人的行首，沒有任何官職。事實上，卻也是大村家的老臣，只是為了行事方便，才在大村純忠病死後，主動辭官為商。這兩人一明一暗，將長崎港經營得針扎不進，水潑不透。這才導致豐臣秀吉雖然遙領長崎，實際上每年只能收到十多萬兩白銀的稅，此地實際掌控者，依舊是大村氏。」

「老夫剛才出去轉了轉，大致看了一下外邊的情況。長崎港呈虎口形，兩端和中央處，各有一座炮臺。擔心遭到倭人的懷疑，老夫沒敢靠得太近。但從炮口的大小猜測，每座炮臺上應該有十二到十五門萬斤大佛郎機！」鄧子龍看不起那些海商，所以剛才趁著李彤等人宴客的時候，出去轉了幾圈兒，此刻正好將自己的觀察結果向大夥彙報。

「萬斤大佛郎機，這長崎的倭寇，可真有錢！咱們在朝鮮，都沒見到過一門萬斤大佛郎機！」顧君恩聞聽，頭皮頓時一乍，感慨的話脫口而出。

「那東西過於笨重，用來守城可以，用來進攻，得多少頭牛才能拉得動？」劉繼業是個玩火器的行家，狠狠瞪了顧君恩一眼，大聲反駁。「另外，大村氏在長崎港布置萬斤大佛郎機，是為了守自己的老巢，當然不惜血本兒。而去朝鮮打仗，卻是給豐臣老賊搶地盤兒。」

顧君恩吐了下舌頭，無言以對。鄧子龍的聲音，卻緊跟著又在大夥耳畔響了起來，「劉老闆說得對，萬斤大佛郎機雖然名字有些誇張，但是每門炮至少也有兩千多斤重，放在戰艦上或者用來守城合適，根本不可能用來跟隨大軍一道而行。此外，該炮因為裝藥量太大，已經無法再採用子銃。所以，每施放一次，都得從炮口處重新裝填一次，非常耗時耗力！」

「前輩的意思是，咱們只要躲過第一輪齊射，接下來就能放心大膽地橫衝直撞，根本不用擔心被那些巨炮給瞄上。」張樹的雙眸中寒芒一閃，忽然有些躍躍欲試。

當年他之所以投到戚繼光麾下效力，就是因為看到家鄉被倭寇禍害得太慘。如今來到了倭寇的老巢，又看到長崎港的繁華，本能地就想讓本地人也嘗嘗當年倭寇施加在大明百姓身上的痛苦。

鄧子龍對他的想法，心知肚明，立刻笑著輕輕擺手，「張兄弟這話，只說對了一半兒。如果咱們想要揚帆而去，只要不被那些巨炮的第一輪射擊命中，等它們被重新裝填完畢，調整好了角度，基本上就剩下了對著咱們的影子嘆氣的份兒了。但是，如果咱們想要向港口發起進攻，面對的就恐怕不止是這些萬斤大佛郎機。否則，這長崎港早就被海盜們搶成白地了，根本不可能長久維持眼前繁華。」

「這……唉——」張樹聽得好生鬱悶，無奈地搖頭長嘆。

「但也不是完全沒有機會，如果咱們能帶著數千兵馬，混到岸上去。炮臺就徹底沒了用，拿下此地，簡直就易如反掌。」不想讓他太失望，鄧子龍笑了笑，又快速補充。

「那還等什麼？咱們想辦法回去調兵。」

「不用回大明，穿過對馬海，直奔朝鮮。然後拉著姜文祐他們一起幹！朝鮮人雖然不擅長打仗，但螞蟻多了，一樣淹死大象！」

「抓了那個今道純助，嚴刑拷打。倭寇的真實意圖，自然就能問得清楚清楚！」

「對，先下手為強，後下手遭殃。」

「回去調兵太慢了，不如咱們今晚就幹。趁著倭寇毫無防備，抓了那個叫今什麼玩意兒的老傢伙，然後再放上一把大火！」

「對，反正咱們也沒打算占領這座港口，不如抓了人就走！」

剎那間，議論聲響徹船艙。眾將士們摩拳擦掌，躍躍欲試。

李彤靜靜地聽了一會兒，隨即就明白了此刻大夥是因為心中都非常緊張，所以才都起了速戰速決的念頭，以免在長崎港停留太久，遭遇到不可預料的危險。

然而，作為此行的主將，他卻不能順著大夥的意思莽撞行事。因此，深吸了一口氣，將雙手虛虛地下壓，「各位稍安勿躁，且聽李某一言。」

眾人注意力，頓時被他所吸引，一個個相繼閉上了嘴巴，靜候下文。

李彤也不故意賣關子，笑了笑，快速將話頭切向正題，「諸位可是忘了，咱們大老遠前來日本，究竟是為了幹什麼？是為了報當年大明沿海各地，被倭寇劫掠之仇嗎？顯然不是！」

不等別人回應，他又笑著補充：「咱們來長崎，是為了掌握，倭寇主動請降又拖延兩三年之舉，背後究竟有何圖謀！而咱們之所以必須來此地，是因為以前咱們所掌握的那些證據，都無法被當朝那些重臣所採信！如果隨便抓個倭國的地方官員就返回，他一個人的供詞，怎麼可能被朝廷所接受？如果不能把當朝重臣從好夢中驚醒，咱們豈不是白跑了一趟？而咱們這次打草驚了蛇，下次想要再偷偷摸摸潛入日本，又怎麼可能如這次一般順風順水？」

「這……」張樹、李盛、周建良、顧君恩等人，相繼低下頭去，面紅耳赤。

他們光想著用最短時間，冒最小風險，查明倭國的真實企圖。卻沒想到，大夥查到的情報，日後還要面臨是否被當朝大佬們相信的難關。而大明的皇上和當朝重臣們，已經在不戰而屈人之兵的好夢中，睡了將近三年時間。這時候，只拿著一份孤證，卻讓他們承認受騙上當，怎麼可能！

弄不好，皇上和當朝大學士，各部尚書們，接到大夥捨命換回來的證詞之後，立刻就會翻臉。一致認定是大夥兒故意跑到日本鬧事兒，才破壞了原本已經快要完成的和談。而以小西行長等賊的品性，也肯定會借機倒打一耙，不承認他們先前所謂的請和，只是為了拖延時間，重新整軍備戰。

「子丹言之有理。」張維善跟李彤配合默契，見大夥都被李彤駁得面紅耳赤，立刻決定站出來緩解氣氛，「但大夥兒剛才，剛才也不是亂出主意。咱們不妨多商量幾個辦法出來，然後隨時進行調整。以免在一條路上走到黑，徒增風險！」

「嗯，姐夫和張老闆都對！」劉繼業原本還想只豎著耳朵聽，忽然覺得有人在自己身上掐了一把，趕緊快速跳了起來，大聲表態。「大夥說得也都有道理。只是姐夫想得更長遠，而大夥想的，都是如何做才最簡單直接。所以，咱們不妨先按照我姐夫辦法準備，反正倭寇急著從咱們身上賺錢，一時半會兒，不會猜到咱們的真實身份。而萬一哪天，咱們暴露了，就立刻採取大夥先前的招數，抓了活口，放上一把大火，轉身就走。」

「可真有你的！」張維善迅速轉過身，輕輕揮拳捶打劉繼業的肩膀，「人家都說士別三日當刮目相待，我天天跟你在一起，居然也沒來得及刮眼睛。」

「你不是也一樣，讓我都差點不敢說自己認識你。」劉繼業側身躲開，又毫不客氣地一拳錘了回去。

經他們哥倆兒這樣一攪和，大夥兒心中的尷尬，立刻降低了許多。紛紛拱起手，請李彤來做決定。

李彤也沒時間跟大夥客氣，想了想，再次大聲說道：「守義和永貴說得都有道理，大夥剛才的辦法，只是急了一些，卻未必沒可取之處。李某的意思是，咱們反正已經來了，不妨就安安心心在長崎港裡停留些時日。一是多方收集證據和情報，以便將來能將倭寇的陰謀，完完整整地揭露於天光之下，讓小西行長和小西飛等人，無法用更多的謊言來遮蓋。二則，趁機也找些工匠，將佛郎機船修好，以免返航之時，此船成為大夥的拖累。第三，則是摸清長崎港的防禦弱點，以備不測。萬一將來遇到危險，就按大夥先前說的，抓人，放火，揚帆而去！」

「對，那今道純助不是說想請咱們去大村氏的居城赴宴嗎？咱們休息好之後，他再派人來請，乾脆就答應了他，然後大夥結伴去探一探那座虎穴。」劉繼業忽然咧了下牙，然後又站起來，用力揮舞拳頭。

「就怕是鴻門宴。」崔永和性子謹慎，皺著眉頭提醒。

「怕甚麼？鴻門宴上，以項羽的本事，也沒奈何得了劉邦。況且有咱們在，還用怕那今道純助忽然變成項莊？」劉繼業反應極快，立刻又大聲反駁。

這個舉動，就有些不像平時的他了。李彤感覺好生奇怪，迅速將目光看了過去，恰恰看到蒙著臉的劉穎，在劉繼業身後站了起來，緩緩走向了後艙。

當即，李彤心中大定。說出來的話，愈發地條理清楚，「正如永貴剛才所言，長崎港的倭商，貪圖與大明直接進行貿易的紅利，對於咱們這批最早帶著貨物前來交易的，必然會大開方便之門。如此，即便咱們稍微露出一些破綻，為了長遠利益，他們也會對破綻視而不見，甚至替咱們補上。而咱們，也可以趁機接觸當地官員、仕紳和百姓，對倭國的具體情況，做更深入瞭解。至於赴宴，只是其中一種途徑而已，不必看得太重。只要咱們事先準備得足夠充分，即便在宴席上遇到風險，也能隨機應變。」

「大夥儘管放心，只要能及時回到船上，老夫就有七成把握帶著大夥平安離開。」鄧子龍沒看到李彤和劉繼業、劉穎之間的目光交流，見他說得頭頭是道，也站起來大聲許諾，「從今天起，老夫就在船上，小心戒備。諸位一旦聽到什麼風吹草動，就不惜任何代價殺回來。此港出口甚為寬闊，想把老夫堵在裡邊，可沒那麼容易。」

他的實力，在前幾天的戰鬥中，所有人都曾親眼目睹。因此，大夥聽罷，底氣瞬間就又足了三分。論水戰經驗，李彤自認不如鄧子龍遠甚，論陸戰，他卻絕對堪稱經驗豐富。於是乎，就根據眼前具體情況和大夥的實際能力，將任務一件件布置了下去，整個過程宛若行雲流水。

當即，齊齊躬身，再度請李彤分派任務。

大夥陸續上前領命，然後分頭開始行動。只用了兩天多時間，就將長崎港內和周邊陸地上三十多里的情況，摸了個一清二楚。而當所有情報匯總之後，結果又讓眾人大吃了一驚。

原來，那長崎港雖然從水面往陸地上看，繁華無比，絲毫不亞於大明的揚州。可上了岸後再往內陸走上五里左右，景色就立刻天翻地覆。骯髒，貧窮，破敗，比起大明西北缺水地區的那些最窮最差的縣，都遠遠不如。並且人和人之間等級森嚴，壁壘分明。最頂層的公家（貴族）眼裡，底層的穢多和町人，比螻蟻都不如。甚至經常派遣武士隨便抓一名穢多或者町人試刀，而被殺的穢多和町人只能自認倒楣，他的家屬根本沒資格向官府喊冤。

靠海一側是「朱門酒肉臭」，遠離海岸五里處「路有凍死骨」，這長崎港的官員百姓，當然做不到上下同心。該港的防禦，落在張樹、顧君恩等行家眼裡，也當然更是百孔千瘡。隨著情報的豐富，大夥對拿下此港所需的兵力數量預估，迅速縮水。從最初的五千精銳，到後來已經變成了千餘大明精銳帶領千餘朝鮮輔兵。基本上，無論李彤的海防營，還是張維善的舟師營，只要有一營兵馬，能偷偷在港外找個地方成功登陸，就可以無視那些對著港口水面的萬斤大佛郎機，從背後將此港一鼓蕩平。

「唯一需要廢些力氣的，不是大村家的居城，而是靠近海面這三里寬的地段。裡邊有幾座佛郎機人修的十字廟（教堂），都高大結實，可以直接屯兵在其內，堅守待援。可如果咱們不準備長久占據此地，這些十字廟，就可以直接忽略。」顧君恩滿臉鄙夷，指著越來越豐富的輿圖，大聲補充，「倭人喜歡木頭，除了教堂之外，其他所有房子幾乎都是純木建造。只要順風點起一把大火，所有房子都會變成乾柴。教堂裡頭據守的兵馬再多，也會變成一爐烤豬！」

「正如您當初所料，大村家的精銳，此刻都在朝鮮，港口中的駐守兵馬，只有二十多名武士、五百餘足輕和七、八百徒步者。而附近的其他幾家諸侯，距離最近一家，也得一整天時間才能趕到。」周建良一改先前急於離去的想法，笑呵呵地低聲補充。

「這點兒人馬，即便擺下鴻門宴，咱們都不用怕！」

「真要是敢擺鴻門宴，咱們倒也省事了。抓住今道純助老賊和大村喜前的兒子，然後要挾其他人投降。說不定，兵不血刃就能將整個長崎港連同三座炮臺一起拿下。」

「嗯，跟著李老闆，咱們去吃大戶！」

「拿下長崎，然後獻土給皇上。說不定，皇上一高興，給李老闆也封個國公當當。」

「對，咱們這叫釜底抽薪。倭寇打朝鮮，咱們就在他老巢裡頭殺人放火……」

崔永和、張樹、李盛、張重生等人，一邊笑，一邊摩拳擦掌。再也不覺得大夥在長崎港多停留一天，就會多一分風險。

說曹操，曹操就到。大夥的議論聲還沒停歇，船頭上當值的朴七，已經滿臉興奮地衝了進來。先對著李彤抱拳行禮，隨即將兩份燙金請柬，雙手捧過了頭頂。「東家，那個姓今道的老賊，又派人給您下請帖了，邀請您帶著親信朋友，明晚去大村氏的居城赴宴。還有一份，是來自長崎的眾商戶的行首高野山弘。他在港口裡另外擺了酒宴，邀請您帶著大夥，三日後務必賞光！」

「嗯！你替我給他們回話，就說李某人多謝他們盛情。明晚和後天傍晚，一定帶著禮物分頭登門拜訪。」李彤早就料到會收到請柬，所以也不驚詫，笑了笑，乾脆俐落地作出了決定。

雖然已經推測出，今道純助擺的不是鴻門宴。但是多做一些準備，總無大錯。因此，從當天傍晚起，大夥就著手制定撤離計劃，以應對各種不測。並且將從港口通往大村氏居城的所有道路、路口，都在輿圖上一一標出，然後又勒令每個前去赴宴的人，牢牢記在心中。

第二天才過了未時，今道純助又親自前來迎接。李彤、張維善和劉繼業三個，也不再拿捏身份，帶著護衛打扮的李盛、張樹、顧君恩等人和通譯朴七，一道下了船。在大村家眾位武士的夾道歡迎下，施施然走進了港口。

港口內，早有聞訊趕至的日本商人和百姓，爭相擠在路旁，打探大明貴客的模樣。待看到三位老闆個個風流倜儻，身後的護衛，也虎背熊腰，整體上比自家武士老爺高出了一頭半，頓時無不歡呼雀躍。心中偷偷嘀咕：「那明國得富有到什麼程度，才能讓每個人都長得如此高大？若是能跟他們做上幾筆交易，肯定能大賺特賺。要是能搭上他們船隻到明國去玩一圈兒，哪怕是回來之後就死，這輩子也活得值了！」

李彤、張維善和劉繼業三人，也趁機打量長崎港的真容。果然如顧君恩等人彙報，此地有點兒像秦淮河上的下等娼妓，所有脂粉，全都塗在了臉上。越往深處走，越是破敗疲敝。一些滿臉菜色的兒童，甚至連衣服都沒的穿。無分男女，光著身子在路邊的泥坑裡乞討。而今道純助和他身邊的武士，對這種情況也司空見慣。彷彿那些孩子是蒼蠅一般，只有身上的味道影響了自己，才會命令手下的足輕們揮動皮鞭和倭刀，將「蒼蠅」趕得遠遠。

見慣了十里秦淮繁華的李彤、張維善和劉繼業三個，雖然心中早有準備，也看得好生煩悶。然而，作為客人，他們卻沒資格對此間主人對待百姓的方式，指手畫腳。只好儘量目不斜視，以免忍受不住，現在就拔出刀來，將今道純助和此人身邊的武士們挨個剁翻，殺富濟貧。

好在大村氏的居城，離港口最繁華處並不遠。趕在李彤爆發之前，隊伍已經來到目的地。早有其他受到邀請的大明海商，孫、馬、范、陶等輩，穿金戴玉，在宴會廳中喝茶等待。看到大村家的話事者今道純助，竟然親自將李有德、張發財和劉富貴三位老闆接了進來，頓時更加相信，當日推舉李老闆為行首的選擇沒錯，這回大夥肯定全都能夠滿意而歸。

還有一批人模狗樣的長崎當地的大人物，包括商會的行首高野山弘，也都受邀到場作陪。見到李老闆被此間主人請入，眾人全都乖乖站起身，笑臉相迎。一個個，比秦淮河上接客的女校書們還要熱情十倍。

李盛、張樹、顧君恩等人，因為做侍從打扮，所以被安排在了廳外。但是為了不怠慢貴客，大村家也特地安排了幾個高階武士相陪，美酒佳肴，山珍海味，在席上一應俱全。

擔心大村家不懷好意，李盛、張樹、顧君恩等人，哪敢放開了量喝？每個人都是稍稍抿了一些，就通過翻譯推說，酒量狹窄，不敢再響應此主人厚賜。那作陪的武士，也是人精，立刻命婢女停了酒水，只管拿些香茗來給貴客「漱口」。

眾人接了茶盞，一邊有一搭，沒一搭地欣賞歌舞，一邊悄悄將目光探向廳內。本想看看，李彤周圍，是否有「項莊」圖謀不軌。卻看到一名頭髮花白的老者，正賣力地在屋子中央跳來跳去，活像一隻喝醉了酒的馬猴。

「此乃我們日本國的最高待客之禮，由主人親自下場，為貴客表演。我家主人不在家，少主今年才學會走路，無法登場。所以，就由朝長家老代為出面。」唯恐李盛等人小鬼難纏，作陪的武士，趕緊讓通譯向大夥解釋。

李盛、張樹、顧君恩等人這才明白，原來不是項莊舞劍，頓時有些哭笑不得。而那廳內的老者，卻越發賣力。一邊蹦躂，一邊還將手捏成蘭花指，在塗滿了白粉的臉旁擺來擺去，偶爾再加上一個媚眼兒，頓時讓人雞皮疙瘩掉了滿地。

「再這樣下去，不用刺殺，也把李僉事給噁心死了！」眾人對李彤的遭遇好生同情，卻想不出辦法去「解救」。正搜腸刮肚間，卻又聽見雲板一響，滿頭大汗的朝長家老踉蹌著退下，一隊戴著面具，身材嬌小玲瓏的舞者，邁著古怪的步子緩緩走入大廳。

「這是能劇，原本只有本國皇族才能欣賞。後來才逐漸流傳到了宮外。家主深受關白寵信，所以有資格以能劇宴客！」這回，不待作陪的武士催促，通譯就大聲解釋。話裡話外，充滿了自豪。

「啥劇？」李盛等人不知道能劇的來歷，皺著眉頭低聲追問。話音剛落，便聽鼓聲、笛聲，交替而響。陰鬱詭奇，與中原大相徑庭。而那些戴著面具的嬌小少女們，則開始快速、旋轉、跳躍，無論動作多麼古怪，腳底卻始終與地面緊貼，宛若群蛇湧動。偶爾在各自的口中，還發出一聲聲悲鳴，聽得人頭皮陣陣發麻，身後寒毛根根倒豎！

第二十二章 夜這

「我知道了，這是跳大神兒。二丫他們老家那邊也有，專門替人驅邪，看病，捉鬼，送葬。沒想到，日本國居然用來宴客！」大廳內，李彤和張維善看得兩眼發直。只有劉繼業「見多識廣」，用手指戳了一下擔任通譯的朴七，小聲感慨。

「要不怎麼叫倭人呢，全都是沒有見識的鄉巴佬。所以每天想的就是坑蒙拐騙，就連招待客人，拿出來的也全是這種上不得檯面兒的荒唐玩意兒。」雖然早已經加入了大明籍貫，通譯朴七卻依舊沒忘記倭寇在自己家鄉做過的那些惡行，因此，順著劉繼業的話頭，就開始對大村家的能劇表演大肆抨擊。

「安靜，好好欣賞美人兒跳舞。不想看，就先回去！」李彤在旁邊聽得真切，趕緊扭過頭，狠狠瞪了二人一眼，緊接著，就像是做示範一般，將頭轉向場內的舞姬，用力拍掌，「好！好！早聞東瀛歌舞天下一絕，今日得見，傳言果不我欺！」

他的聲音實在過於響亮，不僅陪坐的日本商人們，紛紛將目光向他投來，就連居中一個正在領舞的女歌姬，注意力也受到嚴重干擾，身體猛地打一個踉蹌，腳底發滑，整個人如同一條受驚的梭魚般，擦著地面直奔旁邊廊柱。

說時遲，那時快，就在眾人驚呼出聲之際，離得最近的張維善，已經一個箭步衝上去，伸手將那失去平衡的女歌姬，攔腰抱住。隨即又猛地以自己左腿為軸心，來了個白鶴回旋，乾脆俐落地將女子推回了客廳中央。

其他舞姬紛紛閃避，給身手靈活的貴客和自家姐妹讓出位置。那獲救的歌姬也趕緊重新站穩了雙腿，對著救命恩人深深俯首。卻不料，臉上的面具早已被震得鬆動，借著低頭再抬頭之際，無聲墜落。

「啊——」張維善原本還在善意地朝舞姬擺手，忽然間看到了對方面具下的真容，頓時激靈靈打了個哆嗦，驚呼聲脫口而出。

那女舞姬愣了愣，又堅持給張維善行了個禮。隨即，雙手掩面，轉身快步退出。其餘舞姬們則被弄得不知所措，全都站在了大廳中，呆呆發愣。

「妳們先退下吧，重新收拾一下，等會兒再繼續上來表演。」作為大村氏的第一家老，今道純助反應極快。笑著揮了下手，吩咐舞姬和樂師們先行告退。然後親手捧了一盞酒，走到張維善面前，向他表示歉意。

張維善連忙收拾起心中的驚愕，苦笑著舉盞回敬。李彤見狀，也顧不上再教訓劉繼業，舉起酒盞在一旁相助。賓主之間你來我往，通過朴七，把客氣話又說了一大堆，這才揭開了先前的尷尬，各自回座稍歇。

「那女舞者身段不錯，難道長得也是國色天香，令你一見之下，就驚為天人？」劉繼業生性活潑，見張維善的目光依舊有些發僵，促狹地湊上前，低聲打探。

「沒，你別瞎說！」張維善聞聽，又激靈靈打了冷戰，一邊搖頭，一邊心有餘悸地補充：「媽的，嚇死老子了。跟你說的完全相反。那女人皮膚慘白，牙齒卻是漆黑色的，比冬天燒的木炭還黑上一倍！」

「那張，那張老闆您可賺大了。」朴七不僅僅通曉日語，對於日本國的很多典故，也了如指掌。笑著舉起酒盞，向張維善表示祝賀，同時出言糾正他的錯誤，「據日本國一部奇書記載，日本貴胄之家的女子，以黑齒為美。剛才被你溫香軟玉抱了個滿懷的，即便不是大富大貴之家的女兒，也是曾經出身於大富大貴之家，不得已，才做了這群舞姬的首領！」

「胡說！大富大貴人家，誰會讓自己的女兒拋頭露面招待客人，臉不要了？」張維善是一百二十個不信，頭搖得宛若撥浪鼓，內心深處，卻有一股英雄救美的渴望，油然而生。

這兩年，李彤娶了劉穎，劉繼業也有了王二丫相伴。昔日三個好兄弟當中，只剩下他一個還沒定親，未免有些形單影隻。

雖然家中長輩沒少替他張羅，可那些女子，從媒婆嘴裡說出來，都是標準的名門閨秀，非但琴棋書畫樣樣精通，針線女紅也一樣不落。至於管理家事，輔佐丈夫，孝敬公婆，更是無師自通。

可越是被媒婆描繪得如此這樣完美，張維善越覺得對方不真實。他希望自己的妻子，能像劉穎那樣，膽大果斷，跟自己風雨同舟，不離不棄。也希望自己的妻子，能像王二丫那樣精靈古怪，敢愛敢恨。雖然前者在豪門大戶人家眼裡，肯定有些離經叛道。後者在傳統豪門大戶眼裡，則更是野蠻愚蠢，上不得臺盤。但是，劉穎和王二丫，卻是兩個真實的人，有血有肉。而媒婆們給他推薦的那些大家閨秀，則更像是一座座泥塑木雕的玩偶。

「哼，口不對心！」敏銳地捕捉到了張維善眼睛裡快速閃過的那一絲渴望，劉繼業繼續笑著調侃，「我跟你說啊，你若真的喜歡，就趕緊告訴我。我聽周建良他們說，日本國女人不值錢。特別是那些戰敗諸侯的女兒，基本上都會落個低價發賣的下場。你如果出手大方，甚至能買一送一。如果剛才那個女校書，你真看上眼了，兄弟我就幫你跟高野山弘去問。無論多少錢，兄弟我都替你兜著，保準不讓你自己花費一文！」

「滾！」張維善狠狠瞪了劉繼業一眼，低頭猛啐。然而，內心深處，卻猛然又浮現了先前那張怪異的面孔，塗抹得像石灰一樣白，嘴唇赤紅，牙齒漆黑，宛若一張地獄裡逃出來的鬼魂。偏偏眼睛又大又亮，隱隱約約帶著幾分驚惶，讓人一看上去，就不忍施加任何傷害。

有道是，酒不醉人人自醉。接下來，凡是有人上前敬酒，張維善幾乎來者不拒。反正他心裡知道，以大村家目前擁有的武士數量，根本沒能力擺出一場鴻門宴。今晚只要好兄弟李彤頭腦始終保持著清醒，任何人就都玩不出什麼花樣。

而今道純助和高野山弘等人，也精明得很。在酒席上，絕口不提生意方面的事情，只管想方設法，將一眾「貴客」伺候舒舒服服的。那孫、馬、范、陶等海商，雖然都是人精，可畢竟見識過的大場面少了些，並且疲憊至極，所以，很快就被今道純助用美酒加美人殺得「潰不成軍」，一個個開始放浪形骸。

門外的李盛、顧君恩等人那邊，雖然早早地將酒水換成了清茶。各種極具日本特色的美食，卻接連不斷地呈上，中間還夾著一些中華名吃和西洋糕點，令眾人在大快朵頤之後，心中的警惕越來越低。

「姐夫，臨來之前，我姐和二丫說，倭人講究虛禮，今晚絕不會說正事兒。大夥兒吃飽喝足，差不多該走了。」劉繼業雖然整個晚上都在不停地與周圍人嬉鬧，卻始終眼神明澈。看看外邊的天色，悄悄拉了一下自家姐夫李彤，小聲提醒。

李彤也早有此意，笑著微微點頭。正準備跟此間主人說幾句客氣話，然後告辭回船上。卻看見今道純助又舉著酒盞起身，嘰哩咕嚕地講了起來。

「他說長崎是個鄉下地方，安排不周之處，還請貴客多多包涵。今後大夥放心大膽在港口做生意，長崎人自唐代開始，就有人去過中華，對中華的一切都很仰慕。諸位無論生意上遇到了麻煩，還是平素被人欺負了，都可以直接找他，或者商會行首高野山弘，他們兩個一定不問衝突雙方的出身與來處，只問公道。」通譯朴七不敢怠慢，連忙將今道純助的話，快速翻譯成大明官話。

「嗯，替我向他答謝，說感謝此間主人的熱情款待。大明，我等海商出門在外，不敢勞煩太多。只求，只求早日將貨物發賣完畢，然後帶著長崎當地的貨物，返回大明。」李彤斟酌了一下，小聲向朴七交代。

那孫、馬、范、陶等海商，也紛紛讓各自的通譯，向今道純助致謝。並且大讚長崎港的繁華，讓人嘆為觀止。相信在今道家老和高野行首的大力幫助下，自己一定會不虛此行，待回到家鄉後，也會將此間主人的熱情廣為傳播，讓更多海商來長崎，帶來更多的貨物，並將更多長崎的特產賣遍大明，云云……

今道純助和高野山弘等人之所以如此「禮賢下士」，打的就是千金買馬骨的主意。聽了眾人的話，立刻知道自己的目的已經達成了一半，頓時心裡頭十分得意，態度也愈發地殷勤。先「滴里嘟嚕」又說了一大堆繁瑣至極客氣話，然後特地通過翻譯向大夥詢問，是否還有其他需要，只管說出來，他們兩個一定全力滿足。

「多謝今道家老，我等今天已經叨擾太甚，實在不敢……」李彤已經被那些沒完沒了的客套話，弄得有些頭大，果斷拱起手，準備婉拒。

誰料想，距離他不遠處矮几之後，已經醉得不成人樣的林姓海商，忽然搖晃著大聲打斷，「感謝，感謝幾位家老。既然，既然你們這麼說，林某，林某就不客氣了。林某聽說，聽說貴國有個待客的風俗，喚做夜這。不知道可否，可否讓林某，見識，見識一番？」

「老林，你胡說什麼？」

「老林，你喝得太多了！」

「今道家老別聽他胡說，他喝醉了，喝醉了！」

「酒後狂言，做不得真，做不得真……」

那孫、馬、范、陶等海商，齊刷刷跳起。一半兒轉過頭去，對醉醺醺的林姓海商大聲呵斥。另外一半兒，則趕緊躬身向今道純助賠禮。

正焦頭爛額間，卻不料張維善又橫插了一腿。皺著眉頭，大聲發問：「掖著，什麼好東西，還要藏著掖著？林老闆，你不夠意思，知道這裡有好東西，竟然不跟大夥說！」

「哈哈哈……」原本變得有些尷尬的氣氛，立刻被攪了個稀爛。廳內廳外，所有老資格海客和護衛，都笑得前仰後合。

那高野山弘也被弄得滿頭霧水，趕緊命令通譯將「貴客」們的意思，翻譯給自己聽。待聽說是那位林姓海商，想要去「夜這」，眼眸中頓時閃過一絲羞惱。然而，很快羞惱就被他強行壓了下去，滿臉堆笑地大聲回應：「這個好辦，諸位稍等。」

隨即，一邊心腹，繼續跟大夥說客氣話，吸引注意力。一邊將頭快速轉向最初獻舞那位頭髮花白的朝長家老，小聲吩咐：「朝長君，能安排幾場夜這麼，明國的客人不知道在哪聽說了這個習俗，想要去見識一下。」

朝長家老聞聽，臉色大變，雙手也迅速握成了拳頭。然而，那高野山弘反應比他迅速十倍，先雙手按住了他的肩膀，隨即又低下頭，用日語快速勸誡：「朝長家老，大事為重。幾個女人而已，與家主的百年大計相比，又算得了什麼？」

「朝長君，你忘了老家主當年如何忍辱負重，才保全了基業嗎？如果不是他果斷將沿海三里繁華地，全部交給教堂，我等的腦袋早就成了別人的戰利品，女兒孫女也早就成了別人的奴婢。」今道純助反應也不慢，放下酒杯，一錘定音。

周圍原本有幾個怒火上撞的家老和武士，一個個迅速偃旗息鼓。眼前紛紛閃過前代家主大村純忠為了保全長崎，不惜向一個又一個強敵屈膝服軟，並且主動接受教會洗禮的過往。那時他們都覺得無比屈辱，而現在，讓他們感到屈辱的仇人全都死了，領地也被瓜分。長崎港卻越來越繁華，大村氏在日本國的地位，也越來越高貴。

「據在下所知，今晚這些客人，其實全都不是單純的海商。每個人背後，都有一個明國的公卿之家。與他們交朋友，對咱們大村氏而言，有百利而無一害！」唯恐還有人心存芥蒂，高野山弘繼續用極小的聲音補充，「而他們，不過是按照明國那邊的習慣，酒足飯飽之後想去逛青樓罷了。咱們日本跟明國比，可能物資欠缺了些，但女人卻有的是。」

聞聽此言，周圍的武士和家老們，心中最後一縷不快，也消失殆盡。紛紛淫笑著點頭：「高野君說得對，女人，咱們這邊有的是。」

「想要夜這，好辦。在下這就派人去下町那邊安排。那些穢多的女人，要多少有多少！」

「夜這原本就是下等賤民為了討好上等人的習俗，等會兒將他們領過去就是。他們雖然來自明國，但血脈也算高貴。去夜這一下，沒什麼大不了的！」

「對，隨便安排一些賤民的女人，在村裡候著，伺候，等他們吃好玩好，何愁生意沒得做？我曾試探過哪些明國商人，他們這次帶的貨物雖然不多，質地卻都是一等一。咱們買下來之後，轉手再賣到別處，獲利肯定翻倍。」

「言之有理！言之有理！」朝長家老連連點頭，正要吩咐手下人去安排，誰料，旁邊又響起了今道純助那果決的聲音，「且慢，朝長家老，諸人的意見皆不可取。既然我等所圖是恢復海上商路，就必須捨得花費本錢！」

「今道家老，您的意思是？」朝長家老扭過頭，虛心求教。

今道純助微微一笑，先示意高野山弘親自出馬，繼續與客人們周旋。然後再度壓低了聲音，向他面授機宜，「這些替公卿之家派出來搭理生意的傢伙，雖然有的人看起來很年輕，卻個個見多識廣。明國的上等妓院，他們早就逛得像自己家一樣熟悉。若是你安排穢多或者町人的女兒來伺候他們，他們肯定會感覺是故意羞辱。雖然不至於立刻揚帆而去，回到大明之後，肯定也不會主動替我長崎宣揚。我大村氏，我大村氏如今雖然甚受關白器重，可比起島津、毛利這些家族，根基終究淺得太多。而關白那邊，算了，不提這些。你要記住，眼下多一分海貿之利，大村氏未來就能多一線生機。」

朝長家老聽得額頭見汗，急忙躬身謝罪，「閣下說得對，是在下疏忽了，在下……」

「朝長家老不必如此，咱們都是為了大村氏！」今道純助笑了笑，再度輕輕擺手，「你還要記住這句話，捨不得魚餌，釣不到大魚。特別那個張發財，我看他舉止之間，別有一番氣度，身份高於其他明國海商！光子已經成年了吧？你……」

「光子，她可是藤原家的……」儘管已經做好了不惜血本的打算，朝長家老依舊大吃一驚，質疑的話脫口而出。

「龍造寺隆信注二十都死了多少年了，長崎這邊，哪還有什麼藤原氏的血脈？」今道純助笑著看了他一眼，目光瞬間銳利如刀。

明月如鉤，照亮沉睡的海港。

注二十：龍造寺隆信：日本戰國大名，本姓藤原氏。藤原氏是日本五大華族之首。龍造寺隆信生前多次試圖吞併大村家，未果，死後他的家業被鍋島直茂篡奪。

一群喝得兩腿發軟的醉漢出了大村氏的居城，徑直朝著長崎港最繁華地段走去。前方帶隊的高野家老彷彿不怎麼認識路，幾次停下來，等候麾下的武士為他指引方向。從海上吹來的夜風也有點涼，隱約還帶著一股子濃郁的腥氣。即便如此，依舊沒能影響到醉漢們去「夜這」的熱情，一個個搖晃著，踉蹌著，爭相往隊伍最前方趕，唯恐走得太慢，剩給自己的都是殘花敗柳。

「到了，到了，這邊有一戶！諸位貴客請看，就在這邊。」高野山弘忽然興奮地拍手，提醒所有人注意。「巷子裡第三家，門口掛著燈籠的就是。哪位貴賓願意去拔個頭籌？」

「到了，這麼快！」孫、馬、范、陶等海商齊齊抬頭，恰看到，前方十字路口處，一串紅色的燈籠高高地掛起。嫵媚的燈光下，有個碼頭上常見的泊位標示木牌被照得格外清晰。只不過，木牌表面寫的不再是泊位編號，而是遒勁的兩個大字，「夜這」。唯恐看的人迷失方向，在牌子底部，還特意用紅漆畫了一個巨大的箭頭。

「李老闆，您是我們的行首，您先請！」雖然一個個心裡火燒火燎，眾海商卻依舊沒忘記對「李有德」表示尊敬，齊齊將頭轉向後者，讓他喝這碗「頭湯」。

「各位隨意，我只是跟過來看個新鮮罷了。最近，最近……」實在找不到合適藉口，李彤忽然靈機一動，將手指悄悄地鑽過腋下，指向自己的小舅子「劉富貴」，「最近有些累了，需要早點休息！」

「哦，那劉老闆先請！」孫、馬、范、陶等海商立刻做恍然大悟狀，紛紛邀請劉繼業去嘗個新鮮。有王二丫在船上等著，還有小方和小四跟在護衛隊伍當中，劉繼業哪裡敢答應？雙手擺得立刻如同風車，「各位，各位好意，劉某心領了。劉某只是跟著姐夫前來看熱鬧。姐夫在旁邊看著呢，劉某不敢，不敢過於造次！」

「哦——」眾海商再度做恍然大悟狀，看看李老闆，再看看李老闆的小舅子「劉富貴」，目光之中充滿了同情。

還沒等他們推出第三個有資格拔頭籌者，醉貓般的林老闆已經欲火難捱，主動向前走了兩步，大聲請纓，「罷了，罷了。李老闆和劉老闆兩位出身高貴，豈能幹這種頭前探路的勾當。還是我來，我來替大夥做先鋒官！」

「哈哈哈，哈哈哈，那就林老闆先請！」眾人也不願意跟他爭，大笑著伸開手臂，示意他自管前去「夜遊」。那林老闆的酒勁立刻散去了大半兒，笑著向所有人作揖答謝，然後大步流星走入箭頭所指的小巷。

小巷深處，也有一戶人家點著兩隻紅色燈籠，就像兩隻情人的眼睛。眾海商羨慕地看著林老闆的身影，消失在燈光之下。然後吞了幾口吐沫，再度踏上尋芳的綺麗旅程。

林老闆的護衛，自然主動停住了腳步，站在了巷子口等待自家老闆「凱旋而歸」。其他幾位老闆的護衛，則繼續綴在隊伍之後緩緩而行。李盛、張樹、顧君恩等人，因為沒得到李彤的任何指示，也只好隨波逐流。在隊伍中間一邊走，一邊警惕地留意周圍所有風吹草動。

今夜的長崎港，與大夥前幾天打探消息，查驗地形之時，隱約有所不同。似乎燈光更亮，行人更少，道路表面也越整潔。並且，幾乎每經過一個相對繁華路口，都會看到一串似曾相識的紅色燈籠。燈光下，則是一模一樣的指示牌，每面牌子上的文字邊緣，都墨跡淋漓。

「樹兄，你看見沒有，那木板上字好像全是新寫上去的，墨汁還沒乾呢！」顧君恩自覺目光敏銳，悄悄拉了一下張樹的衣角，用極低聲音提醒。

「看到了，非但木牌上的字是新的，木牌也是臨時從別處找來改製的，表面還有刀刮的痕跡，還有，還有那些紅色燈籠！」張樹卻一改平素謹慎，搖了搖頭，非常淡然地回應。

「新製的，莫非他們要將咱們分開，然後各個剪除？」顧君恩激靈靈打了個冷戰，身背後寒毛倒豎而起。

各個商販的護衛如果和他們聯手，足夠殺開一條血路，直奔碼頭旁的大船。可如果被分散在不同巷子裡，彼此之間就很難互相照應了。萬一大村家起了殺人奪財的歹毒心思，今晚這群色鬼，恐怕全得斷送在溫柔鄉裡，誰也無法活著返回大明。

正當他緊張得幾乎要拔刀之時，卻看到張樹強忍笑意，輕輕向自己擺手，「別多想，放輕鬆一點兒。倭人如果想要殺人越貨，在酒宴上就動手了，根本不會等到現在。」

「那，那他們，他們為何要把咱們分開？」顧君恩聽得將信將疑，繼續皺著眉頭刨根究柢。

「估計，估計『夜這』並非是長崎的真實風俗，或者風俗並不適用於日本的大戶人家。而今晚做東的今道純助，先前也沒料到有人居然提出如此荒唐的要求。所以，所以才臨時弄了一群青樓女子來，應付差事。」老成持重的張樹又笑了笑，滿臉無奈。

恰好前方又到了一個路口，木牌上卻畫了兩個箭頭，一左一右。馬姓海商和孫姓海商互相看了看，心照不宣拱手告別，各自奔赴目標。

剩下的海商只有四個了，除了「李有德」和「劉富貴」這一對互相忌憚的姐夫舅子，就剩下陶姓海商和「張發財」。那領路的高野山弘猶豫了一下，忽然轉過身，輕輕向「李有德」拱手。隨即，又朝不遠處某座頗具規模的院落點了點，示意對方跟著自己，去享受一個美好的夜晚。

反正已經拿劉繼業當過一次擋箭牌，李彤毫不猶豫地將嘴角扭向後者，示意只要有後者在場，自己就不便行動。那高野山弘見了，臉上立刻露出了幾分同情之色。然而，這次卻沒有讓剩下的兩人主動做選擇，而是直接將手伸向了「張發財」，「張公子，這邊請，這邊是專門為您留出來的，包準能讓您不虛此行。」

「這邊……」張維善喝得醉眼惺忪，本能地想徵求李彤和劉繼業兩個的意見。卻發現兩個好朋友齊齊將目光看向了水面，誰都沒有對自己做出回應。於是乎，抱著一探究竟心思，踉蹌著走向高野山弘，任由對方引領自己走向那串嫵媚的紅色燈籠。

張樹猶豫了一下，卻沒做任何阻攔，只是領著幾名張府的嫡系家丁，遠遠地跟了上去。李彤的目光恰恰從遠處回轉，見到張樹的動作，立刻朝他輕輕點頭。雙方配合得如此默契，以至於張維善和高野山弘兩人，都沒有絲毫察覺。只管繼續結伴而行，彷彿多年相交的老朋友一般心有靈犀。

也不怪張維善放浪形骸，他已經很久沒有喝的這麼痛快了。自打從朝鮮歸來，他就一腳踏入了完全陌生的戰場。每天除了為整頓舟師，打造戰船而苦心積慮。還要分出很大一部分精神，來應對漕運衙門內部的刀光劍影。

他非常想告訴周圍所有同僚，自己不願意摻和那些內部爭鬥，自己唯一的願望就是早日揭開日本國請和的真相，以免那些陣亡的東征軍弟兄們，全都死不瞑目。然而，這些話，卻無法公然宣之於口，也沒有人願意相信！

他跟漕運總兵王重樓乃是忘年交，得到過王重樓的各種關照，必然就得付出代價。那些爭權奪利的傢伙，根本不用細想，就果斷將他歸為王重樓的鐵桿嫡系隊伍。凡是射向王重樓的明刀暗箭，少不了有一部分要射到他的身上。特別是南京戶部尚書李三才插手漕運之後，他受到的攻擊更多，更重，甚至有些防不勝防。

他累了，也倦了，所以此番出海前來長崎，對於別人來說是冒險，對他來說，卻同時也是一次放鬆。只有身處異域，周圍除了袍澤就是敵人的時候，他才不用擔心從背後射來的冷箭。也只有身處異域，他才知道該防備誰，該將手中鋼鞭砸向哪個，而不是敵我難辨。

所以，他今天發現大村家擺的不是鴻門宴，並且好朋友李彤和劉繼業都在身邊，本能地就想將過去的一切都拋在腦後，肆無忌憚的享受當下。而事實上，他也喝得足夠痛快，根本沒聽清楚「夜這」兩個字，更不明白酒宴結束後，大夥究竟還想去哪裡快活。

他知道心腹家將張樹，一直跟在自己身邊。也知道李彤和劉繼業，都不會故意坑害自己。有這兩條，已經足夠。至於高野山弘為何會突然把自己拉到某個頗具規模的宅院門口，還在臉上堆滿了獻寶般的笑容，他只當是有什麼特別酒後助興的活動。就像以前李彤沒有成親，劉繼業身邊也沒有王二丫時，兄弟三人結伴到秦淮河上的畫舫裡頭，喝酒作詩，偎紅倚翠。

「閣下，到了。」高野山弘忽然停住腳步，笑著推開院門。

「多謝。」張維善酒勁上湧，頭腦越發昏沉，卻也不失禮數，道過一聲謝，便跌跌撞撞往裡走，完全沒看到身後那得意欣慰的目光。

「張公子玩得開心一些。在下明天下午，還會登船拜訪！」高野山弘也不怪他失禮，只管謙卑地彎了一下腰，小聲叮囑，彷彿面對的是大村氏的嫡系兒孫。

「歡迎之至！」張維善喝得頭暈眼花，只管順口答應，然後在一群挑著燈籠的婢女帶領下，走向下一道院門。

他不知道，高野山弘為何要跟自己相約明天下午。也不知道，為了讓他能走入這扇門，高野山弘究竟花費了多少精力，付出了多少代價。他更不知道，這一夜，長崎有不止一家豪門大戶的小姐們，被其父母命人臨時收拾打扮起來，如獻祭一般，緊急送往港內專門騰出來的乾淨院落，靜待明國貴客的「夜這」。雖然，「夜這」並非長崎上等人家的風俗，對於大多數普通百姓而言，也只是一個香艷的傳說。

其中大多數少女，剛剛及笄，遠不到需要嫁人的時候，對男女之事更是懵懵懂懂。然而，儘管她們心中一百二十個不情願，她們各自家族的長輩全都軟硬兼施，逼迫她們聽從安排。並且聲稱，此事關乎家族存亡、大村氏和整個長崎港的興衰。

大明長歌・卷五・大明歌　上　完

AC00091

大明長歌・卷五・大明歌　上

作者—酒徒
編輯—黃煜智
校對—魏秋綢
行銷企劃—吳儒芳
封面設計—莊謹銘
內頁排版—辰皓國際出版製作有限公司

總編輯—龔槵甄
董事長—趙政岷
出版者—時報文化出版企業股份有限公司
108019台北市和平西路三段二四〇號七樓
發行專線—（〇二）二三〇六六八四二
讀者服務專線—〇八〇〇二三一七〇五
（〇二）二三〇四七一〇三
讀者服務傳真—（〇二）二三〇四六八五八
郵撥—一九三四四七二四時報文化出版公司
信箱—一〇八九九台北華江橋郵局第九九信箱
時報悅讀網—http://www.readingtimes.com.tw
思潮線臉書—https://www.facebook.com/trendage
法律顧問—理律法律事務所陳長文律師、李念祖律師
印刷—勁達印刷有限公司
初版一刷—二〇二一年十一月十二日
定價—新台幣三八〇元
（缺頁或破損的書，請寄回更換）

大明長歌・卷五，大明歌　上／酒徒作 .-- 初版 .-- 臺北市：時報文化出版企業股份有限公司，2021.10
384面；14.8×21公分
ISBN 978-957-13-8547-1（平裝）
857.7　　109022233

ISBN 978-957-13-8547-1
Printed in Taiwan